Jana Frey
Liebeskinder

Weitere Bücher von Jana Frey im Arena Verlag:

Wenn du mich brauchst

Kein Wort zu niemandem

Jana Frey

Liebeskinder

Arena

Ein Unseliger, der nur kreist um sich selbst, im Leben
wird er dem Ruhme nachsehen und doppelt sterbend
untergehen, im gemeinen Staub, aus dem er entsprungen,
unbeweint, ungeehrt und unbesungen.

Walter Scott (1771–1832)

FSC
www.fsc.org
MIX
Papier aus verantwortungsvollen Quellen
FSC® C110508

1. Auflage 2015

Covergestaltung: Frauke Schneider
Gesamtherstellung: Westermann Druck Zwickau GmbH
ISBN 978-3-401-06787-2

www.arena-verlag.de
Mitreden unter *forum.arena-verlag.de*

EIN PROLOG

Kleine, in der Luft herumwirbelnde Sterne, die von den erwachsenen Menschen – das wusste das Kind bereits – Staub genannt wurden, tanzten im warmen Sonnenlicht. Die hellgrünen, herzförmigen Blätter an den hohen Bäumen mit der grau-weiß gemusterten Borke raschelten wie Musik im Wind. Der neue Sandkasten befand sich in einer Grasmulde, die von Büschen umgeben war. Es gab Sträucher, die nur grün waren, es gab aber auch Büsche mit schönen gelben Blüten. Und ein Strauch, dessen im Wind schaukelnde Blätterspitzen an einer Stelle bis in den Sandkasten hineinreichten, roch wie die Zitronenkaugummis, die Daddy hin und wieder kaute. Hier saß das Kind am liebsten.

»Warte, Schatz, ich bin gleich wieder da.«

Das Kind nickte, ohne aufzusehen, und war gleich darauf alleine im Garten. Es spielte weiter mit seinen neuen Plastikfigürchen, die Minnie ihm erst gestern geschenkt hatte. Es stellte sie in den Sand und unter den nach Zitrone duftenden Strauch.

Sie bildeten eine große Plastikfigürchenfamilie mit im Sand eingegrabenen Füßen.

Dann sagte jemand Hallo zu dem Kind und schlug vor, es solle doch mal rasch mitkommen.

Das Kind nickte fröhlich und ging mit.

ZADOC,
Juli 2013

Dieser wahnsinnige Geruch nach Sommer. Zadoc kam es so vor, als wäre er so unbedeutend wie ein Insekt unter diesem weiten Himmel. Die Sonne stand fast senkrecht und es gab kaum Schatten. Sonnenstrahlen tanzten über seine Haut und schon bald fühlte sich sein Haar ganz heiß an.

In drei Monaten würde er achtzehn werden.

Eine kurze Frage und eine lange Antwort:

** Wer war er?*

** Er war Zadoc Wanstall. Der Irre. Der Spinner. Der Alleingänger. Der Stille. Der Versager. Der Einsame. Der Gefährliche. Der …*

Zadoc schüttelte mit finsterer Miene den Kopf und versuchte, sich aus diesem Gedankengespinst zu befreien. Nervös wanderte sein Blick hin und her, glitt zu den beiden eng stehenden Bäumen in der kleinen Talsenke, die von hier aus gerade noch zu sehen waren, und dann hinüber zur Whispering Pine Ave mit ihren prächtigen Gärten. Dahinter verborgen lag das etwas unscheinbare Haus, in dem er aufgewachsen war und noch immer mit seiner Mom lebte. Und davor stand ein alter Mangobaum, den er gernhatte. Liebte. Liebte? Konnte man einen Baum lieben? Von hier war er jedenfalls nicht zu sehen.

Ganz im Gegensatz zu der parkähnlichen Wiese, die den

Eckpunkt zwischen der Whispering Pine Ave und der schmaleren Malcolm Street bildete. Früher hatte er von hier aus oft die Namenlosen beobachtet, die auf der Wiese Schlagball spielten.

»Seht mal, da ist Forrest Gump«, rief ein Junge namens Namenlos, wenn er Zadoc entdeckte.

»Igitt, Irrenhausalarm!«, kreischte ein anderer Junge namens Namenlos. Und dann lachten die anderen namenlosen Kinder laut und schnitten ihm Grimassen.

Nur eins von ihnen hatte nie über ihn gelacht. *Sie.*

Zadocs Blick wanderte dorthin, wo es ihn jedes Mal hinzog, schon immer. Zu dem elegantesten Haus der Whispering Pine Ave, dem sogenannten *Ally Pally,* das von überall her zu sehen war. Alle in der Gegend nannten das herrschaftliche Haus so – in Anlehnung an den *Alexandra Palace* im Londoner Stadtbezirk Haringey. Es glich ihm in seiner Hochherrschaftlichkeit, mit seinen unterschiedlich rot gefärbten Backsteinen, den hohen, geschwungenen Fenstern, den Türmchen und dem ebenfalls geschwungenen Dach, als sei es, wie dieser, aus der Feder des Architekten Owen Jones erbaut.

Zadocs Mom war als Studentin eine Zeit lang in London gewesen. Es gab einen Schnappschuss von ihr, der sie vor den Toren des Ally Pally zeigte. Es war ein Lächelfoto, das Zadoc mochte. Seine Mutter lächelte nicht oft. Und an besagten Ausflug zum Alexandra Palace erinnerte sie sich, wie sie sagte, nicht mal. Aber ihr Lächeln an diesem Tag musste mit seinem Vater zu tun haben, Gabe Wanstall, den sie damals gerade kennengelernt hatte.

Zadoc versuchte, an dieser Stelle nicht weiterzudenken,

aber wie üblich funktionierte das nicht. Seine Gedanken waren stärker als er und ließen in ihm das Bild seines Vaters aufsteigen, der damals natürlich noch nicht sein Vater war, sondern einfach jemand aus London mit sandfarbenen Haaren und blassblauen Augen. So sah er jedenfalls auf den Fotos aus, die seine Mutter ihm gezeigt hatte. Ein Wirtschaftsstudent mit langen, dünnen Armen.

Ein Gespräch zwischen Zadoc und seiner Mom, das schon lange zurücklag:

»Wo ist er, Mom?«

»Er ist gestorben, Zadoc. Das habe ich dir doch schon so oft gesagt.«

»Aber warum ist er gestorben?«

»Zadoc, manchmal sterben Menschen eben.«

»Wie war er?«

Claire Wanstall hatte einen Moment geschwiegen.

»Er war ein – feiner Kerl«, sagte sie dann leise.

Zadocs Augen brannten, als hätte er geweint. Dabei weinte er nicht. Nie. Mit Gewalt riss er seine Gedanken von sich selbst fort und fixierte weiter das rote Backsteinhaus.

Dort wohnte *sie*. Ivory.

Dort war er unerwünscht.

Ivory hatte eine Mutter, einen Vater, einen Bruder und eine Schwester. Und sie alle verabscheuten den Irren, den Spinner, den Alleingänger, den Stillen, den Versager, den Einsamen, den Gefährlichen.

Ihn. Zadoc Wanstall.

SAN FRANCISCO,
Kalifornien, 1969

Leetha lächelte das Meer an. Wieder und wieder. Lächeln war wichtig. Frieden, Glück, Harmonie waren darin enthalten, das wusste sie. Aber irgendwann konnte sie nicht mehr lächeln. Trotz ihres schweren Atems musste sie es jetzt sofort wissen. »Verdammt. – Wie lange noch? – Zoela?« Ihre Worte entschlüpften ihr nur noch stoßweise. Gleich darauf konnte sie nicht mehr sprechen. Stattdessen krümmte sie sich, schnappte nach Luft, hatte das Gefühl, zu explodieren oder entzweigerissen zu werden, das eine schien dem anderen gleichzukommen – und bekam am Strand von Ocean Beach eine Tochter.

Genauso war es geplant gewesen. Ein einsames Stück Strand, dazu das rauschende Meer, ein Sonnentag, Wehen, das Baby, auf das sie schon so lange wartete.

Gerade jetzt schrie es seinen ersten Schrei und Zoela, die Hebamme, fing es geschickt mit den Händen auf. Die von der Geburt bläulich angelaufene Haut wurde fast augenblicklich wieder rosig. Es war ein winziges, dunkelhaariges Mädchen mit wachen Augen und schmalen blassen Fingern, das offensichtlich großes Misstrauen gegen den hellen Sonnenschein und den starken salzigen Wind, der ihm entgegenschlug, hegte.

Die Hebamme legte es rasch auf Leethas Bauch und deckte es mit einer weichen Decke zu, die zuvor im Sonnenschein gelegen hatte und darum wunderbar warm war.

»Sie ist wunderschön, ein Sonntagskind«, sagte sie und untersuchte unter der wärmenden Decke mit behutsamen Händen den kräftigen Herzschlag des Babys.

Insel lächelte unterdessen Leetha zu. »Jetzt ist alles perfekt«, sagte sie leise. »Habe ich es dir nicht immer gesagt? Eines Tages wird alles perfekt sein?«

Leetha, die schweißgebadet war, gab das Lächeln zurück. »Eine Tochter«, flüsterte sie und Tränen liefen ihr über das Gesicht. Es waren Glückstränen. Dieser Sommer war der beste Sommer der Welt.

»Mackenzie«, sagte sie schließlich und streichelte das Baby mit den weit aufgerissenen dunkelblauen Augen in ihrem Arm. Sie warf Insel einen bittenden Blick zu.

Insel nickte. Sie hatte in all den Monaten den Namen *Janis* favorisiert, aber es war Leetha gewesen, die das Baby unter Schmerzen geboren hatte.

»In Ordnung«, sagte sie und küsste Leetha auf den Mund. »Und das nächste bekomme ich, versprochen.«

Sie sah das Baby zärtlich an. »Willkommen, kleine Mackenzie Hunt. Willkommen, Kenzie.«

SPRINGFIELD,
Kalifornien, 2004

Wir müssen es tun«, sagte Ivory. »Komm schon, Zadoc! Bitte.«

Es regnete, der Himmel war dunkelgrau und Ivory war zu Zadoc in dessen Versteck gekommen. Das Versteck war die Lücke zwischen den beiden *Hand-in-Hand-Bäumen.* Zadoc hatte diese Bäume vor ein paar Jahren entdeckt. Sie standen dicht nebeneinander in einer Senke und waren von dem Haus, in dem er mit seiner Mom lebte, in ein paar Minuten zu erreichen.

»Warum nennst du sie so?«, hatte Ivory gefragt, als Zadoc ihr die Hand-in-Hand-Bäume zum ersten Mal gezeigt hatte.

»Ihre Wurzeln sind riesige Hände. Unter der Erde. Sie halten einander fest«, war Zadocs leise Antwort gewesen. Drei Sätze, direkt hintereinander. Das war fast eine Sensation, denn Zadoc redete im Allgemeinen nicht viel.

»Woher willst du das wissen?«, hakte Ivory nach und musterte den blickdichten, kiefernadelbestreuten Waldboden, der das Hand-in-Hand-Geheimnis, wenn es tatsächlich existierte, jedenfalls gut verbarg.

»Weiß es eben«, war Zadocs gemurmelte Antwort.

Zadocs und Ivorys Freundschaft war geheim.

»Okay«, hatte Ivory gesagt. »Ich glaube dir.«

Zadoc hatte genickt.

Drei wichtige Tatsachen über Ivory Perlman:
Sie war gut.
Es war ihr verboten, mit Zadoc Wanstall zu spielen.
Sie tat es trotzdem.

»Bitte – wir *müssen* es tun!«, wiederholte Ivory jetzt eindringlich.

»Warum?«, fragte Zadoc und bohrte mit dem Absatz seines Schuhs missmutig eine tiefe Kuhle in den Boden.

Ivory hob die Schultern. »Weil wir uns lieben, natürlich«, sagte sie. »Darum.«

Zadoc seufzte. Warum bloß musste man sich den Arm mit einem Messer aufritzen, bis es blutete, wenn man jemanden liebte? Das war es, was er nicht verstand.

»Ich habe Koshs Pfadfindermesser mitgebracht, siehst du?«, sagte Ivory und kramte in ihrer Umhängetasche. Die Tasche mit dem aufgedruckten Wappen des Weißen Hauses in Washington war eine Art Tick von ihr. Sie trug sie immer mit sich und sie war voller wechselnder Dinge, die Ivory wichtig waren. Süßigkeiten, einem alten, abgegriffenen *Furby* in Lachsrosa, der längst nicht mehr redete, halb abgelösten Stickern, krümeligen Polly Pockets, anderem Kleinkram und – Büchern. Ivory las wahnsinnig viel.

»Blutsbrüder.« Ivory zog das kleine Messer hervor. »Ein Leben lang.« Sie war neun, während Zadoc schon zehn war, und es war ein weiteres dieser Wunder, die sie umgaben, dass sie an ein und demselben Tag Geburtstag hatten. Am einunddreißigsten Oktober.

»Darum sind wir anders«, hatte Ivory Zadoc einmal erklärt. »Weil wir an Halloween geboren sind. – Hailey sagt, wer an diesem Datum zur Welt kommt, ist ein Wechselbalg.«

Hailey war Ivorys große Schwester und sie konnte ihre jüngere Schwester nicht besonders gut leiden. Von Zadoc natürlich ganz zu schweigen.

»Was sind Wechselbälger?«, hatte Zadoc gefragt.

Ivory hatte die Schultern gehoben. »Genau weiß ich es auch nicht«, gab sie zu. »Aber jedenfalls etwas – Schlechtes. Unechte Menschen oder so.«

Zadoc hatte ein erschrockenes Gesicht gemacht. Sofort hatte Ivory eingelenkt. »Vielleicht lügt Hailey aber auch nur. Sie lügt gerne und macht mir Angst. Meine Mom schimpft dann mit ihr.«

Ivory verschwieg, dass ihre Mom noch viel häufiger mit ihr selbst schimpfte, weil sie sich – trotz eindringlicher Verbote – immer wieder mit Zadoc Wanstall traf.

Aber das große Haus der Perlmans, das Ally Pally, und das kleine Haus, das Zadoc und seine Mom besaßen, hatten eben einen gemeinsamen Zaun, der ihre weitläufigen Grundstücke voneinander trennte. Oder miteinander verband, wie man es wollte und auslegte. Außer dem Zaun war da – ein paar Meter weiter – noch ein Stück Bachlauf, der ebenfalls eine Grenze zwischen den Grundstücken ausmachte, der unscheinbare Whispering Pine Creek. Und genau dort waren sich Ivory und Zadoc vor vielen Jahren zum ersten Mal begegnet und Freunde geworden.

** Das Kennenlernen zweier Kinder am Whispering Pine Creek, 1999:*

Ivory: »Wer bist du?«

Zadoc: »Ich glaube, ich – bin – ich.«

Ivory hatte eine Weile geschwiegen, dann hatte sie den Gesprächsfaden wieder aufgenommen.

Ivory: »Ich habe dich vorher noch nie gesehen.«

Zadoc: »Ich mich auch nicht.«

Ivory: »Stimmt vielleicht mit dir was nicht?«

Zadoc hatte nach dieser nicht sehr netten Frage lange nichts mehr gesagt. Dann hatte er sich einen Ruck gegeben. Es gab eine Menge Dinge, die er nicht verstand, die in eine Art Nebel getaucht waren. Vielleicht konnte dieses fremde Mädchen Licht in diesen Nebel, in dieses Dunkel bringen?

Zadoc: »Ich sehe oft Rhinozerosse. Und Wasserfälle. Du auch?«

Ivory hatte die Stirn gerunzelt. Sie war erst vier Jahre alt. Das erste Wort sagte ihr gar nichts, während ihr das zweite vielleicht vage aus einem ihrer Bilderbücher bekannt vorkam.

Ivory (vorsichtig): »Wo siehst du denn diese Sachen?«

Zadoc: »In meinem Zimmer. Manchmal versperren mir die Rhinozerosse den Weg. Sie sind groß. Haben Hörner. Vorn im Gesicht. Sie sind vielleicht böse.«

In dem Moment war das Au-pair-Mädchen gekommen, das damals für Ivory zuständig gewesen war, hatte sie ausgeschimpft, weil sie alleine zum Creek gegangen war, und hatte versucht, Ivory zurück nach Hause zu befördern.

Aber Ivory hatte sich noch einmal losgerissen und war zu Zadoc zurückgelaufen.

»Es macht nichts, dass du …«

Zadoc hatte den Atem angehalten und Ivory hatte ihn

prüfend angesehen, während das Au-pair neben ihr schimpfte und sie zur Eile antrieb.

»Es macht nichts, dass du so bist, wie du bist«, hatte Ivory endlich ruhig gesagt. Erst dann ließ sie sich von dem Au-pair mitzerren.

»Ich tue es zuerst«, entschied Ivory jetzt, fünf Jahre nach diesem Kennenlernen, und schob den Ärmel ihres Shirts hoch. »Dann du. Und danach pressen wir die Arme aneinander und unser Blut vermischt sich. Für immer und ewig. Amen.« Ivory schlug mit wichtiger Miene ein Kreuz. Sie ging sonntags mit ihrer Mom und ihren Geschwistern in die römisch-katholische Kirche von Springfield.

Zadoc machte ein bedrücktes Gesicht. »Ich weiß nicht«, flüsterte er und auf einmal klang seine Stimme heiser. »Das ist vielleicht gefährlich. Wegen der Bakterien und so. Die können einen umbringen. Ich muss viele Medikamente gegen so was nehmen.«

»Unsinn«, sagte Ivory. »Wir sind doch Kinder. Wir haben nichts – Schlimmes.« Sie schwieg einen Moment. »So was wie *Aids,* meine ich«, fuhr sie dann fort. »Das ist was Schlimmes, das ins Blut geht und ansteckend ist. – Aber so was hast du doch nicht, oder? Das haben nur ...«

Sie hielt einen Moment inne. »Homoreele«, sagte sie dann. »Mein Dad sagt, das ist eine Krankheit.«

Ivory Perlman war eines der reichsten Mädchen von Springfield. Ihr Dad war Kongressabgeordneter und lebte die meiste Zeit des Jahres in Washington.

Zadoc hob die Schultern. »Nein«, erwiderte er langsam. »Ich denke – so was habe ich nicht.«

»Aber warum musst du dann Medizin nehmen. Wogegen?«

»Ich weiß nicht genau«, antwortete Zadoc gepresst. Das war die Sache mit Ivory. Manchmal war sogar sie ihm zu viel. Sie fragte viel und redete viel. Sie dachte kreuz und quer und wurde schnell ungeduldig.

Und sie dachte nie lange nach. Ein schneller Schnitt und schon zog sich ein dünner roter Strich, in dem sich nach und nach winzige rote Blutströpfchen sammelten, über ihren Arm. Sie kuschelte sich nah an ihn. »Du bist dran, Zadoc«, drängte sie.

Zadoc roch ihren Geruch, den er so liebte, und überwand sich. Er ritzte sich mit einer blitzschnellen Bewegung in den Unterarm. Dabei kniff er die Augen fest zu und kämpfte gegen die wahnsinnige Angst, die sich in ihm ausbreitete, wie eine heiße Welle.

»Ja, Zadoc! Es klappt!«, rief Ivory und packte sein Handgelenk. Sie presste ihren warmen, nassen Arm gegen seinen, so fest sie konnte, und so saßen sie lange da. Es war eine Art Umarmung, weil sie sich so verrenkten.

»Dein Blut. Mein Blut. Unser Blut«, flüsterte Ivory atemlos. »Für immer, immer, immer! Sag du es auch, Zadoc!«

»Was soll ich sagen?«

Sie öffnete die Augen und sah ihn fest an.

»Sag: Für immer.«

»Für immer«, wiederholte Zadoc leise.

Alles war gut.

FREMONT,
Kalifornien, 1972

Erdbeeren sind die einzige Frucht auf der Welt, die den Samen außen tragen, und deshalb sind sie eigentlich auch gar keine richtigen Beeren, Kenzie«, sagte Leetha und drückte Mackenzie an sich.

Die Dreijährige drehte nachdenklich die Erdbeere in ihrer Hand und betrachtete die kleinen Körnchen darauf, auf die Leetha sie gerade aufmerksam gemacht hatte. Ihr Mund war rot verschmiert.

Noch immer war sie klein und schmächtig, wie an jenem sonnigen Tag, als sie am Strand von Ocean Beach auf die Welt gekommen war, aber sie hatte wunderschöne stachelbeerfarbene Augen und weiche dunkelblonde Haare, die sich bei Feuchtigkeit leicht ringelten.

»Weißt du, was Erdbeeren eigentlich sind, Kenzie?«, fuhr Leetha lächelnd fort.

Kenzie, die Meergeborene, schüttelte kauend den verschwitzten Kopf, dass ihre schulterlangen Haare flogen.

»Sie gehören zur Familie der Rosen, mein Schatz.«

»Rosen?«, wiederholte Kenzie und ihr linkes Auge, das seit einer Weile schielte, rutschte, als sie den Blick hob, nach rechts oben.

Leetha nickte. »Wie die Rosen, die Mummy Inni in den Garten gepflanzt hat. Weißt du, die roten, die jetzt außen am Haus hochklettern und so gut duften.« Sie beugte sich zu Kenzie hinunter. »Komm, wir gehen ins Haus, es ist Zeit für dein Augenpflaster.«

Die stachelbeerfarbenen Kinderaugen blickten sofort finster. Kenzie musste dieses Pflaster sechs Stunden am Tag tragen, um das schielende Auge zu trainieren, und sie mochte es ganz und gar nicht.

»Ich will zu Mummy Inni«, quengelte sie.

»Mummy Inni und das Baby schlafen.«

Das Baby. Immer wieder das Baby. Kenzie bog den Kopf weg. Seit ihre Mummys mit der Neuigkeit herausgerückt waren, dass in Insels Bauch ein Geschwisterchen für sie heranwuchs, hatte Kenzie es kaum erwarten können. Jeden Abend hatte sie in den vergangenen Wochen und Monaten Mummy Innis Bauch geküsst und dem Baby darin Gute Nacht zugerufen. Aber jetzt waren Insel und der Säugling vor ein paar Tagen nach Hause gekommen und alles war anders, als sie es sich vorgestellt hatte.

Mummy Inni war nicht mehr fröhlich, zauste, wann immer es möglich war, Kenzies Haare oder pustete ihr abends schöne Träume ins Ohr, wie sie es bisher getan hatte. Stattdessen schlief sie fast immerzu. Wie jetzt gerade. Schlief und stillte das Baby. Und schlief wieder und stillte das Baby erneut. Es war eine nicht enden wollende Schleife.

Später, als Kenzie mit Leetha ins Haus gegangen war, stellte sie sich vor den kleinen Stubenwagen und betrachtete das Baby.

»Es ist aber nicht sehr niedlich, Mummy«, sagte sie bekümmert. »Warum hat es denn gar keine Haare?« Sie schielte zu ihrem Puppenbaby hinüber, das auf dem Sofa lag. Die Puppe war rund und rosig und lächelte in einer niedlichen Art und Weise. Auf dem Kopf hatte sie braune Löckchen, und selbst wenn sie nur angemalt waren, schienen sie Kenzie in jedem Fall bei Weitem hübscher als die kleine, kahlköpfige Janis.

»Können wir das Baby wieder weggeben, wenn wir es nicht – mögen?«, erkundigte sich Kenzie vorsichtig, nachdem Leetha ihr erklärt hatte, dass die kleine Janis niedlich *sei* und ganz sicher mit der Zeit noch wunderschöne Haare bekommen würde.

»So wie Mummy Innis Haare«, sagte Leetha. »Die gefallen dir doch auch, oder, mein Liebling?«

Natürlich hatte Inni schöne Haare. Blonde, weiche, lange Haare, die gut rochen und mit denen sie manchmal Kenzies Gesicht kitzelte. Gekitzelt *hatte*, als sie wegen des neuen Babys noch nicht andauernd schläfrig und gereizt gewesen war.

Zwei Sätze zwischen Mutter und Tochter:

»Ich weiß nicht, ob ich sie lieb habe, Mummy.«

»Ich bin mir sicher, du wirst sie lieb haben, mein Schatz.«

Es würden allerdings noch vierundzwanzig erlebnisreiche Jahre vergehen, in denen eine Menge Tränen fließen würden, bis Janis Hunt etwas derartig Furchtbares zustoßen würde, was Mackenzie Hunt endlich die Gelegenheit geben würde, die wunderbare Schwester zu sein, die zu sein ihr vage vorgeschwebt hatte in den Monaten, als sie Mummy Innis geschwollenen Babybauch allabendlich küsste und dem unsichtbaren Baby darin Gute Nacht zurief.

ZADOC,
August 2013

Die Sonne kam hinter den Wolken hervor, warf Lichtstreifen durch die Zweige des Mangobaumes, der höher war als alle Bäume der Nachbarschaft. Schatten tanzten auf dem Boden und Zadoc starrte auf diesen Kontrast zwischen Dunkel und Hell. Mit den Fingern, die in den Taschen seiner Jeans steckten, zeichnete er die sich immerzu bewegenden Lichtstreifen nach.

Zadoc wartete auf Ivory. Im Grunde wartete er immer auf Ivory. Früher, als sie klein gewesen waren, war sie oft gekommen, inzwischen kam sie seltener.

Was das Lebendige an Ivory Perlman war:

1. Ihr Haar, das sämtliche Farben des Herbstes hatte.

Als Kind war Zadoc oft mit den Händen durch dieses rotbraune Gewirr gefahren, andächtig und fast glücklich; heute berührten sie sich kaum noch. Zadoc hatte Angst, dass es Ivory bestimmt nicht mehr recht war, wenn der Irre, der Spinner, der Alleingänger, der Stille, der Versager, der Einsame, der Gefährliche sie anfasste.

2. Der ständig wechselnde Ausdruck in ihren winterhimmelblauen Augen.

»Wie machst du das? Was ist mit deinen Augen?«

»Was soll mit ihnen sein, Zadoc? Ich mache nichts mit ihnen.«

3. Ihr Geruch nach Wind und Widerstand.

»Wind? Okay. Vielleicht verstehe ich das noch. Aber Widerstand? *Zadoc, also ehrlich! Erstens: Wie soll Widerstand denn* riechen? *Und zweitens: Welcher Widerstand? Was meinst du damit?«*

Zadoc wusste, was er meinte. Und Ivory wusste es im Grunde auch. Sie widerstand seit vielen Jahren dem Gesetz von Springfield, Zadoc wie einen Aussätzigen, wie einen Verrückten zu behandeln.

Sie kam. Sie kam tatsächlich. Zadocs Herz tat etwas, was sich wie Stolpern anfühlte, tief in seiner Brust, als Ivory am Ende ihres Gartens auftauchte.

»Hi, Zadoc.«

»Hi, Ivory.«

Sie sahen sich an und Ivory überwand den Zaun, der die Grenze zwischen den weitläufigen Grundstücken des Ally Pallys und des Hauses bildete, das Zadoc und seine Mom besaßen. Dabei lächelte sie dieses Lächeln, das sie nur ihm schenkte. Jedenfalls soweit er das beurteilen konnte. Und er konnte eine Menge beurteilen, denn sooft es ging, behielt er Ivory im Auge, auch wenn das zusehends komplizierter wurde.

»Wie geht es dir, Zadoc? Was machst du so, jetzt wo die ganze Lernerei für deinen Abschluss ein Ende hat?«

Was sollte er antworten? Er wollte so gerne normal und banal sein, wie Joel oder Ramón zum Beispiel, den beiden Kerlen, mit denen Ivory letztes und vorletztes Wochenende ausgegangen war. Einmal, in Joels Fall, zusammen mit ein paar anderen aus Springfield – den Namenlosen. Letzten Samstag dann war sie ganz alleine mit Ramón unterwegs gewesen. Zadoc wusste nicht, was schlimmer war, und er hätte sich übergeben können vor Wut und Verzweiflung.

Was machst du so, wollte Ivory also wissen.

»Nichts Besonderes«, beantwortete Zadoc schließlich ihre Frage und wollte doch etwas ganz anderes sagen.

Er dachte mit einem unbehaglichen Gefühl an alles, was Ivory von ihm wusste. Und was noch schlimmer war, da waren eben auch die Dinge, die sie nicht wusste. Nicht wissen durfte.

Die Grundschule hatten sie noch zusammen besucht. Und auch die Junior Highschool. Zuerst war er eine Klasse über ihr eingeschult gewesen, aber irgendwann hatten sie ihn runtergestuft, hinunter in Ivorys Jahrgangsstufe, um ihm das Lernen – und das Leben – leichter zu machen. Genützt hatte es nichts. Wie auch, wenn die Namenlosen immerzu und überall Hatz auf ihn machten?

Irgendwann hatte der Spießrutenlauf dann ein lehrerkonferenzbeschlossenes Ende gehabt und seine Mom hatte ihn zu Hause weiter unterrichtet. Bis zu seinem Highschoolabschluss im letzten Monat hatte er es so gebracht. Es war ein verdammt einsamer Highschoolabschluss gewesen. Vier Lehrkörper der John-Tyler-Highschool, von der er hatte fliehen müssen, hatten ihm die Prüfung an einem stillen Samstag inmitten des stillen Schulgebäudes abgenommen. Mit nachsichtigen Gesichtern. In einfachen Fächern. Es war schnell gegangen. Unheimlich schnell. Er hatte jetzt ein Diplom, aber es war eines der unteren Kategorie. Viel würde er damit nicht anfangen können.

»Bist du nicht froh, dass du es geschafft hast?«, erkundigte sich Ivory weiter. »Dass es jetzt vorbei ist?«

Zadoc schwieg. *Froh?*

Nein, er war nicht froh. Denn sein Leben hatte sich dadurch nicht geändert. Wie auch?

Ihm kam ein Gespräch zwischen Ivory und ihrer Freundin Marcy in den Sinn, das er vor ein paar Tagen belauscht hatte, verborgen zwischen den großen Rhododendronbüschen.

»Nun sag doch mal, Ivy«, hatte Marcy gedrängt. »Verschwindet dieser Typ jetzt endlich aus Springfield?«

Die beiden Mädchen hatten im Garten der Perlmans gesessen und ihre Gesichter in die Sonne gehalten.

»Denn das wäre wirklich besser für dich«, hatte Marcy dazugesetzt. »Ich meine, früher war schon schlimm genug, dass du dich ständig mit ihm getroffen hast, aber jetzt? Ivy! Du spielst doch in einer ganz anderen Liga als dieser Irre! Du könntest, so wie du aussiehst, jeden haben! Joel Parker, Ted Clark, Ramón. Alle. Aber dir muss doch klar sein, dass es der volle Abturner ist, wenn alle wissen, wie gerne du mit dem Bekloppten zusammen bist! Tagelang verlässt er das Haus nicht! Ehrlich, gegen den war Forrest Gump noch ein nettes, helles Kerlchen.«

»Marcy, hör auf! Hör sofort auf!« Ivorys Stimme hatte scharf geklungen. »So wie du über ihn redest, klingt es, als wäre er ein Monster.«

»Woher weißt du, dass er keins ist, Ivy?«

Auf einmal war es ganz still. Eine ganze Weile lang.

»Ehrlich, Ivory, wir sind nur besorgt deinetwegen«, hatte Marcy insistiert.

»Das. Ist. Alles. Unsinn«, hatte Ivory mit fester Stimme gesagt. »Er ist so, wie er ist. Und jetzt will ich nichts mehr davon hören.«

Zadoc wusste nicht, wie oft sie ihn auf diese Art verteidigt hatte. Jahrelang hatte sie die Namenlosen, die ihn quälten, verachtet und ihnen die Stirn geboten. Statt mit ihnen auf Spielplätze und ins Schwimmbad zu gehen, hatte sie, wann immer es ihr möglich gewesen war, seine Gesellschaft vorgezogen.

Aber, das fragte er sich schon so lange Zeit, würde sie auch so über ihn denken, wenn sie sein Geheimnis wüsste, das er nun schon so lange Zeit hütete? Erfuhr, was er wirklich getan hatte?

»Zadoc, was ist denn?«, fragte Ivory jetzt leise. »Woran denkst du?«

Er sah sie an. »Erinnerst du dich noch, was deine Schwester mal über Menschen gesagt hat, die an Halloween geboren sind?«

»Keine Ahnung. Nein. – Was hat sie gesagt? Bestimmt etwas Idiotisches. Hailey sagt meistens Idiotisches«, antwortete Ivory achselzuckend.

»Sie hat gesagt, Menschen, die an Halloween geboren werden, seien Wechselbälger.«

»Ach ja!« Ivory lachte kurz auf. »Typisch für Hailey.«

Zadoc schüttelte den Kopf. »Es ist etwas dran, glaube ich. Wenigstens – in Bezug auf mich.«

»Unsinn, Zadoc.«

»Doch.«

»Wie kommst du denn darauf?«

Fragte sie das wirklich? Fragte ihn, den Idioten, der Visionen hatte? Halluzinationen? Der einschlief, wenn helllichter Tag war, und der dafür nachts wach lag, wenn alle schliefen, und sein Herz im ganzen Körper schlagen spürte?

»Ich … ich muss endlich mit jemandem darüber reden – Ivory. Über … über mich.«

Sie sah ihn an, die braun-in-braunen Haare mit den rot-in-roten Strähnen darin, und schwieg. Was lag da in ihrem Blick? Sorge? Mitleid?

Aber wie lange noch, bis sich dieser Blick in Unwillen verwandeln würde? Etwas veränderte sich gerade, auch wenn es nicht sein Leben war. Ivory ging ihren Weg, ging andere Wege. Und Joel und Ramón waren beunruhigender Teil dieser Veränderung, die Zadoc spürte, als würde Springfield unter seinen Füßen ununterbrochen von schweren Erdbeben erschüttert. Er musste, er *musste* einfach mit Ivory sprechen, vielleicht gab es nicht mehr viele Gelegenheiten.

»Ivory? Könnest du mir zuhören? Bitte?«, begann er leise.

Ivory nickte und lächelte ihn mit diesem besonderen Ausdruck von Zuversicht an, den nur sie hatte. Schon als kleines Kind hatte sie ihn so angesehen, sogar das allererste Mal, als sie sich begegnet waren.

»Es gibt da etwas über mich, das du …«

»Zadoc?«

Er fuhr herum. Verdammt, nie hörte er sie kommen. Auch Ivory hatte sie augenscheinlich nicht bemerkt, denn sie fuhr ebenfalls zusammen und richtete sich auf.

»Hallo, Mrs Wanstall«, sagte sie dabei leise und höflich,

wie sie es immer war, und hob die Hand gegen die blendende Nachmittagssonne.

»Hallo, Ivory«, antwortete seine Mutter mit dieser Stimme, die sie speziell für die Familie Perlman reserviert hatte. Sie mochte Ivory nicht, hatte sie aus unerfindlichen Gründen nie gemocht. Jetzt wandte sie sich an Zadoc.

»Wie geht es deiner Migräne? Du solltest bei dieser Hitze nicht im Freien sitzen, Schatz.«

»Mir geht es gut, Mom«, sagte Zadoc ärgerlich und nahm erst jetzt wahr, wie intensiv die Luft in diesem Teil des Gartens nach Sommer roch. Nach reifen Mangos, nach trockenem Gras, nach warmer Erde und nach dem etwas schlammigen Wasser des kleinen Bachlaufs. Vorher waren alle seine Sinne komplett mit Ivory beschäftigt gewesen. Dem Sonnenglanz in ihren Herbstfarbenhaaren. Dem Anblick ihrer kleinen Ohren mit den angewachsenen Ohrläppchen.

»An dieser Art Ohrläppchen erkennt man egoistische Menschen, Zadoc«, sagte seine Mutter manchmal.

Warum nur war seine Mutter ausgerechnet in diesem Moment aufgetaucht? Er war so kurz davor gewesen, sich Ivory anzuvertrauen. Endlich alles zu sagen. Seine Mom musste eine Art inneren Radar haben. Sie warnte ihn immer wieder, keiner Menschenseele anzuvertrauen, was er getan hatte.

»Sie würden es nicht – verstehen, Zadoc«, hatte sie so oft gesagt. »Glaub mir, Menschen sind grausam. Voller Vorurteile. Und voller Misstrauen. Sie würden sich vor dir fürchten und dich isolieren.«

Aber taten sie das nicht sowieso?

»Es könnten schreckliche Konsequenzen eintreten, die dir im Moment vielleicht gar nicht so klar sind.«

Ivory schaute ihn unschlüssig an, dann sah sie zu Mrs Wanstall hoch. »Eigentlich waren wir mitten in einem Gespräch«, begann sie zögernd.

Zadoc warf ihr einen Blick zu, einen hastigen Blick. »Ein andermal«, murmelte er und stand auf.

Ivory nickte. An ihren Bewegungen sah er, dass sie nicht einverstanden war, aber sie würde nachgeben. Und er wusste, dass er wieder einmal die Gelegenheit verpasst hatte.

Einmal mehr.

FREMONT,
Kalifornien, 1979

»Janis, komm!«, rief Kenzie aufgeregt.
»Was ist?«

Janis schaute für einen Moment von den Ausschneidepuppen hoch, mit denen sie gerade bastelte. Kenzie war am Fenster und deutete auf den alten Buick, der gerade in die Einfahrt eingebogen war.

»Daddy ist da! – Endlich.«

Kenzie rutschte eilig von der Fensterbank, auf der sie gesessen und gelesen hatte, ergriff die Hand ihrer jüngeren Schwester und die beiden lächelten sich vielsagend an.

»Das wurde aber auch Zeit«, sagte Janis dann und schob sich ihre hellen Haare aus der Stirn.

Hap(py) Swindells Kommen und Gehen:

Zum ersten Mal tauchte er 1946 auf, als er als Sohn eines Bierbrauers und einer Sekretärin in Cleveland, Ohio, geboren wurde.

1968 zog es ihn als Zweiundzwanzigjährigen nach Kalifornien. Er glaubte damals fest daran, homosexuell zu sein, und seine Eltern waren in großem Aufruhr deswegen.

Kaum in San Francisco angekommen, lernte er im Haight-Ashbury-Viertel Insel Hathaway kennen und verliebte sich Hals über Kopf in sie.

»Mom, Dad, regt euch wieder ab! Ich bin wohl doch

nicht homosexuell!«, schrieb er seinen Eltern in einem Telegramm, was Ross und Rose Swindell zu Hause in Cleveland enorm erleichterte. Sie regten sich ab. Allerdings hielt die Erleichterung nicht lange an. Denn Hap teilte seinen Eltern nur kurze Zeit später mit, dass er zwar Vater würde, sein zukünftiges Kind jedoch bei seinen zwei Müttern aufwachsen werde. Drei Jahre später schickte er seinen Eltern einen Brief ähnlichen Inhalts, in dem er die Geburt seiner zweiten Tochter Janis bekannt gab.

Allerdings vergaß er diese Kinder nach und nach. Zu Beginn kam er wöchentlich. Hap(py) Swindell war verzaubert von seinen Babys. Er wickelte, fütterte, sobald sie nicht mehr gestillt wurden, er strahlte, als sie es schafften, die ersten Schritte auf eigenen Füßen zu gehen. Stundenlang sang er für sie und besuchte Spielplätze mit ihnen. Aber mit der Zeit verschoben sich seine Schwerpunkte, und als Kenzie vierzehn und Janis elf Jahre alt waren, kam er zum letzten Mal.

Ab 1990 lebte Hap dann doch mit einem Mann zusammen. Gemeinsam gründeten sie ein sich schnell etablierendes Airline-Catering und verdienten ein Vermögen damit.

Hap Swindell bekam keine weiteren Kinder.

Im Jahr 2014 wird er achtundsechzigjährig bei einem Autounfall in Los Angeles ums Leben kommen.

»Dad! Daddy!«, riefen Kenzie und Janis und eilten die Treppe hinunter.

»Hi, meine Prinzessinnen«, antwortete Hap, während Janis ihm in die Arme flog. Kenzie blieb neben den beiden stehen.

»Na, und du?«, fragte Hap, als er Janis endlich abgesetzt hatte. »Bekomme ich von dir etwa keine Umarmung?«

»Doch«, sagte Kenzie und ließ sich von ihrem Vater in den Arm nehmen und schloss sogar für einen Moment die Augen. Er roch gut wie immer. Kenzie liebte den Duft seines Aftershaves und seiner Haut. Sie hatte auch sein kratziges Kinn gerne. Und sie liebte es, wenn er sie fest in den Arm nahm, so wie in diesem Moment.

»Daddy, du warst fast ein halbes Jahr nicht hier«, beschwerte sich Janis, während sie alle zusammen ins bunte Zimmer drängten, das im Grunde ein ganz normales Wohnzimmer war, nur eben sehr bunt eingerichtet und dekoriert, wofür Insel gesorgt hatte. Und darum hieß es statt Wohnzimmer bei den Hunts *buntes Zimmer*.

Kenzie fühlte sich aufgewühlt und wackelig. Viel länger hätte ihr Dad sie festhalten sollen zur Entschädigung für all die Monate, in denen er sich nicht hatte blicken lassen. Hatte er Janis nicht deutlich länger im Arm gehabt?

»Ich weiß, Janis«, sagte Hap reumütig, nahm ihre schmale Hand, führte sie zu seinen Lippen und küsste sie zweimal. »Aber ich hatte viel um die Ohren, verstehst du?«

Er warf sich auf das karminrote, durchgesessene Sofa, kickte sich die Schuhe von den Füßen und legte die Beine hoch. »Wo sind Mummy und Mummy überhaupt?«, erkundigte er sich dabei. »Ihr solltet nicht alleine im Haus sein, das habe ich Leetha doch schon so oft gesagt.«

»Leetha unterrichtet in der Sommerschule«, erklärte Kenzie.

»Und Inni gibt einen Malkurs im Seniorenheim«, fügte

Janis hinzu und kuschelte sich an ihren Dad, während Kenzie Rootbeer für Hap aus der Küche holte, weil sie wusste, wie gerne er Rootbeer trank.

»Danke, Schatz«, sagte Hap auch prompt und lächelte seiner ersten Tochter dankbar zu. »Wie geht es denn deinem Auge? Es ist besser geworden, oder?«

Kenzie nickte.

»Aber sie muss es trotzdem noch mal operieren lassen«, rief Janis. »Beim letzten Mal war es ganz schrecklich, Daddy! Du hättest sehen sollen, wie es aussah! Richtig gruselig!«

Janis verzog das Gesicht und hielt sich zuerst das eine und dann das andere Auge zu. »Zum Glück schiele ich nicht! ›Kein bisschen‹, sagt der Augenarzt!«

Sie machte ein sehr zufriedenes Gesicht.

Eine unbedeutende Nachbarschaftsanekdote – nur bedeutsam für Mackenzie Hunt (und vorgekommen im Herbst 1976):

Kenzie war damals gerade sieben Jahre alt, Janis war vier und die beiden Kinder spielten in der Hauseinfahrt, als eine alte Nachbarin ihr Auto in der Nachbareinfahrt parkte. Sie stellte den Motor ihres Wagens ab, stieg aus, schloss die Wagentür, verriegelte sie sorgfältig, sah zu ihren beiden Nachbarskindern hinüber, beschloss, ihnen für einen Moment beim Spielen zuzuschauen, um deutlich zu machen, wie gerne sie die beiden Kleinen hatte, auch wenn sie gelegentlich sehr viel Lärm machten und sehr unorthodox mit zwei »Müttern« zusammenlebten, was nicht jedem in der Nachbarschaft gefiel.

Und sie waren ja auch wirklich nette, ansprechende Kinder. Vor allem die kleine Janis mit ihren hellen Löckchen und den großen blauen Augen.

»Na, ihr Lieblinge«, sagte die Nachbarin freundlich beim Näherkommen.

Kenzie lächelte schüchtern, aber Janis war nicht schüchtern. Sie sagte etwas wie »Guten Morgen, Guten Mittag, Guten Abend« zu der Nachbarin. Hap sagte das manchmal zu ihnen, wenn er kam.

Die Nachbarin lachte.

»Du bist so eine süße Maus«, erklärte sie freundlich und fuhr Janis über den Kopf. »Eine wahre Augenweide mit deinen Ringellöckchen und deinen leuchtenden Blauaugen! Wie ein leibhaftiges Engelchen, wirklich!«

Ihr Blick wanderte weiter zu Kenzie, die sich mit ihrem Hüpfseil abmühte. »Und du, arme Maus? Wie geht es deinen Augen? Und wie lange musst du dieses Pflaster eigentlich noch tragen, hm? Du bist so ein Dünnchen, Kenzie. Isst du denn genug? Vitamine sind sehr wichtig, hörst du? Vor allem für so ein halbes Portiönchen wie dich.« Kenzie hatte diese Worte nie vergessen.

Am Abend von Haps Besuch, Insel und Leetha waren längst nach Hause gekommen und hatten den Vater ihrer Kinder umarmt, saßen sie alle zusammen um den runden Sonnenblumencouchtisch, den Janis für Leetha mal zum Geburtstag bemalt hatte. Sie aßen chinesisches Essen aus Pappschachteln und lauschten Haps Geschichten.

»Warum wohnst du eigentlich nicht bei uns, Daddy?«, fragte Janis irgendwann und schaufelte sich eine Ladung

Huhn mit Cashewkernen in den Mund. »Daddys sollten bei ihren Kindern wohnen. Die Daddys von meinen Freundinnen wohnen alle bei ihren Kindern.«

»Bei uns ist es eben ein bisschen anders, Janis«, unterbrach Insel Janis behutsam. »Das weißt du doch.«

Janis verdrehte die großen blauen Augen. »Jaaaah, weil ihr lesbisch seid und weil zwei Mummys genauso gut sind wie eine Mummy und ein Daddy.«

»Genau, Prinzessin«, sagte Hap und lächelte Janis zu, während er ihr eine Serviette zuschob. »Wisch dich ab, Liebling. Dein Mund und dein Kinn sind ja völlig mit Soße verschmiert.«

»Will McClori behauptet aber, lesbisch sein ist eklig«, sagte Kenzie in diesem Moment. »Und er sagt auch, wenn man lesbisch ist, kann man eigentlich keine Kinder bekommen …« Sie brach ab und wurde rot. Was Will McClori weiter gesagt hatte, wollte sie lieber nicht laut aussprechen.

Was Will McClori aus Kenzies Grundschulklasse weiter gesagt hatte: »Zum Babysmachen braucht man nämlich einen PIMMEL!«

Leetha tauschte einen alarmierten Blick mit Insel. »Und wer ist dieser Will McClori noch mal?«

Es war Insel, die die Elternabende von Kenzies Klasse besuchte. Leetha ging dafür zu den Elternversammlungen von Janis' Vorschule.

»Dr. McClori, seines Zeichens Oberarzt am General Hospital«, murmelte Insel. »Und ein reaktionärer Oberarsch, wenn du mich fragst.«

Kenzie starrte auf ihren Teller.

»He, Kenzie, lass dir von diesem Jungen keinen Unsinn einreden«, versuchte Hap, seine zehnjährige Tochter aufzumuntern, und zwinkerte ihr mit einem seiner stachelbeerfarbenen Augen zu. Aber Kenzie starrte weiter ihr Hühnchen an. Ihr Kopf war voller Fragen, aber sie stellte sie nicht.

»Bei uns ist schon alles – in Ordnung«, fügte Hap etwas vage hinzu. »Nur eben nicht so ...«

Er suchte nach dem passenden Wort.

»... gewöhnlich«, sagte er schließlich.

SPRINGFIELD,
Kalifornien, 2005

Die Morgensonne beschien Zadoc. Er lag im Garten zusammengerollt wie ein verletztes Tier. Wenigstens kam es Ivory so vor. Es war ein Samstagmorgen und sommerlich warm, obwohl es bereits die letzte Septemberwoche war.

»Zadoc?«

Er öffnete blinzelnd die Augen.

»Was hast du? Warum liegst du hier?«

Zadoc starrte Ivory nur an, mit diesem Blick, den sie bei ihm kannte. Es war ein unheimlicher Blick, so als wüsste Zadoc auf einmal nicht mehr, wer genau sie war. Diese Blicke waren teilweise der Grund, warum die Kinder in der Schule vor Zadoc davonliefen, wenn er ihnen zu nah kam. Das, und wenn er plötzlich raste vor Zorn. Sie kannten ihn eben nur so. Sie kannten ihn nicht, wie Ivory ihn kannte. Sanft und traurig und von Ängsten geplagt.

»Wo ist denn deine Mom, Zadoc?«, hakte Ivory nach. Mrs Wanstall mochte es sicher nicht, dass Zadoc hier draußen im Freien schlief. Sie fürchtete sich vor Erkältungen, vor Moskitos, vor Schlangen. Sie fürchtete immer und überall um Zadocs Gesundheit und um sein Wohlergehen und seine wackelige Seele.

»Schläft komisch«, murmelte Zadoc und klapperte mit den Zähnen.

»Was heißt, sie schläft komisch?«

Ivory kniete nieder. »Zadoc, was ist los? Mit dir? Ist etwas passiert?«

Zadoc richtete sich schwerfällig auf und wich gleichzeitig etwas zurück.

»Du bist Ivory Perlman. Du bist am 31. Oktober 1995 geboren. Im General Hospital von Springfield. Du bist ein Jahr jünger als ich, aber kein – Wechselbalg.«

»Zadoc! WAS IST LOS?«

Zadoc: DA WAREN WIEDER TIERE.

Ivory: WO?

Zadoc: IN MEINEM ZIMMER. IN DER NACHT. UND ETWAS ZOG MICH IN DIE TIEFE.

Ivory (weil Zadoc nicht weitersprach, sich aber sein Zähneklappern auf groteske Weise verstärkte): WAS ZOG DICH IN DIE TIEFE? HATTEST DU EINEN ALBTRAUM?

Zadoc (schüttelte den Kopf): NEIN. KEIN TRAUM. ICH WAR VÖLLIG WACH. WIRKLICH. SCHÄTZE, ES WAREN DIESE TIERE!

Ivory streichelte Zadocs zitternde Hand: IST JA GUT, ZADOC! PSCHT!

So ähnlich hatte sie Whipper, ihr kleines Kätzchen, getröstet, nachdem ein Hund es angefallen und gebissen hatte. Dennoch war die Katze in der darauffolgenden Nacht gestorben. Ivory fröstelte plötzlich. Sie wusste längst um die Rhinozerosse und Wasserfälle, die Zadoc immer wieder quälten. Sie war nicht mehr vier, wie bei ihrem ersten Zusammentreffen am Whispering Pine Creek, inzwischen verstand sie, was in Zadoc vorging, wenn diese riesigen, schuppigen Tiere in sein Zimmer trampelten wie bei einer Stampede und seine Tür sich in einen tobenden, dreidimensionalen Wasserfall verwandelte, der jede Möglichkeit zur Flucht vereitelte. Aber es waren nicht nur Rhinozerosse und Wassermassen, die Zadoc ängstigten. Es taten sich auch seufzende Schluchten unter seinen Füßen auf. Und es gab schwarze Löcher, die ihn verschluckten und auslöschten. Manchmal nahm ihm auch das Nichts den Atem und Zadoc hatte ganz reale Erstickungsanfälle, für die kein Arzt eine Erklärung finden konnte.

Ivory nahm Zadocs starre Finger hoch und legte ihre warme Hand wie ein Nest darum.

»Komm mit«, sagte sie leise. Zadoc nickte und erhob sich schwerfällig wie ein alter Mann oder ein ganz kleines Kind. Leise flüsternd informierte er Ivory darüber, dass seine Mutter so tief schlief, dass er zuerst gedacht hatte, sie sei tot. Ihr Mund stünde leicht offen und Spucke liefe daraus hervor. Das halbe Kissen war nass davon. Zadoc, der keuchend an den schnaubenden, stampfenden und brüllenden Rhinozerossen vorbeigeschlichen war, Zentimeter um Zentimeter, hatte sich über sie gebeugt und versucht, sie aufzuwecken. Aber es war ihm nicht geglückt. Eine Weile hatte er einfach nur atemlos neben ihr gekniet und seine Hand auf ihren Brustkorb gelegt, weil da Atem war. Atem, der bewies, dass sie noch nicht tot war, wenn sie auch wie gestorben aussah. Und es war der Atem, der ihm selber half weiterzuatmen. Benommen hatte er sich schließlich aufgerafft und war hinaus in den Garten gewankt, wo ihn irgendwann später Ivory entdeckt hatte. Zadoc war sich sicher, schon eine ganze Weile im Garten gekauert zu haben, denn seine Muskeln fühlten sich verkrampft und steif an.

»Mit deiner Mom ist es komisch«, sagte Ivory jetzt und zog Zadoc an der Hand hinter sich her. Sie wusste, wo sie mit ihm hinwollte. Zu den beiden Hand-in-Hand-Bäumen in Zadocs Talsenke. Dort war diese wunderbare Mischung aus Schatten und Sonne, aus Einsamkeit und Geborgenheit, die Zadoc immer half, wieder zu sich zu kommen, wenn er so war wie im Moment.

Zadoc stolperte hinter ihr her, im Kopf immer noch eigenartig benommen.

In der Talsenke angekommen, drückte Ivory ihn hinunter ins weiche Moos und tat das, was getan werden musste. Sie legte sich auf ihn drauf und gab ihm so von ihrer Wärme, ihrem Leben und ihrer Ruhe ab.

»Ivory«, flüsterte Zadoc heiser. Tränen liefen über sein blasses, schmales Gesicht.

»Ist schon gut«, flüsterte Ivory zurück.

»Bin ich verrückt, Ivory?«

»Nein.«

»Aber ich habe schreckliche Sachen gesehen.«

»Erzähl mir alles«, bat Ivory. »Ich hab dich lieb, Zadoc.«

»Alle anderen mögen mich aber nicht«, war Zadocs Antwort.

»Die anderen sind doch egal. – Zadoc, hat sie dir wieder etwas gegeben? Deine Mom, meine ich.«

Zadoc hatte ihr von diesem Pillendöschen erzählt. Es war türkisfarben und etwa so groß wie ein Vierteldollar.

»Nur ein paar Vitamine«, sagte Zadoc leise. »Weil ich wieder diese Kopfschmerzen hatte. Gestern.«

FREMONT,
Kalifornien, 1982

Es war Kenzies dreizehnter Geburtstag. Für diesen besonderen Tag waren sie alle zusammen nach San Francisco gefahren. Sie und ihre Moms, außerdem natürlich Janis, und dazu Hap.

Leetha lächelte ihrer Tochter zu.

»Genau hier war es, Kenzie«, sagte sie. »Hier bist du zur Welt gekommen.«

Sie kniete sich mit andächtiger Miene in den Sand und ließ ihn sich durch die Finger rieseln. »Schade, dass Zoela heute keine Zeit hat. Ich hätte sie gerne mal wiedergesehen.« Sie wandte sich Insel zu, die ein Stück Treibholz aufgehoben hatte und es für Rock, Haps Hund, in Richtung Wasser schleuderte.

Insel nickte und grinste. »Sie macht einen Kurs über Unterwassergeburten. Im Meer und in Ermangelung von diesem auch in einer Badewanne. Unser nächstes Baby könnte also …«

Insel zwinkerte Leetha zu, aber Leetha schüttelte den Kopf. »Keine weiteren Babys mehr, Inni«, sagte sie mit entschiedener Miene.

Insel verzog das Gesicht, nickte aber.

»Siehst du, meine Mom will keins mehr«, flüsterte Kenzie zufrieden ihrer jüngeren Schwester zu. »Hab ich dir doch gesagt.«

Hap sah unterdessen über das Meer hinaus und warf erneut das Stück Holz, das Insel für Rock aufgehoben hatte. Er schien mit den Gedanken weit weg, wie so oft in der letzten Zeit.

Bis zum Abend blieben sie am Strand von Ocean Beach.

»Es hat aber nicht mehr ganz dasselbe Flair wie damals, findest du nicht auch?«, fragte Leetha Insel irgendwann. »Es ist schmuddeliger und schmutziger – und diese Buden dahinten gab es am Tag von Kenzies Geburt ganz sicher noch nicht.«

Insel umarmte Leetha. »Wie auch immer. Weißt du noch, wie Kenzie so plötzlich zwischen deinen Beinen hervorschoss? Zum Schluss konnte es ihr gar nicht schnell genug gehen.«

»Oh, bitte, Inni, das ist alles so eklig. Müssen wir davon reden?« Kenzie verzog das Gesicht.

Insel machte sich mit ungerührter Miene daran, einen Joint zu drehen. »Warum magst du darüber nicht sprechen, Pflaume? Vaginas, Geburten, Plazentas, Menstruationsblut ...«

Sie schaute zu Hap hinüber. »... Penisse, Samen, Befruchtung. Das sind alles ganz normale, wunderbare Dinge, die zu unserem Leben gehören. Darüber kann man doch reden. Und wer es nicht kann, sollte einem eigentlich leidtun.«

Sie zündete die Spitze der Haschzigarette an.

»Und kiffen wollt ihr hier auch?« Kenzie seufzte tief. Sie fand, dass ihre Familie ihr zu viel zumutete. Die Mütter ihrer Schulfreundinnen waren weder lesbisch, noch bekamen sie ihre Kinder am Strand in aller Öffentlichkeit am helllichten Tag, noch *sprachen* sie mit ihnen über so etwas – und Haschisch rauchten sie auch nicht. Wenigstens nahm Kenzie das an.

»Nun hab dich nicht so, Mackenzie Hunt«, sagte Insel streng und nahm einen ersten, tiefen Zug. Die Luft begann, nach Cannabis zu riechen. »Hap, willst du auch? Das hier ist schließlich auch dein Fest! Weißt du noch, dass du geweint hast, als ich dich abends anrief und dir sagte, dass du Vater bist?«

Hap nickte zu dieser dreizehn Jahre zurückliegenden Erinnerung, lehnte aber zu Kenzies Zufriedenheit den Joint ab.

Leetha hatte unterdessen konzentriert auf ihre Armbanduhr gesehen, jetzt hob sie lächelnd den Kopf. »Auf die Minute genau – Kenzie, du bist geboren!«

»Oh, mein Gott«, murmelte Kenzie, als sie sah, wie ihre beiden Moms sich umarmten und Insels Fingerspitzen dabei für einen Moment Leethas Busen unter ihrer gebatikten Bluse berührten. Danach umarmten sie Kenzie. Und dann Janis.

Hap hatte Picknicksachen mitgebracht, die er nun auspackte und die sie auf zwei ausgebreiteten Picknickdecken verspeisten. Es gab Frischkäsekugeln, gewürzte Pekannüsse, Langustenschwanzsandwichs, Zwiebelringe, Avocadoburger und vegetarische Würstchen am Stiel, die Janis' Lieblingsspeise waren. Dazu tranken die Erwachsenen Wein und die Kinder Gingerale.

Die Sonne versank ganz allmählich am Horizont. Der Himmel war unentschlossen, was er mit diesem Tag, Kenzies dreizehntem Geburtstag, weiter anfangen sollte, und wechselte, in Erwartung eines möglichen, spontanen Regengusses hinter herannahenden Quellwolken, nervös zwischen Orange und Blau hin und her.

»Hap, willst du etwa, dass wir alle dick wie Flusspferde werden?«, lachte Insel schließlich und kuschelte sich für einen Moment an den Vater ihrer Töchter. »Wie wahnsinnig gut du doch kochen kannst, du Held, du!«

»Da, sie küssen sich fast«, sagte Janis zufrieden. »Wenn Hap wählen müsste zwischen Lee und Inni, würde er ganz sicher *meine* Mummy nehmen!«

Kenzie runzelte die Stirn. Oh – klar, der *Dadstreit*. Den fochten sie nun schon seit Jahren aus, genauer gesagt, seit dem rabenschwarzen Tag, an dem Leetha und Insel ihnen erzählt hatten, wie genau sie entstanden waren. Kenzie hatte damals nicht lockergelassen. Sie hatte Will McCloris Worte nicht vergessen. Zwei Mummys konnten … bla, bla, bla. Ein Mann – genauer gesagt –, der zukünftige Dad war dazu nötig!

»Wie? Mummy? Wie bin ich entstanden?«

Und Leetha hatte es ihr erklärt. Nicht gleich, aber ein paar Tage später, zusammen mit Insel, und sie mussten sich abgesprochen haben, denn sie gaben sich gekonnt die Worte weiter, ergänzten sich und strahlten dabei immerzu, als wäre diese Geschichte eine ganz besonders gelungene Geschichte. Eine happy, happy, happy Sesamstraßengeschichte, aber die harten Fakten waren geblieben und Kenzie dachte wochenlang, wenn nicht sogar monate- und jahrelang darüber nach.

Fakt war, dass Leetha und Insel damals wahnsinnig verliebt ineinander waren und dringend Babys wollten. Sie beschlossen, dass Leetha die Erste sein sollte, die es ausprobierte. Und sie brauchten nicht lange zu überlegen, wen sie fragen wollten, ob er Lust habe, der Vater ihres künftigen Babys zu sein. Sie hatten damals nicht so viele männliche Freunde, eigentlich kam also nur einer infrage – Happy Swindell. Er wiederum war wahnsinnig in Insel verliebt und kam fast täglich in das winzige, enge Malatelier, das sie auf der Haight Street mitten in San Franciscos schönstem Stadtteil gemietet hatte.

Und Hap fühlte sich sehr geschmeichelt.

»Er war einfach froh, einen Fuß in der Tür bei dir zu haben, Insel«, sagte Leetha leise und nur an ihre Freundin gewandt, während sie im bunten Zimmer auf dem Boden hockten für diese alles erklärende Wie-ihr-entstanden-seid-Geschichte. Kenzie saß bei Leetha, Janis bei Insel, und als sie schließlich geendet hatten, war die Geschichte ein fester Bestandteil im Leben von Kenzie und Janis Hunt.

»Igitt«, konnte Kenzie beginnen, wenn sie abends im Bett darüber redeten.

Janis nickte oder sagte Ja, wenn es im Zimmer dunkel war und Kenzie ein Nicken nicht gesehen hätte.

»Sie haben Daddys Samen in eine Spritze gefüllt, zusammen ›Toitoitoi‹ gesagt, sich geküsst und dann den Samen …« Hier stockte Kenzie jahrelang jedes Mal mitten im Satz und Janis sprach ihn zu Ende, weil Kenzie ihn unaussprechlich fand.

»… in Mummy Lees Vagina gespritzt.«

Darauf folgte Stille.

Die Ei-Geschichte erzählte dann auch jedes Mal Janis.

»Mummy Lees Ei wartete schon auf Daddys Samen und sie …« Hier vergaß Janis in den ersten Jahren immer das alles entscheidende Wort, das Kenzie wieder aussprechen konnte, obwohl es ein entschieden merkwürdiges Wort war.

»Und sie verschmolzen irgendwie«, sagte Kenzie, während ihr Gesicht aufglühte, »während unsere Mütter einen Song von den *Beatles* zusammen hörten und hofften, dass es geklappt hätte.«

»All my loving«, fiel Janis ein. Den Song hörten Leetha und Insel immer noch gerne.

»So bist du entstanden«, sagte Janis zum Schluss immer und fuhr ihr Gespräch damit in ein bitteres Fahrwasser. Denn Janis war anders – und besser – entstanden. Janis Hunt entstand, während Inni und Hap das taten, was normale Eltern taten, wenn sie ein Baby wollten.

»Hap und Insel machten ganz normal Liebe miteinander.«

Das waren Leethas Worte gewesen.

Kenzie sollte das nie vergessen. Janis war in Liebe entstanden.

Und sie selbst durch eine Spritze voll Samen.

»Warum, Mum?«, wird sie eines Tages fragen, in einer Zeit, in der Hap schon lange verschwunden war aus ihrer aller Leben.

»Weil ich keinen Sex mit ihm wollte, Kenzie. Ganz einfach. Ich wollte nicht mit einem Mann schlafen, auch nicht mit einem netten wie Hap! Ich wollte aber dennoch ein Baby. Ich wollte dich.«

So entstand der Dadstreit. Ein Kind der Liebe. Und eins aus einer Spritze aus dem Drugstore …

»Massenweise Kinder sind so entstanden, ihr Mäuse«, hatten Leetha und Insel das Gespräch damals abgeschlossen. »Kinder der Liebe, das seid ihr auf jeden Fall! Alle beide!«

»Es war ein wunderbarer Tag«, sagte Leetha, als sie später an Kenzies Geburtstag auf dem Weg zurück nach Hause waren. »Danke, Hap, dass du mitgekommen bist. Und danke, Kenzie, dass du geboren bist.«

Hap zwinkerte Leetha zu und Kenzie schaute schnell weg. Ob er jetzt daran dachte, wie er Leetha seinen Samen – gegeben hatte? Wie sagte man das eigentlich richtig? Gegeben? Überreicht? Überlassen?

Kenzie versank in Schweigen und spürte so etwas wie eine laue Übelkeit im Bauch, während Janis wieder von vorn begann. Wenn sie einmal mit dem Dadstreit anfing, ließ sie so schnell nicht wieder locker.

»Schau mal, wie Dad Inni immer von der Seite *ansieht,* Kenzie«, flüsterte sie. In Haps altem Pick-up war vorne eine Dreierbank. Hap saß hinter dem Steuer und Insel hatte den Mittelplatz abbekommen. Sie hatte den Arm gehoben. Mit den Fingern streichelte sie Haps Nackenhaare.

»Guck, Kenzie«, hauchte Janis. »Oh, es ist so romantisch!«

Kenzie konnte auf einmal kaum atmen. Sie war jetzt dreizehn, sie *wusste,* wie Männer es schafften, ihren Samen zu beschaffen. Sie *wichsten.* Das sagten Will McClori,

Adam Vineyard, Bo Carney und die anderen Jungen in ihrer Klasse.

Und *wichsen* bedeutete, dass Männer ihre … ihre …

Kenzie wollte das Wort nicht mal denken. Schon dazu kam es ihr zu schmutzig vor. Aber wie auch immer, die Männer nahmen – dazu ihre Teile – ja, das klang nicht ganz so scheußlich – jedenfalls nahmen Männer dazu ihre Teile in die Hand …

Kenzie schüttelte sich innerlich. Und dann *wurstelten* sie daran herum und das machte, dass irgendwann dieses – Zeug, dieser *Samen* daraus hervorschoss wie so eine Art Springbrunnen.

Und dieses Zeug hatte ihre Mum dann auf eine Spritze gezogen und es sich in die Vagina *gespritzt?*

Und so war sie selbst *entstanden?*

Jäh presste Kenzie sich eine Hand auf ihren Magen, der plötzlich revoltierte, und die andere auf ihren Mund. Bittere Galleflüssigkeit schoss ihre Speiseröhre hinauf und Janis, neben ihr, beendete endlich den heute sehr einseitig geführten Dadstreit.

(In welche Höhepunkte *der sogenannte »Dadstreit« sonst üblicherweise führte:*

»Denk dran, wie ich entstanden *bin, Kenzie! Ich bin also viel mehr Haps Kind als du! Mich hat er* in Liebe *gemacht! So wie alle Babys gemacht werden! Ich bin ganz normal! Du nicht! Und darum liebt er mich auch mehr als dich!«*

Kenzie hatte nur eine Waffe zum Zurückschießen: »Aber ich sehe ihm ähnlich! *Und du nicht! Kein bisschen! Ich habe dieselbe Augenfarbe wie er. Und seine Haarfarbe. Und seine Gesichtsform! Ich bin also wie er!«)*

»Oh, sie kotzt!«, schrie Janis entsetzt. »Da, es quillt zwischen ihren Fingern hervor. Igitt, ich will nichts abbekommen!«

Auch Hap fluchte laut auf. Wenn ihn auch sonst nichts so schnell aus der Ruhe brachte, Schmutz und Dreck und schlechte Gerüche waren ihm ein Gräuel.

»Arme Pflaume«, sagte Insel, als Hap angehalten hatte. Sie verscheuchte den Labrador von der Rückbank, führte Kenzie aus dem Auto, half ihr, sich zu reinigen, und legte den Arm um sie.

Insel war schön und sie roch gut, nach Vanille und Wind und Apfelsinen, und sie war fast immer lustig und vergnügt. Nicht so ernst und streng, wie Leetha es oft war. Außerdem hatte sie Janis bekommen, wie es sich gehörte. Wenn sie auch sonst immer sagte, lesbisch sein sei völlig in Ordnung, sie hatte *ihrer Tochter* nicht zugemutet, auf eine Weise zu entstehen, wie Leetha es Kenzie aufgezwungen hatte.

Zum ersten Mal war Kenzie tief verletzt darüber, dass Leetha und nicht Insel sie zur Welt gebracht hatte.

ZADOC,
September 2013

»Zadoc?«

Sie waren am Whispering Pine Creek. Hinter der Straße wurde die Gegend bewaldet und steil und fiel in eine von Gebüsch überwucherte Böschung mit weitem Blick.

Von hier aus waren die Hand-in-Hand-Bäume gut zu erkennen, zumindest ihre Wipfel, die sich im lauen Wind nahezu synchron bewegten.

Ivory musste daran denken, wie sie dort vor gefühlten hundert Jahren *Blutsbrüder* geworden waren und wie sie sich dort vor ebenfalls gefühlten hundert Jahren auf Zadoc gelegt hatte, um ihn wieder zu beruhigen, wenn er außer sich war.

Plötzlich wurde sie von einem Anfall von schlechtem Gewissen gepackt. Sie sahen sich viel zu selten in der letzten Zeit. Das letzte Mal vor fast einem Monat, als Mrs Wanstall sich angeschlichen hatte, um Ivory zu verscheuchen, als wäre sie nicht siebzehn, sondern gerade mal acht Jahre alt. Irgendwie schien die Zeit zu rasen. Die Schule, ihre Freundinnen, dazu das lästige Büffeln für den nahenden Collegeeignungstest … Bei alldem blieb kaum noch Luft für … für Zadoc, eben. Dabei vermisste sie ihn. Immerzu. Das Zusammensein mit ihm, ihre geheimen Stunden, die nur ihnen beiden gehörten und in denen sie eine völlig andere Ivory als im Alltag war. Sie wusste, dass auch Zadoc sie vermisste. Dass er täglich auf sie wartete. Hin und wieder sah sie ihn sogar aus der Ferne, wenn sie kam und ging. Wie einen Schatten in seinem Garten, gefangen wie ein Tier, lief er mit kleinen Schritten dort herum. Ivorys Herz zog sich zusammen, wenn sie nur daran dachte.

Jetzt in diesem Moment warf sie Zadoc einen prüfenden Seitenblick zu. Würde er ihr nun doch noch das erzählen, wozu er letztes Mal keine Zeit gefunden hatte? Sollte sie das Gespräch von sich aus darauf bringen?

Seine Finger bewegten sich unablässig, aber sein Gesicht war eigenartig ruhig dagegen. Seine grünen Augen blickten unergründlich, wie fast immer. Er war nicht mehr klein, wie früher, als er phasenweise sogar kleiner als sie selbst gewesen war. Nein, jetzt war er groß, fast riesig. Über einen Meter neunzig groß. Aber dünn war er immer noch. Dünn und trotzdem muskulös, mit leicht sonnengebräunten Armen, doch einem blassen Gesicht. Sein Gesicht war überhaupt immer noch seinem alten Selbst am ähnlichsten. Schmal, ernst und mit diesen tiefen grünen Augen, die immer etwas verwirrt und traurig aussahen. Oder erschrocken. Oder wissend. Wissend? Ja, wissend … So als hätten sie etwas gesehen, was zu furchtbar war, um ausgesprochen zu werden.

»Meiner Mom geht es wieder mal beschissen«, sagte Zadoc und zupfte winzige Moosfetzen aus dem warmen Boden, auf dem sie nebeneinandersaßen.

Ivory seufzte. Als Kind hatte sie Mrs Wanstall schon nicht verstanden, aber auch heute noch war sie ihr ein echtes Rätsel.

Gutes und Schlechtes aus dem Alltag von Claire Wanstall (unsortiert, wie es Ivory in diesem Moment am Whispering Pine Creek in den Sinn kam):

Sie hatte hellgrüne Augen wie Zadoc, die zufrieden leuchten konnten, was aber nicht oft vorkam.

Sie war kein Menschenfreund. Sie lebte zurückgezogen mit Zadoc in ihrem unscheinbaren Haus in der Malcolm Street, das sie nur für längere und kürzere Geschäftsreisen verließ, die aber in den letzten Jahren auch nicht mehr so oft anfielen.

Sie hatte schwarze Tage, wie sie es Zadoc erklärt hatte, als er noch ein kleines Kind war. An diesen Tagen lag sie wie ein gestrandeter Walfisch auf dem Sofa und tat nichts weiter, als die Zimmerdecke anzustarren.

Sie konnte mit derselben sanften Stimme sagen: »Zadoc, du bist das größte Glück meines Lebens«, mit der sie auch sagte: »Ich möchte nicht, dass dieses grässliche Mädchen *immerzu in meinem Haus ein und aus geht, Zadoc! Verstanden?«*

Sie war Börsenmaklerin und arbeitete von zu Hause aus. Es hieß, sie verdiene Geld, viel Geld sogar, was man allerdings von außen nicht sehen konnte. Das Haus blieb unscheinbar, von Urlauben hielt Mrs Wanstall nichts, bis auf besagte Geschäftsreisen, bei denen dann früher immer die alte Marijana hatte kommen müssen, um auf Zadoc aufzupassen.

Sie war im Grunde eine hübsche Frau. Sie hatte markante Wangenknochen, eine schmale, gerade Nase und einen schön geschwungenen Mund. Ihre Haut war nahezu faltenlos und sie war jünger, als sie mit den hochgesteckten

Haaren und den immer hochgeschlossenen Blusen auf die Leute wirkte.

Die Nachbarschaft hielt sie für unnahbar.

»Aber sie ist okay«, sagte Zadoc immer.

Sie nahm, da war sich Ivory sicher, hin und wieder starke Schlafmittel. Das erklärte diese spuckenassen Tiefschlafphasen, die Zadoc früher solche Angst eingejagt hatten.

Aber wenn es ihr gut ging, bemühte sie sich um Schadensbegrenzung. Dann unternahm sie eine Menge Sachen mit Zadoc. Tierpark. Mall. Salzgrotte. Meer. Wanderungen. Astronomisches Observatorium. Sogar die Camera obscura in Fremont hatten sie miteinander besucht. Nur wollte Mrs Wanstall Ivory Perlman niemals mitnehmen. Sie wollte lieber alleine sein mit ihrem Sohn.

»Sie fängt sich schon wieder, Zadoc. Sie fängt sich doch immer wieder«, sagte Ivory jetzt.

Zadoc nickte. »Schwarze Tage – klar«, sagte er und zupfte ein Gänseblümchen aus der Erde, um es an Ivory weiterzureichen.

»Unschuld«, sagte er dabei.

Ivory lächelte. Im letzten Sommer hatte sie Zadoc hier an dieser Stelle den Roman *Die verborgene Sprache der Blumen* vorgelesen, an einem einzigen, langen Nachmittag. Sie hatte das zerfledderte Buch aus ihrer Dies-und-das-Tasche gezogen, die sie immer mit sich herumtrug. Der Inhalt darin hatte sich über all die Jahre stets ihrem sich verändernden Alter und ihren wechselnden Interessen angepasst. Aber Süßigkeiten und Bücher waren nach wie vor ein fester Bestandteil.

Ivory las Zadoc gern vor. Zadoc sagte selten etwas, fast nie stellte er Fragen, aber sie hatte immer das merkwürdige Gefühl, dass sie danach die Bücher besser verstand. Damals, bei dem Blumenbuch, hatte Zadoc die fast unheimliche Gabe gezeigt, sich auf der Stelle und von da an bis jetzt an die Bedeutung jeder einzelnen Blume des Buches zu erinnern. Eine Zeit lang hatten sie sich auf diese Weise Botschaften zukommen lassen. Zadoc aus dem Gedächtnis heraus und Ivory, indem sie im Glossar des Buches nachschlug. Zadoc hatte *Erika* in Ivorys Dies-und-das-Tasche gesteckt, was *Einsamkeit* bedeutete. Und Ivory hatte mit einer rundblättrigen Geranie geantwortet, die für *wahre Freundschaft* stand.

»Hättest du eine scharlachrote Geranie genommen, hätte es auch gestimmt«, hatte Zadoc mit gerunzelter Stirn gesagt und die rundblättrige Geranie behutsam in seinen schmalen Händen gehalten.

»Wieso?«, fragte Ivory, die das Buch nicht zur Hand hatte und sich nicht erinnern konnte.

»Dummheit«, sagte Zadoc. »Die scharlachrote Geranie steht für *Dummheit.«*

»Du bist nicht dumm, Zadoc!«, war damals Ivorys heftige Antwort gewesen.

Das glaubte sie auch heute nicht, niemals hatte sie das geglaubt, gerade deswegen regte sie sich immer noch darüber auf, dass er nicht seinen normalen Higschoolabschluss hatte machen dürfen, mit dem er auf ein College hätte gehen können.

Zadoc deutete abermals auf das Gänseblümchen.

»Unschuld«, wiederholte er dabei.

»Ja, das habe ich verstanden«, gab Ivory zurück.

»Joel Parker«, sagte Zadoc.

»Was ist mit ihm?« Ivory machte ein verwirrtes Gesicht. Sie hatte sich lange überlegt, ob sie Zadoc darauf ansprechen sollte, dass er ihr heimlich folgte, seit sie ab und zu mit Joel unterwegs war, aber es erstaunte sie, dass Zadoc von sich aus mit dem Thema anfing.

Sie nahm das Gänseblümchen und wollte es in ihre Tasche stecken, da begriff sie: Zadoc stellte eine Frage. Eine höchst private Frage.

Ivory hob den Kopf. »Du willst wissen, ob ich ...? Oh, Zadoc!«

»Bitte, sag. Hast du es ...? Habt ihr miteinander ...?«

Zadoc sprach nicht weiter und Ivory starrte für einen Moment auf seinen zusammengepressten Mund. Er hatte normalerweise, wenn er sie nicht gerade zu einem harten Strich zusammenpresste, schön geschwungene Lippen. Was wusste er von – *Sex?* Er sah selten Fernsehen, weil Mrs Wanstall Fernsehen nicht mochte. Früher hatte sie Zadoc erklärt, davon Kopfschmerzen und Migräne zu bekommen, und irgendwann war es einfach kein Diskussionspunkt mehr gewesen. Allerdings hatte Zadoc, der in Ivorys Augen viel zu fügsam war, wenn es um seine Mutter ging, seit einer Weile ein Laptop. Ivory hatte es ihm überlassen und sich von ihrem Vater ein neues schenken lassen. Und er las, wenn auch die Auswahl der Bücher, die seine Mutter kaufte, wenig Aufregendes zu bieten hatte. Zadoc selbst kaufte kaum ein.

»Oh, Zadoc!«, sagte Ivory, diesmal heftiger.

Er rührte sich nicht. Er hielt den Kopf gesenkt. Was ging

nur in ihm vor? Plötzlich kam es Ivory wie gestern vor, dass sie sich zum letzten Mal auf Zadocs Körper gelegt hatte, um ihn zu beruhigen. Dabei war das in Wirklichkeit schon etliche Jahre her. Vier oder fünf? Sie wusste es nicht genau.

Vor vier Jahren war sie dreizehn gewesen und Zadoc vierzehn. Teenager. Oder war es ein Jahr früher gewesen? Ivory erinnerte sich nur noch, dass es der Sommer gewesen war, als Sienna Jones mit ihren Eltern nach Springfield zog und sie Schulfreundinnen wurden. Zadoc litt in diesem Sommer sehr, weil sie so oft mit Sienna Jones zusammen war. Er wurde noch wortkarger und verstockter, als er es sonst schon war. Es war auch der Sommer, in dem endgültig beschlossen wurde, dass Zadoc die Highschool verlassen sollte, um zukünftig nur noch von seiner Mom zu Hause unterrichtet zu werden.

»Ich hasse – alles«, waren Zadocs Worte gewesen, damals, als sie ihn wieder einmal aufgestöbert hatte, unten am Creek.

»Was hasst du?«

Er antwortete nicht. Nicht wirklich. »Heute Nacht hatte ich einen Traum«, sagte er stattdessen. »Mein – Dad kam darin vor. Und eine Frau …«

Er schluckte und kniff die Augen zusammen. Ivory kannte das gut. So sah er aus, wenn die Angst kam, die ihn immer wieder ohne Vorwarnung übermannte.

»Diese Frau. Du – du kennst sie. Die Frau in meinem Traum sah aus wie die Mutter von dieser Sienna.«

Es war einer dieser Momente, in denen Zadoc durchblicken ließ, dass er durchaus in der Lage war, sich Namen zu merken. Dass seine Welt nicht ausschließlich von Namenlosen bevölkert war. Allerdings sprach er Siennas Namen mit großem Widerwillen aus.

»Siennas Mutter?«, wiederholte Ivory verwundert. Weshalb träumte Zadoc ausgerechnet von Mrs Jones, die er doch überhaupt nicht näher kannte?

»Ich habe sie gesehen. Ein paar Mal schon«, erklärte Zadoc mit nuscheliger Stimme, so als habe er Ivorys Gedanken gehört.

Plötzlich fing er an zu zittern.

»Zadoc? Was hast du?«

»Sie ist … Sie ist …«

Aber mehr erfuhr Ivory nie, denn Zadoc sprach nicht weiter. Stattdessen rollte er sich auf dem kiefernnadelbestreuten Waldboden zusammen wie ein Tier, während immer neue Schauder seinen Körper durchfuhren. Es sah so aus, als habe er die Herrschaft über seinen Körper völlig verloren.

»Zadoc«, flüsterte Ivory erschrocken. »Oh, Zadoc.«

Was geschah nur immer wieder mit ihm?

Sie kniete sich neben ihn. »Was hast du nur? Was ist mit Mrs Jones? Hat sie dir etwas getan? Hat sie vielleicht etwas Böses gesagt? Zu dir?«

Aber Zadoc gab keine Antwort. Und schließlich legte sich Ivory auf ihn, wie sie es schon so oft getan hatte. Ihre Wange auf seiner, warm gegen kalt, ihr Brustkorb gegen seinen, weich gegen verspannt, ihre Beine auf seine, ruhig gegen zitternd. So lagen sie lange ganz still.

Irgendwann waren sie wie eins. Wenn es so weit war, war immer alles ausgestanden. Vorerst wenigstens. Aber an diesem Sommernachmittag war es anders, denn plötzlich, in dieser ruhig gewordenen Stille, tasteten Zadocs Finger nach Ivorys Körper. Nach ihrer Brust, um genauer zu sein. Sie spürte von einer Sekunde zur nächsten, wie seine Fingerspitzen sich zwischen ihre Oberkörper schoben, die jetzt beide warm und weich waren, und wie sie fast auf der Stelle ihre Brustwarzen fanden, obwohl Ivory einen zarten rosa Büstenhalter trug. Marcy hatte exakt den gleichen. Sie hatten sie vor ein paar Wochen gemeinsam gekauft.

Ivory spürte, wie ihre Brustwarzen etwas Ungewöhnliches taten. Sie wurden fest und richteten sich – obwohl sie doch fest gegen Zadocs Körper gepresst waren – auf und Ivory spürte sozusagen zum ersten Mal ihre Existenz.

»Oh, Zadoc. Nein«, sagte sie erschrocken und schob ihn von sich. Für immer.

Jahre war das nun also her und heute – heute fragte er sie nach Sex. Ob sie Sex mit Joel Parker gehabt hatte. Herrje, dabei war er nur ein Freund, nicht mehr. Zadoc müsste das eigentlich wissen, so oft, wie er ihr heimlich folgte.

Ivory hob den Kopf und suchte Zadocs Blick, aber er wich ihr aus. Seine Finger in seinem Schoß bebten. Ivory versuchte, sich vorzustellen, wie sein Körper sich wohl heute anfühlte. Es tat weh.

Sie gab sich einen Ruck. »Falls es das ist, was du wissen willst, Zadoc. Ich habe noch mit niemandem – oh, mein Gott – geschlafen.«

So, es war heraus. Sie hatte es ihm sagen müssen, obwohl es ihn natürlich streng genommen nichts anging. Noch nie hatte sie jemanden derartig nah an sich herangelassen.

Niemanden seit Zadoc, der mit seinen fahrigen Fingerspitzen ihre Brustwarzen berührt hatte.

Zadoc war aufgesprungen. Er schien alles andere als dankbar zu sein für das, was Ivory ihm da anvertraut hatte. Seine Augen waren weit aufgerissen. »Ich will nichts hören!«, schrie er plötzlich los. »Nichts! Nichts! Nichts! – Hörst du?«

Noch nie hatte er sie angeschrien.

Noch nie.

Noch.

Nie.

Seine Stimme schallte über den Hügel, worauf mehrere Krähen in die Luft stiegen und sich kreischend in den perlweißen Himmel schraubten.

Dort hinten, die Hand-in-Hand-Bäume.

Hier Zadoc, der davonstürzte. Er stolperte beim Rennen, aber er fing sich wieder, seine Schritte waren wild und unstet, seine Arme flogen unkontrolliert rudernd neben seinem Körper hin und her, während er im Dickicht des Waldes verschwand.

Und Ivory, die allein zurückblieb. Sie fühlte sich bleischwer vor Schreck und Ratlosigkeit und Zadocs Schreien klang noch immer in ihren Ohren wie ein Schmerz.

FREMONT,
Kalifornien, 1985

Um es vorwegzunehmen – an Janis Hunts dreizehntem Geburtstag fuhr die Familie weder nach San Francisco zum Strand von Ocean Beach – schließlich war das Kenzies persönlicher Ort – noch ins Geburtshaus *Sunshine Inn* in Fremont, in dem Janis zur Welt gekommen war. Erstens wäre es unsinnig gewesen, auf dem Parkplatz eines Geburtshauses zu picknicken, zweitens gab es dieses Geburtshaus nicht mehr – an seiner Stelle hatte vor einigen Jahren eine Bowlingbahn ihre Pforten geöffnet – und drittens – was am schwersten wog: Hap war nicht mehr da. Schon zwei ganze Jahre hatte er sich nicht mehr sehen lassen. Allerdings rief er hin und wieder an. Auch heute hatte er sich telefonisch gemeldet.

»Hi, Prinzessin. Alles Gute zum Geburtstag aus Los Angeles!«

»Hi, Dad.«

»Geht's dir gut? – Jetzt bist du dreizehn. Verrückt, wie die Zeit vergeht!«

»Ja, alles in Ordnung. Schade, dass – du nicht da bist.«

»Ich weiß. Und es tut mir leid. Wirklich. Aber ich habe einfach schrecklich viel zu tun.«

»Inni und Lee haben uns alles erklärt. Wir wissen, dass du jetzt doch – dings – bist und so.«

Eine Menge Dinge hatten sich verändert in den letzten

Jahren. Zuallererst einmal war Janis in einer für Kenzie unheimlichen Art herangewachsen und sah kaum einen Tag jünger aus als ihre drei Jahre ältere Schwester. Des Weiteren hatte Leetha eine merkwürdige Sinnkrise und ging zu einem Therapeuten, wie damals, in dem Jahr, bevor sie Insel kennengelernt hatte. Auch machten Kenzies Augen wieder Probleme und sie trug jetzt, nach zwei weiteren Operationen am offenen Auge, sowohl Kontaktlinsen als auch eine Brille. Und nicht zuletzt hatten Insel und Leetha den Schwestern erklärt, dass ihr Vater nun doch beschlossen habe, in Zukunft offen homosexuell zu leben, und darum in einem zwischenmenschlichen Umbruch sei, der unter anderem dazu führte, dass er sich zurückzog, weil er mit sich noch nicht wieder im Reinen sei.

Die einzig hippe Sache in dieser langen Kette aus Veränderungen war, dass das für Kenzie und Janis wichtige Kinderwort *Samen* zum erwachsener klingenden Wort *Sperma* gewechselt hatte, und eine Zeit lang trieb Janis eine Menge Schindluder mit dem neuen Wort und ihrer damit zusammenhängenden Herkunft – vor allem Kenzies Herkunft.

So kam es vor, dass Janis beim Abspülen mit der prall gefüllten Spüliflasche wedelte und einen Schwall des weißen Waschmittels vor Kenzie auf den Küchentisch pladdern ließ.

»Achtung! Befruchtung!«, rief sie dazu. »Scheeeeeenkel auffff!«

Sie bog sich vor Lachen.

»Iiiihhhhhh, Spermaalarm!«, rief sie ein anderes Mal

und öffnete eine Sprudelwasserflasche, die sie zuvor durchgeschüttelt hatte, zwischen ihren zusammengepressten Oberschenkeln, sodass das herausschießende Wasser wie eine Fontäne durch das bunte Zimmer spritzte.

Einmal trat sie mit einer mit Kondensmilch gefüllten Spritze mit wichtiger Miene zu Kenzie ins Zimmer.

»Ms Hunt? Sind Sie nicht die berühmt-berüchtigte Lesbierin aus Fremont? – Ich habe hier ein Portiönchen frisch gezapftes Sperma von … äh … Michael J. Fox! Wenn Sie sich bitte frei machen würden? Dann kann ich es direkt in Ihre Eizelle manövrieren und in neun Monaten scheißen Sie unter Garantie einen kleinen, feinen Fox-Junior aus Ihren Innereien hervor.«

Janis prustete los, während Kenzie das Gesicht verzog.

»Du bist so was von eklig, Janis«, zischte sie und wandte sich wieder ihren Hausaufgaben zu.

»Los, Höschen runter«, quälte Janis sie weiter und wedelte mit der kleinen Spritze. »Wir wollen doch Michaels gutes Igittigitt nicht verderben lassen. Und – was hast du überhaupt? Ich denke, du *liebst* Michael J. Fox und würdest alles für ihn tun? Das waren deine Worte, schon vergessen?«

Es war ein seltsamer Nachmittag. Im Grunde war Kenzie wütend über diese Scherze, die Janis dauernd machte, andererseits gab es das *Spermaschweigegelübde,* das sie geschlossen hatten. Schon vor langer Zeit. Gleich nach Leethas und Insels Enthüllungsnachmittag. Niemand, niemand, niemand außer ihnen wusste um ihre Herkunft. Was oft auch Will McClori und die anderen gefragt und gepiesackt hatten, Kenzie und Janis schwiegen zu ihrer Herkunft beharrlich. Aber sie beide hatten das Bedürfnis, darüber zu sprechen, selbst wenn es im Igitt-Modus war. Und der Dadstreit in der früheren Form war Vergangenheit, seit Hap weggezogen war.

»Bei mir war es im Grunde genommen ja kaum besser«, sagte Janis nachdenklich, nachdem sie die Spritze in den Mülleimer geschmissen hatte. »Okay, zwar ohne Spritze, aber trotzdem. Inni hatte es eben genau berechnet und dann hat sie Dad an sich gelassen, nur damit er … Also, echt. Und hinterher hat sie eine volle Minute lang *Kerze* im Bett gemacht, damit das Zeug auch schnell vorankam und ihr komisches Ei treffen konnte.«

Janis und Kenzie sahen sich an.

»Zum Glück sind wir normal«, sagte Kenzie schließlich. Sie war zu diesem Zeitpunkt fünfzehn und Janis war zwölf.

Janis sah sie scharf an. »Also sind *wir garantiert nicht lesbisch, oder?*«

Kenzie schüttelte den Kopf. Auch wenn sie es noch niemandem gesagt hatte und wenn sie vielleicht nicht so aussah, aber sie liebte wie eine Wahnsinnige. Und zwar einen JUNGEN!

Er hieß Stephane – französisch ausgesprochen – und wohnte nur einen Block von den Hunts entfernt. Kenzie liebte einfach alles an ihm. Sein Gesicht, seine weichen Haare, die ihm in die Stirn fielen und die er viel zu oft unter einer Sweatshirtkapuze verbarg, seinen Gang, die Art, wie er lachte und lief und dabei mit den Armen schlenkerte, die schwungvolle Bewegung, mit der er auf sein Rennrad stieg. Es war kaum auszuhalten, dass Stephane sie nie ansah und keine Ahnung davon hatte, wie schmerzhaft Kenzie sich nach ihm sehnte.

»Ganz normal. Hey, gut«, sagte Janis zufrieden und malte sich mit einem Filzstift eine Invasion roter Herzen auf die nackten Beine. Es war Sommer, ein heißer Sommer, und der Sommer, in dem Mackenzie und Janis Hunt sich schworen, dass ihre Babys mal ganz normal entstehen sollten. Mit Männern, die sie wirklich mochten. Und mit denen sie dann leben würden. Ohne Spritzen, die Sperma enthielten. Und ohne Kerze im Bett.

Janis' Geburtstag feierten sie, wie gesagt, weder am Ocean Beach noch auf dem Parkplatz einer Bowlingbahn, sondern in einer vegetarischen Bar, etwas außerhalb von Fremont. Es war ein kleines neospirituelles Restaurant, fast unmittelbar am Meer. Die Gerichte dort hatten eigenartige Namen und es standen eine Menge Ginsengbäume in silbernen Blumenkübeln herum.

»Rock fehlt mir übrigens auch«, sagte Janis seufzend und bestellte einen Kichererbsensalat mit Rote Bete und Rucola. Der Salat hatte den Namen *Ich bin glücklich.*

Leetha nickte bedrückt. Allen war der Tod von Haps honigfarbenem Labrador nahegegangen. Er war, viel zu früh, einem Herzleiden erlegen, wie Hap ihnen am Telefon aus Los Angeles mitgeteilt hatte.

Kenzie bestellte *Ich bin erwacht!,* das sich als Bärlauchquiche mit eingelegten Champignons entpuppte.

Leetha und Insel aßen Ziegenkäse unter Blätterteighaube und Belugalinsen mit Tomatenchutney. *Ich bin frei* und *Ich öffne mich dir* hießen sie laut Speisekarte. Wie üblich teilten sie ihre Portionen miteinander.

»Auf dein Wohl, Janis, alles Gute zum Dreizehnten«, sagte Leetha, als die Getränke aufgetragen wurden, feierlich. Janis lächelte und hob ihr Glas, das wie alle Gläser Schlehennektar mit Weißdornsaft enthielt. Da fiel es Kenzie zum ersten Mal in einer Weise auf, dass sie sich für einen Augenblick tatsächlich krümmen musste vor Schreck.

Janis war schön. Und sie selbst war es nicht.

Warum, um Himmels willen, war ihr das bisher noch nie in dieser Weise aufgefallen?

»Kenzie? Alles in Ordnung?«, erkundigte sich Insel besorgt und stellte ihr Glas zurück auf den Tisch.

»Ja klar«, flüsterte Kenzie und fühlte sich benommen, fiebrig – von einer Sekunde zur anderen.

Was sich änderte an diesem bedeutsamen Tag:

Mackenzie Hunt, geboren im Sommer 1969 am Strand von San Francisco – ein Sonntagskind, das leicht wie eine Feder in die Hände der einzigen Meereshebamme der Stadt glitt, während die Sonne strahlend vom Himmel schien würde von nun an immer die Hässliche sein. Immer. Es war wie ein Fluch, der sie getroffen hatte, als sie dieses verdammte Glas mit verdammtem Schlehennektar gehoben hatte und Janis' Blick dabei begegnet war.

Janis Hunts Äußeres und Inneres (auf den Punkt gebracht, weil es darauf ankommt):

Janis hatte

* *leuchtend blaue, weit auseinanderstehende Augen,*
* *weiches blondes Haar, das in einer Art über ihre Schul-*

tern fallen konnte, dass Menschen für einen Moment die Luft anhielten,

** einen schlanken, schön geformten Körper,*

** einen harmonisch zu ihrer Erscheinung passenden Busen,*

** ein frohes, überschwängliches Lachen,*

** schön geschwungene Lippen,*

** ein fröhliches, selbstbewusstes Wesen, das ansteckte und andere fröhlicher machte, als sie es gewesen waren, bevor Janis ihnen über den Weg gelaufen war.*

Alles dies machte Janis Hunts Wesen aus.

Sie kamen erst abends zurück nach Fremont. Kenzie rang immer noch um Fassung und fühlte sich merkwürdig weggetreten. Sie trug schon den ganzen Tag eins von Haps zurückgelassenen Sweatshirts und hatte sich auf der Rückfahrt den Reißverschluss bis zum Kinn zugezogen, weil sie fror, während Leetha vorne im Wagen über die Hitze stöhnte.

»Ist wirklich alles gut mit dir, Kenzie?«, fragte Insel, als sie in ihrer Straße aus dem Wagen stiegen, noch einmal. Sie warf ihrer großen Tochter, die bezeichnenderweise nicht in ihrem Bauch gelegen hatte, einen besorgten Blick zu.

»Ja, klar«, sagte Kenzie wieder, als habe sich diese Antwort in ihr festgehakt. Dabei warf sie einen vagen Blick auf Insels flachen Bauch, der unter einer türkisen Bluse verborgen war.

Insels Bauch wären auch Insels Eizelle und somit ihre Gene gewesen. Gene, die schön machten. Daran war nicht zu rütteln. Insel war schöner als Leetha. Aber auch Leetha war nicht – hässlich. Sie hatte kurze braune Haare, ein klassisches Profil, einen sinnlichen Mund – das behauptete Insel jedenfalls schon so lange, wie Kenzie zurückdenken konnte. Ihre Augen waren irgendwie flammend und wirkten immer etwas entrückt. Auch an ihrer Figur war nichts auszusetzen. Sie konnte mit einem großen, weichen Busen aufwarten und dazu mit einer Art Schwanenhals – ebenfalls so eine Vokabel aus Insels ewig verliebtem, ewig schwärmendem Mund.

Nur sie selbst.

Nur sie war –

Kenzie ging mit schweren Schritten den Block entlang. Leetha parkte immer ein Stück vom Haus weg, weil sie Wert darauf legte, nicht wie der Durchschnittsamerikaner vom Haus direkt in den Wagen zu sacken und umgekehrt eben auch nicht vom Wagen direkt zurück ins Haus.

Kenzies Mund fühlte sich ausgedörrt, trocken und pelzig an. Ihr Kopf begann wehzutun. Ob es davon kam, dass ihre Gedanken darin tobten?

Und dann begegnete ihnen Stephane Archer.

Der Junge, in den Kenzie so schmerzlich, so geheim – und so wahnsinnig verliebt war.

»Hi«, sagte er grinsend zu allen Hunts, die ihm praktisch den Gehweg versperrten. Sein Gesicht war umrahmt von einer auberginefarbenen Sweatshirtkapuze. »Hi, Janis.«

Durch Kenzie ging ein Ruck. *Warum kannte er sie? Warum grüßte er ausgerechnet sie mit dem Vornamen?*

»Hey, geht noch was?«, fuhr er fort und sein Blick hing immer noch an Kenzies jüngerer Schwester. Er ging in denselben Jahrgang wie Kenzie, besuchte aber die Hochbegabtensonderklasse, die es an Kenzies Highschool seit einigen Jahren gab.

Janis lächelte ihr typisches Lächeln. Das Lächeln, mit dem Kenzie aufgewachsen war.

Wusste Stephane nicht, dass Janis erst dreizehn war? Auch wenn sie mehr Busen und mehr Figur als Kenzie hatte? Und ebenso groß war wie sie?

»Von Janis geht immer so etwas Laszives aus«, hatte Leetha erst letzte Woche zu Insel gesagt und in Janis' Richtung geschaut, die auf dem bunten Sofa vor dem Fernseher lag und *Star Wars* schaute. »Wir müssen sie gut im Auge haben.«

Insel hatte die Stirn gerunzelt und ebenfalls zu ihrer Tochter hinübergesehen, die eine jüngere Ausgabe ihrer selbst war, wenigstens äußerlich.

»Denk nur an Debbie Finnigan«, flüsterten Leetha und Insel plötzlich beide im Duett und dann prusteten sie los. Debbie Finnigan war die Tochter des Schulleiters der Schule, an der Leetha unterrichtete. Er war ein äußerst konservativer Mann, eine Rarität in Kalifornien, wie Insel immer behauptete. Er verabscheute Homosexuelle und überhaupt alles Sexuelle und rühmte immer seine eigenen, wohlgeratenen Kinder, die ein sehr striktes, von Verboten überhäuftes Leben führten und dies klaglos akzeptierten, bis, ja – bis besagte Tochter Debbie mit vierzehn Jahren schwanger von einem afrikanischen Trommellehrer wurde, in dessen Sommerkurs sie sich eingeschlichen und dem sie weisgemacht hatte, sie sei bereits achtzehn.

»Du meinst, Janis ist wie Debbie?«, fragte Insel dann nachdenklich. »Frühreif?«

Leetha hatte den Kopf geschüttelt. »Nicht direkt. Aber sie wirkt einfach älter, als sie ist, oder irre ich mich da?«

Nein, sie irrte sich nicht.

Stephane Archer sah es wohl genauso.

»Mädchen, wenn ihr noch kurz plaudern wollt, ist das in Ordnung«, sagte Insel in diesem Moment und lächelte in die Runde. »Aber ich muss flitzen. Ich muss so was von pinkeln, das glaubt ihr nicht!«

Kenzie schloss für einen Moment die Augen. Dieser letzte Satz war wieder einmal typisch für Insel. Sie schämte sich für gar nichts. Vermutlich hätte sie auch gesagt *Ich laufe gleich aus*, wenn ihr ein frisches Tampon gefehlt hätte.

Leetha schlenderte hinter der vorwärtshastenden Insel her.

Zurück blieben Kenzie, Janis – und Stephane.

»Seid ihr Schwestern? Oder so?«, fragte Stephane verwundert und zog sich die rostrote Kapuze vom Kopf. »Echt, jetzt? Das hätte ich nie gedacht.«

Sagte er es? Oder sagte er es nicht? Kenzie war sich hinterher nie ganz sicher. Ihr ganzes Leben lang nicht. Im Grunde konnte er das nicht gesagt haben. Er war so nicht. Er lernte Altgriechisch. Er spielte Horn in einem großen, bekannten Orchester und seine Eltern waren sehr religiös. – Oder hatte er doch? – Kenzie hörte es jedenfalls ganz deutlich. Überdeutlich. Ihr Kopf barst fast davon. Barst fast von seiner leisen, gedämpften Stimme, die sich an Janis richtet.

»Wie könnt ihr Schwestern sein? Du bist voll schön und sie ist eher – hässlich, oder?«

Doch, er hatte.

Nein, er hatte nicht.

Doch – er hatte.

Kenzie hatte jedenfalls ein bohrendes Gefühl von Scham im Bauch. Und ein dumpfes Pochen in den Ohren. Ihr Gehirn war wie blockiert.

Kenzie erinnerte sich jetzt.

Doch, sie hatte sich schon einmal – viel früher – Gedanken darüber gemacht, warum Janis aussah, wie sie aussah. Und warum sie selbst aussah wie sie selbst.

»Warum ist das so?«, hatte sie Insel mit dünner Stimme gefragt. Es war nach ihrer letzten Augenoperation gewesen, der schlimmsten von allen. Die Ärzte hatten an ihrem linken Auge, vermutlich hervorgerufen durch die vielen bereits durchlittenen Operationen, eine Netzhautablösung festgestellt.

Es war die Zeit, als Hap davonging.

Insel war bei ihr, als sie aus der Narkose aufwachte und ihr ganz plötzlich diese Frage in den Sinn kam. Die Sonne schien zum Fenster herein, trotz herabgelassener Jalousie, und warf Streifenlichtmuster in Insels besorgtes Gesicht.

»Was meinst du, Schatz?«, hatte sie zurückgefragt.

Kenzie suchte nach Worten, rang um Worte. Die richtigen Worte. »Warum sieht Janis so aus? Und ich so? – Bin ich – hässlich, Inni? Bitte, sag es mir – und sei ganz ehrlich!«

Insel hatte ein erschrockenes Gesicht gemacht. Licht tanzte über ihre Stirn und ihre Nase.

»Du bist ganz sicher nicht hässlich, Mackenzie«, hatte sie schließlich ernst geantwortet. »Du bist eine wunderbare

Mischung aus Leetha und Hap. Ihre *Lebenslust, ihr sensibles Kinn und ihre wunderschönen Hände, Kenzie. Und* seine *hohe, kluge Stirn. Und dazu seine schönen grünen, alles sehenden Augen.«*

Nichts als Worte.

Schmeichelnde Worte von Insel. Böse Worte von Stephane.

»Worte sind Schall und Rauch«, sagte Leetha oft.

Aber Stephane Archers Worte waren weder Schall noch Rauch. Sie waren wie Feuer – und hatten sich tief in Kenzies Seele hineingebrannt.

SPRINGFIELD,
Kalifornien, 2006

Da, für dich«, sagte Ivory leise. Sie stellte eine grüne, halb offene Tupperdose auf Zadocs Knie ab. »Pancakes mit Bananen und Pfirsichen. Die magst du doch, oder?«

Zadoc sah nicht hoch. Sie hatte ihn gefunden. Dabei war er weder in seiner Talsenke bei den beiden sich aneinander festhaltenden Bäumen noch am Bach. Auch nicht in Gute-Nacht-John-Boy, einem weit verzweigten Schneebeerenbusch, den Ivory mochte und dem sie diesen ehrenvollen Namen gegeben hatte im ewigen Gedenken an ihre gute, alte Lieblingsserie *The Waltons*. Wenn man sich bis in die Mitte von Gute-Nacht-John-Boy hineinzwängte, saß man auf einer Art Plattform, einer winzigen Lichtung, rundherum umgeben von zartrosa Beeren. Zadoc war oft dort, und wann immer es ging, leistete Ivory ihm Gesellschaft. Inmitten dieser rosa Blüten und rosa Beeren zu sitzen, war etwas ganz Besonderes, was sie beide sehr mochten.

Aber an diesem Nachmittag hatte sich Zadoc, angepasst an die Vorkommnisse des Vormittags, im Tal der Toten verkrochen. Ivory wehrte sich gegen Zadocs Namen für das Stück Wäldchen, das irgendwie derangiert wirkte. Hier gab es eine alte, steinerne Grillstelle, die seit Jahren nicht mehr benutzt wurde, und einen hässlichen Schuppen mit einem halb zerstörten Wellblechdach. Die Luft wirkte hier immer ein wenig staubig und abgestanden und der ganze Sommer sah matter und farbloser aus.

* *Eine kurze Einordnung: Zadoc war in diesem Sommer elf Jahre alt und Ivory war zehn. Noch ein gutes Vierteljahr, dann würden sie beide Geburtstag feiern. Eine Menge Dinge waren noch nicht geschehen. Joel Parker war noch ein Namenloser – auch für Ivory. Ramón Santos, der später eine wichtige Rolle in ihrem Leben spielen sollte, lebte noch wohlbehütet in Ecuador und Sienna Jones war ebenfalls noch nicht in Springfield eingetroffen. Die Apotheke, die in ein paar Jahren von Siennas Vater übernommen werden würde, hatte noch ihren alten Besitzer, Mr Mandel, der ein grünes Regal in seinem Drugstore beherbergte, gleich links neben der Drehtür, in dem er seine Auswahl an Beruhigungsmitteln verwahrte. Pflanzliche sowie chemische. Ab und zu grübelte er darüber, ob es gut war, dass Mrs Wanstall so häufig verschiedene Präparate zur Beruhigung des vegetativen Nervensystems einkaufte, auch wenn sie dafür Rezepte hatte.*

»Für wen sind die Mittel?«, fragte er hie und da.

»Für mich, leider«, antwortete Mrs Wanstall jedes Mal. »Ich schlafe schlecht, ich bin sehr leicht erregt. Manchmal ist es ganz schlimm.«

Zadoc fragte nicht, warum Ivory gekommen war. »Du hast Mitleid. Mit mir. Mal wieder«, sagte er wütend.

Ivory schwieg. Was sollte sie sagen? Was vorgefallen war, heute früh in der Schule, war zu schrecklich, um drum herum zu reden.

»Oh, Zadoc«, sagte sie leise und überlegte im nächsten Moment, wie viele Male sie ihre Gespräche mit Zadoc wohl schon mit diesen beiden Worten begonnen hatte. Eigentlich, wenn sie ehrlich war, fast jedes.

»Warum haben sie – das gemacht?«, flüsterte Zadoc. Mit seinen Fingern schrieb er etwas in die Luft dabei. Er sah Ivory nicht an, während er fragte, und es schien, als schriebe er immer dasselbe Wort. Aber Ivory konnte nicht ausmachen, um was für ein Wort es sich handelte.

Fast hätte sie wieder *Oh, Zadoc* gesagt, aber sie biss sich auf die Lippen und ließ es.

Ja, warum hatten sie das gemacht, was sie gemacht hatten?

Was die Jungen in der Grundschule von Springfield an diesem Vormittag getan hatten:

** sie hatten Zadoc mal wieder geschubst und verspottet,*

** sie hatten ihn diesmal auch bespuckt und getreten,*

** sie hatten zuletzt versucht, seinen Kopf in eine Toilettenschüssel zu pressen, in die ein paar von ihnen vorher gepinkelt hatten.*

Es war eins zum anderen gekommen. Gleich nach dem Aufwachen hatte es begonnen oder sogar noch früher. Zadoc hatte das Gefühl, etwas geträumt zu haben. Da war ein Bild. Diese hellen Holzdielen, die knarrten. Und ein bunter Perlenvorhang. Und ein Lachen. Ein Lachen, das er schon mal gehört hatte. Das Bild verflüchtigte sich, als Zadoc die Augen aufschlug, aber er probierte, es festzuhalten. Plötzlich empfand er eine eigentümliche Leere.

Rasch stand er auf. Ob es seiner Mom heute wieder besser ging?

Etwas vielleicht, aber sie war noch nicht aufgestanden. Sie lag im Bett und schaute vor sich hin. Als er den Kopf zur Tür hereinstreckte, schreckte sie auf und probierte ein Lächeln. Es fiel nicht sehr froh aus. Wenigstens hatte sie nicht im Wohnzimmer, sondern in ihrem eigenen Bett übernachtet, dachte Zadoc. Sie schaffte es schließlich, im Bademantel mit ihm zu frühstücken, stellte Cerealien und Milch für ihn auf den Tisch.

»Das war ein ordentliches Gewitter gestern Abend, was?«, sagte sie und zog die Vorhänge in der Küche zurück.

Dann gab sie ihm seine Tabletten. Es waren bunte Kindervitamine in Blumenform, gelb und orange, und dazu seine tägliche Dosis Methylphenidat.

»Warum muss ich das nehmen?«, hatte Zadoc einmal gefragt.

»Es tut dir so gut, Schatz«, war die Antwort seiner Mutter gewesen. »Es macht dich ruhiger. Weißt du noch, wie es früher war?«

Oh. Ja. Das wusste er. Mit Grauen erinnerte er sich daran zurück, was früher mit ihm gewesen war.

Im Schulbus war es noch erträglich gewesen. Zwar saß er alleine, wie fast immer, aber die anderen beachteten ihn nicht weiter. »Achtung, Irrenhausalarm« und »Igitt, die Matschbirne ist da« waren das Einzige, was er zu hören bekam, als er einstieg. Ivory wurde mit dem Auto zur Schule gebracht und konnte ihn nicht verteidigen, wie sie das sonst oft tat. Mrs Perlman weigerte sich standhaft, Zadoc mitzunehmen.

»Warum läufst du so komisch, Spasti?«, fragte einer der Namenlosen, als sie aus dem Bus ausstiegen, und äffte Zadocs Art zu gehen nach. Dabei hatte er immer gedacht, er würde ganz normal laufen. So wie alle anderen. Aber er musste sich geirrt haben. Er war ja auch sonst nicht wie alle anderen. Stattdessen war er … Er war …

Zadoc blieb verkrampft stehen. Besser unauffällig sein, besser unsichtbar werden.

»Was macht er denn jetzt, der Idiot?«, rief ein zweiter Namenloser und brach in Gelächter aus.

Und so war es passiert. Stück für Stück.

Sie ließen nicht locker, während sie ihn schubsten und triezten, rempelten und bespuckten. Irgendwann begannen sie, ihn nach seinem Vater zu fragen. Fragten, warum er keinen hätte. Sie mutmaßten, er sei vermutlich geflohen, nachdem er einen ersten Blick auf den neugeborenen Zadoc geworfen hatte.

In diesem Moment begann Zadoc, wie von Sinnen zu schreien. Dazu hielt er sich mit geballten Fäusten die Ohren zu. Und als sie ihn nicht in Ruhe ließen, begann er, um sich zu schlagen. Geballte Fäuste hatte er ja sowieso schon. Joel Parker schlug er die Brille aus dem Gesicht. Sie zerbrach auf der Erde und da fiel ein paar Jungen eine Strafe für den Irren ein, die ihnen adäquat erschien für Joels kaputtgegangene Brille.

Die Toilette.

»Los!«, riefen sie entschlossen und zerrten ihn mit sich. In dem Moment kamen Ivory und Marcy und ein paar andere Mädchen dazu, aber als Ivory es endlich geschafft hatte, Hilfe zu holen, war das Spektakel vorüber, in dem

Moment nämlich, als die Jungen Zadocs Kopf gerade in die vollgekleckerte Kloschüssel tauchen wollten.

Aus Ivorys Perspektive war der ganze Vorfall so schrecklich gewesen, dass sie kaum atmen konnte, als sie endlich mit erwachsener Hilfe zurückkam. Sie hatte keine andere Wahl gehabt, gegen acht Prügel austeilende Jungen war das ihre einzige Chance gewesen.

»Gut, dass das nicht passiert ist«, flüsterte Marcy Ivory erleichtert ins Ohr. Sie deutete verstohlen auf die urinbespritzte Toilettenschüssel. Marcy ekelte sich sehr vor solchen Dingen. Ivory nickte mit weit aufgerissenen Augen. Ein paar Jungen hatten sie vorsorglich festgehalten, als es begann, damit sie nichts für Zadoc tun konnte. Und als sie es endlich geschafft hatte, sich zu befreien, war es schon fast zu spät gewesen.

»Aber blöde ist er schon«, fuhr Marcy jetzt fort und schaute Zadoc hinterher, den ein Lehrer gerade davonführte. Er war stocksteif und konnte kaum gehen. Der Lehrer hatte seinen Arm um ihn gelegt und schob ihn mehr, als dass er ging. Zwei andere Lehrer mit wütenden Mienen waren mit den übrigen Jungen beschäftigt.

»Du Arme …«, fuhr Marcy mitleidig fort.

»Was … was meinst du damit?«, fragte Ivory verwirrt zurück.

Marcy zuckte mit den Schultern. »Na ja, er ist immerhin dein Nachbar und du siehst ihn praktisch dauernd. Ist dir noch nie aufgefallen, wie er – riecht?«

»Was?«, fragte Ivory leise. »Wie meinst du das? Wie er riecht?«

Natürlich wusste Ivory, wie Zadoc, der ihr Freund war, wenn auch im Geheimen, roch.

Gut.

Er roch gut. Nach den jeweiligen Jahreszeiten, nach Draußensein und nach Wind, nach frisch gewaschener Jungenhaut und nicht zuletzt nach der duftenden Olivenseife, die Mrs Wanstall immer kaufte.

Nein, an Zadocs Geruch gab es nichts auszusetzen. Im Gegenteil.

»Er riecht nämlich nach – Pups«, kicherte Marcy und prustete hinter vorgehaltener Hand los. »Das stimmt, Ivy. Das sagen *alle!*«

Das war der Moment, als Ivory sich wortlos umgedreht und Marcy hatte stehen lassen. Später, nach dem Essen zu Hause, hatte sie dann die Reste der Pancakes, die ihre Mutter gebacken hatte, für Zadoc eingepackt, weil sie wusste, wie sehr er Pancakes mochte. Dann hatte sie sich auf die Suche nach ihm gemacht, bis sie ihn endlich gefunden hatte, hier im Tal des Todes.

»Ich hasse alle«, sagte Zadoc jetzt.

Ivory biss sich auf die Lippen. Was nützte ihr dauerndes *Oh, Zadoc?* Gar nichts. Also würde sie es nicht mehr sagen, wenn es sich irgendwie vermeiden ließ.

Stattdessen kauerte sie sich dicht neben ihn. »Was schreibst du denn da immer?«, flüsterte sie und deutete auf seine Finger, die immer noch unaufhörlich etwas in die Luft schrieben.

»Nichts«, hauchte Zadoc, aber seine Finger schrieben weiter. Ivory versuchte, es zu entziffern. Es musste immer dasselbe Wort sein, so viel war sie sicher, erkennen zu können. Und dass es ein eher kurzes Wort war, das nur aus wenigen Buchstaben bestand.

Plötzlich begann es, am Himmel über ihnen bedrohlich zu grollen, dann wurde es mit einem Mal ganz hell.

Wie schnell Wetter wechseln konnte. Oder hatten sie einfach die Anzeichen übersehen? Gestern Abend hatte es dieses heftige Sommergewitter gegeben und heute schien es ähnlich zu kommen.

Zadoc wurde bleich und duckte sich voller Panik. Er schlang seine Arme um seine Knie und rührte sich nicht mehr. Dicke, riesige Regentropfen begannen, auf das kaputte Wellblechdach der schmuddeligen Hütte neben ihnen zu prasseln, anfangs nur vereinzelt, aber dann wurden es so viele, dass ein ohrenbetäubendes Rauschen alle anderen Geräusche übertönte.

Zadoc begann zu zittern und hielt sich mit verzweifelter Miene die Ohren zu, als ein weiterer Donnerschlag das Tal des Todes erschütterte. Der Regen trommelte auf das löchrige dunkelgraue Dach an ihrer Seite, lief in Strömen an den gesprungenen Fensterscheiben entlang und sprudelte neben ihnen zu Boden.

»Zadoc, komm!«, rief Ivory in diesen Lärm hinein, aber Zadoc schien überhaupt nicht da zu sein. Lediglich sein dünner, schmächtiger Körper kauerte am klitschnassen Boden, er selbst war wie weggetreten.

Ivory spürte, wie der Regen sie innerhalb von Sekunden völlig durchweichte. Sogar ihre Unterwäsche hätte sie auswringen können. Trotzdem blieb sie bei Zadoc. Schließlich konnte sie ihn nicht alleine hier zurücklassen.

Und dann tat sie es doch wieder. Sie flüsterte: »Oh,

Zadoc«, während sie sich an ihn presste und versuchte, ihm von ihrer inneren Wärme abzugeben. Und von ihrer Unerschrockenheit Gewitter gegenüber.

Und Zadoc flüsterte auch etwas. Als Ivory es hörte, wusste sie instinktiv, dass es das kurze Wort war, das er da eine halbe Ewigkeit lang in die Luft gekritzelt hatte.

Dad.

SPRINGFIELD,
Kalifornien, 2006

(Ein zweigeteiltes Gespräch.

Begonnen im Sommer 2006, einen Tag nachdem acht Jungen versucht hatten, Zadoc ins Klo zu tunken, und fortgesetzt sechs Jahre später im Sommer 2012.)

Mrs Wanstall?«

Ivory schlängelte sich über die Terrasse zum Haus, in dem Zadoc lebte. Die Terrassentür war angelehnt, aber Ivory klopfte und schob sie dann auf, ohne eine Antwort abzuwarten. Zadocs Mutter kochte, eine ihrer Lieblingsbeschäftigungen, wenn sie mittags aus ihrem Büro auftauchte und die Tür zu diesem Raum akribisch hinter sich verschlossen hatte. Mrs Wanstalls Büro war ein Tabu, das niemand übertreten durfte, nicht mal die alte Marijana, wenn sie zum Putzen kam.

»Hallo, Ivory«, sagte sie jetzt unschlüssig und strich sich eine Haarsträhne aus dem Gesicht. Ihre Miene war unnahbar.

Ivory schnupperte. Es roch gut. Mrs Wanstall war, wenn sie gute Tage hatte, eine ausgezeichnete Köchin. Während es bei Ivory zu Hause meistens nur das Übliche gab, Hamburger, Makkaroni mit Käsesoße, Chickenwings mit Krautsalat, Spareribs und solche Sachen, kochte Mrs Wanstall gerne ausgefallen. Marokkanisches Hühnchen mit Feigen. Oder Muscheln mit Spargel. Solche Dinge.

Gerade war sie dabei, eine Artischocke zu zerlegen. Anderes, bereits klein geschnittenes Gemüse lag wartend auf einem großen Schneidebrett und sah schön und bunt aus.

»Darf ich Ihnen kurz etwas sagen? Und Sie etwas fragen?«, begann Ivory und trat näher.

»Du willst etwas fragen? Was?«, erwiderte Mrs Wanstall und legte das Messer zur Seite. Sie wischte sich die Finger an ihrer Schürze ab.

»Es ist wegen Zadoc«, sagte Ivory bedrückt.

»Was ist mit ihm?«

»Mrs Wanstall, die Kinder in der Schule ...«

»Was ist mit ihnen?«

»Hat er Ihnen nicht erzählt, was gestern auf dem Schulhof passiert ist?«

Mrs Wanstall legte für einen Moment die Finger ihrer rechten Hand an den Hals, als habe sie ein beklemmendes Gefühl dort, aber nur einen Augenblick lang, dann ließ sie die Hand wieder sinken.

»Nein«, sagte sie dann zögernd.

»Sie ärgern ihn ganz schrecklich, Mrs Wanstall. Sie ... sie haben ihn gestern schlimm getreten und geschlagen – und – und ...«

»Und – was?«

Ivory biss sich auf die Lippen. Was sollte sie tun? Durfte sie seiner Mom erzählen, wie die Jungen versucht hatten, Zadocs Kopf in die dreckige Kloschüssel zu zwingen, wenn er es selbst nicht getan hatte? Oder war das eine – Art Verrat? Demütigte sie ihn dann auch noch vor seiner Mutter? Wahrscheinlich schämte er sich zu sehr, um es ihr zu berichten.

»Ach, egal«, sagte Ivory schließlich leise, als sich die Stille zwischen ihnen auszudehnen begann. »Ich meinte nur. Es wäre gut, wenn Sie ihm – vielleicht mehr helfen würden. Er kommt nicht sehr gut klar, wissen Sie?«

Mrs Wanstall sagte etwas, sie gab Ivory mit leiser, zurückgenommener Stimme Antworten, aber sie waren alle so vage, dass Ivory kaum etwas begriff. Sie sprach davon, dass Zadoc eben ein Spätentwickler sei. Und sich schwertue, wie es ihr in ihrer Kindheit ebenfalls ergangen sei. Und dass es gut wäre, wenn Ivory sich mehr mit anderen Kindern treffen würde anstatt mit Zadoc, den sie überfordern würde mit ihrer direkten, lauten Art.

»Du kennst doch andere Kinder, Ivory, oder?«

»Natürlich.«

»Warum spielst du dann nicht lieber mit ihnen?«

Ivory schwieg.

»Schau, ich habe eher Angst, dass du Zadoc überforderst und ihn Situationen aussetzt, in die er gar nicht geraten würde, wenn du nicht wärst, verstehst du?«

Ivory schwieg verwirrt und erschrocken. Das Gespräch verlief – falsch. Völlig falsch. Wie konnte Mrs Wanstall sie nur so missverstehen?

Trotzdem schaffte es Ivory ganz zum Schluss noch, die Frage zu stellen, die zu stellen sie sich unbedingt vorgenommen hatte: »Zadocs Dad, Mrs Wanstall?«

»Was ist mit ihm?«

»Zadoc vermisst ihn sehr«, sagte Ivory hastig. »Woran ist er gestorben? Und könnten Sie Zadoc nicht mehr von ihm erzählen? Das würde ihn vielleicht – freuen. Oder ihm irgendwie – helfen.«

Diesmal gab Mrs Wanstall nur einen Satz zur Antwort. Er war unmissverständlich und lautete:

»Davon verstehst du nichts, Ivory.«

Im Sommer 2012 sollte Ivory wiederkommen.

»Mrs Wanstall?

»Oh, hallo, Ivory.«

Wieder ein wenig Willkommen heißender Blick.

»Mrs Wanstall, ich komme wegen Zadoc.«

Schweigen.

»Ich weiß, Sie unterrichten ihn zu Hause, aber Zadoc sagte, Sie planten für ihn nur den einfachen Highschoolabschluss? Er wird damit nicht auf ein College gehen können. Ist das wahr?«

»Das ist richtig. Warum fragst du? Es kann nicht jeder nach Harvard gehen, Ivory.«

»Aber warum? Warum sollte er das nicht tun können?«

»Er ist nicht sehr intelligent. Das ist keine Schande und ich will ihn ganz sicher nicht herabsetzen, das kannst du mir glauben. Aber dennoch weiß ich eben um seine – Möglichkeiten.« Mrs Wanstall warf Ivory einen scharfen Blick zu. »Und bisher schien er mir ganz zufrieden mit seiner Situation. Natürlich könnte sich das ändern, wenn da – jemand wäre …« Wieder bedachte sie Ivory mit einem gereizten Blick, »… der ihm das Gefühl gäbe, minderwertig zu sein, bloß weil er nicht studieren wird können.«

Ivory starrte Mrs Wanstall an. Sie begriff überhaupt nichts.

»Aber er ist nicht dumm, Mrs Wan…« Ivory unterbrach sich selbst. »Zum Teufel, er ist nicht dumm, Claire«, sagte sie dann mit entschlossener Miene. Schließlich sprach Zadocs Mutter sie ebenfalls mit dem Vornamen an.

»Das habe ich auch nicht behauptet«, gab Claire Wanstall zurück, ohne eine Miene zu verziehen. »Dumm ist der, der Dummes tut.« Sie lächelte ein dünnes Lächeln. »Ein Zitat aus *Forrest Gump*. Den Film kennst du mit Sicherheit. Praktisch jeder scheint ihn zu kennen.«

Ivory nickte und war auf einmal ebenfalls gereizt. Aber Mrs Wanstall beachtete es nicht.

»Ich sage es dir nur einmal, Ivory«, fuhr sie stattdessen mit leiser Stimme fort, »Dummheit ist keine Schande und eine relative Sache. Aber Zadoc hat einen sehr niedrigen Intelligenzquotienten. Ich bin sicher, du kennst dich mit diesen Dingen aus. Dazu kommt, dass er an Aufmerksamkeitsstörung leidet und – ein Problem mit der Schilddrüse hat. Er ist ein – anfälliger Junge, Ivory.«

Mrs Wanstall machte plötzlich ein bittendes Gesicht. »Ivory, liebes Kind. Warum lässt du ihn nicht endlich in Ruhe? Warum wendest du dich nicht anderen Jungen zu? Du bist doch ein hübsches Mädchen. Such dir einen netten Freund und lass Zadoc los.«

Benommen ging Ivory Perlman nach diesem Gespräch nach Hause. Alles war falsch gelaufen. Völlig falsch. Zadoc war nicht dumm. Sie hatte Mrs Wanstall erzählen wollen, dass Zadoc sich innerhalb kürzester Zeit die Bedeutung von nahezu zweihundert Blumen gemerkt hatte, nachdem Ivory ihm dieses Blumenbuch vorgelesen hatte. An einem einzigen Tag.

An diesem Abend lag ein Blumengruß auf Ivorys Fensterbrett. Wie und wann auch immer Zadoc sich bis dorthin geschlichen hatte.

Es war Phlox, eine rosa blühende Flammenblume, die genau in dem Sommer, als Ivory zum ersten Mal das Gespräch mit seiner Mutter gesucht hatte, zur Staude des Jahres erklärt worden war.

Phlox – Bedeutung: *Unsere Seelen sind vereint.*

FREMONT,
Kalifornien, 1986

Die Hunts zogen um. Endlich weg aus Stephane Archers Nähe. Vom hintersten Winkel der Sacramento Street in die vordere Hälfte der Yucatan Road. Mehr als fünfzehn Blocks von ihrem alten Zuhause weg.

»Was ist falsch an diesem Haus?«, wollte Janis mit finsterer Miene wissen, als Leetha und Insel sie Anfang des Jahres in ihre Umzugspläne einweihten, und machte eine weit ausholende Geste mit den Armen, die das gesamte Haus einschloss.

»Nichts ist wirklich falsch damit«, sagte Insel eilig. »Es war jahrelang einfach perfekt für uns.«

Aber Kenzie wusste, was war.

** Zwei Begrifflichkeiten:*

1. Diskriminierung: Benachteiligung, Demütigung, Entwürdigung, Erniedrigung, Herabsetzung,

2. Ratlosigkeit: Not, Verwirrung, Verzweiflung.

Und beides betraf Leetha, ihre Mutter. Nicht Insel, Janis' Mutter. Leetha hatte in diesem angefangenen Jahr schon drei Therapeuten verschlissen und keiner der Hunts verstand, was genau wirklich los war mit ihr. Gut, da waren diese neuen Nachbarn eingezogen, ins rechte Nebenhaus, die Leethas Gemüt schwer zusetzten, weil sie sich als fundamentale Christen irgendeiner Splittersekte entpuppten, die Homosexualität verdammte. Sie führten aus diesem Grund einen bigotten Glaubenskrieg gegen Kenzies und Janis' Mütter und versuchten, die Nachbarschaft gegen die Hunts aufzubringen, aber das alleine konnte es nicht sein, da waren sich Kenzie und Janis einig.

Außerdem hatten diese Nachbarn einen Sohn – Alan –, der Janis in einer Weise nachstellte, dass Leetha und Insel fast durchdrehten vor Entsetzen. Einmal hatte er es auf die Spitze getrieben an einem dämmrigen Abend, als er in seiner Garagenauffahrt auf Janis gewartet hatte und sie, als sie endlich kam, jäh am Arm packte. Er griff nach ihrer Hand, während er hastig atmete und versuchte, diese gegen seine Jogginghose zu pressen, aber Janis entwand sich ihm, trat ihn fest vors Schienbein und rannte nach Hause.

Dieser Vorfall hatte große Bestürzung bei den Hunts ausgelöst. »Ich werde diese Monster anzeigen!«, schrie Insel außer sich vor Wut. Sie und Leetha waren von dem Vorfall aufgebrachter als Janis, die schon wieder halbwegs ruhig war, als sie zu Hause ankam und einen großen Becher Schokoladeneis vertilgte, während sie von dem Vorfall an der Garage berichtete.

Dennoch suchten Leetha und Insel am Abend die Nachbarn auf und es entstand ein fürchterlicher Streit, weil Alan, der siebzehn war, natürlich alles abstritt und seine Eltern ankündigten, sie ließen es gerne auf einen Gerichtsprozess ankommen. Man werde ja sehen, was Richter, Geschworene und die Öffentlichkeit über zwei Lesben und deren perverses Gedankengut zu sagen hätten.

»Das sind doch alles nur Wunschgedanken von Ihnen, *Miss* Hunt!«, schrie Alans Vater mit rotem Kopf. »Sie *wünschen* doch bloß, dass in Ihrem Sündenbabel mal ein

Kerl auftaucht, der weiß, wie man mit Sünderinnen wie Ihnen umgehen muss.«

»Und so was nennt sich dann Christen«, wetterte Insel, als sie wieder zu Hause waren, und brach in Tränen aus. Kenzie lief eine Gänsehaut über den Rücken. Erst Alan, der die Hand ihrer kleinen Schwester gegen seinen Penis zu drücken beabsichtigt hatte – denn darauf wäre es wohl hinausgelaufen, da war sich Kenzie sicher –, und dann eine weinende Insel, das alles war Neuland in der Familie Hunt.

»Dieser Alan ist so viel Christ, wie ich ein Boxchampion bin!«

Insel schluchzte und ließ sich von Leetha in den Arm nehmen. Janis bot ihr Schokoladeneis an. Sie war ja gerade erst vierzehn geworden, aber mittlerweile war es mehr als einmal vorgekommen, dass fremde Leute, die den Schwestern begegneten, angenommen hatten, sie wäre Kenzies ältere Schwester.

»Reg dich doch deshalb bloß nicht auf, Kenzie«, sagte Janis achselzuckend. »Was irgendwelche Leute reden, ist doch nun wirklich so was von egal, oder?«

Dieses Gespräch fand einige Wochen später statt. Alan beobachtete Janis zwar immer noch, aber er hielt Abstand. Wenigstens das. Wahrscheinlich hatten ihm seine Eltern verboten, sich den *Sündenbabelmädchen* noch ein weiteres Mal zu nähern. Sicher war sicher. Für beide Seiten. Janis musste nicht mehr fürchten, gegen ihren Willen mit Alans Penis in Berührung zu kommen. Und Alans Eltern gingen wahrscheinlich davon aus, Homosexualität sei in der Tat so ansteckend, wie ihre Hetzerbibel es behauptete, und Alan liefe Gefahr, sich ernstlich *etwas zu holen,* wenn er Janis zu nah kam.

»Kenzie, lass die Leute doch quatschen, echt«, wiederholte Janis, weil sie merkte, dass Kenzie mit ihren Gedanken woanders war. »Jünger. Älter. Reifer. Erwachsener. Ist doch alles nur Blabla, oder?«

Aber das war es nicht. Da war Janis' Gesicht, ihre strahlenden Augen, ihre weichen, perfekten Haare, ihr fröhliches Lächeln, ihr perfekter Mund, ihre Figur, ihr Busen, ihre Beine. Es war kaum zu ertragen.

»Du bist einfach so ... unglaublich hübsch, Janis«, sagte Kenzie mit schwerer Stimme, an einem Abend, als sie alleine zu Hause waren.

»Findest du? Na ja. Aber du bist auch hübsch, Kenzie«, sagte Janis, doch Kenzie wusste, dass das mehr freundlich als ehrlich war. Sie schüttelte den Kopf und brachte das hervor, was endlich einmal herausmusste.

»Nein, ich bin – im besten Fall ...« Sie suchte ein wahres, aber nicht allzu verletzendes Wort, um sich selbst zu beschreiben.

»... im besten Fall – nichtssagend«, sagte sie schließlich leise.

Die Schwestern sahen sich an. »Das ist doch Blödsinn«, sagte Janis.

»Ist es nicht. Und du weißt das. Alle wissen das. Jeder, der einen Blick auf mich wirft. Jeder, der Augen im Kopf hat.«

Aber Janis schüttelte den Kopf. »Du bist nicht *nichtssagend,* Kenny«, sagte sie nachdrücklich und lächelte ihrer Schwester zu. Alle Liebe legte sie in dieses Lächeln. Und sie benutzte das alte Kosewort *Kenny*. So hatte Janis sie gerufen, als sie gerade dabei war, sprechen zu lernen, und des Buchstabens Z noch nicht mächtig gewesen war.

»Dann eben – hässlich«, murmelte Kenzie mit eingefrorenem Gesicht. Es war verrückt, dass Janis nicht nur schön, sondern eben auch noch so unerträglich liebenswert war.

** Wie Mackenzie Hunt sich selbst sah, wenn sie in den Spiegel blickte – was sie möglichst zu vermeiden suchte:*

Eine hohe blasse, kränklich wirkende Stirn. Blasse Augen, die trotz der vielen schrecklichen Operationen immer noch nicht wirklich parallel schauten. Eine dünne, nichtssagende Nase. Ein ernster Mund mit unterschiedlich hohen Mundwinkeln, zumindest, wenn sie lächelte. Ein zu spitzes Kinn. Hellbraunes, nichtssagendes Haar.

»Unsinn«, sagte Janis heftig. »Du siehst Hap ähnlich! – Und ist Hap etwa hässlich?«

Nein, das war er rätselhafterweise nicht. Ganz und gar nicht. Happy Swindell, der Aus-ihrem-Leben-Verschwundene, hatte hellgrüne, fröhliche Augen, eine schöne, im Sommer oft etwas sonnenverbrannte Stirn, eine gerade, perfekte Nase, diese weichen hellbraunen Haare, die er im Sommer kurz schnitt und im Winter etwas länger wachsen ließ, sodass sie sich leicht lockten. Dazu hatte er ein leicht schiefes Lächeln mit *dem gewissen Etwas,* wie Insel immer behauptete, und ein ansprechendes, etwas kantiges Kinn, das Kenzie am liebsten mochte, wenn es leicht kratzig war.

»Hör mit Hap auf«, sagte sie kurz angebunden zu Janis und floh aus diesem Gespräch.

Der Dadstreit war nicht mehr, seit Hap endgültig gegangen und Geschichte geworden war. Und es folgte kein weiterer ernst zu nehmender Streit zwischen Kenzie und Janis.

»Wir verstehen uns einfach wahnsinnig gut, meine Schwester und ich«, erklärte Janis ihren Freundinnen häufig. Kenzie sagte nichts und spürte nichts. Außer Leere. Sie sah zu, wie Janis' Freundinnen ein und aus gingen, während sich ihre eigenen Freundschaften verflüchtigten wie lauer Wind.

»Warum triffst du Meredith gar nicht mehr?«, fragte Insel.

»Was ist mit Doreen?«, fragte Leetha.

Meredith war fortgezogen. Und Doreen? Doreen traf sich jetzt mit anderen Mädchen, fröhlicheren Mädchen, abgefahreneren Mädchen. Doreen und ihre Clique waren im London- und im Punkfieber, hörten im besten Fall *The Cure,* aber viel öfter noch *Sex Pistols* oder *Headless Chicken.* Letztere waren brandneu und laut Doreen der absolute Wahnsinn. Sie färbten sich die Haare lila, blau, rosa und türkis und Kenzie hatte irgendwie den Anschluss verpasst.

»Sei doch nicht so ein Couch-Potato«, sagte Janis halb lachend und halb bestürzt, wenn sie mal die Zeit und die Muße hatte, sich zu Kenzie ins bunte Zimmer zu setzen und eine Weile mit ihr fernzusehen.

Ansonsten verbrachte Kenzie viel Zeit damit zuzusehen, wie Janis liebte und lebte und Spaß hatte.

Sie umarmte ihre Freundinnen, wenn sie kamen, um sie abzuholen, und wieder zum Abschied, wenn sie am nächsten Tag, nach einer, wie es Kenzie vorkam, durchgekicherten Nacht nach Hause aufbrachen.

»Igitt, Penis-Alan lungert draußen herum«, informierte Janis' Freundin Susannah die anderen und knallte die Haustür zu. Es war der Tag, an dem Leetha und Insel gerade den Mietvertrag für das neue Haus in der Yucatan Road unterschrieben.

Auch Salma und Lynda waren da. Das Haus, das bald Vergangenheit sein würde, war voller Janis-Freundinnen.

Kenzie saß im bunten Zimmer herum und fühlte sich fehl am Platz und schwer wie Blei.

»Weißt du vielleicht zufällig, wo mein neues Schminktäschchen ist, Kenny?«, rief Janis, die herumwirbelte, als habe jemand sie aufgezogen und versehentlich den Drehschlüssel dabei überdreht. »Und dieses rosa Lipgloss, das Inni mir letzte Woche mitgebracht hat?« Sie schaute zur Tür herein. Hinter ihr drängten sich Susannah und Lynda. Sie winkten Kenzie zu und wirkten ähnlich überdreht wie Janis.

»Nein«, murmelte Kenzie gereizt und spürte, wie sich ein jäher Schmerz in ihren Kopf stahl.

Es wurde immer schlimmer. Janis nahm mehr und mehr Platz ein, während ihr eigener Platz zusammenschnurrte, bis, ja, bis was geschah? Bis sie sich völlig aufgelöst hatte? Oder bis sie das Feld, das nicht ihres war, am Ende freiwillig räumen würde?

War sie, wie Hap – falsch hier? Hap hatte schließlich auch nie wirklich dazugehört. Er war ein Zubehör, ein

Eindringling gewesen. So wie sie. Sie war nicht schön wie ihre jüngere Schwester. Sie war nicht so klug wie Leetha, die immer drei Bücher gleichzeitig verschlang und keine Kunstausstellung verpasste, die in die Stadt kam. Und sie war keine Künstlerin wie Insel, der einfach alles gleichzeitig gelang: schön, klug, beliebt und kreativ zu sein. Den Fernseher schaltete im Hause Hunt niemand außer Kenzie ein. Pickelcreme benötigte niemand außer Kenzie. Eine Brille war keiner zu tragen gezwungen außer Kenzie.

Ihre Miene verspannte sich, dass sie das Gefühl hatte, jeden einzelnen Muskel in ihrem hässlichen Gesicht vibrieren zu spüren.

Sie hörte Salma »Was hat deine Schwester denn schon wieder?« flüstern und darauf Janis' vorsichtige Antwort: »Lass sie. Sie ist – irgendwie nicht so gut drauf – in der letzten Zeit.«

Verdammt, sie würde gehen müssen, weit weg, um solche Fragen und solche Antworten nicht mehr hören zu müssen. Dass ihre kleine Schwester sie *in Schutz nehmen* musste, war beschämend und erniedrigend.

Mehr als einmal hatte Kenzie inzwischen mit angehört, wie Salma, Lynda und andere exakt das gesagt hatten, was auch Stephane Archers Meinung war: Wie erstaunlich es war, dass Mackenzie und Janis Hunt überhaupt Schwestern waren.

»Ihr seid euch voll unähnlich«, hatte Susannah beispielweise während eines Spieleabends in Janis' Zimmer gesagt. Die Tür war nur angelehnt gewesen und Kenzie hatte es im Nebenzimmer deutlich gehört. Wie Granateneinschläge waren Susannahs Worte gewesen. Sie explodierten in den Tiefen ihres Kopfes und hinterließen Krater aus Schmerz und Scham. An manche Dinge gewöhnte man sich eben nie.

»Sie haben ja auch unterschiedliche Mütter, Su«, hatte Salma anstelle von Janis geantwortet. Danach war Janis' Zimmertür leise zugeschoben worden. In diesem leisen Türklicken steckte Janis' ganzes schwesterliches Mitgefühl, darüber war Kenzie sich klar.

An diesem Tag war Doreen bei ihr gewesen. Es war einer ihrer letzten Besuche im Haus der Hunts.

»Was hast du nur in der letzten Zeit? Warum ziehst du immer so eine Leichenbittermiene?«, fragte sie im Verlauf dieses Nachmittags verwirrt und warf Kenzie lange, prüfende Blicke zu.

Was sie wohl sah?, dachte Kenzie verzweifelt und wendete den Blick und das Gesicht ab. Damals waren Doreens Haare noch nicht raspelkurz und türkis, aber schon hennagefärbt und in zwei lange, verrückte Zöpfe geflochten. Dazu trug sie an diesem Tag ein rosa, tief ausgeschnittenes T-Shirt mit der Aufschrift *Shit happens!*.

Wenn jemals eine T-Shirt-Aufschrift die Wahrheit gesagt hatte, dann diese.

Kenzie musterte ihre beste Freundin beziehungsweise ihre einzige Freundin seit Merediths Umzug nach Phoenix. Sie war nicht so schön wie Janis, aber sie hatte trotzdem ein sehr ansprechendes Gesicht, eine niedliche Stupsnase, einen erwähnenswerten Busen, einen reinen Teint.

Was war falsch an ihr selbst?

Es ist ein Fakt, dass »Penis-Alan« mich nicht am Arm gerissen hat, damit ich ihn berühre!!!, schrieb Kenzie an diesem Abend in ihr Tagebuch. Sie schämte sich für diese idiotischen Worte. Tränen tropften aus ihren Augen, aus dem gesunden und aus dem schielenden, liefen ihre Nase und ihr Kinn entlang und trafen schließlich die Worte *Penis* und *berühre,* die daraufhin verliefen.

Kenzie hasste sich für diesen Gedanken, der sich da in ihr festsaugte wie ein Polyp.

Alan wollte Janis' Hand zu seinem – Teil zwingen. Alan wollte Janis' Hand zu seinem Teil zwingen. Alan wollte Janis' Hand zu seinem Teil zwingen.

Janis' Hand. Nicht Kenzies. Keinesfalls Kenzies. Das war ihm nicht in den Sinn gekommen. Er hatte Janis *aufgelauert.* Nicht ihr. Nicht ihr. Nicht ihr.

Der Gedanke schien Gefallen daran zu finden, Kenzie zu quälen. Es folgten Nächte, in denen sie von *Alan träumte.* Aber in Kenzies Träumen nahm Alan ihre Hand, um *es* zu tun – um *ihre Hand* anstelle von Janis' Hand auf seinen – Penis zu pressen. Und in Kenzies Träumen fühlte sich dieser Moment gut an. Gut und richtig. Und wenn sie anschließend aufwachte, ging ihr Puls schneller und sie fühlte sich aufgewühlt.

War es das?

War

sie

einfach

nur

pervers?

»Was hast du bloß, Kenzie? Weißt du, dass du mich allmählich wahnsinnig machst?« Leetha und Insel trugen

Pappkisten ins Haus, um für den Umzug ins neue Haus zu packen.

»Ich freu mich schon schrecklich aufs Streichen unseres neuen bunten Zimmers, Lee«, sagte Insel glücklich und umarmte Leetha von hinten. »Ich sehe alles genau vor mir. Die Proportionen dieses neuen Raums sind womöglich noch besser als hier.«

Sie strahlte und drehte Leetha in ihren Armen um. »Und der Lichteinfall ist auf jeden Fall grandios! Wir werden in Licht und Farben baden können, liebste Leetha!«

»Oh bitte. Insel«, antworte Leetha. »Nicht wieder so bunt. Ich hatte – die ganzen Jahre immer das Gefühl, in einem Farbtopf zu leben.«

Kenzie drehte sich um und ging nach oben.

»Kenny?« Janis steckte ihren Kopf in ihr Zimmer.

»Lass mich. Ich muss packen.«

Kenzie versuchte, Janis abzuschütteln, aber es gelang nicht.

»Das alles wird mir fehlen«, sagte sie seufzend und warf sich auf Kenzies Bett. »Hast du schon mal darüber nachgedacht? Wir ziehen in ein Haus, das Hap vermutlich nie – kennen wird.«

Oh ja, darüber war Kenzie sich klar.

»Ich meine«, fuhr Janis fort und zupfte kleine Fädchen aus Kenzies Bettdecke, »in diesem Haus war er wahnsinnig oft. Und wenn wir hier zum letzten Mal rausgehen …«

Kenzie nickte schwach. In der letzten Nacht hatte sie wieder von Alans Händen geträumt, die nach ihren gegriffen hatten. Plötzlich bekam sie Wut. Wut auf Janis, Insel,

Leetha, Hap. Auf die ganze Welt. Ihr Blick schoss im Zimmer herum, in dem das übliche Chaos herrschte, jetzt, so kurz vor dem Umzug, womöglich sogar noch ausgeprägter als sonst. Da – an der kleinen Pinnwand über ihrem Schreibtisch pinnte eine Kinderaufnahme der winzigen Hunt-Schwestern. Janis war ein neugeborenes Baby darauf. Und sie selbst war gerade drei geworden.

Hap hatte den schlafenden Säugling in ihre Arme gelegt und dafür gesorgt, dass Kenzie sicher saß und Janis nicht in Gefahr geriet, aus den Kleinkinderarmen ihrer älteren Schwester zu rutschen.

Kenzies Blick ruhte auf dem knubbeligen, haarlosen Baby.

Janis war ein hässliches Baby gewesen. Kenzie erinnerte sich daran, wie enttäuscht sie damals gewesen war, dass Janis so gar nichts Niedliches aufzuweisen hatte.

Janis' Blicke waren Kenzies gefolgt. »Süß waren wir damals, nicht wahr?«, sagte sie lächelnd. Sie rollte sich auf den Bauch und stützte das Kinn in ihre Hände.

»Ein Königreich für deine Gedanken«, grinste sie und ihre traurigen Gedanken wegen Hap schienen davongeweht zu sein. Janis' Verstimmungen wehten immer schnell davon, schon ihr Leben lang.

Kenzie wollte es nicht. Sie wollte das nicht sagen. Keinesfalls. Aber ihr Mund machte sich selbstständig, so wie ihr Geist in den Nächten, in denen Alan Zutritt zu ihren erotischen Träumen hatte.

»Du kannst sie alle haben, Janis«, sagte Kenzie leise und ihre Stimme wackelte dabei.

»Was meinst du?« Janis hob verwirrt den Kopf.

»Ich meine Stephane Archer«, sagte Kenzie. »Und Will McClori.«

Der Junge, der vor Jahren über Kenzies Leben mit zwei lesbischen Müttern hergezogen hatte, war inzwischen Schulsprecher der Senior Higschool und Kenzie hatte natürlich mitbekommen, dass er sich für Janis interessierte. Wie so viele andere auch. Jungs aus der Senior High, die demnächst ihren Abschluss machen und auf Colleges überall im Land wechseln würden, schauten nach Janis Hunt, die gerade mal in die *Achte* ging.

Janis verzog das Gesicht. »Will McClori? Dieser Stinker«, sagte sie kopfschüttelnd. »Stell dir vor, neulich, als wir vom Rudern kamen, hat er eine meiner – Dingsdas berührt. So im Vorbeigehen, ganz wie nebenbei.«

Janis deutete vage auf ihre Brüste, während Kenzie schlucken musste. Noch niemand, niemand, niemand hatte je die Hände nach ihren Brüsten ausgestreckt. Okay, ihre waren verschwindend klein, aber es *gab sie dennoch*.

Kenzie wusste, dass sie davon träumen würde. Von Fingerspitzen, Alans? – Wills? oder anderen, die *ihre* Brustwarzen berühren würden, wie nebenbei, im Vorübergehen. Sie spürte, wie ihr beinahe schwindelig wurde bei diesem Gedanken. »Siehst du?«, sagte ihr Mund unterdessen mit einem fremden, höhnischen Ton. »Ich sage es ja. Stephane, Will … Und da wären ja wohl auch noch …«

Kenzie spürte, dass sie am ganzen Körper flog. »Bo Carney, Adam Vineyard und …«

Janis war langsam aufgestanden und sah Kenzie unverwandt an.

»Und wie wäre es mit – Penis-Alan? Vergiss *Penis-Alan* nicht«, sagte sie leise.

Kenzie zuckte zusammen. Warum hatte sie nur nicht ihren Mund gehalten? Warum hatte sie dieses Fass aufgemacht? Janis konnte schließlich nichts dafür, dass das verdammte Leben ihrer älteren Schwester so mies verlief. Sie konnte nichts dafür, dass sie hässlich war, dass kein Junge je nach ihr sah. Nicht mal dieser schreckliche Alan Keech aus dem Nachbarhaus.

Trotzdem gab es jetzt kein Zurück.

»Genau!«, schrie Kenzie, gedämpft durch das Kissen ihres Bettes, in das sie ihr glühendes Gesicht gepresst hatte, und erkannte ihre eigene Stimme nicht wieder. »Genau! Penis-Alan! Der auch! – Alle!«

SPRINGFIELD,
Kalifornien, 2007

Halloween war schon vorüber. Zadoc war dreizehn, Ivory war zwölf und da taten sie etwas, was ihr Leben verändern sollte. Zadocs vor allen Dingen, aber auch Ivorys. Zum ersten Mal sollte Zadoc einen Fuß über die Schwelle des Ally Pally setzen.

»Weil ich dich heute hier brauche, Zaddy«, hatte Ivory leise und eindringlich gesagt und sich dabei über die Augen gefahren.

Und Zadoc tat, worum sie gebeten hatte, auch wenn er voller Angst an Mrs Perlman gedacht hatte, die ihm Furcht einjagte mit ihren Blicken, ihrer Art, ihn anzusehen und zu übersehen, je nachdem. Und ihrer Art, ihm dadurch deutlich zu machen, dass er Ivorys nicht würdig war.

Vielleicht kannte sie ja, aus irgendeinem Grund, sein – *Geheimnis?* Sein Geheimnis, das er nur mit seiner Mutter teilte. Das, was er getan hatte, als er noch ein kleiner Junge gewesen war. Nicht einmal Dr. Goodman, der Arzt, der ihm regelmäßig seine Medikamente verschrieb, kannte es. Dr. Goodman war Neurologe, so stand es an seiner Tür, und Zadoc ging schon zu ihm, solange er zurückdenken konnte. Er behandelte ausschließlich Privatpatienten und Mrs Wanstall war sehr froh, ihn für Zadoc gefunden zu haben.

»Und was habe ich?«, hatte Zadoc einmal besorgt gefragt, als sie vom Arzt kamen. Er war sieben oder acht gewesen. »Bin ich – verrückt, Mom?«

Aber sie hatte ihn in den Arm genommen und »Nein, mein Schatz, natürlich nicht« gesagt. Er fühlte ihren warmen Atem auf seinem Kopf, sie sprach in seinen Scheitel hinein. »Du bist nur sehr sensibel. So nervös. So unruhig. Darum gehen wir zu Dr. Goodman. Damit er dir hilft.«

»Weiß Dr. Goodman denn, was ich als … Kind getan habe?«, hatte Zadoc seine Mutter gefragt und sie nicht angesehen dabei.

»Nein, Liebling, er weiß es nicht«, hatte sie ihm beruhigend zur Antwort gegeben. »Und davon erzählen wir keinem, hörst du? Niemals. Versprich mir das, Zadoc.«

Er hatte es versprochen. Vor einem Jahr dann hatte er eine Unterhaltung zwischen dem Arzt und seiner Mutter belauscht, nach einer neuerlichen Untersuchung seiner Hirnströme.

»Er ist geistig instabil, Mrs Wanstall«, hatte sich Dr. Goodman mit seiner ruhigen Stimme an Zadocs Mutter gewandt. »Daran werden wir auch nichts Grundsätzliches ändern können. Nicht mit allen Medikamenten der Welt. – Leider. – Dabei ist er in stabilen Momenten durchaus in der Lage, komplexe Zusammenhänge zu erfassen, aber er wird immer wieder einbrechen. Seine Anfälle werden ihm im Weg stehen. Das ist das Problem. In solchen Augenblicken ist er eine Gefahr. In erster Linie für sich selbst. – Aber …«

Hier hatte Dr. Goodman einen Moment innegehalten, aber dann hatte er doch weitergesprochen, während Zadoc sich verkrampfte und mit den flachen Handflächen an der Tür abstützte, hinter der er lauschte, um nicht zu taumeln. »Aber eben unter Umständen auch mal für andere.«

Und jetzt stand Zadoc bebend in Ivorys Zimmer, zum ersten Mal in seinem Leben. Alles sah so aus, wie Ivory es ihm beschrieben hatte, bis ins Detail. Ihr Bett, der Parkettboden, auf dem es stand, ihr Schreibtisch unter dem halb runden Fenster mit den Sprossen darin, der kleine Traumfänger, der dort hing, das Regal vollgestopft mit Büchern, der alte Kleiderschrank, der noch von Ivorys Großmutter stammte.

Um diese Großmutter ging es heute, denn sie war gestorben und Ivory hatte sie sehr geliebt.

»Mehr als Mom. Und viel mehr als Dad«, sagte Ivory leise. »Ich weiß eigentlich nicht, ob ich Mom und Dad überhaupt mag«, fuhr sie Sekunden später nachdenklich fort und schob ihre Hand in Zadocs. Sie saßen nebeneinander auf der Kante von Ivorys Bett, auf dem eine rosenverzierte Tagesdecke ausgebreitet war.

Zadoc schwieg, während Ivory weitersprach. »Sie haben Kosh und Hailey, die zu ihnen passen. Ich passe, glaube ich, nicht so gut.«

Aber sie hatte zu ihrer Großmutter gepasst, einer kleinen, alten Frau, die aus Irland stammte und der Ivory von ihrer Freundschaft mit Zadoc hatte erzählen können, ohne dass sie in Wut geriet. Im Gegenteil, alles an Zadoc, was aus Ivorys Erzählungen hervorging, hatte ihre Grandma gemocht.

»Schade, dass ich den Burschen nicht kenne«, hatte sie oft seufzend gesagt, wenn Ivory sie in dem Altenheim besucht hatte, in dem sie lebte, weil sie schwer diabeteskrank war und Pflege benötigte.

Und nun war sie tot. Einfach so, von einem Tag auf den anderen. Jedenfalls für Ivory. Und darum war Zadoc im Ally Pally.

Im Grunde taten sie nicht viel. Sie saßen einfach nebeneinander, blutsbrüderartig, und atmeten dieselbe Luft – die Luft in Ivorys Zimmer, das er heute zum ersten Mal betreten hatte.

Die Beerdigung war vorüber und der Rest der Familie Perlman war zum Leichenschmaus gegangen, aber Ivory hatte die Erlaubnis bekommen, vorzeitig mit Annunziata, dem italienischen Au-pair-Mädchen dieses Sommers, nach Hause zu gehen. Annunziata war so schwerfällig und träge und übergewichtig, dass sie nur im äußersten Notfall die vielen Treppen, die nötig waren, um Ivorys Zimmer zu betreten, auf sich nahm. Viel lieber saß sie in ihrem Zimmer und schaute sich italienisches Mittagsprogramm im Fernsehen an.

Es war ein Leichtes gewesen, sich unbemerkt einzuschleichen. Außerdem hatte rätselhafterweise keine einzige Treppenstufe geknarrt.

»Beerdigung«, sagte Ivory jetzt nachdenklich. »Irgendwie schrecklich. Ich meine, da stecken sie einen einfach so in eine Art Kiste, die sie fest zumachen. Und als wäre das nicht schon schlimm genug, wird man dann auch noch in so ein ekliges Erdloch …«

»Nein! Nicht!«, entfuhr es Zadoc heftiger, als er es beabsichtigt hatte.

»Doch, so war es«, beharrte Ivory und entzog ihm für

einen Moment ihre Hand, um beide Handflächen gegen ihr heute sehr blasses Gesicht zu pressen. »Egal, ob sie in der Kirche sagen, dass sie nett und lieb und so was war. Hinterher ist das egal und sie packen sie in dieses – Loch und werfen Erdbrocken drauf.« Ivory sprach durch ihre Finger.

In diesem Moment hörten sie es beide: Türenschlagen, Schritte, Stimmen.

Ivory nahm erschrocken die Hände vom Gesicht. »Warum sind sie bloß schon wieder da?«

Zadoc wusste es auch nicht. Wie hätte ausgerechnet er es wissen sollen? Ihm war nur klar, dass er *wegmusste!* Und das so schnell wie möglich.

»Ivory«, flüsterte er voller Angst wie ein Tier in der Falle. Gehetzt sprang er auf und schaute sich um.

»In den Keller«, flüsterte Ivory geistesgegenwärtig zurück. »Los, komm!«

Und das Ally Pally machte es möglich. Zadoc taumelte orientierungslos hinter seiner vorauseilenden Freundin her.

»Leiser«, kommandierte sie und versuchte, ihm sekundenlang Mut machend zuzulächeln. »Hier lang.«

Überall waren Zimmertüren, Gemälde, Holzvertäfelungen und alte Möbel.

»Ivory«, flüsterte er abermals. Alles schien sich um ihn herum zu drehen. Angst löste dieses Drehgefühl bei ihm aus. Schon immer.

Phobischen Schwankschwindel nannte Dr. Goodman diesen Zustand. Zadoc hatte Medikamente dagegen. Aber nicht dabei, natürlich.

** Wie die Flucht in den Keller gelang:*

Ein Gemälde, ein paar Meter weiter bloß und einmal um die Ecke, ließ sich zur Seite klappen (Wie in Harry Potter, dachte Zadoc beeindruckt), dahinter waren eine Luke und sechs steinerne Stufen, an deren Ende eine Art Rumpelkammer auftauchte. Und von dort war der Keller über eine schlichte, in die dämmrige Tiefe führende Holztreppe zu erreichen. Ein Kinderspiel.

»Geschafft«, sagte Ivory erleichtert, als sie in die Dunkelheit eintauchten. »Hier kommen sie bestimmt nicht runter. Warum sollten sie auch?«

Dieser Satz würde sich als Trugschluss herausstellen, aber das wussten Ivory und Zadoc in diesem Moment zum Glück noch nicht.

»Sag mal«, fuhr Ivory fort und hockte sich auf eine schwere Kiste, die an der Wand stand, »wie war das eigentlich – bei deinem Dad? Ich meine, wie alt warst du, als er starb? Warst du bei seiner Beerdigung? Ich will nie, nie wieder zu einer gehen müssen.«

Sofort spürte Zadoc das Drehen wieder, das Drehen in seinem Kopf. Und dazu hämmerte sein Herz, was allerdings auch an der eiligen Flucht in diesen Keller hinunter liegen konnte.

Ein paar Minuten suchte er nach den richtigen Worten und Ivory war Ivory, indem sie geduldig abwartete. Nur kratzte sie mit der Spitze ihres Schuhs auf dem staubigen Boden herum.

»Ivory«, sagte Zadoc schließlich leise. Er begann herumzulaufen, durchwanderte den Kellerraum mit wackeligen, unsteten Schritten. Das dämmrige Deckenlicht, das Ivory eingeschaltet hatte, ließ seinen Schatten größer erscheinen, als er war. Er verwandelte ihn in einen wandernden Riesen, der an der unverputzten Wand hin und her ging.

Als Zadoc schließlich stehen blieb, lauerte sein Schatten wie ein Turm hinter ihm. Es war, als sei er ein weiterer Zuhörer, der Dritte unter ihnen.

Er wollte es ihr sagen. Die Sache mit seinem Vater. Ivory würde ihn – weiter mögen – hoffentlich. Nicht vor ihm fliehen.

Oder?

Sein Vater war Gabe Wanstall gewesen. Ein Engländer aus London, kein Amerikaner. Ein lachender Mann mit hellbraunen Haaren, der Gitarre spielen konnte und das für seine Mutter getan hatte, in Wales am Meer. Angeblich stundenlang. Einen ganzen Tag lang. Von Sonnenaufgang bis Sonnenuntergang. Und sie hatten nicht mal gemerkt, wie die Zeit vergangen war.

Zadoc war sich sicher, dass seine Mutter seinen Vater immer noch vermisste. Sie war manchmal so bitter. Und dann gab es ja auch immer wieder diese schwarzen Tage. Dieses Erstarren und die Kälte, die sie dann ausstrahlte. Nie weinte sie. Sie erstarrte nur.

In guten Momenten zählte sie Zadoc allerdings die Dinge auf, die er von seinem Vater geerbt hatte.

Nicht die Augen, denn Zadocs Augen glichen mit ihrem hellen Stachelbeergrün denen seiner Mutter bis ins kleinste Detail. Aber sonst hatte er nicht viel von seiner Mutter. Höchstens noch das Große, Dünne.

»Mein Vater«, sagte Zadoc leise zu Ivory. »Er starb, als ich noch klein war. Fünf war ich.«

»Kannst du dich an ihn erinnern? Wie war er? Und warum ist er gestorben? War er krank?«

Es ging nicht. Es war zu viel. Zu viele Fragen. Und das Denken. Es machte ihn krank. Und leer. Und es würde ihn töten. Nach und nach. Er. Durfte. Nicht. Daran. Denken.

Das sagte auch seine Mutter seit Jahren.

»Vergiss das alles, Zadoc. Es nützt doch nichts, wenn du dir den Kopf zerbrichst.«

Er musste Ivory nur sagen, dass er nicht darüber sprechen wolle. Sie würde nicht böse sein. Sie war nie böse auf ihn. Das war ja das Wunderbare an ihr. Dass sie ihn nahm, wie er war. Ohne Wenn und Aber.

Warum nur konnte er es nicht sagen? Konnte nicht über die Lippen bringen: Ich möchte nicht daran denken, Ivory?

Warum musste er schreien und sich die geballten Fäuste auf die Ohren pressen, die ganze Zeit mit dieser wahnsinnigen Angst im Nacken, dass *es* wieder passieren würde – das, was nicht geschehen durfte! Um keinen Preis. Und warum passierte dann stattdessen dieses *andere?* Dieses, was auch schon in der Schule vorgekommen war, von einer Sekunde zur nächsten? Seine Hose wurde nass und heiß dabei. Er erstarrte mitten in der Bewegung und rührte sich nicht mehr. Sein Körper wurde von unsichtbaren Gefühlen überschwemmt. Verzweiflung. Scham. Entsetzen.

Und dann kamen sie. Sie hatten seine Schreie gehört.

Mrs Perlman und die anderen. Mr Perlman. Ivorys Bruder Kosh. Ihre Schwester Hailey. Annunziata, das Au-pair aus Italien. Und dazu noch viele andere. Verwandte, die nach dem Leichenschmaus mitgekommen waren. Sie drängten sich auf der Treppe und schauten zu ihnen hinunter.

»Was ist hier los?«, bellte Mrs Perlman, die als Erste ihre Sprache wiederfand.

Sie musterte ihn voller Abscheu und entdeckte die ganze Bescherung.

Und sie musterte Ivory, die »Oh, Zadoc« flüsterte, ihre Augen erschrocken und voller Mitleid in seinen versenkt.

Er wollte sie nie wiedersehen.

Er.

Wollte.

Sie.

Nie.

Wiedersehen.

Er war ein IRRER, ein Spinner, ein Alleingänger, ein Stiller, ein VERSAGER, ein Einsamer, ein Gefährlicher, ein IN-DIE-HOSE-MACHER.

Das war das Ende.

Schemenhaft bekam Zadoc Dinge mit, die er nicht mitbekommen wollte. Seinen Abtransport, seine Mutter, ihr verzweifelter Blick, trockene Kleidung, Dr. Goodman, ein Krankenhausbett, Stille.

Als es ging, schluckte er Dinge. Er wollte nicht mehr.

Aber sie holten diese Dinge aus seinem Inneren wieder heraus. Einige operativ. Andere auf beschämendem, natürlichem Wege. Dazu kontrollierten sie seine Exkremente, sammelten halbe Kugelschreiberhülsen, Schrauben, Muttern und ähnliche Dinge daraus hervor. Ein Körperteil, das er noch nie zuvor gespürt hatte, brannte tagelang wie Feuer.

Er war zu einem Monster geworden.

Und sein Vater lag auf einem Londoner Friedhof und bekam von alldem nichts mit. Wenigstens das nicht. Er musste nicht mehr darunter leiden, dass er vor vierzehn Jahren ein Monster gezeugt hatte. Mit der Frau mit den stachelbeergrünen Augen, für die er am Strand in Wales Gitarre gespielt hatte.

Was war nur schiefgelaufen? Das war das, was Zadoc nicht verstand.

FREMONT,
Kalifornien, 1987

»Ein Wohnzimmer ist ein Wohnzimmer, ist ein Wohnzimmer«, sagte Janis kryptisch und warf sich der Länge nach auf das neue Sofa, das seinen Platz zwischen den beiden Wohnzimmerfenstern hatte. Obwohl Insel seit Ewigkeiten kein Bild verkauft hatte, bis auf einige Linoldruckvignetten, die Janis' tanzende Silhouette als Motiv hatten, und Leetha als Montessori-Lehrerin nicht besonders gut verdiente, stand das neue Haus in einer besseren Gegend als das alte. Das lag an Hap, der, vielleicht als Wiedergutmachung dafür, dass er nicht mehr kam, mehr Geld schickte.

»Gefällt es dir etwa immer noch nicht, Maus?«, fragte Leetha. »Ich meine, allmählich müsstest du dich doch daran gewöhnt haben. Oder ist es nur, weil Insel sich so schwer damit tut?«

In der Diele des gefühlt immer noch neuen Hauses klingelte das Telefon.

»Ob das wieder Mr Nobody ist?«

Janis verzog genervt das Gesicht und schob sich ihren Walkman über die Ohren, ohne Leetha weiter zu beachten. Schon den ganzen Tag über vergrub sie ihren Geist und ihre Gedanken mit dem Song *Close to me* von *The Cure,* die sie in der letzten Woche in Oakland live gesehen hatte. Zusammen mit Susannah, Salma und Lynda und ein paar anderen, weniger wichtigen Freundinnen.

Insel nahm unterdessen in der Diele den Telefonhörer ab. »Hallo?«

Einen Moment schwieg sie. »Allmählich reicht es wirklich«, sagte sie dann. »Wer immer Sie sind – hören Sie gefälligst damit auf, uns zu belästigen, zum Teufel.«

So ging es jetzt seit Wochen. Leetha, Insel, Kenzie und Janis nannten den stillen Anrufer inzwischen *Mr Nobody*, weil er zwar dauernd anrief, sich aber niemals meldete.

»Er atmet«, sagte Janis verdrossen. »Ab und zu hört man ihn atmen.«

»Igitt, so ein Perverser?«, schrie Salma, die ein paar Mr-Nobody-Anrufe mitbekommen hatte, angewidert. »Etwa ein neuer Penis-Alan?«

Aber Janis schüttelte den Kopf und streichelte Snap, die Katze, die Insel eines Tages mit nach Hause gebracht hatte. Es war gleich nach ihrem Umzug in die Yucatan Road gewesen und Snap war damals nichts weiter als ein halb verhungertes Katzenbaby. Inzwischen war er ein dicker, behäbiger Kater und der einzige Mann im Haus.

»Nein, ich denke, Mr Nobody atmet nur aus normalen Überlebensgründen, während er uns nervt«, sagte Janis. »Oder, Kenny? Was meinst du? Nach Sexgestöhne klingt es nicht, oder?«

Kenzie schüttelte befangen den Kopf. Die Sache mit Mr Nobody war ein Mysterium, das sie fest im Bann hatte, denn vielleicht, sehr vielleicht glaubte sie zu wissen, wer der Anrufer war.

* *Wer, in Kenzies Träumen, Mr Nobody eventuell war: Robin Abergavenny, ein Musikstudent, den Kenzie eines*

Tages im Einkaufszentrum kennengelernt hatte, wo sie derzeit in einem Musikshop jobbte.

Oder, was noch unglaublicher wäre, vielleicht war es auch Elton Orenstein, der immer wieder ihre Nummer wählte und sich nur nicht traute, etwas zu sagen, weil er im Grunde genauso schüchtern war wie sie selbst, auch wenn er nicht so aussah. Elton war neunzehn und hatte ebenfalls einen Aushilfsjob im Einkaufszentrum. Er kümmerte sich um die Reinigung der Aquarien in einem Zoogeschäft, das nur zwei Läden neben Kenzies Musikgeschäft lag.

Oh, wenn es doch nur Elton wäre, der immer wieder das Telefon im Hause Hunt klingeln ließ. Kenzie konnte kaum atmen bei diesem Gedanken. Immerhin hatte sie ihm ihre Nummer gegeben, allerdings unter dem Vorwand, seinem jüngeren Bruder Nachhilfe in Mathematik anzubieten. Auch Robin hatte sie unter ähnlichem Vorwand ihre Telefonnummer zukommen lassen. Ihm hatte sie gesagt, sie interessiere sich brennend für klassische Musik und würde gerne mal eines der Konzerte besuchen, von denen Robin ihr beim Kauf von Cellosaiten und einer teuren Stimmgabel erzählt hatte.

Wenn es Robin wäre, wäre sie auch glücklich.

Mit beiden schlief sie seit Längerem in ihren Träumen. Die Gedanken an Penis-Alan waren widerlich und verwerflich gewesen und Kenzie schämte sich ihrer, aber mit Robin und Elton war es etwas anderes. Es war geradezu unheimlich, wie realistisch sich diese Träume anfühlten. Es war, als habe sie tatsächlich schon Sex gehabt. So wie Doreen und Meredith und die anderen. Robin hielt sie sehr fest in diesen Träumen und sie spürte seine glatten Oberar-

me und seinen warmen Körper, der sich gegen ihren presste. Bei Elton war es noch fantastischer. Kenzie fühlte geradezu, wie er in sie eindrang, wie er in sie stieß und diese Träume endeten damit, dass sie keuchend erwachte und ihr ganzer Körper in Flammen zu stehen schien.

Früher waren diese Träume noch sporadisch gekommen, aber seit ein paar Wochen träumte sie sie Nacht für Nacht. Genauer gesagt, seit Janis und ihre Freundinnen ein neues Gesellschaftsspiel ausgegraben hatten.

»Los, spielen! Es ist der Knaller, Leute!«, hatte Lynda gerufen, die es als Erste angebracht hatte. In dem Spiel kamen sehr intime Fragen vor. Janis' Clique schrie, während ein rosa Plastikwürfel reihum ging, immer wieder hysterisch auf.

Kenzie, die mit dem gierigen Snap auf den Knien im Nebenzimmer saß und Makkaroni mit Käse aß, lauschte, als Salma »beichtete«, schon mal Sex an einem besonderen Ort gehabt zu haben (nämlich im beheizten Gartenpool ihrer Großmutter, als diese verreist war), und Lynda gab zu, dass es sie erregte, wenn ein Junge ihr Ohr lecke.

»Ihhhhhh!«, schrien die anderen Mädchen der Runde genießerisch.

Susannah beantwortete die Frage, ob sie manchmal Sexträume hätte, mit einem empörten »Nein! – Warum träumen, was man wirklich haben kann?« und dann hörte Kenzie ihre Schwester Janis sagen, dass sie »Ja« schon einmal richtigen Sex gehabt hatte, und bei der Zusatzfrage »Mit wem« gab sie zur Antwort: »He, das wisst ihr doch.« Dazu lachte sie leise und die anderen lachten ebenso leise, aber sehr wissend mit.

Und Kenzie, die das alles mit angehört hatte, konnte nicht einmal aufstehen und weggehen, weil sie sich plötzlich schwer wie ein Stein fühlte.

Freitag, Samstag, Sonntag – Mr Nobody war ein eifriger, wenn auch stummer Anrufer.

»Himmel, das nervt vielleicht«, murmelte Insel am frühen Sonntagabend. »Könnte man nicht eine Fangschaltung einbauen oder so? So was sieht man doch immer im Fernsehen. Und du hast recht, Janis, diesmal habe ich ihn auch atmen hören. *Was will er bloß?«*

»Fangschaltungen machen sie nur, wenn etwas wirklich Gruseliges passiert ist«, gab Janis zurück, während sie im Schneidersitz vor dem großen Spiegel saß und konzentriert mit einer Nagelschere an ihren kurz geschnittenen, neuerdings platinblonden Haaren herumschnippelte, ihre Hommage an Annie Lennox, die sie verehrte. »Diese Frau wäre der einzige Grund, die Sache mit dem Lesbischsein doch mal auszuprobieren«, hatte sie erst vor ein paar Tagen zu Kenzie gesagt, während sie sich zusammen einen Auftritt der schottischen Punksängerin im Fernsehen ansahen. »Echt, jetzt, sie würde ich nicht von meiner Bettkante schubsen! Und du, Kenny?« Einen Moment lang war Kenzie versucht gewesen, ihre kleine Schwester zu packen und ihr die Fragen ins Gesicht zu schreien, die sie Tag und Nacht in Schach hielten: *Du hast es also getan? Und mit wem? Mit wem? Mit wem? Und warum bist du* überhaupt *vor mir an der Reihe? Kannst du mir das mal sagen, verdammt?* Aber sie tat es nicht. Und sie sagte auch nichts zu Janis' Gedanken in Bezug auf Annie Lennox.

»Was hast du bloß in der letzten Zeit, Kenzie? Was für eine Laus läuft dir eigentlich permanent über die Leber, echt?« Janis wendete sich wieder dem Fernseher zu und Annie Lennox sang *Sweet Dreams*.

Und genau die gleiche Frage stellte Insel jetzt wieder, nur ein wenig anders formuliert. Kenzie kannte inzwischen jede Variante davon. »Ist etwas passiert, Kenzie? Verstört dich Mr Nobody so?«

** Was Kenzie passiert war und weswegen sie unmittelbar auf diese Fragen in ihr Zimmer floh, ohne Insel eine Antwort zu geben:*

Elton Orenstein. Das war passiert.

Sie hatte ihn gesehen, heute, im Einkaufszentrum. Sie hatte den Nachmittag über im Musikshop gejobbt und war noch nach Ladenschluss geblieben, um zusammen mit dem Filialleiter Regale zu rücken und die Vitrinen aufzuräumen. Als sie endlich fertig waren und Kenzie sich auf den Weg nach Hause machte, war ihr Blick in die Schaufensterscheibe zwei Läden weiter gefallen.

Und dort war – Elton Orenstein! Er ließ sich also auch nach Ladenschluss von seinem Chef ausbeuten, vielleicht um das kleine, ziemlich nichtssagende Schaufenster neu zu dekorieren, aber – er dekorierte nicht. Nein, ganz und gar nicht. Stattdessen stand er im Inneren des Ladens neben der geschlossenen Ladentür und …

Kenzie spürte, wie der Boden unter ihr nachgab.

… und küsste stürmisch und auf eine Weise, dass Kenzie innerlich aufkeuchte, ein Mädchen, das wie in einem

Schraubstock in seinen Armen klemmte. Den einen Arm hatte er quer über ihren dünnen Rücken gelegt und mit der Hand des anderen Arms quetschte er in rhythmischen Bewegungen den Po des Mädchens. Kaum zwei Meter waren zwischen Kenzie und Elton Orenstein und plötzlich, als würde Kenzies Blick statische, rasende Wellen aussenden, öffnete Elton blinzelnd die Augen und sah sie.

Und nun? Was würde jetzt sein? Liebte – mochte – er sie trotzdem? War dieses Mädchen vielleicht nur – einfach so passiert? War sie eben gerade zur rechten Zeit am rechten Ort gewesen und Elton hatte sich bedient, so wie man manchmal wahllos zu irgendeinem Getränk greift, weil man eben Durst hat und es in diesem Moment egal ist, was man trinkt?

Bestand noch der Anflug der Chance, dass der geheimnisvolle Anrufer doch Elton Orenstein war, der eigentlich Mackenzie Hunt begehrte?

Nein, natürlich nicht. Elton schloss die Augen wieder, diese großen dunklen Augen, die er hatte, und stolperte einen Schritt tiefer in den Laden hinein. Das Mädchen im Schraubstock nahm er mit sich. Sie schien das alles gar nicht mitzubekommen. Jetzt war kaum noch etwas von den beiden zu sehen. Höchstens Eltons Schulter in Seitenansicht, halb verborgen hinter einem Vorhang, mit dem sich bewegenden, arbeitenden Schultergelenk, das den Mädchenpo presste und drückte und quetschte. Wie sich so etwas wohl anfühlte?

Kenzie stand wie erstarrt und hatte das grauenvolle Gefühl, zwischen ihren Beinen klopfe und schlage ein zweites Herz, nur weil sie Eltons Schulter sah und sich vorstellte, sie wäre anstelle des fremden Mädchens.

Weitergehen, weitergehen, weitergehen, beschwor sie sich innerlich, aber es klappte nicht. Sie konnte nicht. Sie konnte sich nicht rühren, sondern musste weiter auf Eltons Schulter starren, die keine Sekunde zum Stillstand kam.

Irgendwann verschob sich das Bild gnädigerweise und statt Teilen von Elton sah sie jetzt sozusagen Teile von sich. Wieder keuchte Kenzie auf. Diesmal vor purem Entsetzen, als sie ihr gespiegeltes Selbst sah.

* *Was Kenzie sah und dachte:*

Eine zu dick gewordene Person mit unscheinbaren (irgendwie platten?) Brüsten unter einem ausgeleierten grauen T-Shirt, dafür mit einer Brille. (Nie wieder würde sie diese Brille tragen, da mochte ihr Augenarzt sagen, was er wollte.)

Wirre Haare. Eine unvorteilhafte, enge Jeans (schwarz) und einen zu runden, ausladenden Po.

Sie sah grotesk, grotesk, grotesk aus!

Nicht die Spur wie Leetha, die sie geboren hatte, nicht wie Janis, die doch immerhin ihre Halbschwester war – und auch nicht wie Hap, wie Insel immer behauptete, aber von dem sie gar nichts mehr zu haben schien in der letzten Zeit. Ihr Vater war nun schon so lange gegangen und hatte sich komplett mitgenommen. Er hatte nichts von sich an Kenzie zurückgelassen, weder innerlich noch äußerlich.

Kein Wunder, dass niemand sie wollte, sie je wollen würde.

Was hatte ihre frühere Freundin Meredith letzte Woche

geschrieben in Bezug auf irgendeine Freundin, die sie jetzt hatte und die auch lange auf ihren ersten Freund hatte warten müssen?

»Es gibt für JEDEN Topf einen Deckel, Kenzie.«

Ja, das hatte sie geschrieben. Aber es stimmte nicht! Für sie, Mackenzie Hunt, traf das, wie es aussah, nicht zu.

Mr Nobody war nicht nur nicht Elton Orenstein. Er war mit Sicherheit auch nicht Robin Abergavenny.

Mr Nobody, wer auch immer er war, hatte mit ihr und ihrem Leben absolut nichts zu tun.

Später am Abend kam Leetha von einem Gruppenseminar nach Hause, das ihr Therapeut abgehalten hatte.

»Ein Mann?«, hatte Janis gerufen, als Leetha ihnen das erste Mal von ihrem neuen Lächeltherapeuten erzählt hatte. »Ihhh, Lee! Warum gehst du neuerdings zu einem Mann in Therapie?«

»Er ist gut, ihr verrückten Hühner«, war Leethas Antwort. »Er wurde mir empfohlen. Das ist alles. Und ich fühle mich wirklich gut aufgehoben bei ihm.«

Und von diesem Seminar also brachte Leetha einen Stoß Blätter mit, die sie mit bunten Filzstiften beschrieben hatte. Außerdem hatte sie einen großen Strauß weiße Lilien dabei, die sie zuerst in eine große Bodenvase und dann ins Wohnzimmer stellte. Dabei lächelte sie.

»Was ist mit dir, Kenzie-Schatz?«, fragte auch sie, als sie die Vase eine Weile hierhin und dorthin gerückt hatte und sich endlich für einen Platz entschied. »Hast du geweint?«

Ob sie auf eine Antwort ihrer Tochter, die sie vor achtzehn Jahren geboren hatte, wartete oder nicht, war nicht auszumachen, denn sie begann zügig damit, die beschriebenen Papiere überall im Haus aufzuhängen.

Das Lächeln ist in der Physiologie ein Gesichtsausdruck, der durch das Spannen der Muskelpartien vor allem in der Nähe der Mundwinkel, aber auch um die Augen erzeugt wird. Bei Menschen ist das Lächeln normalerweise ein Ausdruck der Freude, des guten Willens, und dient z. B. der Aufnahme von Kommunikation, kann aber auch ein unkontrollierter Ausdruck von Ängstlichkeit sein.

Lächeln bewirkt nicht nur eine Veränderung des Gesichtsausdrucks, sondern führt auch dazu, dass das Gehirn Endorphine produziert, die körperliche und seelische Schmerzen verringern und das Wohlbefinden steigern.

Einem Lächeln kann sich kaum jemand entziehen, wenn das Lächeln ehrlich ist. Ein Lächeln ist ansteckend und somit ein Weg, Fröhlichkeit und Wohlbefinden zu übertragen.

Jeder Tag, an dem du nicht lächelst, ist ein verlorener Tag! Charles Chaplin

»Was soll das denn?«, fragte Janis verwundert, als sie Minuten später mit ihren Freundinnen Lynda und Salma im Schlepptau anrückte, und zupfte an einem der bunten Blätter.

Leetha lächelte. »Ach, Schatz«, sagte sie nur und räumte weiter das Wohnzimmer auf.

»Wer hat das überhaupt geschrieben?«, erkundigte sich Insel, die mit einem Skizzenblock, einem Glas Rotwein und Snap ebenfalls zur Tür hereinkam. »Das ist doch nicht deine Schrift, Lee.«

»Will«, antwortete Leetha und holte sich ebenfalls einen Wein.

»Will?«, wiederholte Janis.

»Mein Therapeut.«

»Sie ist – irgendwie erdrückend zurzeit, oder?«, fragte Janis ihre ältere Schwester, als sie sich am nächsten Tag in der Küche über den Weg liefen.

»Wer?«, fragte Kenzie, aber sie wusste instinktiv, von wem Janis sprach.

»Na, Lee«, sagte Janis auch sofort prompt.

»In welcher Hinsicht meinst du?«

»In jeder, Kenny. Und ich schwöre dir, irgendetwas stimmt hier nicht. Das ist so sicher wie das Amen in der Kirche.«

Am darauffolgenden Mittwoch kamen neue Lilien, lila diesmal. Und die ganze Zeit über blieb Mr Nobody den Hunts treu.

»Ich hatte ihn gestern Abend dreimal«, berichtete Janis am Donnerstagmorgen während des schnellen Cerealienfrühstücks in der engen Küche, dem räumlich einzigen Wermutstropfen des neuen Hauses. Hap hätte das Haus niemals akzeptiert, wenn er noch Familienbesucher und Gelegenheitsvater gewesen wäre, so viel stand fest. *»Hier kann doch niemand vernünftig kochen«, hätte er missbilligend gesagt.*

Und so war es auch. Hier kochte niemand vernünftig.

»Einmal gegen sechs, dann um zehn, als Salma abgeholt

wurde, und dann echt noch mal kurz vor Mitternacht! Jemand sollte ihm die Leitung durchschneiden, diesem Irren! Hat er nichts anderes zu tun?«

»Anscheinend nicht«, fügte Insel hinzu, die gerade gähnend die Küche betrat. Sie trug nichts weiter als ein zart auberginefarbenes Negligé und Kenzie sah rasch zur Seite. »Ich hatte ihn gegen halb elf auch mal an der Strippe. Diesmal wieder ohne Atmen. Und er legte wirklich blitzschnell auf, als er meine Stimme hörte!«

Das war nun kein Wunder. Insel hatte sich auf den Rat einer Bekannten eine Trillerpfeife zugelegt, mit der sie es Mr Nobody jetzt heimzahlte. »Meine Nerven gegen sein Trommelfell«, knurrte sie. »Mal sehen, wer den längeren Atem hat.«

Kenzie sah jetzt doch Insel in ihrem aufreizend durchsichtigen Nachthemd an. Es war einfach nicht gerecht. Lee und Inni waren beide dreiundvierzig und Insels nackter Körper war nahezu perfekt. Sie hatte einen wahnsinnig festen Busen, apfelförmig, mit schönen, genau richtig großen Brustwarzen und einem kleinen rosa Warzenhof darum. (Dabei hatte Janis über ein Jahr lang praktisch ununterbrochen an diesen perfekten Brüsten getrunken und sich geweigert, auch nur irgendetwas anderes als Insels Milch zu sich zu nehmen.) Hinzu kam, dass Insels Bauch geradezu unheimlich flach war und ihr Bauchnabel nur eine winzige, erotische Furche. (Wenigstens Leetha behauptete, dass Insel den erotischsten Bauchnabel aller Frauen dieser Welt habe.) Unvorstellbar, dass das dicke Baby Janis in diesem Bauch gehaust hatte!

Kenzie dachte an ihren eigenen Bauch, der eher so aussah, als habe er Janis volle neun Monate Herberge geboten. Wie war das möglich? Ihr Bauch, und sie war doch erst achtzehn, war nichts weiter als eine weiche, dellige, unansehnliche Kugel, und wenn sie auf der Seite lag, rutschte dieser schreckliche Bauch seitlich wie ein kleiner Beutel mit, was in Kenzies Augen ein grauenhafter Anblick war. Und ihr Busen? Irgendwie schien er ein unattraktives Stück zu hoch angewachsen zu sein und dazu war er eher flach als raumeinnehmend. Wie zwei dickliche, flächige Pancakes kamen ihr ihre Brüste vor und sie vermied es, wenn möglich, sie anzusehen und zu berühren.

Warum war an ihr alles falsch?

Dazu dieses Abundzuschielen, das immer noch nicht völlig verschwunden war. Prismaverschiebung nannten es die Ärzte. Vor allem, wenn sie im Stress war, rutschte ihr Auge seitlich weg und ließ sie aussehen, als sei sie …

Ja, was?

Debil? Ja, das war ein treffendes Wort. Als sei sie debil. Kein Wunder, dass Elton und Robin und auch sonst niemand sich für sie interessierten.

Es war ein Morgen ohne Sonne, dafür mit viel kalifornischem Nebel, und es war der Morgen, an dem zwei Dinge vorfielen, die zusammengehörten.

1. fiel Kenzie auf, dass Leetha als Einzige niemals über Mr Nobody klagte. Warum belästigte er sie nicht? Schreckte sie nicht aus dem Schlaf? Holte sie nicht aus der Dusche? Störte sie nicht beim Arbeiten? Nur um dann zu schweigen und zu atmen, ehe die Verbindung unterbrach?

2. sagte Lee, gerade als Insel sich ihren Teller mit Corn-

flakes und Milch füllte und nach dem Honigglas griff, folgenden Satz: »Ich weiß gar nicht, ob ich noch lesbisch sein will, Insel.«

An diesem Tag kamen wieder Lilien. Diesmal brachte sie ein Blumenbote und sie waren bunt. Insel war verschwunden. Für Stunden? Für immer? Im Haus herrschte Stille und in ihrem Zimmer lagen nasse, vollgeweinte Kleenex herum wie dicke, behäbige Schneeflocken. Und Snap, rot getigert, lag schlafend zwischen ihnen, als wäre die Welt noch in Ordnung.

ZADOC,
Oktober 2013

* *Teil 1 einer Episode von zweien, die alles ändern wird*

Ivory traf sich mit Joel im *Awake*. Marcy und Sienna waren auch gekommen. Und eine Menge andere, darunter Ramón Santos. Die Musik war laut und es war ein fröhlicher Abend.

»*Er* steht mal wieder draußen rum«, sagte Sienna leise zu Ivory, als Amy McDonald eben aufgehört hatte zu singen und Katie Melua gerade *Nine Million Bicycles* anstimmte.

Ivory sah sie bloß an.

»Geh jetzt bloß nicht zu ihm, Ivy«, sagte Marcy mit gerunzelter Stirn und versuchte, Ivory am Arm festzuhalten. »Du machst doch alles nur noch schlimmer, wenn du ständig mit ihm redest. Soll er draußen rumstehen und schmoren, solange er will! Mensch, Ivory – Joel guckt schon.«

»Lass mich«, sagte Ivory wütend und lief hinaus. Vorher traf sie allerdings noch auf Joel.

»Was hast du? Wohin willst du denn so eilig? Stimmt was nicht?«

»Lass mich durch, Joel, bitte, ich komme gleich wieder.«

Sie sahen sich an.

»Etwa wieder dein – Spinner?«

»Er ist kein *Spinner!* Und jetzt lass mich durch, Joel.«

Sie entdeckte ihn sofort. Er stand in einer Einfahrt auf

der anderen Seite der Straße, im Halbschatten, und starrte mit hängenden Armen herüber. Ivory sah ihn an und Zadoc schaute zurück. Die Straßenlaterne, deren oranges Abendlicht ihn nur teilweise beleuchtete, flackerte. An. Aus. An. Aus.

Ivory überquerte mit klopfendem Herz die Straße, wich einem vorüberfahrenden Krankenwagen aus und blieb vor Zadoc stehen – eben in dem Moment, als die Lampe erlosch.

Zadoc starrte und starrte. So viel sah Ivory trotz Lichtmangel.

»Da bist du«, sagte er schließlich mit schwerer, schabender Stimme, die er ihr durch die Dunkelheit zuschob wie ein zentnerschweres Paket. Es kam Ivory für einen Moment so vor, als wäre diese Dunkelheit alles, was noch von ihm übrig geblieben war.

Nicht wieder »Oh, Zadoc«, bloß nicht wieder diese leeren Worthülsen, beschwor sie sich im Stillen, aber noch ehe sie sich zu etwas anderem hatte aufraffen können, sprach Zadoc weiter.

»Wusstest du, dass Menschen im Durchschnitt viermal am Tag lügen?«, stieß er heftig hervor und Ivory spürte seinen Atem in ihrem Gesicht, obwohl das eigentlich nicht möglich war, denn so dicht standen sie einander nicht gegenüber. »Das wären tausendvierhundertsechzig Lügen im Jahr und fast achtundachtzigtausend Lügen, bis man sechzig ist.« Zadocs Stimme verebbte.

Ivory wollte zurück zu Joel, der unternehmungslustig und eine Frohnatur war. Sie wollte zurück zu Ramón, mit dem sie so gut reden konnte. Und zu Sienna, die heute bei ihr übernachten würde, so war es ausgemacht. Sie hatte Lust, zu tanzen, Spaß zu haben, heimlich Sekt zu trinken, mit den anderen – den Namenlosen, wenn man so wollte – zusammen zu sein.

Aber da war eben auch Zadoc.

Ivory biss sich auf die Unterlippe und suchte nach passenden Worten. Sie war zu ihm rausgekommen, es war sinnlos, jetzt schweigend vor ihm zu stehen. Warum folgte er ihr schon wieder?

Die Antwort war nicht schwer, aber scheußlich.

Er versuchte, sie zu kontrollieren.

»Ich belüge dich jedenfalls nicht«, sagte sie schließlich leise.

»Alle lügen«, sagte Zadoc und für einen Moment klang seine dünne Stimme fast gleichgültig.

Ivory schüttelte den Kopf.

»In meinem Leben läuft alles falsch, Ivory.«

Diesmal nickte sie, wenn auch wiederstrebend. »Ich weiß.«

»Warum ist das so?«

»Das weiß ich leider nicht.« Und bei Gott, sie wünschte, sie wüsste es. Dann gäbe es wenigstens die Chance, ihm irgendwie zu helfen.

»Ich will nach London.«

Ivory hob erstaunt den Kopf. »Nach London?«, fragte sie nach. Es war das allererste Mal, dass Zadoc so einen konkreten Wunsch äußerte. Und dann auch noch London! Er, der noch nie aus Springfield draußen gewesen war, weil seine Mutter ihn nicht ließ.

Sie atmete tief ein und wieder aus. Aber ja, London. Das

war vielleicht eine gute Idee, eine sehr gute. Sie wusste, dass sein Vater von dort stammte, dessen Tod Zadoc über alle Maßen beschäftigte.

»Ich werde das Grab meines Vaters suchen und dorthin gehen«, sagte Zadoc. »Und – seine Familie will ich treffen, die Wanstalls.«

Abermals tauschten sie einen Blick und konnten sich jetzt trotz Lichtmangels gut sehen. Ivorys Augen hatten sich an die Dunkelheit, die sie umgab, gewöhnt. Sie spürte die Erleichterung fast körperlich. Endlich, endlich geschah etwas, was ihm vielleicht helfen konnte. Zadoc musste sich seinen Geistern, seinen Ängsten, die früher in Gestalt von stampfenden Rhinozerossen und anderen wilden Wesen über ihn hergefallen waren und die jetzt anders, subtiler, aber nicht weniger grausam über ihn kamen, endlich stellen. Und sie selbst würde dadurch – auch wenn das ein Gedanke war, den sie sich sofort wieder verbot –, sie selbst würde in der Zeit etwas mehr Freiraum haben.

Sie lächelte, wollte ihm sagen, wie großartig sie seinen Entschluss fand. Aber in dem Augenblick, als Ivory dieses Mut machende Lächeln versuchte, sah sie, dass Zadoc weinte. Es war das leiseste Weinen, das sie je gehört hatte. Es war wie ein Flüstern. Wie ein verzweifeltes Flüstern.

Und dann brach etwas aus ihm heraus, was Ivory erst gar nicht richtig verstand. Oder vielmehr gar nicht richtig begriff.

»Du musst etwas von mir wissen, Ivory, was ich dir nie erzählt habe«, flüsterte Zadoc. »Ich bin das gewesen. Ich habe ihn getötet. Meinen Vater, meine ich.«

FREMONT,
Kalifornien, 1987

Nicht Will war es, der Therapeut, der Lächeln lehrte und den Janis in Verdacht gehabt hatte, sondern Marc, ein erfolgreicher und reicher Architekt aus San Diego, den Leetha von sonst woher kannte und der in seiner Freizeit Lilienarten züchtete, für die er schon mehrfach ausgezeichnet worden war.

Mr Nobody bekam einen Namen. Er wurde zu Marc Conaway. Und für Kenzie und Janis zu *der Mann*.

Der Mann, der dauernd angerufen hatte, weil er Leetha sprechen wollte und jede Sekunde ohne sie augenscheinlich unerträglich fand. Seine Lilien, weiß und lila, und dann, seinem Ziel so nah, bunt. Triumphierend bunt. Janis hatte den bunten Strauß, als niemand auf ihn achtete, in den Kompostmüll gestopft. (»Wie, er züchtet Lilien? Was ist denn das für ein Typ?«, zischte sie aufgebracht.)

Leetha und Insel redeten drei Tage lang, nachdem Insel zurück war. Snap, liebesbedürftig, mit Emotionsantennen ausgestattet und verwirrt, lag mal auf Insels Knien und mal auf Leethas. Kenzie und Janis gingen ein und aus und waren seltsam außen vor, während ihre Mütter im hellen Wohnzimmer saßen, meist einander gegenüber, aber hin und wieder auch nebeneinander. Sie redeten und weinten und redeten wieder und tranken Rotwein.

Insel: »Bist du dir sicher, Lee?«

Leetha: »Ja.«

Insel: »Oh, Leetha. Liebe Leetha.«

Leetha: »Ich weiß, dass du leidest. Und glaub mir, ein Teil von mir leidet auch. Höllenqualen.«

Irgendwann hörten sie *All My Loving* zusammen, den Song, der ihr gemeinsamer Liebessong war und bei dessen Klängen sie einst gehofft hatten, dass Haps Sperma eine ihrer Eizellen treffen und befruchten würde.

Insel: »Wie lange das alles her ist.«

Leetha: »Ich wollte, wir wären noch einmal an diesem Punkt, Inni.«

Wieder begannen sie zu weinen.

Kenzie, oben in Janis' Zimmer, sagte beinahe zeitgleich: »Ich begreife es einfach nicht! Es war doch Leetha, die ihr Kind unbedingt mit einer Spritze zeugen wollte, *weil sie keinen Sex mit einem Mann ertrug.*«

Janis nickte. Kenzie wusste nun den Namen des Jungen, mit dem ihre jüngere Schwester geschlafen hatte. Er war nur insofern von Bedeutung, als dass es ein großer, hagerer blonder Junge der obersten Klasse war, auf den eine Menge Mädchen abfuhren. Und Janis hatte ihn dazu gebracht, sie zu entjungfern.

»Wir haben es schon viermal getan, Kenny«, hatte Janis ihr am Wochenende anvertraut, während Insel und Leetha unten saßen und weinten und redeten. Sie zählte es an den Fingern ab, ohne dass Kenzie nachgefragt hätte. »Einmal im Wagen seines Dads im Wald, einmal in Devins Dusche – stell dir das mal vor! –, einmal in seinem Zimmer, beide Male war natürlich niemand außer uns im Haus! – und einmal, nun ja, hier! In Leethas Auto.«

Janis lachte leise. »Es stand in der Garage und ihr wart alle drinnen und habt zu Abend gegessen. Himmel, hatte ich die ganze Zeit Angst, einer von euch würde es irgendwie mitkriegen!«

»Wie war es?«, wollte Kenzie fragen, aber sie fragte nicht, weil sie sich nicht sicher war, ob Janis begriff, wie weit sie ihrer Schwester voraus war und dass sie jetzt Dinge erlebte, von denen Kenzie nur träumte.

Janis fragte ja nie viel, lebte einfach in den Tag (und in diesem Fall in die Nacht) hinein.

In der nächsten Zeit klingelte das Yucatan-Road-Telefon ein paarmal und am anderen Ende der Leitung war der Mann, der nun nicht mehr Mr Nobody war.

»Äh, Marc hier«, sagte er stattdessen etwas zögernd. »Marc Conaway – könnte ich bitte mit – Leetha sprechen? Wäre das – möglich?«

Nein, das war es nicht. Kenzies und Janis' Antwort war immer die gleiche: Es war die Antwort, die auch Mr Nobody bekommen hatte. Sie legten so schnell wie möglich auf.

Am darauffolgenden Donnerstag gingen Leetha und Insel zusammen in die Oper.

»Was wird denn gespielt?«, fragte Kenzie, um etwas zu sagen. Leetha und Insel sahen beide erschöpft und irgendwie trostlos aus.

»Giacomo Puccini«, sagte Insel leise.

»Madame Butterfly«, fügte Leetha hinzu.

»Ah«, machte Kenzie und mehr fiel ihr nicht ein. Außerdem lenkte sie der Gedanke ab, dass ihre Hose am Bund und an den Oberschenkeln spannte und dass es genau diese Hose war, die in der vergangenen Woche noch nicht gespannt hatte. Warum wurde sie nur immer dicker?

Als ihre Mütter das Haus verließen, hatte sich Insel einen Joint hinter das linke Ohr geklemmt.

»Willst du etwa Haschisch rauchen? In aller Öffentlichkeit?«, fragte Janis entsetzt. »Hey, Mom, sie werden dich verhaften! Devin sagt, die Polizei ist zurzeit ganz heiß auf Leute, die mit Drogen rummachen!«

Devin war Janis' Freund, mit dem sie viermal geschlafen hatte und dem die Ehre zuteilgeworden war, ihr Hymen zu durchdringen. Kenzie schloss für einen Moment die Augen.

»Und wennschon«, sagte Insel unterdessen mit freudloser, vom Weinen heiserer Stimme. »Lee und ich werden zusammen rauchen und dann werden sie uns, im Zweifelsfalle, auch zusammen verhaften! Ich kann mir Schlimmeres vorstellen.«

Damit gingen sie aus dem Haus. Kenzie und Janis hatten vor Stunden das Telefon ausgestöpselt, eine Möglichkeit, die es jetzt gab, nachdem endlich ein Mann von der Telefongesellschaft da gewesen war. Der Auftrag war von Insel gekommen, aber das war noch in der Zeit gewesen, als Mr Nobody noch nicht Marc Conaway gewesen war.

Und seine neuerlichen, sprich: namentlichen Anrufe hatten die Schwestern nicht ausgerichtet. Keinen einzigen von ihnen.

»Der Mann kann uns mal«, sagte Janis leise zu Kenzie und Kenzie nickte.

Eine halbe Stunde nachdem Leetha und Insel aufgebrochen waren, klingelte es an der Haustür. Und da stand er.

Der Mann, der gekommen war, um ihnen Leetha wegzunehmen.

»Würg«, sagte Janis, die sich zu Kenzie umgedreht hatte, leise, aber sie ließ ihn dennoch reinkommen. Wenigstens für einen Moment, denn darum bat er sie. Hinter seinem Rücken machte sie eine Geste, als würde sie sich in den riesigen Ficus Benjamini übergeben, der neben der Garderobe stand. Diesmal hatte der Mann keine Blumen dabei, Gott sei Dank nicht, dafür zwei Musik-CDs (tatsächlich *The Cure* und Annie Lennox live. Diesen Tipp musste ihm Leetha gegeben haben, diese Verräterin!) und eine Autogrammkarte von Robert Smith, dem Leadsänger von *The Cure.*

Janis konnte es nicht verhindern: Für einen Moment wurde sie blass vor Begeisterung, aber sie riss sich schnell zusammen, steckte die Karte lässig in die Tasche ihrer Jeans und sagte: »Normalerweise stehe ich gar nicht so auf Autogramme. Aber trotzdem danke!«

Marc Conaway lächelte. »Ich bin gekommen, um euch zu sagen, wie leid es mir tut.«

Er lächelte etwas verzagt und stand jetzt, da er CDs und Autogrammkarte losgeworden war, mit hängenden Armen da. Weißes Hemd, leicht zerknittert, schwarze Cordhose, brauner Trenchcoat, Turnschuhe.

Kenzie und Janis gaben ihm keine Antwort, aber der Mann antwortete sich selbst.

»Ich weiß, das ist noch keine – Lösung. Einfach nur Entschuldigung sagen, meine ich«, fuhr er fort und schaute sie abwechselnd an. »Und ich wollte niemanden – unglücklich machen, aber …«

»Aber?«, fragte Janis nun doch. Ihre Stimme klang bissig.

Darauf wusste Marc Conaway allerdings auch keine wirkliche Antwort.

»Was findet sie nur an ihm?«, fragte Janis hinterher wütend. »Ich meine, Inni sieht wahnsinnig gut aus und so. – Was will Lee also mit dem da?«

Sie warf einen bösen Blick aus dem Fenster und erhaschte ein letztes Stück des davongehenden Architekten. »Fassen wir mal zusammen: Er hat schwarz-grau gemischte Locken, auch noch einen ganzen Kopf voll davon, Falten um die Augen, die irgendwie wässrig hellblau sind – mit bleichen, opaartigen Wimpern drum herum. Und sein Mund ist – schmallippig. Sehr unerotisch, wenn du mich fragst.« Sie verzog das Gesicht. »Außerdem ist er bestimmt schon fünfzig, wenn nicht noch älter.«

So ging der Abend rum und Kenzie und Janis versuchten zu verstehen, warum Leetha sich nicht mehr von Insel angezogen fühlte, sondern von diesem Mann.

Es war kurz vor Mitternacht, als ihre Mütter aus der Oper zurückkamen.

»Ihr seid noch auf?«, fragte Insel verwundert.

»Was dachtest du denn?«, feuerte Janis zurück. »Dass wir beide gepampert im Heiabett liegen und Daumen lutschen?«

»Oh, Janis«, seufzte Insel. »Nein, das dachte ich natürlich nicht. Vielleicht habe ich nur, sagen wir, gehofft, dass ihr schon schlaft oder oben zusammen ein Video schaut und ich jetzt einfach schnell ins Bett kann.«

»Habt ihr euch geeinigt?«, fuhr Janis dazwischen und

schaute von Insel zu Leetha und wieder zurück. »Ist alles wieder klar?«

Kenzie warf ihrer Schwester einen überraschten Blick zu. Glaubte Janis das wirklich? Wie konnte sie einerseits schon mit jemandem schlafen (mit allem, was dazugehörte) und andererseits so naiv und kindlich sein?

»Wir waren bloß in der Oper, Janis«, sagte Insel leise. »Und hinterher noch etwas trinken.«

»Und?«

Insel schüttelte den Kopf, während Leetha die beiden CDs und die Autogrammkarte entdeckte, die noch auf dem Wohnzimmertisch lagen und keinem richtig gehörten. Sie schaute mit gerunzelter Stirn ihre Töchter an. Ihr Blick war angespannt. Was glaubte sie? Kenzie spürte plötzlich Wut in sich. Glaubte Leetha, sie und Janis hätten dem Mann den Schädel eingeschlagen und ihn hinterher im Garten verscharrt?

»Wie soll es denn jetzt weitergehen?« Das war wieder Janis, die in ebendiesem Moment klang, als wäre sie höchstens sieben oder acht. Kenzie spürte jäh aufwallende Liebe für sie in sich, was fast ein gutes Gefühl war nach all ihrer Wut in der letzten Zeit.

** Bittere Antworten von Insel und Leetha, auf die Fakten beschränkt und in der Kurzversion zusammengefasst:*

Sie würden sich nicht hassen. Keine Feindinnen sein. Sie hatten sich zwanzig Jahre lang geliebt. Das war eine lange Zeit, begonnen im Jahr 1967 (Summer of Love) und beendet 1987 (Twenty years Summer of Love). Beide Jahre standen für große Liebe.

»Wollt ihr uns verarschen mit diesem Gefasel?«, fragte Janis wütend dazwischen.

Der Mann – Marc Conaway – war Leetha einfach passiert. Sie hatte schon vor Insel, damals in den 1960er-Jahren, männliche Freunde gehabt.

»Ach ja?« Das kam wieder mit sarkastischem Unterton von Janis. Kenzie sagte kein Wort.

Außerdem hatte Leetha sich schon länger nicht mehr so ganz glücklich gefühlt. (Bei diesen Worten rollten Insel ein paar Tränen über das Gesicht und Leetha umarmte sie.)

»Und jetzt ist sie also einfach hetero?«, schnaubte Janis.

»Einfach ist das alles nicht«, flüsterte Leetha.

Aber sie blieb dabei. Der Mann war nicht mehr wegzudenken. Er gehörte plötzlich zu den Hunts.

»Wie Hundescheiße am Schuh!«, schrie Janis und fegte die Annie-Lennox-CD vom Tisch.

In der folgenden Zeit glühte Leetha vor Energie und der Mann parkte fast jeden Tag vor dem Haus, um die heterosexuelle Zukunft von Leetha Hunt voranzutreiben, wie Janis sagte.

»Es ist widerlich.« Janis' Stimme hatte einen Anflug von Schärfe, während Insel sich in ihrem Atelier im Obergeschoss einschloss und malte und Wein trank und weitermalte.

Kenzie klopfte.

»Ja?«

»Ich bin es bloß, Kenzie«, sagte Kenzie.

»Komm rein, Schatz.«

Insel hatte dunkle Ringe unter den Augen und ihre Haare sahen wüst aus.

Kenzie war seit dem Sommer mit der Schule fertig und sie hatte sowohl ihren Abschluss als auch ihren Collegebewerbungstest mit Auszeichnung bestanden. Sie hatte sich für verschiedene Colleges beworben, aber nur, weil es von ihr verlangt worden war. Ihr Betreuungslehrer der letzten Schulklasse hatte ihr ans Herz gelegt, Wirtschaft oder Jura zu studieren.

»Du hast den Kopf dazu, Mackenzie«, hatte Mr Tower gesagt und ihr wohlwollend zugelächelt. Mr Tower war groß, kräftig und rothaarig. Kenzie mochte ihn, genau wie die anderen Schüler eigentlich auch, dennoch hatte er an der Schule den Spitznamen Mr Fleischwurst, eben weil er so stramm, rosa und dynamisch aussah.

»Wie geht es jetzt weiter, Inni?«, fragte Kenzie Insel, trat näher und betrachtete sich das Bild, an dem ihre zweite Mutter malte. Es sah so traurig aus wie Insels Gesicht.

»Ich weiß es nicht, Kenny«, antwortete Insel und hörte auf zu malen. Sie legte den Pinsel auf einen terpentindurchtränkten Lappen, setzte sich auf ihren Flokatiteppich, lehnte ihren Rücken gegen das alte Bauernbett, das seit Neuestem hier oben stand, und bedeutete Kenzie, sich neben sie zu setzen.

»Wird Lee ausziehen?«

Insel nickte langsam. »Darauf wird es wohl hinauslaufen.«

»Wie kann es sein, dass sie plötzlich – mit diesem Mann …?«

Insels Augen schwammen in Tränen, während sie zu einer Antwort ansetzte. »So etwas passiert eben, Kenzie.«

»Ja, das verstehe ich. Zwanzig Jahre und so. Eine lange Zeit. Wenn sie sich in eine andere Frau verliebt hätte. Bitte entschuldige, Inni, aber … Das hätte ich eventuell verstehen können.«

Insel nickte langsam.

»Stattdessen – dieser Mann! Warum *ein Mann*? Immerhin hat sie damals – mit Hap nicht mal … Du weißt schon.« Kenzie hielt inne.

»Ich weiß, was du meinst«, sagte Insel ruhig. »Sie hat damals, als sie dich haben wollte, nicht mit Hap schlafen wollen.«

»Du hattest damit keine Probleme!«, entfuhr es Kenzie bitter und dachte an die vielen Streitereien, die sie deshalb mit Janis gehabt hatte. Wie oft hatte Janis hervorgehoben, dass sie das geliebtere Kind sein müsse, einfach weil sie ein Baby aus einem *Akt der Liebe* sei und Kenzie eben nicht?

»Ich habe auch nicht gedacht, dass Leetha eines Tages wieder einen Mann lieben würde«, sagte Insel leise. »Wirklich nicht.«

An dieser Stelle verebbte das Gespräch. Sonnenlicht fiel durch das Fenster, die Welt außerhalb des Hunt-Hauses war noch intakt.

Irgendwann hörten Insel und Kenzie, Seite an Seite schweigend, Janis' aufgebrachte Stimme von unten durch das Haus schallen.

»Was soll das eigentlich sein, Lee? Sex-Hopping oder was?«

Leethas Antwort, wenn sie eine gab, war nicht zu hören,

aber sie schien etwas zu erwidern, denn Janis lachte laut und böse auf und schrie: »Gestern eine Vagina, heute ein Schwanz, was wird es, entschuldige der Nachfrage, Mom, morgen sein? Weißt du, dass ich dich hasse? Du machst alles kaputt! Unsere ganze Familie.«

* *Später, wenn Kenzie wieder nach unten kommen wird, wird sich ihr folgender Anblick bieten:*

Janis, die schon mit Männern schlief, würde zusammengerollt wie ein kleines Kind in Leethas Armen liegen, auf dem hellen Sofa im hellen Wohnzimmer, zwischen den beiden großen Fenstern, den Kopf im Schoß ihrer zweiten Mutter, und Leetha würde ihr sanft und tröstend über die weißblond gefärbten Stoppelhaare streicheln, auf eine Weise, wie Leetha ihre Töchter stets getröstet hatte, wenn sie Kummer hatten. Und wie auch immer Leetha es schaffte, sie versöhnte an diesem Nachmittag Janis mit der Situation.

Allerdings war Janis »sowieso kein Kind von Traurigkeit«, wie die Leute, die sie kannten, häufig sagten. Darum war es vielleicht nicht nur Leethas Erfolg, der Janis wieder aufblühen ließ, sondern auch einfach Teil ihrer positiven Chemie.

»Mein ganzes Leben ist irgendwie verpfuscht«, sagte Kenzie nach langem Schweigen oben in Insels Zimmer. Von unten war kein Geräusch mehr zu vernehmen seit Janis letztem Wutschrei.

»Wie meinst du das, Liebling?«

Insel hatte den Arm um Kenzies Schulter liegen.

»Schau mich doch an. Dann weißt du, was ich meine«

Würde sie es wieder tun? Würde sie es wieder kleinzureden versuchen? *Leethas schöne Augen, Haps hohe Stirn, dieses ganze sinnlose Prozedere?*

Nein, diesmal nicht.

»Du magst dich nicht? Dein Aussehen?«

»Alles an mir«, flüsterte Kenzie schwach. Warum fing sie jetzt damit an? Ausgerechnet jetzt, da Insel doch eigentlich Trost brauchte und es um etwas ganz anderes ging.

»Ich spüre das schon eine Weile«, sagte Insel vorsichtig und streichelte mit den Fingerspitzen für einen Augenblick Kenzies Gesicht. »Verzeih, dass ich dich damit alleine gelassen habe. Und ich weiß, dass es dir nichts nützt, wenn ich dir jetzt sage, dass ich alles an dir liebe und wunderbar finde.« Sie ließ ihre Hand wieder sinken.

Kenzie spürte die Stelle, die Insels Hand gestreichelt hatte, wie ein Brennen auf der Haut. Noch nie hatte ein Junge – ein Mann – das getan. Sie war nicht nur Jungfrau im herkömmlichen Sinne, sie war auch ungeküsst und ungestreichelt und unumarmt. Und das mit achtzehn Jahren!

Janis' Wutwortschöpfung, die eben durchs Haus geschallt war, kam ihr in den Sinn. *Sex-Hopping?* Ja, vielleicht war es das – vielleicht standen Männer einfach nicht auf sie? Vielleicht sehnte sie sich nach dem falschen Geschlecht? Aber nein, Homosexualität war Studien zufolge nicht vererbbar. Sie musste sich nichts vormachen, es war ihr Aussehen, ihre ganze Erscheinung, ihr Auftreten. Sie war ein zu dick geratendes – Monstrum. Sie war schwerfällig und spröde und ihre Gesichtszüge waren unzulänglich, falsch. Vor allem im Vergleich zu Janis, an der alles stimmte.

»Ich wünschte, ich wäre tot«, sagte Kenzie langsam.

»Um Gottes willen, Kenny«, hauchte Insel erschrocken und nahm sie fest in den Arm. Der Satz schwebte zwischen ihnen im Raum wie kalter Nebel. Kenzie sah, dass Insel fröstelte und etwas an ihr wieder aufwachte, was in der letzten Zeit wie erstarrt gewesen war.

»Sag so etwas doch nicht. Niemals wieder. Ich verspreche dir, dass alles gut werden wird für dich! Wir werden das hinbekommen, dass du dich wieder magst. Denn früher, Kenny, als kleines Mädchen, da hast du dich gemocht! Ich erinnere mich daran. Du warst ein wunderbares, bezauberndes Kind. Und so wird es wieder sein, versprochen! – Janis ist nicht – besser als du. In keiner Weise!«

»Nun denn«, sagt Leetha an einem Oktobermorgen. Sie steht im leer geräumten hellen Wohnzimmer, das niemals Insels Stempel gehabt hatte, und presst ihre Hände gegen ihre Wangen. Es ist, als würde sie gleich auseinanderspringen vor Freude und einem gleichzeitigen Schmerz.

Im Umzugswagen vor dem Haus wartet Marc Conaway auf sie.

»San Diego, oh, mein Gott, bin ich aufgeregt!«, denn dorthin wird es jetzt gehen.

Janis umarmt sie zuerst, dann Insel, Kenzie lässt sich umarmen, bewegt aber selbst keinen Körperteil.

»Ich rufe euch an! Ich rufe euch an! Ich schreibe! Ihr kommt alle und besucht – uns …«

Leethas Stimme ist schrill und voller Liebe.

SPRINGFIELD,
Kalifornien, 2008

Im Herbst 2008 endete Zadocs Schulzeit.
Unwiederbringlich. Alle Lehrkörper der John-Tyler-Highschool, die ihn je unterrichtet hatten, unterschrieben den Konferenzbeschluss. Es war der Monat, der mit seinem vierzehnten Geburtstag enden würde.

An dem Morgen, dem der Konferenzbeschluss folgen würde, war der Himmel, als Zadoc zögernd wie immer die Schule betrat, von magischer dunkelblauer Farbe gewesen. Herbsthimmelfarben. Hoffnungsfarben. Ivory, die dem Wagen der Perlmans entstieg, lächelte ihm Mut machend zu. Seit Langem schon blieb er in der Schule auf Abstand. Genauer gesagt seit der Sache in ihrem Keller. Er hatte das Gefühl, es ihr schuldig zu sein. Bald darauf waren die Namenlosen um sie herum auch mehr geworden. Dennoch lächelte sie. Immer. Ausnahmslos.

»Achtung, der Spinner kommt!«, rief von irgendwo den Gang hinauf jemand.

»Oh, bouuhh!«, rief ein anderer und rempelte ihn im Vorübergehen an.

An Ivorys Ohrläppchen hingen neue Ohrringe, die aussahen wie Sterne. Oder Sterne, die aussahen wie Ohrringe. Zadoc sehnte sich danach, sein Gesicht in ihrem weichen Haar, das diese Sterne umgab, zu vergraben. Aber zwischen ihnen stand die Sache, die im Keller der Perlmans geschehen war, die Zeit in der Klinik, dazu die Schule, außerdem die Macht der Namenlosen und der ganze Rest der Welt, der sie beobachtete.

Ein magisch blauer Himmel würde kein Wunder bewirken. Nichts bewirkte Wunder. Das Nichts war dennoch da – zumindest für Zadoc.

An der John-Tyler-Schule war es wie an anderen Schulen. Es gab Rangordnungen, die sich still ergaben und aus unterschiedlichen Kategorien bestanden. Streber, Sport-Asse, Hochbegabte, Reiche, Schöne. Unter den Älteren auch Drogies und Emos und andere verwirrende Unterkategorien. Es war ein weites Feld. Es waren auch Fette und Hässliche vorhanden, aber er war weit und breit der einzige Verrückte der Schule. Ab und zu gab es Neue, die erst noch einsortiert werden mussten und sich im Abwartemodus befanden.

Neue.

So auch an diesem dunkelblauhimmeligen Herbstmorgen.

Der Neue dieses Tages hieß Zachary Jewell, so stellte Mr Burk, der Schulleiter der Highschool, ihn Zadocs Jahrgangsstufe in einer kurzen Ansprache in der Aula vor.

»Zachary kommt aus Dearborn in Michigan«, berichtete er und zwinkerte dem Fremden leutselig zu. »Wie ist es? Willst du nicht ›Hallo‹ zu deinen neuen Schulkameraden sagen, Zac?«

Und in diesem Moment passierte es. Zadoc spürte einen jähen, grauenerregenden Schwindel, tief in seinem Kopf. Was ging hier vor? Was war so – schrecklich an diesem neuen Schüler aus Michigan?

Zadoc klammerte sich an seinen Sitzplatz, einen weinroten Plastikstuhl in der letzten Reihe der Aulabestuhlung. Hier hinten saß außer ihm keiner. Ivory saß irgendwo weiter vorn, wo die meisten sich drängten, umringt von Marcy, Joel und anderen.

Die Welt kippte und Zadoc keuchte.

** Das Ende der Schulzeit von Zadoc Wanstall, geboren am 31. Oktober 1994:*

Er wischte sich Tränen aus den Augen und aus dem Gesicht, aber es kamen immer neue, die alles an ihm verschmierten und verwischten. Er konnte nur noch verschwommen sehen und bekam schlecht Luft. Es war, als hätte etwas Unsichtbares allen Sauerstoff aus seinen Lungen gesogen, von einer Sekunde zur nächsten. Und dann war da dieses Summen in seinem Kopf, dieses wahnsinnig laute Summen, das jedes andere Geräusch auslöschte. Er spürte, dass er – starb? Erstickte? Das Bewusstsein verlor? Oder einfach nur den Restverstand, den er noch besaß?

Sehr langsam, Stück für Stück, rutschte er aus der Sitzschale des roten Stuhles, spürte die ribbelige Oberfläche der Sitzfläche unter seinem Po weggleiten, kippte seitwärts zu Boden und blieb so liegen.

Er schien nicht sehr laut dabei gewesen zu sein, denn eine Weile geschah nichts weiter, als dass er wie gelähmt am Boden lag, die eine Seite seines Gesichts war gegen das grau gesprenkelte Linoleum des Aulabodens gepresst. Das Summen hörte nicht auf. Zadoc atmete schwer. Und hastig, weil so wenig Luft zur Verfügung stand.

Was passierte hier nur?

Er war verrückt, das war es.

Es kam über ihn.

Immer wieder.

Trotz Dr. Goodmans Medikamenten.

Trotz der vielen Gehirnströmemessungen, die er schon hinter sich hatte.

Er musste an seinen Dad denken und an das Foto von ihm, das seine Mutter ihm manchmal zeigte und auf dem sein Vater so vergnügt und voller Vertrauen in die Welt lächelte.

Zadoc konnte sich nicht mehr an ihn erinnern. Kein bisschen.

Aber auf dem Foto konnte er sehen, dass er ihm verblüffend ähnelte.

Und trotzdem war das Furchtbare passiert.

Niemand hatte es verhindern können.

Er – er war es gewesen, der seinen Vater getötet hatte! Mit dieser Tat war seine Krankheit ans Licht gekommen. Vorher hatte niemand auch nur den Anflug einer Ahnung gehabt.

»Was habe ich getan, Mummy?«, hatte Zadoc wieder und wieder voller Angst gefragt, weil seine Mutter nie zu Ende sprach, wenn sie etwas über den Tod seines Vaters preisgab. Er wusste lange nur, dass etwas Schreckliches passiert war, in das er selbst, wie auch immer, verwickelt gewesen war.

Zuerst hatte sie behauptet, es sei ein Unfall gewesen, ein unglücklicher Umstand, aber da war etwas in ihrer Stimme gewesen, das ihm keine Ruhe ließ.

Und eines Tages hatte sie endlich die Wahrheit gesagt,

aber sie hatte ihn dabei fest, wahnsinnig fest, in die Arme genommen.

»Oh, Zaddy«, hatte sie geflüstert und er hatte ihren Herzschlag heftig schlagend an seinem eigenen gefühlt. »Es war – fast ein Unfall. Denn wir wussten *ja nichts von deiner Krankheit.«*

Was war geschehen?

Oh, es war im Grunde so banal. Er war damals fünf Jahre alt gewesen und sein Vater hatte mit ihm im Garten gespielt.

Zadoc stellte sich immer vor, dass es in der Nähe des Mangobaumes gewesen war, aber seine Mutter hatte dieses Bild zerschlagen und ihm gesagt, dass sie damals noch ganz woanders gelebt hatten. In einem anderen Bundesstaat sogar.

Es war ein kleiner, fernzusteuernder Helikopter gewesen. Ein winziges, lustiges Ding, das Gabe und Zadoc Wanstall an diesem Nachmittag im Garten irgendwo steigen ließen.

»Mehr! Mehr! Mehr, Daddy!«, rief Zadoc. »Höher! Höher! Geht es noch höher?«

Aber irgendwann hatte sein Vater den Helikopter vom Himmel geholt. »Nun reicht es, Zaddy. Ich habe noch zu tun.«

Aber er hatte nicht hören wollen.

»Bitte, Daddy! Bitte! Noch mal! Noch mal!«

Aber sein Vater hatte den Kopf geschüttelt, ihm sanft über das Haar gestrichen, das seinem eigenen in Farbe und Struktur so sehr glich, und hatte den kleinen Helikopter anschließend unerbittlich ins Haus gebracht.

»Er musste noch einiges für eine Konferenz am anderen Tag vorbereiten, Zaddy«, flüsterte seine Mutter ihm leise ins Ohr an diesem Nachmittag, als sie ihm endlich die Wahrheit sagte über das, was damals geschehen war und woran sein Vater gestorben war.

»Später legte sich Daddy in seinen Lieblingsgartenstuhl und döste ein. Du hast im Sandkasten gespielt.«

Und dann war es passiert.

»Daddy, holst du ihn noch mal raus? Lassen wir ihn noch mal fliegen? Bitte!«

Aber sein Vater verschlief diese Fragen. Schlief einfach ahnungslos in seinen Tod hinein – denn Zadoc griff wütend nach einem Stein, seinem Stein, einem besonderen Stein, wie seine Mutter ihm berichtet hatte.

** Ein besonderer Stein:

Vater und Sohn hatten ihn beim Wandern gefunden. Es war ein Sandstein, ein gewöhnliches Sedimentgestein von der Größe einer Orange. Das Besondere war seine rot-weiße Musterung, die, wenn man genau hinschaute, aussah wie ein kleines, verschmitztes Gesicht.

»Wie bei Yoda aus Star Wars«, sagte Gabe lachend zu seinem kleinen Sohn, als der ihm den Stein zeigte. Weil Zadoc Star Wars damals noch nicht kannte, zeigte sein Dad ihm, als sie wieder zu Hause waren, ein paar Filmausschnitte. Sie lachten und Zadoc kletterte auf die Knie seines Vaters.

»Da, diese kleinen Zacken, das sind Yodas Ohren, Zaddy.«

Den Stein hatten sie mitgenommen und er wurde feierlich in Zadocs Sandkasten gebettet.

»Die Macht ist jetzt mit dir, Zadoc«, sagte sein Vater und zwinkerte ihm zu. »Jetzt bist du fast ein Jedi-Ritter. Und das will etwas heißen, glaub mir.«

** »Bitte. Bitte. Bitte, Dad. Der Helikopter. Nur noch einmal. Bitte.«*

Schnarchen war die Antwort gewesen. Schnarchen und geschlossene Augen. Und der Arm seines Vaters, der ihn schläfrig, aber unerbittlich zur Seite schob.

Da hatte er es getan.

Hatte seinen schlafenden Vater mit dem Yodastein gegen die Schläfe geschlagen. Immer wieder.

»Ich. Will. Den. Helikopter. Daddy. Jeeeeeeeetzt.«

Das soll er geschrien haben, so hatte es seine Mutter erzählt, die damals aus dem Haus gelaufen war, als es schon zu spät war.

Denn an diesem Nachmittag, während die Sonne vom Himmel schien, starb Gabe Wanstall.

Und seine Mutter hatte den Ärzten und Sanitätern, die sie erschrocken herbeigerufen hatte, atemlos erklärt, ihr Mann sei – versehentlich – auf der steinernen Gartentreppe gestolpert und unglücklich gefallen.

Man hatte ihr geglaubt und Gabe Wanstall war in England, im Familiengrab der Familie Wanstall, in aller Stille beerdigt worden.

»Es ist der Verrückte. Zadoc. Er – ist … Oh, was hat er? Ist er …?«

Stimmen drangen durch das Summen, das mal wieder die Macht in Zadocs Kopf übernommen hatte. Schatten flogen über ihm hin und her, als er mühsam die Augen öffnete. Wo war er? Was war passiert? Warum beugten sich alle über ihn?

Hatte er etwas getan?

Da war Mr Burk, der Schulleiter. Und ein paar andere Lehrer. Und die Namenlosen. Vor allen Dingen die Namenlosen. Zadoc konnte sich beim besten Willen nicht erinnern, was eigentlich passiert war. Aber er flog am ganzen Körper. War es möglich, dass er wieder …?

Er hatte an seinen Vater denken müssen.

An die Sache mit dem Stein.

An das, was er damals getan hatte.

Das, was keiner wissen durfte.

»Dann nehmen sie dich mir weg, Zaddy«, hatte seine Mutter oft gesagt mit dieser verzweifelten Miene, die diese Geschichte immer begleitete. »Deswegen ist es so wichtig, dass wir für uns bleiben, begreifst du das? Dass wir uns niemals mit anderen Leuten abgeben. Niemand darf je davon erfahren. Du musst es mir versprechen.«

War es das: Hatte er wieder – gemordet?

Zadoc öffnete den Mund und erbrach sich in hohem Bogen.

Noch am gleichen Nachmittag erging der Konferenzbeschluss, der Zadoc Wanstall zum Homeschoolingschüler machte.

BOSTON,
Massachusetts, 1988

Die Dämmerung war taubengrau.

Kenzie atmete Ostküstenluft, zum ersten Mal in ihrem Leben. Winterostküstenluft. Sie versuchte, möglichst viel davon in ihren müden Körper zu inhalieren.

Insel, Janis und Kenzie waren nach Boston gezogen. Oder in Insels Fall zurückgegangen, denn sie stammte von dort.

Sie wohnte jetzt mit Insel und Janis in einem kleinen, nichtssagenden Haus in einem kleinen, nichtssagenden Vorort der Stadt. Aber Insel hatte versprochen, das Haus zu verändern, nach und nach. Bis jetzt zeichnete es sich nur dadurch aus, dass es ziemlich verwittert war, weil es Jahre leer gestanden hatte. Und es hatte, einziger Pluspunkt, schöne, wenn auch angeschlagene Buntglaspaneele in der Eingangstür.

Boston, The Hub of the Universe, der Nabel der Welt. Die Luft war salzig und wild und völlig anders als die Luft in Kalifornien.

»San Diego ist heiß und etwas lähmend«, schrieb Leetha von dort.

»Boston ist wundervoll«, schrieb Janis triumphierend zurück, während sie sich nahtlos in ihrer neuen Schule eingewöhnte und zwei Shawnas, einen Ben, eine Siri, einen Jonah, einen Dan, eine Camilla und schwindelerregend viele andere Leute kennenlernte und mit ihnen entschwebte. Devin erwähnte sie nie wieder.

Kenzie dagegen hatte, und das war etwas, was sie immer noch nicht glauben konnte, ein Stipendium für Harvard bekommen. Die Bewerbung, die sie im Frühjahr vor ihrem Schulabschluss so freud- und lieblos geschrieben hatte und nur, weil ihr alter Lehrer Mr Tower sie dazu aufgefordert hatte, war unfassbarerweise erfolgreich gewesen. Nach dem College würde sie, so der Plan, dort Betriebswirtschaftslehre studieren.

»Harvard«, lachte Janis, als sie die Zusage bekam, und umarmte ihre ältere Schwester zärtlich. »Du Snob, du! Aber mal im Ernst: Vielleicht wirst du eines Tages die erste weibliche Präsidentin dieses maroden Landes! Denn, machen wir uns doch nichts vor, keiner ist so schlau wie du!«

Hap hatte sich ebenfalls gemeldet und Kenzie gratuliert. Außerdem hatte er ihr einen Scheck über fünftausend Dollar geschickt. *Startkapital, Prinzessin!,* stand in Haps typischer, akzentuierter Handschrift auf einem Post-it, der auf dem Scheck klebte. Darunter: *In Liebe, Hap.*

Vor fünf Jahren hatte er die *Prinzessin* zum letzten Mal gesehen. Kenzie schluckte etwas hinunter, das in ihrer Kehle aufgetaucht war und sich traurig anfühlte.

»Aber was soll *Grüße unbekannterweise von Ryan* und dieses beknackte Smiley daneben?«, regte sich Janis unterdessen auf und wedelte mit dem Post-it-Kleber.

»Lasst mal sehen«, unterbrach Insel sie, hielt das dünne Handgelenk ihrer Tochter fest und nahm den Kleber so in Augenschein. »Haps Partner, ganz klar«, sagte sie gleich darauf, zupfte den Kleber von Janis' Finger und pappte ihn mit einem Lächeln ans Küchenfenster. »Ryan heißt er also! Ich hatte schon so etwas läuten hören! Nun ist er's also doch! Und auch noch hochoffiziell!«

»Und mit einem reichen Knacker, wie es scheint«, fügte Janis bissig hinzu und wedelte diesmal mit Kenzies Fünftausenddollarscheck. »Ich hoffe doch schwer, ich bekomme auch einen, wenn ich endlich mit der Schule fertig bin.«

Während Janis ihre vielen Blitzfreundschaften schloss, waren Kenzies Tage zäher. Dabei gefiel ihr Harvard und sie gab sich Mühe, das zu sein, was Insel ihr immerzu einschärfte: stolz.

»Sieh mal, alle träumen von Harvard, es ist wie ein geflügeltes Wort in Bezug auf Zukunft, auf Träume, auf Erfolg! Und du? Du bist dort. Du hast es geschafft, Kenny!«

Warum nur sah sie keiner an? In Kenzies Alltag gab es keine Shawnas, weder zwei noch eine, auch keine Dans und Jonahs und Siris. Warum übersah sie jeder? Manchmal, im Gedrängel, stieß jemand gegen sie, in den schier endlosen Gängen, aus denen die Universität zu bestehen schien, oder in den großen Hörsälen auf der Jagd nach Plätzen. Aber dann folgte jedes Mal nur ein kurzes Oh, sorry, manchmal begleitet von einem Lächeln, aber manchmal nicht mal das, und die betreffende Person entglitt wieder, tauchte ein in die Welt aus vorbeihastendem Nebel.

Kenzie begann, ihre Zeit damit zu füllen, dass sie wie besessen las. In der Hauptsache Lehrmaterial, aber auch Ernest Hemingway, Charles Bukowski, Anais Nin, William Faulkner und John Steinbeck, bei dem sie laut weinen musste. Aber am meisten fesselten sie Bücher über Diäten, über Gewichtsreduzierung und den verteufelten Body-Mass-Index. Von Teilen von Haps Geld kaufte sie sich einen Gesichtsbräuner für den Hausgebrauch, den sie vor Janis und Insel geheim hielt, und eine Karte für ein nahes Solarium. Eines Tages las sie, während sie auf eine freie Sonnenkabine wartete, in einer zerfledderten Ausgabe der *Cosmopolitan* von der Möglichkeit, durch einfaches Bahnenschwimmen in kaltem Wasser auf fantastische Weise abzunehmen. Der Artikel war begleitet von einem Vorher-Nachher-Bild einer Geschäftsfrau aus New York.

Wundervoll, schrieb die Frau enthusiastisch und schenkte dem, der sie da werbewirksam fotografiert hatte, ein strahlendes Lächeln. *Ich hatte immer Mühe, meinen – sagen wir – recht unvorteilhaften Körper in Aerobic-Kursen oder im Fitnessstudio öffentlich zu präsentieren. Aber im Wasser war das kein Problem. Ich schwamm einfach meine Bahnen – und reduzierte dabei Tag für Tag mein Gewicht. Es dauerte keine drei Monate und ich war wie neugeboren!*

Wie neugeboren. Kenzie saß wie erstarrt. Durch Schwimmen, harmloses Schwimmen. Kalt müsse das Wasser sein, schrieb die strahlende Geschäftsfrau weiter. Und man solle sich so zügig wie möglich bewegen. Alles andere käme dann von ganz alleine.

Kenzie überlegte, während ihr Blick am Nachher-Bild klebte. Wenn sie nur früh genug am Morgen ginge, wenn noch nicht viele Leute unterwegs waren, konnte sie das auch. Im Schwimmen war sie als Kind unschlagbar gewesen. Kalt? Schnell? Kein Problem.

»Kein Wunder, du Meergeborene«, hatte Insel oft gesagt, wenn sie zusammen am Meer waren.

Es wurde dann aber doch Frühjahr, bis sich Kenzie schließlich in eine Bostoner Schwimmhalle wagte, die gut zu erreichen war. Der Eintritt war unerwartet hoch, aber dafür war das Schwimmbad auch elitärer als andere. Wenig junge Leute, was Kenzie erleichterte, dafür in den frühen Morgenstunden nicht halb so leer, wie sie es erwartet hatte. Geradezu Massen von alten Bostonern zogen hier ihre Bahnen in den kalten Sportbecken.

»Der frühe Vogel fängt den Wurm«, erklärte eine alte, runzelige Frau, die lächelnd neben Kenzie unter der Dusche stand und sich die großmutterartigen Runzelbrüste mit einer Lotion einschäumte, die nach Veilchen roch. Es war die zweite Woche, die Kenzie nun schon hierherkam, und sie lächelte bemüht. Jeden Morgen war es das Gleiche. Hineinhasten, eine enge Kabine auswählen, sich ihrer Sachen entledigen, in den schwarzen, neuen Badeanzug schlüpfen, der Spind, der Weg zu den Duschen, der Weg zum Wasser und die Erlösung, wenn sie es dorthin geschafft hatte – jedes Mal wieder.

In der vergangenen Nacht hatte sie sich im Schlaf mit Janis' neuem Freund Jonah geliebt. Es war ein Feuer in ihr gewesen, wie sie es noch nie erlebt hatte. Nein, eigentlich hatte der Traum gar nicht in der Nacht stattgefunden, sondern gegen acht Uhr morgens und sie war davon aufgewacht, dass das Telefon schrillte, als Jonah sie gerade drängend zwischen den Beinen küsste.

Sie hörte, wie der Anrufbeantworter im Flur ansprang.

»Hey! Insel, Kenzie und Janis sind wieder mal nicht zu

erreichen! Wer immer du bist, sprich nach dem Piep!«, erklärte Janis' muntere Stimme.

»Ich bin es – Jonah!«, sagte Janis' Freund mit frohlockender Stimme.

Kenzie lag da wie ertappt. Sie spürte noch die Hitze zwischen ihren Schenkeln, die Jonah gerade dort hinterlassen hatte.

»Janis? Schlafmütze! Geh ran, bitte«, drängte Jonah unterdessen ungeduldig. »Ich sehne mich nach dir. Wollen wir heute zusammen frühstücken? Ans Meer? In die Stadt? Ins Museum? Am Bunker Hill ist heute ein Fest der Kulturen. Lust?«

»Oh, dieser Irre!«, fluchte Janis' Stimme da aus dem Nebenzimmer. Ihre Tür flog auf und sie klappte das Hamburger-Telefon auf, das Insel erst vor ein paar Tagen als Gimmick aus der Stadt mitgebracht hatte. »Jonah? Ich bring dich um! Was willst du so früh? Ich habe *geschlafen,* du Pfeife!« Die Tür knallte, sie hatte sich mit dem Telefon in ihr Zimmer zurückgezogen.

Kenzie stand auf. Sie schämte sich vor sich selbst. Was sollte das? *Jonah war Janis' Freund.*

Janis. Janis. Janis.

Janis' Leben war in Bewegung, sie hatte alles – und Kenzie?

»Nichts, Snap, nichts«, flüsterte Kenzie dem dicken Kater ins Ohr und spürte Leere in sich. Was brachte es ihr, nach Harvard zu gehen, wenn sie dort unsichtbar war? Wie konnte man überhaupt überleben, wenn keiner wissen wollte, wie man hieß?

Kenzie floh ins Schwimmbad, zum ersten Mal an einem

Wochenendtag, aber dieser Traum von Jonah und die Scham darüber, dass er ausgerechnet in ihren Traum geplatzt war, trieb sie aus dem Haus. Zu wahrscheinlich war die Möglichkeit, dass sie Jonah vielleicht noch leibhaftig gegenüberstehen würde müssen, wenn er Janis zum Frühstücken, zum Museum oder sonst wohin abholen kam.

Die alte Frau mit dem Veilchenshampoo entschwand mit einem freundlichen Lächeln, während Kenzie noch eine Weile unter der Dusche blieb. Sie duschte niemals nackt, wie es fast alle anderen Frauen taten.

Frauen.

Streng genommen war sie ja jetzt ebenfalls eine Frau. Sie würde demnächst neunzehn werden. Eindeutig kein Mädchen mehr – eine Frau. Eine junge Frau. So jung, wie Leetha gewesen war, als sie noch männliche Freunde gehabt hatte, wie Insel ihnen neulich erzählt hatte.

Erst ist man ein kleines Mädchen. Dann ein großes Mädchen. Danach ein junges Mädchen. Und dann, wenn man nicht höllisch aufpasst, wird man ein altes Mädchen.

Dieser Spruch stammte von Janis' alter Schulfreundin Susannah aus Fremont. Sie hatte ihn einmal während einer Pyjamaparty zum Besten gegeben und erklärt, er wäre noch von ihrer Großmutter. Janis und die anderen Mädchen hatten Tränen gelacht.

Kenzie fühlte sich benommen. Warmes Duschwasser schlug ihr auf die nassen Haare und auf den bleischweren Kopf und rann über ihr Gesicht. Wie Tränen. Oder waren es Tränen?

Sie riss sich aus ihrer Erstarrung. Sie musste mindestens

sechzig Bahnen schaffen, das war ihr derzeitiges Limit. Und das in kürzester Zeit.

Kenzie stolperte aus der Dusche und zog die schwergängige Tür zur Halle mit den Sportbecken auf. Eine breite Wendeltreppe führte dort hinunter. Kenzies nackte Füße fühlten die piksige Oberfläche der Stufen, die Ausrutschen verhindern sollten. Was noch nie passiert war, passierte ihr heute. Kenzie warf beim Hinunterhasten einen Blick auf das in Bahnen eingeteilte Becken und registrierte die vielen Männer, die heute im Wasser waren. War Samstag der Tag, an dem es Männer in die Schwimmhallen zog? Kenzie spürte Unwillen – und rutschte aus.

»Hoppla«, sagte ein freundlicher Mann und fing sie auf.

»Verzeihung. Und danke«, stotterte Kenzie verlegen. Der Mann hatte seine Hände um ihre Taille gelegt und rang für einen Moment selbst um sein Gleichgewicht. Hastig wand sich Kenzie frei.

»Gerade noch mal gut gegangen«, lächelte der Mann und zwinkerte ihr zu.

Mr Fleischwurst, schoss es Kenzie durch den Kopf, während sie wortlos weitereilte. Nein, das war gemein. Aber der Mann, der sie eben aufgefangen hatte, hatte tatsächlich eine gewisse Ähnlichkeit mit ihrem ehemaligen Klassenlehrer, Mr Tower.

Broderick Tower, so pflegte er Klausuren und Zeugnisse zu unterschreiben. Broderick Tower, der große, stämmige, rothaarige Mathematiklehrer mit den wurstigen Fingern und dem immer leicht roten Kopf.

Kenzie beeilte sich, ins Wasser zu kommen.

Sechzig Bahnen später kletterte sie keuchend aus dem

Becken. Und da war er wieder, als hätte er auf sie gewartet. Er reichte ihr das Handtuch, das sie in eins der roten Ablageregale gelegt hatte, die es hier überall gab. Kenzie runzelte die Stirn. Er musste sie beobachtet haben, wie sie es dort verstaut hatte.

»Sportliches – Mädchen«, sagte er und zwinkerte schon wieder.

Kleines Mädchen. Großes. Junges. – Altes.

»Danke«, murmelte Kenzie.

Die eine Seite der Schwimmhalle bestand aus Fenstern, Panoramafenstern.

Der Mann wies dorthin.

»Wird wohl ein Wetter geben«, sagte er dabei.

Kenzie schaute ebenfalls hinaus. Der Himmel war aberwitzig violett. Was war das denn? Was wurde das? Ein Gewitter?

Sie nickte langsam.

Und sie wusste, wozu sie genickt hatte. Nicht zum Wetter, sondern zu dem Mann, der aussah wie Broderick Tower.

Er nickte ebenfalls.

Er war bestimmt – vierzig, wenn nicht noch älter. Fünfzig? Konnte er schon fünfzig sein? Nein, eher nicht. Er war nicht ganz so groß wie Mr Tower, seine Haare waren – orange. Und seine Haut? Es war die Farbe aller Rothaarigen. Milchig weiß. Insel hatte eine Schwäche für Frauen dieses Hauttyps.

Kenzie lief wie ein Roboter halb neben und halb hinter diesem Mann her durch die Schwimmhalle. Sämtliche Geräusche, die dort herrschten, verschwammen.

»Komm, mein Mädchen«, sagte, murmelte der Mann einmal. *Hatte er das wirklich gesagt? Komm, mein Mädchen?*

Er hatte eine ganz andere Kabine als Kenzie. Sie lag in einem völlig anderen Trakt und war nicht eng und düster wie Kenzies, es war stattdessen eher ein kleiner Raum, eine Art – Saunaraum? Eine schmale Holzpritsche gab es hier, auf der ein ausgebreitetes Badetuch lag. Die Freiheitsstatue war auf dem Stoff gedruckt. An einem Haken an der Holzwand hingen die Anziehsachen des Mannes, eine Anzugjacke, eine Hose mit Bügelfalten, ein Hemd. Spießige Normaloklamotten, wie Janis gesagt hätte.

»Nun komm schon«, sagte der Mann diesmal ganz sicher. »Kleines, du.«

Dabei war sie nicht klein, aber sie fühlte sich tatsächlich so. Doch wenigstens nahm der Mann sie *wahr. Begriff, dass es sie gab. Dass sie da war.*

Kenzie spürte, wie sie sich auflöste. Was tat sie hier? Sie dachte an Insel – und an Leetha in San Diego. Was Leetha wohl hiervon halten würde? Ihr Kind, ihr Baby, das sie am Strand von San Francisco geboren hatte? Würde sie – weinen? Schreien? Kenzie aus der Kabine zerren?

Und Janis? Was würde ihre kleine Schwester denken, wenn sie sie jetzt sehen könnte?

Kenzie rang für einen Moment nach Luft. Sie wollte – weglaufen.

Weglaufen.

Weglaufen.

Weglaufen.

Dabei sah der Mann nicht – gefährlich aus. Er würde ihr sicher nichts – tun, wenn sie jetzt zurückweichen würde. Oder vielleicht doch?

Kenzie schwankte.

Sie.

Ekelte.

Sich.

Aber sie war auch erregt. Sie konnte es nicht verstehen. Es war zu schrecklich. WIE KONNTE SIE BLOSS ERREGT HIERBEI SEIN?

Es waren diese Träume, die sie dauernd hatte.

Und das Wissen, dass Janis mit Jonah schlief. In ihrem Regal in ihrem Zimmer lag seit Neuestem ganz öffentlich eine Schachtel Antibabypillen.

Insel hatte das sofort akzeptiert. »Das ist vernünftig«, hatte sie gesagt und Janis umarmt.

»Jetzt aber«, sagte der Mann, der aussah wie Mr Tower, vielleicht etwas jünger und drahtiger. Er legte wieder seine Hände um Kenzies Taille, für einen Augenblick bloß. Dabei atmete er schneller und sortierte anschließend beide Hände um. Die eine fuhr herauf zu Kenzies kaltem Gesicht und streichelte ihre Wange, während die andere nach unten wanderte, zwischen ihre Beine glitt und mit zwei fließenden Bewegungen seiner Finger zuerst das Schrittteil des schwarzen Badeanzugs zur Seite schob und dann Kenzies Schamlippen teilte.

»Dreh dich mal um, süßes Ding. Bitte«, sagte der Mann mit rauer Stimme. »Geht ganz schnell. Ich werde dir nicht wehtun, versprochen.«

Kenzie konnte sich nicht rühren, sie war eigenartig benommen, aber der rothaarige Mann schaffte es sachte mit seinen Ellenbogen, sie um hundertachtzig Grad zu kehren. »Lehn dich vor. Ja, so«, murmelte er. Kenzie lag jetzt mit dem Oberkörper auf der Freiheitsstatue und der Mann, dessen Namen sie nicht kannte, beugte sich von hinten über sie. Und dann spürte sie es. Ihn. Seinen – Penis. Er stieß zuerst eigenartig warm, wie ein Tier, das kam Kenzie in den Sinn, gegen ihre Pobacke in ihrem immer noch tropfnassen Badeanzug, dann fühlte Kenzie, wie der Mann ihn von dort zwischen ihre Pobacken schob. Dazu stöhnte er leise. War er so erregt? Durch sie – Kenzie Hunt?

Und dann? Als Nächstes bohrte sich etwas, was unmöglich passen konnte, in Kenzies Inneres hinein, Stück für Stück. Kenzie lag wie erstarrt. Es tat weh, sie zuckte ein paar Mal zusammen, während der Mann sich von hinten gegen sie presste (»Gleich, gleich«, murmelte er dabei), fest und immer fester, und dann plötzlich, nach einem weiteren unterdrückten Aufkeuchen, wieder losließ.

»Wow, das war gut, mein – Mädchen«, flüsterte er und schlüpfte, als Kenzie sich nach einer Milliarden Jahre wieder umdrehte, schon in einen Frotteebademantel, der, weil er rostrot war, einen beißenden Kontrast zu seinen orangen Haaren und seiner fast krankhaft hellen Haut bildete.

Kenzie sah an sich herab, sie stand da in ihrem nassen Badeanzug, als wäre nichts geschehen, und die Welt stand für einen Moment kopf, war eigenartig losgelöst.

»Ich … ich … gehe dann besser«, sagte sie schließlich und es war das Erste, was sie wieder äußerte, seit sie – vor gefühlten hundert Jahren – Danke gesagt hatte, als er ihr das Handtuch gegeben hatte, dieser Mann, der aussah wie Mr Fleischwurst.

Als Kenzie kurz darauf zurück auf die Straße hinaustrat, brach gerade ein Gewitter los, das in den Nachrichten am Abend als Jahrhundertgewitter bezeichnet wurde.

»Habt ihr den Himmel vorher gesehen?«, fragte Insel. Sie saß mit Snap auf den Knien auf dem Sessel und balancierte ihren Teller mit einem Sandwich in einer Hand.

»Schwefelgelb, ja«, antwortete Janis.

»Hier war er eher zinnoberrot, mit ockerfarbenen, gefährlich aussehenden Schlieren darin«, sagte Insel mit einem Lächeln. Für einen Moment trat Stille ein.

»Violett«, flüsterte Kenzie dann matt, weil sowohl Janis als auch Insel sie erwartungsvoll ansahen.

»Wo hast du ihn gesehen?«, erkundigte sich Insel.

»Im Schwimmbad.«

»Wohnst du da eigentlich inzwischen, Kenny?«, hakte Janis nach. »Du bist schon gar nicht mehr die Alte.«

Insel warf ihr einen besorgten Blick zu. »Ja, Kenny, übertreib es nicht – hörst du?«

In den nächsten Tagen und Wochen fühlte Kenzie sich einfach nur eigenartig. Es kehrte eine ihr völlig fremde Ruhe in ihr ein. Sie hatte keine Träume mehr, die von Berührungen und Umarmungen und – Sex handelten. Jonah konnte kommen und gehen, wie er wollte, und sich durch Dan ersetzen lassen, Kenzie beachtete sie nicht weiter.

»Warum bist du so still in der letzten Zeit, Kenny?«,

fragte Insel. »Vermisst du Leetha? Ist es das? Willst du sie besuchen? Oder eine Weile bei ihr und Marc leben? Das würde sicher gehen. Bald wirst du sowieso eigene Wege gehen. Vielleicht ist San Diego ein guter Anfang, was meinst du? Marc hat ein großes Haus in den Bergen.«

Kenzie schüttelte den Kopf. Vielleicht war sie ja schwanger. Dieser Gedanke hatte sich in ihr festgesetzt. Möglich war es. An diesem Gewittermittag im Schwimmbad, merkwürdigerweise schaffte es Kenzie, ohne Scham an diesen Moment zu denken, hatte sie ungeschützten Sex gehabt. Auch wenn es schnell gegangen und nichts Besonderes gewesen war, *es war Sex gewesen.* Sie konnte davon schwanger geworden sein. Im ersten Moment dieser Erkenntnis hatte sie gefröstelt, aber dann? Kenzie hatte nachgedacht und in sich gehorcht.

Ein Baby.

Ein Baby für sie alleine.

Etwas, das nur ihr gehörte.

Zu ihr gehörte.

Etwas, das ihrem Leben – Sinn geben würde.

Nachdenklich fuhr sie an zwei Samstagen in Folge ins Schwimmbad, aber sie sah ihn nicht. Kein einziges Mal. Dabei wagte sie sich sogar in diesen Schwimmbadtrakt, in der *seine* Kabine war.

»Suchen Sie etwas?«, fragte eine Putzfrau.

Kenzie schüttelte den Kopf.

»Na, dann«, sagte die Frau und wischte weiter den weißen Kachelboden.

Schwanger …

In diesen Tagen lernten sie Oona kennen, Kenzie vor Janis, denn Janis war zurzeit kaum zu Hause. Sie verbrachte ihre gesamte Freizeit mit Dan.

»Das ist Oona«, sagte Insel und sah fast ein wenig verlegen aus, als Kenzie an einem Mittag früher aus der Uni kam und die beiden in der Küche bei einem späten Frühstück überraschte.

* *Steckbrief Oona Green:*

jung, lesbisch, fröhlich, selbstbewusst, Lehrerin, sommersprossig, ein schön geschwungener Mund, leuchtende Augen – und rote Haare. Rote, lockige Haare, die sie hochsteckte, aber um die Stirn und die Schläfen herum ringelten sich ein paar weiche, widerspenstige Locken, die – wunderschön waren.

Rot.

Wie Broderick Towers Haare.

Und die Haare des fremden Mannes im Schwimmbad.

Wenn Kenzie wirklich – etwas empfangen hatte an diesem Gewittertag, bestand die Möglichkeit, dass sie jetzt ein kleines Baby in ihrem Inneren trug, das einmal aussehen *könnte* wie Insels Affäre Oona. Obwohl sie fast auf den Tag genau pünktlich ihre Periode bekam, hegte Kenzie weiter etwas wie Hoffnung, schwanger zu sein. Es war möglich, sie hatte davon gelesen. Manche Frauen bekamen weiter ihre Menstruation, auch wenn sie schwanger waren. Manche von ihnen einige hartnäckige Monate lang.

Und manche sogar bis zum Tag der Niederkunft.

Kenzie horchte volle sechs Monate in sich hinein, spürte

ab und zu ein Ziehen in der Brust, merkwürdige Hungergefühle, nach einigen Wochen hin und wieder ein rätselhaftes Flattern im Bauch, welches sie die Luft anhalten ließ.

Erst als die sechs Monate vergangen waren, gestand sie sich ein, dass da nichts war. Nie etwas gewesen war. Kein Embryo, kein Fötus – kein Baby.

Kein kleiner Mensch entstand in ihr, der eines Tages wie Oona Green aussehen würde. Oona ging bei ihnen inzwischen regelmäßig ein und aus und hatte sogar einen eigenen Haustürschlüssel.

»Oh, Kenny, was ist nur mit dir?«, fragte Janis eines Tages. »Du siehst so – traurig aus? Und du hast wahnsinnig abgenommen. Ehrlich, du bist kaum noch wiederzuerkennen.«

Janis umarmte sie und hüllte sie auf diese Weise einen Moment ein in ihr Selbstbewusstsein und ihre Zufriedenheit mit sich, dem Leben und der ganzen Welt.

In dieser Nacht erzählte ihr Kenzie von dem Gewittertag im Schwimmbad.

Insel und Oona waren ausgegangen, Janis hatte sich von Dan getrennt (»er war bescheuert, ich hatte ihn so was von über!«) und es war eine Schwesternnacht im dunklen Wohnzimmer. Kenzie und Janis saßen nebeneinander auf dem Sofa und spürten diese schwesterliche Nähe wie eine tröstliche Hülle.

»Igitt, so ein Ekel!«, flüsterte Janis hinterher. »Kenny, im Ernst, *wie konntest du nur?*«

»Es – es war nicht schlimm.«

»Aber, oh Mann, Kenny, dieser Typ war doch ein Perverser! Dich einfach so abzuschleppen, nur um …«

Janis unterbrach sich selbst und schob ihre Hand in Kenzies, so wie früher, als sie noch klein gewesen waren und Insel und Leetha ihnen eingeschärft hatten, sich an der Straße – also wenn Gefahr drohte – immer an der Hand zu halten. Drohte wieder Gefahr? War das Leben etwa eine immerwährende Schnellstraße? Kenzie befürchtete es. Janis vermutlich nicht.

»Ich hab dich lieb, Kenny«, flüsterte Janis in die Stille hinein und es war in dieser Nacht wie ein Pakt zwischen ihnen.

Kenzie erinnerte sich mit einem schwachen Lächeln auf den Lippen an den Moment von Janis' Geburt und die Zeit danach.

Dieses dicke, haarlose, unansehnliche Baby, das Janis damals gewesen war und das sie, Kenzie, die Große, behutsam in den Armen gehalten hatte.

Vielleicht war es doch noch nicht zu spät für … Ja, wofür?

Für alles?

Kenzie spürte plötzlich einen Hauch von Hoffnung.

ZADOC,
Oktober 2013

** Teil zwei einer Episode von zweien vor dem* Club Awake *in der Highstreet von Springfield, von denen die erste mit den Worten geendet hatte: »Ich bin das gewesen. Ich habe ihn getötet. Meinen Vater, meine ich.«*

Du warst ein kleines Kind, Zadoc!«

»Das ändert nichts.«

»Doch tut es das!«

Ivory spürte, wie ihr das Atmen schwerfiel. Zadoc sollte seinen Vater *getötet* haben? Er? Zadoc? Das war doch Unsinn. Das musste Unsinn sein.

Er hatte ihr die ganze Geschichte erzählt, wie von Sinnen waren die Worte aus ihm herausgesprudelt, sodass Ivory nur die Hälfte verstand. Aber diese Hälfte reichte schon.

Ein Garten, ein ferngesteuerter Helikopter, ein rotzackiger Sandstein, Zadocs schlafender Vater im Liegestuhl im Sonnenschein, seine Schläfe, der Tod.

In Ivorys Kopf drehte sich alles, während sie Zadoc ansah und ansah und ansah. War das, was er da sagte, *möglich?* Konnte es sein? Bilder kamen ihr in den Sinn, völlig unkontrolliert, sie konnte es nicht steuern.

Zadoc am Whispering Pine Creek, seine Rhinozerosse, der Wasserfall in seinem Zimmer, das Nichts, die Dunkelheit, die er so oft fühlte, auch wenn sie nebeneinander mitten im Sonnenschein standen, mitten in Gute-Nacht-John-Boy oder unter den Hand-in-Hand-Bäumen. All dieser – Kinderkram. »Ich bin mit Dunkelheit angefüllt, Ivory«, hatte Zadoc in diesen Situationen manchmal gesagt und seine Stimme hatte angsterfüllt geklungen.

Sie erinnerte sich daran, wie sie sich auf ihn gelegt hatte, früher, sein heftig klopfendes Herz gegen ihres gepresst. Erinnerte sich an die Momente, wenn er sich vor Aufregung übergab oder nass pinkelte, die Tage, an denen sie ihn in seinem Garten überrascht hatte und er so weggetreten war, dass er sie kaum wahrnahm.

»Ich bin es, Zadoc – Ivory!«

»Was?«

»Zadoc? Sieh mich an! Was ist mit dir?«

»Holzdielen. Perlen. Blonde Haare.«

»Zadoc? Bitte! Was ist mit dir?«

»Sie lacht. Da ist ein – Schmetterling.«

Wie oft hatte sie ihn so vor sich hin murmelnd erlebt im Laufe der Jahre? Unzählige Male. Seit einiger Zeit war es anders. Jetzt redete er nicht mehr mit sich selbst.

Inzwischen schwieg er meist.

Bis auf heute. Heute hatte er nicht geschwiegen.

Ivorys Augen brannten und sie wandte den Blick ab. Es erschien ihr plötzlich unmöglich, Zadoc noch länger anzusehen.

Benommen dachte sie an das, was er einmal über seine Mutter gesagt hatte, während einer ihrer schwarzen Tage.

»Es ist das Elend, das über sie kommt«, hatte er erklärt. *»Das Elend und diese Traurigkeit. Vielleicht ist sie ja mit mir – verdammt.«*

Ivory hatte damals nicht gewusst, was sie davon hatte halten sollen, wie so oft. Worte, über die sie hinweggegangen waren, aber die jetzt schrecklichen Sinn ergaben.

Ich bin das gewesen. Ich habe ihn getötet.

Und noch einmal: Konnte das sein? Konnte das wirklich sein? Ivory hörte Zadoc stoßweise atmen und war hin- und hergerissen in dem Bedürfnis, ihn zu umarmen oder vor ihm zurückzuweichen.

Schließlich sah sie hinüber auf das hell erleuchtete Portal des *Awake.* Dort drin, in dem Lärm und Trubel und Licht und der Wärme, waren die anderen. Marcy und Joel, Ramón und Sienna. Plötzlich erschien ihr die Welt auf der anderen Seite der Straße wunderbar tröstlich.

Die anderen. Die, die sie immer vor Zadoc gewarnt hatten, behauptet hatten, er sei zu allem in der Lage, gefährlich. Marcy und Joel und ihre eigene Familie, ihre Mutter allen voran.

»Was habt ihr eigentlich alle gegen ihn?«, schrie Ivory einmal im Frühling, als sie gerade zwölf Jahre war. »Warum macht ihr immer so einen Aufstand, nur wenn ich mal für einen Augenblick zu ihm rüberwill?«

Mrs Perlman erwiderte: »Ivy, versteh doch! Wir machen uns nur Sorgen um dich. Der Junge – er ist eigenartig. Wer weiß, was passieren kann, wenn er sich mal nicht im Griff hat? Er bekommt starke Medikamente, heißt es. Wir haben einfach Angst um dich. Lieber Himmel, wenn er so durch die Straßen geht, völlig blicklos, und dabei vor sich hin redet, läuft mir jedes Mal ein Schauer über den Rücken.«

»Ihr braucht keine Angst um mich zu haben!« Ivory

schaute sie beschwörend an. »Oh, Mum, Dad! Er mag mich. Er würde niemandem etwas tun. Er wartet bloß auf mich. Und er ist nicht dumm! Wirklich nicht! Mum, er hat doch keinen außer mir. Ich glaube …«

** Ivorys Halbsatz, der alles noch schlimmer machte:*
»… er liebt mich!«

»Ich bin ein Monster«, sagte Zadoc jetzt leise. Vor dem *Awake* klappte die Tür auf. Musik schallte zu ihnen hinüber.

»Das bist du nicht.« Ivorys Stimme klang fast wütend. »Denn wenn das alles überhaupt stimmt, was du da sagst, dann war es ein Unfall. Du warst – du warst doch nur ein kleines Kind!«

»Ah. Okay. Ein kleines Kind. Hast du so etwas auch getan, als du *klein* warst? Oder dein Bruder? Deine Schwester?«

Ivory schwieg. Aber schließlich schüttelte sie langsam, fast widerstrebend, den Kopf.

»Siehst du. Ich bin mehr als ein Wechselbalg, Ivory«, flüsterte Zadoc heiser und für einen winzigen Moment tauchten seine Augen in ihre. Seine blassgrünen in ihre braunen. Dann sah er wieder weg und Ivory spürte, wie er sich ihr entzog.

»Ich bin verrückt. Und ein Monster. Ein Mörder. Ich bin – unberechenbar. Meine Mutter hat recht, Ivory! Verstehst du das nicht? Streng genommen bin ich eine Gefahr für alle. Auch für dich.«

** Der Himmel an diesem Novemberabend vor dem*

Awake: *Ein Streifen aus Purpur und Lila, der sich zum Horizont emporschwang und dort mit Dunkelheit verschmolz.*

Ivory schüttelte wieder den Kopf, aber Zadoc nickte.

»Ivory?« Eine helle Stimme klang durch die Dunkelheit. Es war Marcy. »Wo bist du, verdammt?«

»Bitte, geh«, sagte Zadoc in diesem Moment leise. Und dann noch einmal: »Bitte, Ivory, geh von mir fort. Und komm – nicht wieder.«

Sie tat es nicht. Sie blieb, wo sie war. Sie streckte sogar langsam den Arm nach ihm aus. Verdammt, er war doch ihr bester Freund. – Und sie … sie liebte ihn. – Oder etwa nicht? Sie kannte ihn in- und auswendig. Den Duft seiner Haut. Seine weichen Haare, die ihm so oft in die Stirn fielen. Die winzigen grünen Sprenkel in seinen Augen. Die traurige, bittere Linie seines Mundes. Seine Hände, die so leicht zu zittern begannen.

Voller Qual hob Ivory den Blick.

»Oh, Zadoc …«, flüsterte sie.

Da machte er auf dem Absatz kehrt und rannte davon.

LONDON,
England, 1989

Kenzie war schon ein paar Mal hierhergekommen, meistens alleine, beim ersten Mal allerdings zusammen mit ihrer Zimmerwirtin Barbara Hawkins, die, wenn sie nicht gerade Zimmer an Studenten und Austauschstudenten vermietete, eine leidenschaftliche Freizeitmalerin war und sich auf Tiere unter oder nahe am Wasser eingeschossen hatte. Darum war der Freizeitpark *Magic Aquarium* in der Hodge Road der ideale Ort für sie. Fische, Schildkröten, Haie, Krabben, ein ewig dösendes, friedfertig wirkendes Krokodil namens Maggy, das aber, laut Infoschild, überaus gefährlich war und drei Meter aus dem Stand springen konnte, hatten es ihr angetan. Jeder im Magic Aquarium kannte Barbara und alle grüßten sie erfreut, wenn sie mal wieder anrückte mit Farben, Pinseln und Staffelei.

»Wunderbar, nicht?«, hatte sie bei diesem ersten Ausflug mit Kenzie geseufzt und aufgeregt ihren Arm gedrückt.

Die hohen, alten Zimmer in Barbaras altem Londoner Haus in South Kensington waren kurios, aber erstaunlich günstig und die einzige Bedingung, die Barbara an ihre vielen jungen Mieter stellte, war die, in allen Räumen ein paar ihrer gemalten Bilder an den Wänden zu dulden. (In Kenzies Zimmer, das eine schöne Aussicht und einen alten, aber intakten Kamin besaß, hing das gerahmte Konterfei eines großen weißen Fisches mit melancholischen Augen.) Sonst konnte jeder sein Zimmer nach eigenem Gutdünken einrichten und dekorieren.

Beim zweiten Magic-Aquarium-Besuch war Kenzie mit einer anderen Mitstudentin gekommen, einer jungen Koreanerin, die ebenfalls in einem von Barbaras Zimmern wohnte. Aber Eun-Mi war von der Fischwelt nicht so angetan wie Kenzie und Mrs Hawkins und Kenzies und ihr Weg trennte sich rasch wieder. Eun-Mi schloss sich bald einer Clique von Austauschstudenten an und war von da an kaum noch zu Hause anzutreffen.

Danach besuchte Kenzie das Londoner Aquarium nur noch alleine.

Sie kannte inzwischen alle Tiere, auch die scheue Riesenschildkröte und die drei langen, diabolisch grinsenden Muränen, aber am liebsten hatte sie den weißen Fisch mit den traurigen Augen, der nicht nur ihr Zimmergefährte war, sondern – im Magic Aquarium – auch leibhaftig herumschwimmend anzutreffen war. Still und etwas schwerfällig und mit diesem verhangenen Blick zog er seine Bahnen. Er war der einzige seiner Art in einem ziemlich großen Becken, immer alleine unterwegs, scheinbar unbeachtet von den anderen, von denen jeweils mehrere vorhanden waren. Steinbutte, Rochen, Welse, Buntbarsche, alle drei-, vier-, fünfmal vorhanden. Und alle irgendwie – forsch unterwegs. Nur der weiße Fisch nicht. Natürlich schwammen alle Fische geräuschlos, aber der schwerfällige weiße Fisch schwamm eben *noch leiser*. Er war auch innerlich verstummt, wenigstens kam es Kenzie so vor.

Einmal musste sie bei seinem Anblick weinen, obwohl sie nicht genau wusste, warum.

»Kann ich helfen?«

»Oh, was?« Kenzie fuhr erschrocken herum und prallte fast gegen einen jungen Aquariumsmitarbeiter. Er trug dieses blaues Magic-Aquarium-Shirt mit dem dazu passenden goldenen Schriftzug und dazu einem kleinen, eingeschweißten Namensschild.

* *Im Magic Aquarium um drei Uhr nachmittags:*

»Es ist nichts.«

»Aber – du weinst?«

»Nein. Ich habe nur etwas – ins Auge bekommen.«

Was redete sie denn da für einen Blödsinn? Hastig fuhr sie sich mit dem Handrücken über die Augen. Dann –

sahen sie sich an und Kenzie wusste wohl, dass London mehr als acht Millionen Einwohner hatte – dennoch –

Aber dann war er es, der es aussprach:

»Das soll jetzt keine blöde Anmache oder so sein, aber kann es sein, dass wir uns schon mal begegnet sind? Letzte Woche, könnte das sein?«

Kenzie fühlte, dass sie rot wurde.

Braune Haare, dunkle Augen, vor einer Woche alleine mit einer Mundharmonika an den Lippen unterwegs, auf der er die ganze Zeit leise spielte? War das möglich? – Und er hatte sie bemerkt?

Und erinnerte sich an sie?

»Ich habe recht, oder?«

Der Junge? Der Mann? Was auch immer, jedenfalls lächelte er plötzlich leicht. »Am Alexandra Palace, stimmt's?

Etwas außerhalb von den Touristenhorden bei dieser kleinen Steinmauer?«

Kenzie nickte schwach.

»Hey, und da hast du – auch geweint.« Er sah sie prüfend an. »Oder etwas im Auge gehabt?«

Was sollte sie sagen?

Am Alexandra Palace hatte sie geweint, ja. Aber das ging niemanden etwas an. Am allerwenigsten einen fremden Typen mit dem Magic-Aquarium-Mikrofon in der Hosentasche.

Sie hatte an diesem Tag einen Brief bekommen von Leetha – und Marc.

Darin hatte Leetha ihr zweierlei mitgeteilt. Zum einen, dass sie und Marc in diesem Sommer heiraten würden.

Heiraten? Warum denn das, verdammt?

(»In einer ganz schlichten episkopalischen Zeremonie, Kenzie! – Ich bin schon so aufgeregt!«)

Und zum anderen, dass sie sich außerdem dazu entschlossen habe, Marcs Sohn aus erster Ehe zu adoptieren. (Marc Conaway hatte einen Sohn?) Seine leibliche Mutter sei schon lange tot und sie habe den Jungen schrecklich gerne.

So war das also.

Leetha hatte jetzt Marc und Jonathan Conaway.

Insel hatte Oona Green.

Und Janis hatte einen neuen, unbekannten Freund, dessen Name Jann Bunting lautete und von dem sie Kenzie andauernd schrieb. Er war schön, klug, heiß, extrem dünn, hatte eine blonde Löwenmähne, die er oft zurückwarf, und arbeitete derzeit als Straßenclown. »Ich bin so wahnsinnig verliebt, Kenny, das glaubst du nicht!«

Mit diesem Satz hatte Janis letzter Brief geendet.

Jeder hatte ein neues, eigenes Leben.
Jeder hatte eine Liebe.
Nur sie hatte niemanden.
Sie war übrig geblieben.

»Was machst du in London?«

Das Namensschild verriet seinen Namen.

»Du sprichst mit Amos Sellemond«, stand neben einem Smiley.

Amos Sellemond lächelte. »Ich meine, du weinst doch nicht immer, oder doch?«

Kenzie runzelte die Stirn. Sollte sie einfach weitergehen? Das ging diesen Typen gar nichts an. Und warum rührte sie sich nicht?

»Eine Cola? Ein Kaffee? Was zu essen? Hast du Lust? Ich habe jetzt Pause.« Er lächelte wieder und warf einen Blick auf seine Armbanduhr. »Allerdings bloß eine halbe Stunde«, räumte er achselzuckend ein. »Wir müssten uns also schrecklich beeilen mit allem, was wir tun.«

Und das taten sie, obwohl Kenzie nicht verstand, warum sie sich hinreißen ließ.

»Los, mischen wir uns unters gemeine Volk«, sagte Amos und deutete eilig auf eine Treppe, die nach oben führte. »Souvenirshop und Fish-and-Chips-Hölle«, fügte er erklärend hinzu. »Klingt aber schlimmer, als es ist. – Wie ist es, wollen wir uns zusammen mit einer gigantischen Pappmaschee-Schildkröte fotografieren lassen?

Denn wenn das schon immer dein größter Wunsch gewesen ist, bist du da oben richtig! – Los, komm!«

Er wartete ihre Antwort gar nicht ab und sprintete bereits zur betreffenden Treppe.

»Sammy?«, rief er, kaum dass sie das kleine blaugrün gestrichene Restaurant erreichten. »Zwei Cokes, okay? Und ein bisschen dies und das! Ich komme um vor Hunger.«

Ein dunkelhäutiger Mann hinter dem Tresen winkte zurück und nickte.

»Da! Zu viel versprochen?« Er deutete auf eine gigantische Schildkrötenattrappe, an der die Farbe schon ein bisschen abblätterte. »Los, klettere schon mal rauf! Dort drüben geht's hoch!«

Kenzie fühlte sich überrumpelt. An allen Tischen saßen Menschen und ein paar sahen schon zu ihnen hinüber, was kein Wunder war. Dieser Amos Sellemond in seinen Mitarbeitersachen, mit dem Mikro in der Hosentasche und einem Gummihaifischgebiss um den Hals war die eine Sache – die andere war sie selbst, schwarz angezogen von Kopf bis Fuß, dazu blass und klapperdünn, mit Schatten unter den Augen und mit unweiblich zerzausten Haaren. Erst heute Morgen hatte Barbara ihr gesagt, sie sehe aus wie ein Geist, und die Fragen nachgeschoben, warum sie immer so wenig esse und ob sie wirklich Amerikanerin sei, denn wenn, dann sei sie die mit Abstand dünnste Amerikanerin, die sie je als Austauschstudentin unter ihrem Dach beherbergt habe.

»Sitzt du gut?« Amos hatte sich hinter sie geschwungen, sie spürte ihn hinter sich, warm und zappelig, und sein Atem wärmte für Sekunden ihren verspannten Nacken.

»Aber nicht wieder weinen. Oder was ins Auge bekommen«, fügte er warnend hinzu und drückte, ehe Kenzie sich versah, einen kleinen roten Plastikknopf, der unmittelbar neben dem Doppelsitz auf dem Schildkrötenpanzer angebracht war.

»Und jetzt – lächeln! Hey, wie heißt du überhaupt?«

Das Blitzlicht zuckte, gerade als Kenzie den Mund öffnete, um ihren Namen zu sagen.

»Oh, sorry, das ging verdammt schnell. Zu schnell für ein Cheeselächeln, oder?«, lachte Amos. Das Bild erschien zur Ansicht auf einem kleinen Monitor. Er kniff die Augen zusammen. »Himmel, was für eine Aufnahme. Wir sehen ja lustig aus.«

Kenzie spürte, wie sie sich versteifte. Das konnte auch nur ihr passieren. Als wäre ihr blasses Gesicht mit der hohen Stirn und allem anderen nicht schon schrecklich genug, hatte sie auch noch den Mund weit aufgerissen, als wolle sie womöglich etwas Gigantisches verschlingen und nicht bloß schlicht ihren Namen sagen.

»Und? Was meinst du? Gebongt?«

»Nein, grauenhaft«, flüsterte Kenzie und wünschte sich nichts mehr, als von hier zu verschwinden. »Ich bin eben nicht sehr fotogen«, fügte sie entschuldigend hinzu und rutschte so rasch wie möglich von dem idiotischen Schildkrötenpanzer hinunter. Nur weg, nur weg, nur weg, schrie es in ihr, dass ihr fast der Kopf platzte.

»Also, mir gefällt's«, sagte Amos und fuhr sich mit den Fingern, als wären sie ein Kamm, durch die Haare. Sie sahen weich aus, irgendwie. Anschließend warf er, ohne auf ihren geflüsterten Protest zu achten, die passenden Münzen in den Automat, schnappte sich das bereits wartende Fingerfoodtablett vom Bestelltresen, rief seinem Freund einen Dank zu, platzierte das Tablett schwungvoll zwischen sich und Kenzie auf einem nahen Tisch und angelte nur Augenblicke später das fertige Foto aus dem Auswurffach des Schildkrötenfotoapparats.

»Super, ich liebe diese Bilder«, sagte er dabei und schenkte Kenzie ein weiteres Lächeln.

Er liebte diese Bilder?

War das etwa eine *Masche* von ihm? Wahllos hässliche Mädchen aufgabeln und diese schrecklichen Bilder mit ihnen machen? *Sammelte er vielleicht solche bizarren Momente?*

Kenzie saß wie auf Kohlen. Wie lange dauerte diese furchtbare halbe Stunde eigentlich noch? Nie wieder wollte sie hierherkommen.

»Also, wie heißt du denn jetzt eigentlich?«, fragte Amos Sellemond und verschlang Pommesstängel um Pommesstängel.

Eigentlich wollte sie es nicht. Sie wollte gar nichts sagen. Sie wollte nur diese furchtbare Fotografie vernichten und dann fort von hier.

Aber dann hob sie den Kopf und sah in seine Augen.

Sie waren grün. Wunderschön grün.

»Kenzie«, flüsterte sie überrumpelt. »Kenzie Hunt.«

Und sie sahen sich wieder. Wenn Kenzie nicht in Bloomsbury war, wo sich die Universität befand, in der sie für zwei Auslandssemester eingeschrieben war, trafen sie sich hin und wieder. Mal im Aquarium, aber auch beim Alexandra Palace, dem Ort, an dem sie sich zum ersten Mal begegnet waren, und ein paar Mal sogar in Kenzies Studentenzimmer in South Kensington.

»Seid ihr etwa – zusammen?«, erkundigte sich Janis am Telefon über den Ozean hinweg.

»Nein, nicht richtig zusammen. Nur – Freunde.« Kenzies Stimme klang wackelig. »Normale Freunde …«

»Besser als nichts«, antwortete Janis liebevoll und erzählte dann rasch weiter von Jann Bunting, um die verlegene Pause zu überbrücken, die sich zwischen ihnen auftat. Beide hatten sie für einen Augenblick an den rothaarigen Mann aus der Schwimmbadkabine in der Bostoner Schwimmhalle gedacht, da war Kenzie sich sicher. Hätte sie doch bloß ihren Mund gehalten! *Janis hatte Mitleid mit ihr, das war deutlich zu hören!*

»Hey, Kenny, Jann hat einfach den süßesten Arsch der Welt!«, sagte Janis jetzt schnell über den Ozean hinweg. »Und er hat bei seinen Clownsauftritten oft so eine Bauchrednerpuppe dabei. Mit ihr geht er auch in die Krankenhäuser zu Kindern, die schwer krank sind. Einmal hat er mich mitgenommen, ich musste weinen, während ich ihm zusah.«

Kenzies Gedanken schweiften von Janis' Geplapper zu Amos Sellemond ab. Zu seinen braunen, leicht gelockten Haaren, zu seinen Augen mit den langen Wimpern und seinem merkwürdig – sensiblen Mund. Er studierte Wirtschaft, wie sie selbst, allerdings an einer anderen Fakultät und in einem anderen Semester, aber mehr als sein Studienfach interessierten ihn Politik, Abrüstungspolitik und solche Dinge. Radikale Politik. Und er liebte es, Musik zu machen.

»Ich spiele nämlich nicht nur die da, sondern auch noch Klavier und Gitarre und Kontrabass«, erklärte er Kenzie, als sie sich einmal in der Stadt trafen, deutete dabei auf seine Mundharmonika und lud sie im nächsten Moment ein, mit ihm nach Cley next the Sea zu fahren.

»Wo ist das denn?«, fragte Kenzie.

»Am Meer. Tolle Gegend, tolles Dorf. Wenn du mich fragst, die beste Gegend, die es gibt. Meine Eltern leben dort. Und ich bin da aufgewachsen«, erklärte Amos.

Sie fuhren hin. Ein paar Wochen später. Vorher hatte Kenzie sich tagelang gequält. Was wollte Amos eigentlich von ihr? Warum verbrachte er so einen großen Teil seiner Zeit mit ihr? Er konnte – andere, bessere Mädchen haben als sie, so viel stand fest. Warum also *sie?*

Sie dachte ständig über ihn nach. Er war ein Mensch der vollgestopften Hosentaschen. Dieses Gummihaifischgebiss, klein zusammengedrückt, trug er oft darin spazieren, außerdem eine wabbelige Vogelspinne aus weichem Kunststoff, die er gerne mal zwischendurch gedankenverloren hervorzog und liebevoll durch seine langen, schmalen Finger gleiten ließ, was die Menschen in seiner Umgebung zum jähen Aufkeuchen brachte. Ab und zu rauchte er auch zerknautschte Camelzigaretten, die er ebenfalls in seinen unerschöpflichen Hosentaschen aufbewahrte. Oder einen knittrigen Joint, aber das kam seltener vor. Viel zu oft fingerte er dagegen an einer kompakten Kleinbildkamera herum (Wohnsitz jeweils linke Gesäßtasche), mit der er erbarmungslos Gott und die Welt ablichtete, wann immer ihm danach war.

»Ich liebe Schnappschüsse«, erklärte er Kenzie einmal, die diese Kamera hasste und wie einen Feind bekämpfte, zumindest wenn Amos versuchte, sie auf sie zu richten. Er war gerade dabei, den Film zu wechseln. »Ich habe bereits Tausende von Schnappschüssen. Eines Tages mache ich ein Buch daraus, Kenzie. Keine gestellten, hochtechnischen Bilder, sondern der ganz normale Wahnsinn eben. Alles, was sich ergibt. – Los, komm, Darling, da fällt mir was Witziges ein, das musst du sehen.«

Er nannte sie manchmal Darling, einfach so zwischendurch, ohne dem große Bedeutung beizumessen. Ob er auch nur im Ansatz eine Ahnung hatte, wie viel es ihr bedeutete?

Kenzie würde es vermutlich nie erfahren.

»Ein netter Junge«, hatte Barbara erst heute Morgen gesagt. »Ist da was zwischen euch? Oh, du musst nicht antworten, wenn du nicht willst. Ich weiß, ich bin viel zu neugierig. – Hier, sieh dir lieber meinen lachenden Blauwal an. Er trotzt der entsetzlichen Verschmutzung der Weltmeere und ist erst letzte Nacht fertig geworden. Vorsicht, noch nicht ganz trocken. Ich denke, ich werde ihn vielleicht in Eun-Mis Zimmer …«

Kenzie hatte zu Boden gesehen und den Kopf geschüttelt. »Nein, wir sind einfach nur Freunde«, unterbrach sie Barbaras Redefluss leise, mit den gleichen Worten, wie sie es auch Janis erklärt hatte.

»Ach Kummerkind, was nicht ist, kann ja noch werden«, sagte die Zimmerwirtin tröstend und streichelte ihr kurz die Wange. Dann eilte sie zusammen mit ihrem lachenden Blauwal weiter.

Aber Kenzie war sich sicher, dass es nie so weit kommen würde.

»Was – was hast du vor?«, fragte sie jetzt, als sie Amos folgte auf dem Weg zu dem Witzigen, von dem sie immer noch nicht wusste, was es war.

»Das wirst du gleich sehen. Wir müssen schnellstens in die Duncan Road – ich hoffe, das Ding ist noch da. Los, los, beeil dich, dann können wir den Bus da vorne noch kriegen!«

Sie bekamen den Bus – und das Ding war ebenfalls noch da. Amos sah es von Weitem, als sie den Bus verließen und den Gehweg entlangsprinteten.

»Ha, das wird ein Spaß! Ist natürlich eine Touristenattraktion, aber trotzdem abgefahren! Nun komm schon, Mackenzie Hunt!«

** Die Touristenattraktion in der Duncan Road:*

»Ein Passbildautomat?«, fragte Kenzie atemlos, als sie das Ding endlich erreicht hatten, und verzog das Gesicht. Das Schildkrötenbild aus dem Magic Aquarium war ihr Graus genug. Es war, ohne dass Kenzie etwas dagegen hatte tun können, in die irdischen Besitztümer von Amos Selemond übergegangen. Kenzie quälte der Gedanke, obwohl sie Amos jetzt besser kannte, der Gedanke, dass er es vielleicht Freunden vorführte, während nächtliches Bier floss und die Stimmung ausgelassen war.

– Seht euch das an? Ist das nicht der Hammer?

– Gelächter.

– Wer ist die denn? Die sieht ja absolut bescheuert aus! Was für Weiber du immer auftreibst, Amos! Der Wahnsinn!

– Gelächter.

– Ich hab sie im Aquarium getroffen, als sie heulend vor einem Becken mit Rochen stand.

– Gelächter.

»Aber das ist kein gewöhnlicher Passbildautomat, du Pflaume«, lachte Amos in diesem Moment. »Lass dich überraschen, Kenzie! Und vertrau mir!«

»Orakel der Zukunft«, stand in bunten Lettern über der kleinen Fotobox, in die Amos sie zog. »Los, komm – oh, verdammt, was für ein Wucher!« Er hatte einen Blick auf die Preistabelle geworfen und zog Kenzie jetzt neben sich. Dicht neben sich. Viel zu dicht neben sich. Er legte seinen Arm um ihre Taille. Kenzie konnte kaum atmen vor Nervosität.

»Bereit?«, flüsterte er, nachdem er mit der anderen Hand eine ganze Menge Münzen in den Münzschlitz gesteckt hatte. »Achtung, fertig, los!«

Kenzie gab keine Antwort. Sie fühlte sich furchtbar. Aber ihr Gehirn raste in dem Versuch, wenigstens äußerlich das Beste zu geben, wenn es schon sein musste. Mund zu. Lächeln. Es nicht verderben.

Es blitzte dreimal hintereinander.

»Geschafft, Darling! Das war es schon! Los, raus hier! Ich bin so gespannt! Hey, du wirst staunen, das schwöre ich dir!«

Es waren drei Aufnahmen.

Kenzie stand wie erstarrt und starrte auf die drei Bilder in Amos' Hand.

Das erste zeigte sie beide zusammen. Sie lächelte verkrampft. Amos lächelte fröhlich. Das Bild war scheußlich, wenigstens was sie betraf, und zu allem Überfluss auch noch blaustichig.

Auf der zweiten Aufnahme dagegen war, leicht grau verschleiert, ein – Kind zu sehen. Ein kleines Kind. Was sollte das? Es hatte weiche Löckchen, ein Stupsnäschen, weit auseinanderstehende, fröhliche Augen und einen Knopfmund. Ob es ein Junge oder ein Mädchen war, war nicht eindeutig auszumachen.

»Was – wer soll das sein?«, fragte Kenzie, während ihr das Herz bis in den Hals schlug.

»Unser Kind, natürlich«, lachte Amos. »Die Fotokiste ist eine biometrische Zauberkiste der simplen Art. Dank biometrischer Schnellberechnungen zaubert sie die Schnittmenge aus den zwei Leuten, die sich da haben ablichten lassen. Und, schwups, hat sie uns ein gemeinsames Kind gebastelt. – Es ist schwer in Ordnung, oder?« Amos betrachtete das Bild aus nächster Nähe. »Na, du Wicht«, sagte er und lachte leise.

Das dritte Bild war eine weitere, leicht geschmacklose Kuriosität. Es zeigte Amos und Kenzie als circa Fünfzigjährige – leicht hager, eigenartig frisiert, aber dafür sehr erwachsen.

Amos lachte diesmal schallend darüber, während Kenzie immer noch das Kinderbild in den Händen hielt, das Amos ihr überlassen hatte.

»Immer noch heiß, selbst mit fünfzig!«, sagte er vergnügt. »Aber du musst eigentlich nicht ständig so verbiestert schauen, Mackenzie! Das entstellt dich irgendwie.

Du bist doch eigentlich hübsch. Warum guckst du so düster?«

Er hielt einen Moment inne, dann legte er, weil sie keine Antwort gab, beide Hände um ihr Gesicht und zwang sie so, ihn anzusehen.

»Lass das«, sagte Kenzie leise und ihre Stimme klang beinahe wütend. Sie machte sich rasch frei. Ihre Hand, mit der sie das groteske Kinderbild umklammert hielt, war kalt.

»Ich glaube, du wärst viel zufriedener mit dir, wenn du dich mal mit meinen Augen sehen könntest, Kenzie«, sagte Amos und war auf einmal sehr ernst.

SPRINGFIELD,
Kalifornien, 2009

Seit Zadoc nicht mehr zur Schule ging, hatte sich alles verändert. Ivory und er sahen sich zwangsläufig seltener. Er durfte morgens ausschlafen, bis er von alleine aufwachte. Seine Mom weckte ihn nicht. Niemals. Dafür achtete sie streng darauf, dass er sich gesund ernährte. Und er musste weiter zu Dr. Goodman gehen und bekam regelmäßig seine Medikamente. Sie machten ihn müde, aber er hatte dennoch ein verhältnismäßig gutes Jahr hinter sich. Welche Gnade, den Namenlosen vorerst entkommen zu sein.

Es war zehn Tage vor Weihnachten, das Wetter war schlecht und der Himmel tagelang grau. Weil es in den vergangenen Wochen viel geregnet hatte, lief der sonst kleine und unscheinbare Whispering Pine Creek an mehreren Stellen über. Zadoc trieb sich dort herum und wartete, auch wenn er sich das nicht eingestehen wollte.

An Halloween hatte er mit einem Fernglas das Kommen und Gehen in Ivorys Haus beobachtet. Marcy, dann diese Sienna – und eine Menge Namenlose waren aufgetaucht, mit Geschenken in den Händen, teilweise in blöden Halloweenmasken. Ivory hatte an diesem Tag wie immer sein abgelegtes Alter angenommen. Vierzehn und fünfzehn. Er hatte seit einiger Zeit eine neue Stimme, sie war praktisch über Nacht gekommen, ohne dieses lange Stimmbruchgequieke, das manche hatten. Seine Mutter hatte geweint, als sie diese Stimme zum ersten Mal hörte. Zuerst waren es nur ein paar Tränen, die ihr in die Augen gestiegen waren, Zadoc hatte es beunruhigt beobachtet, aber dann war genau das eingetroffen, was er befürchtet hatte. Ihr Weinen wurde schlimmer und hielt, mit kurzen Unterbrechungen, einen ganzen Tag an. Zwei Dinge waren es, wie Zadoc ihrem Schluchzen entnahm, die sie so trafen. Zum einen war es wohl, dass sie seine alte Stimme vermisste, die Stimme ihres Kindes, die jetzt verschwunden war, unwiederbringlich und so plötzlich, und zum anderen traf es sie wohl hart und unvorbereitet, wie sehr seine neue Stimme der seines toten Vaters glich.

Die Stimme seines Vaters.

Probeweise sagte er leise: »*Nun*

reicht

es,

Zaddy.

Ich

habe

noch

zu

tun.«

Das waren sie, wenigstens sinngemäß, die letzten Worte seines Vaters. Danach hatte er, Zadoc, ihn …

Schwindel überkam ihn. Warum konnte er sich nur nicht daran erinnern? An nichts, was diesen Tag betraf. Das Umhertollen mit dem Helikopter, dann der – verhängnisvolle Stein in seinem Sandkasten, der Sandkasten überhaupt – und seinen Vater?

Amnesie, hatte seine Mutter gesagt. *Du hast es ausgeblendet, Zaddy. Ich habe viel darüber gelesen. Es ist in gewissem Sinne ganz – normal, dass dein Geist versucht, dich zu schützen.*

Mit der neuen Stimme war noch etwas Neues gekommen. Etwas überaus Peinliches. Zadoc hasste seinen Körper, der sich jetzt jeden Tag zu verändern schien. Und diese Veränderungen hatten ihren Höhepunkt, als Zadoc eines Nachts schweißgebadet erwachte und seine Bettdecke nass von Sperma war. Vorher hatte er geträumt, er erinnerte sich genau. Da war eine sehr junge Frau gewesen, die ihn streichelte, deren Finger über seinen Körper wanderten. Sie gingen sehr zartfühlend mit ihm um, im Grunde ganz anders, als Zadoc dachte, wie – nun ja – Sex sein müsste. Und dann war es eindeutig nicht Ivory gewesen, die ihn da berührte, denn die Frau hatte nicht Ivorys herbstbunte Haare gehabt und auch nicht ihre dunklen Augen. Nein, die Frau in Zadocs Träumen war blond gewesen und ihre hellen Augen waren voller Liebe in seine gesunken.

Zadoc schämte sich für seine nasse Decke, seinen immer noch erigierten Penis und dieses Klischee von einer Frau. Fluchend hatte er sich umgezogen und seinen Bettbezug, so gut es ging, gesäubert.

»Was ist los? Warum bist du auf? Was machst du da?«

Natürlich war seine Mutter von seinem Herumgeistern aufgewacht, sie schlief wie wölfische Muttertiere stets mit einem wachen Ohr.

»Nichts. Es ist nichts«, murmelte Zadoc und spürte immer noch seinen Herzschlag. Zum Glück hatte er die Decke schon zurück auf sein Bett gelegt.

»Du hast doch was.«

»Nein, Mom, nichts.«

»Warum bist du dann wach?«

Er gab ihr keine Antwort. Was hätte er auch sagen sollen?

Diese Frau schlich sich seither immer wieder in seine Träume, dabei sperrte Zadoc sich gegen sie. Es kam ihm falsch vor, dass sie ihn so erregte. Sie war fremd und er war es gewöhnt, in seinen Tagträumen mit Ivory zusammen zu sein. Aber so wie Ivory ihn nun ein Stück weit gegen die Namenlosen eintauschte, tauschte er sie, wenn auch gegen seinen Willen, gegen die blonde Frau mit den verheißungsvollen hellen Augen ein.

Auch heute Nacht hatte er wieder von ihr geträumt.

Ein feiner Nieselregen fiel vom dunstigen Winterhimmel und durchnässte Zadoc langsam, aber beständig. Er lief kreuz und quer den überschäumenden Bach entlang und versuchte, nicht in die Richtung zu sehen, in der Ivorys Haus stand. Was tat sie gerade? Nicht mehr lange und er würde völlig durchweicht sein. Er dachte an das, was er gestern Abend im Fernsehen gesehen hatte.

Seine Mutter hielt Fernsehen für keine gute Beschäftigung, aber er sah in der letzten Zeit dauernd fern. Und dachte dabei an Ivory. Hatte sie jetzt einen richtigen Freund? Nicht so einen wie ihn, der nichts als peinlich war, der noch vor einem Jahr öffentlich in seine Hose gepinkelt hatte, einen, den alle für verrückt hielten, einen, der zu blöd war, in die Schule zu gehen. Einen, der von verrückten Halluzinationen geplagt wurde.

Ja, sie konnte einen Freund unter den Namenlosen haben und konnte Dinge mit ihm tun, die ihm nachts vage in seinen Träumen geschahen. Ein Junge konnte sie anfassen, umarmen, ihre – Brust berühren. Und – Schlimmeres tun.

Zadoc stöhnte entsetzt auf bei diesen Gedanken.

Und genau da passierte es. Auf einmal waren sie da, die Namenlosen, wenn auch Ivory nicht unter ihnen war.

Was, um Himmels willen, taten sie hier? Hier und heute und bei diesem Wetter? Gut, an dieser Stelle war nicht Ivorys Garten und auch nicht der hinterste Ausläufer seines Gartens, hier, wo er stand, war sozusagen Niemandsland.

»*Was* tust du hier, Forrest Gump?«, sagten sie. »Warum stehst du rum und stöhnst? Wichst du etwa? Geht dir einer ab?«

Sie redeten gleichzeitig, schoben ihre gehässigen Sätze übereinander, versuchten, sich zu überbieten an Gemeinheiten und Einfällen.

»Ey, der kapiert doch eh nichts«, sagte einer. »Guckt euch diesen Blick an«, sagte ein anderer. »Voll irre.«

Einer der Namenlosen trat vor und griff Zadoc zwischen die Beine.

»Dicke Eier, habe ich es doch gesagt!«, schrie er und riss seine Hand zurück, um sie mit einer Geste abgrundtiefen Ekels im nassen Gras abzuwischen.

»Er hat sich voll einen runtergeholt und dabei Ivys Haus angeglotzt!«, rief ein anderer. Zadoc stolperte bei diesen Worten nach hinten und da rissen sie ihn um.

»Perverser!«, sagte ein dritter böse. »Wenn das Mr Perlman rauskriegt, dass du hier unten am Creek abhängst, um deine Salami zu bearbeiten, und dabei Ivy abspannst, kommst du in die Klapse! Das schwör ich dir!«

Und dann taten sie etwas Schreckliches. Etwas, was Zadoc nie für möglich gehalten hätte.

* *Was Joe Britzilla Brown, Nathan Romig, Aub Barton und Ted Clark an diesem Nachmittag, zehn Tage vor Weihnachten, am Whispering Pine Creek taten:*

Sie zogen Zadoc mit bedeutsamen Mienen die Jogginghose, die er an diesem Tag trug, bis zu den Knien hinunter und auch die hellgraue Calvin-Klein-Unterhose, die seine Mutter ihm gerade erst bestellt hatte. Zadoc konnte sich nicht aufrichten vor Entsetzen. Sein Körper war auf einmal unendlich schwer. Es war, als trüge er ein Hemd aus Ketten. Dann sprachen die Jungen mit ihm über seinen bloßgelegten Penis.

»Ein Fleischpenis oder ein Blutpenis, he?«, begannen sie scheinbar harmlos. »Denn ein normaler Schwanz ist das nicht, das sehe ich auf den ersten Blick, Mann!«

Der Junge spuckte neben Zadoc ins Gras, während Zadoc keine Antwort gab. In seinem Kopf war Leere. Er spürte nur Kälte, Regen und die Atemwolken der Jungen, die ihn so dicht umringten. In seinem Kopf war Nebel. War das dieser Amnesienebel, von dem seine Mutter in Bezug auf seinen Vater gesprochen hatte? Eine Art Gnadennebel, der machte, dass man das, was geschah, ertragen konnte?

»Er versteht dich doch nicht, Joe«, sagte einer der Jungen

und brachte sein Gesicht dicht vor Zadocs. »Ey? Irrer? Also: ein – Blutpenis – ist – eher – so – ein – kleiner – Schwanz. – Also – einer – der – erst – wenn – er – geil – ist – wächst! Und – ein – Fleischpenis – ist – einer – der – zuerst – ganz – okay – scheint – dann – aber – nicht – mehr – dicker – wird – wenn – er – in – Fahrt – kommt! Capito?«

Zadoc rührte sich nicht und spürte nichts. Nicht mal Angst.

Sie beugten sich weiter über ihn. Und dann begannen sie, von Ivory zu sprechen. Sie hielten sich nicht lange bei Allgemeinheiten auf. Nein, sie wurden gleich konkret. Sie redeten über Ivorys Busen und ihre Vagina, aber sie benutzten andere Worte als diese und sie dehnten ihre Erzählung aus und schmückten sie mit Details, in denen Zadoc vorkam, und Dinge, die er mit Ivory tat. Zuerst passierte nichts, aber dann passierte eben doch etwas und plötzlich war Zadoc wieder in seinem Körper, in seinem schmerzend erregten Körper.

»Igitt, seht euch das an!«, johlten die Jungen.

»Er steht!«, schrien sie.

»Und gar nicht mal schlecht für so einen Spasti!«

Einen Moment hatte Zadoc das Gefühl zu explodieren. Alles das, was sie über Ivory gesagt hatten, die Worte, die sie benutzt hatten. Sie hatten recht: Er war ein Perverser.

Wie sonst war es möglich, dass sein Körper sich so erniedrigte, bei dieser Sache mitzumachen?

»Er kommt gleich! Er kommt gleich! In Deckung!«, schrien die Jungen unterdessen begeistert.

Aber er kam nicht. Stattdessen sah er jemanden aufspringen, mit einem geradezu unmenschlichen Schrei. Dieser

Jemand war wie von Sinnen und hatte nur einen Gedanken.

Töten! Töten! Töten!

Aubs rechtes Auge war ein geschwollener Schlitz inmitten einer Masse aus dunkelvioletter Blutergüsse. Aber Zadoc hatte niemanden getötet an diesem Nachmittag am überschäumenden, braun vorüberschießenden Whispering Pine Creek.

Impulskontrollstörung hin oder her. Er wurde ohnmächtig, nachdem er über Aub hergefallen war und ihm, wie man ihm später erklärte, das Nasenbein gebrochen hatte. Zadoc hatte keine Erinnerung daran, dafür stand ihm nur zu deutlich vor Augen, was vorher gewesen war, als sie seine Hose heruntergezogen und ihn gequält hatten.

»Zaddy, schhh, alles wird gut«, sagte seine Mutter, die Tag und Nacht an seinem Bett zu sitzen schien. Ihr Gesicht sah verzweifelt, gequält aus und sie streichelte mit zitternden Fingern seine fiebrige Stirn. Hin, her, hin, her, hin, her. Ihre Hände waren wie unermüdliche Pendel.

Sie hatten ihn in eine Privatklinik gesteckt, auf eine Station, die hell und freundlich aussah, die aber P1 hieß, was nichts anderes bedeutete als Psychiatrische Station 1.

** Das Begreifen von Worten:*

Die vier Jugendlichen Joe Britzilla Brown, Nathan Romig, Aub Barton und Ted Clark hatten einhellig ausgesagt, was geschehen war.

Der Verrückte – Zadoc Wanstall – war alleine am Bach gewesen, wo sie ihn – nun ja – überrascht hatten.

»Es war voll peinlich«, sagte Ted Clark.

»Was war peinlich?«, fragte ein Polizeiofficer.

»Na ja, er fummelte da in aller Öffentlichkeit an sich rum.«

Zadoc Wanstall, der Junge aus Springfield, der laut medizinischem Befund an einer Impulskontrollstörung unbekannten Ursprungs litt und in den vergangenen Jahren immer wieder auffällig geworden war – sei es in der Schule oder im Bereich seines Wohnumfelds –, hatte also an diesem Nachmittag öffentlich masturbiert und dabei zum Anwesen der Familie Perlman hinübergesehen. Von den vier Jungen zur Rede gestellt, sagte er wörtlich: »Ich tue doch keinem was. Lasst mich alleine.«

Als die Jungen ihm erklärten, sein Verhalten sei nicht rechtens, geriet er in Wut und schlug den erstbesten nieder, den er erreichen konnte, nachdem er seine Hose hochgezogen hatte.

»Das ging alles so wahnsinnig schnell, verdammt!«, sagte Nathan Romig. »Wir hatten alle schreckliche Angst. Der Typ spinnt doch komplett!«

Weihnachten kam und ging und Zadoc durfte die Klinik verlassen. Im Gepäck: neue Tabletten. Unter der Haut, hineingebohrt in seinen Oberschenkelmuskel: ein weiteres Medikament, welches vier Wochen lang immerzu wirken und ihn beruhigen würde.

»Nein, ich will das nicht«, hatte Zadoc gesagt, aber es war zwecklos gewesen, sie hatten ihm Aufnahmen von Aub Barton gezeigt und ihn dabei angesehen. »Wir versuchen, dir zu helfen«, sagten sie geflissentlich.

»Aber …«, flüsterte Zadoc und dachte an das, was Aub getan hatte.

Dennoch schwieg er. Etwas war falsch. Holzdielen. Ein bunter Perlenvorhang. Die Rhinozerosse, der rauschende Wasserfall. – Und die blonde Frau, die nachts kam und ihn berührte.

Was war mit ihm? Wann hatte es angefangen? Wann war er – verrückt geworden?

Sein Vater.

Damit musste es begonnen haben. Als er außer sich geriet, weil sein Vater den kleinen Plastikhelikopter an sich nahm und so das gemeinsame Spiel beendete.

Warum konnte er sich daran nicht erinnern? Weil er noch ein Kind gewesen war?

Zadoc versank in diesen Gedanken und vergaß zu sprechen, tagelang. Er hörte in weiter Ferne seine Mutter weinen. Um ihn? Um das Monster, das er war? Auf dem Wohnzimmer, auf einer Kommode, stand ein Babybild von ihm. Es zeigte ihn, klein und verschmitzt lächelnd, auf den Knien seines Vaters.

Als Zadoc einmal zur Toilette wankte, das ewig ausströmende Medikament in seinem Körper machte ihn müde, aber es ließ ihn immerzu pinkeln, sah er, wie seine Mutter dieses Bild in den Händen hielt und ihr Gesicht gegen das Rahmenglas presste. Ihre Schultern zuckten und leise Schluchzer tropften von ihren Lippen.

Dann kam sie.

An einem Nachmittag.

Ivory.

Sie stand draußen vor seinem Fenster und klopfte gegen die Scheibe.

Zadoc, der auf seinem Bett lag, mit gekreuzten Armen, hob den Kopf und wirbelte in die Gegenwart. Es war, als sei er ein Insekt, als habe er von einer Sekunde zur nächsten Facettenaugen wie ein Insekt. Superpositionsaugen.

Da waren – Ivorys Augen, mitten in ihrem etwas blassen Gesicht. Dunkel. Braun-grün gesprenkelt, mit einem Hauch Orange um die Pupille herum – wie ein leicht gezackter Goldrand. Um die Augen ihre Augenlider, mit langen, dichten Wimpern, die die Lider wie samtene Kleider umgaben. Da ihre weiche, schmale, zart geschwungene Nase und ihre Lippen, ganz leicht geöffnet, wie immer, wenn Ivory außer Atem oder aufgeregt war. Ihr Kinn wirkte entschlossen, ihr Hals verschwand unter einem schwarzen, eng gebundenen Halstuch, in das hauchdünne Silberfäden eingewebt waren. Zadoc sah alles überdeutlich. So deutlich, dass seine Augen innerlich tränten. Eine Tränenflut strömte unsichtbar in seinen Kopf hinein.

Und dann waren da Ivorys Haare, die sämtliche Braun- und Rottöne hatten, Haar an Haar, keins in der Farbe exakt wie das andere. An diesem Nachmittag war Regen darin, eine Strähne klebte an ihrer Stirn, genau da, wo der Haaransatz einen kleinen Wirbel machte, den Zadoc als Kind oft berührt hatte, weil es ein schönes Gefühl für seine Fingerspitzen war, diese Haare entlangzustreichen, die sich, wenn man losließ, sofort entzogen und zurückkringelten. *Wie Springkraut, hatte Zadoc als Zehnjähriger mal zu Ivory gesagt und sie hatten sich angelächelt.* Ansonsten waren Ivorys Haare nicht wirklich lockig, nur bewegt, als seien sie immer leicht zerzaust.

Ivory klopfte wieder und deutete auf das geschlossene Fenster und die Scheibe darin, die zwischen ihnen war und an der Regentropfen rannen, die wie Tränen aussahen.

Mach auf!, formten ihre Lippen tonlos.

Zadoc schüttelte den Kopf und spürte, wie ihm der Schweiß ausbrach. Sein ganzes Inneres war voll der Erinnerung, wie Aub Barton und die anderen – dieses Schreckliche mit ihm getan hatten.

Mach auf!

Zadoc starrte auf Ivorys ungeduldigen Mund, ohne sich zu rühren. Er war jetzt fünfzehn, sie konnten nicht mehr – befreundet sein – begriff sie das nicht? Seine körperlichen Gefühle für sie, dazu sein grässlicher Penis und die blonde Frau in seinen Träumen, die ihn verhext hatte – und nicht zuletzt Aub Barton standen jetzt zwischen ihnen wie eine ganze grauenvolle Welt. Oder besser gesagt, wie ein todbringender Abgrund.

Ivorys Lippen sagten stumm *Bitte* und Zadoc schüttelte ein weiteres Mal unter Mühen den Kopf. Der Muskel in seinem rechten Bein schien zu summen und zu brennen. Zadoc hatte das Gefühl, das Medikament zu spüren, das dort ununterbrochen entwich und ihn durchströmte wie lähmendes Gift.

Daraufhin formte Ivorys Mund einen längeren Satz. *Ich weiß, dass sie lügen.* Ihre Augen hielten ihn fest, während sie sprach.

Das hatte ihr Mund gesagt. Stumm.

Dass
das,
was
Aub
Barton
der
Polizei
berichtet
hatte,
so
nicht
stimmte.

Zadoc hatte es von ihren Lippen gelesen und in sich aufgesogen.

Sehr langsam stand er nun auf und öffnete das Fenster.

»Ich – schwöre – dir – Ivory – ich – habe – nichts – Böses – getan. – Ich – habe – gar – nichts – getan. – Ich – stand – nur – am – Bach – und – habe – ins – Wasser – gesehen.«

CLEY NEXT THE SEA,
England, 1989

Amos hatte einen eigenen Wagen, einen alten, zerschrammten Datsun. Das Wetter war großartig und das alte Steinhaus der Sellemonds mit pinkfarbener Klematis bewachsen.

»Erst zu Kate und Geoff? Oder erst an den Strand?«, fragte Amos und wurde so langsam, dass sie fast anhielten.

»Lieber erst an den Strand«, antwortete Kenzie nervös und dann erzählte sie Amos, um ihre Nervosität wenigstens etwas in den Griff zu bekommen, von ihrer Geburt in San Francisco.

Amos war begeistert, während sie eine leicht holperige Straße entlangfuhren.

Nur Augenblicke später waren sie am Wasser und Kenzie saß mit den Händen zwischen den Knien mitten im Herz des Sonnenlichtes. Jedenfalls behauptete Amos das.

»Abgefahren, wie du geboren wurdest«, sagte er kopfschüttelnd. »Ich bin ein Kaiserschnitt. Ich lag irgendwie falsch in Kates Uterus. Sie ist deswegen bis heute schwer verstimmt, wenn sie auf das Thema Geburt kommt.« Amos lachte auf und sie sahen sich an.

»Übrigens, falls du Lust hast, hier am Strand gibt es eine Menge Karneole. Halbedelsteine. Die meisten sind orange, aber manche sind auch knallrot. Kate hat mittlerweile bestimmt tausend. Je röter, desto besser. Sie liegen bei uns einfach überall rum. Kate ist überzeugt, die ganz roten bringen Glück.«

Das Meer, der Strand, die Weite, der fahle Himmel, Möwen.

»Da, für dich«, sagte Amos irgendwann und reichte Kenzie einen roten Stein.

»Danke«, flüsterte Kenzie.

»Gerne«, antwortete Amos mit einem Lächeln. »Ich bin übrigens auch schüchtern«, fügte er hinzu und nickte leicht. »Ich meine nur so.«

Was immer er meinte, Kenzies Hand umschloss den roten Karneol so fest, dass es fast schmerzte.

»Warum?«, fragte Kenzie nun doch, als Amos sagte, dass es allmählich Zeit würde, zu seinen Eltern zu gehen.

»Kate guckt bestimmt schon jede Minute aus dem Fenster. Sie ist eine, sagen wir … sehr anhängliche Mutter.«

Amos steckte die allgegenwärtige Mundharmonika zurück in die Tasche seiner Edwin-Jeans. »Was, warum?«, fragte er dabei. »Oder willst du wissen, warum Kate so eine anhängliche Mutter ist? Das könnte daran liegen, dass ich ihr einziges Kind bin. So halt.«

Kenzie biss sich auf die Lippen.

Warum triffst du dich mit einer wie mir? Warum nimmst du mich mit – hierher? Zeigst mir das alles? Warum tust du so, als sei ich in Ordnung? Warum schenkst du mir diesen Stein und das Gefühl … das Gefühl, dir – etwas zu bedeuten, wenn es doch nicht so ist?

»Ach, nichts«, sagte sie statt all dieser Fragen.

»Nein, sag doch mal«, bohrte Amos und hockte sich vor sie in den Sand zurück.

Kenzie schüttelte den Kopf.

»Weißt du, dass du komisch bist?«

Was für eine Frage.

Kenzie nickte verkrampft und etwas gereizt. Oh ja, wenn sie etwas wusste, dann das.

»Nein, mal im Ernst«, fuhr Amos fort. »Du bist immer irgendwie – bedrückt. Und traurig. Du solltest mal deine Augen sehen, Kenzie.«

»Lieber nicht«, entfuhr es ihr.

»Wie meinst du das?«

Kenzie seufzte tief. Es klang wie ein zittriges Flattern aus ihrem Inneren und es war so laut gewesen, dass Amos es garantiert gehört hatte.

»Was?«

»Sag nicht, dass du nicht bemerkt hast, was mit meinem einen Auge los ist?«

»Mit dem linken. Ja«, sagte Amos und wieder spielte so ein winziges Lächeln um seinen Mund. »Manchmal – schielst du etwas. Was heißt *Schielen,* es ist eher so ein leichtes *Nach-oben-Wegrutschen* deines Auges, hab ich recht? Wenn du müde bist oder sehr nervös.«

Kenzie gab keine Antwort.

»Aber das ist doch nicht schlimm.«

Stille. Nur das Meer und der Wind und die Möwen machten Geräusche. Die Luft schmeckte salzig. Der Strand war voller Seetangklumpen. Kenzie starrte einen von ihnen an, bis ihre Augen, das kranke und das gesunde, zu tränen begannen.

»Wirklich, Kenzie. Es ist eher – niedlich, wenn du mich fragst.«

Sie konnte nichts sagen, denn da kam es aus ihr raus, das, was seit Wochen tief in ihr schlummerte wie ein verzweifeltes, verletztes Tier.

Liebe.

Sie *liebte* diesen Amos Sellemond aus Cley next the Sea. Liebte, liebte, liebte ihn. Seine braunen Haare, seine schöne Stirn, seine hellgrün schimmernden Augen, seine schmale, gerade Nase, seinen weichen und gleichzeitig festen Mund, seinen Geruch, sein Lachen und sein Lächeln, seine Musik, seine Art, sich zu bewegen, seinen Gang.

Sie hörte selbst ihr Wimmern. Es geschah nur einen kurzen Augenblick, dann schaffte sie es, sich wieder zusammenzureißen, während alles in ihr sich nach Amos sehnte, nach seiner Nähe, nach seinen Umarmungen, nach der Möglichkeit, ihr Gesicht gegen seins zu pressen.

Aber das war Idiotie.

Schwachsinn.

Sie waren Kumpel. Freunde.

Weiter nichts.

»Komm, gehen wir«, sagte Amos auch in diesem Moment und griff nach ihrer schlaff daliegenden Hand. Er zog sie hoch und ließ ihre Hand wie erwartet wieder los, kaum dass sie stand. Das Loslassen war diesmal wie Sterben.

Nebeneinander gingen sie zu Amos' Datsun, der hinter ein paar alten, krummen, windzerzausten Kiefern im Sand stand und auf sie wartete, vollgestopft mit Gepäck, Zigarettenqualm, Amos' Gitarre und gemeinsam geatmeten

Stunden. Amos schlenkerte mit den Armen, während er ging.

»Ich zeige dir was in unserem Wohnzimmer«, sagte er und startete den Motor. »Okay?«

Heute ist der erste Tag vom Rest deines Lebens!

Das stand in bunten Buchstaben an der Wand im Wohnzimmer der Sellemonds und Amos las es laut vor.

»Meine Mom hat's gepinselt, vor vielen Jahren«, erklärte Amos. »Das wollte ich dir zeigen.« Kenzie starrte auf die regenbogenfarbenen Buchstaben, die diesen Satz ergaben: Heute ist der erste Tag vom Rest deines Lebens!

Das Ausrufezeichen dahinter war flammend rot – und sehr nachdrücklich gemalt. Und größer als die Buchstaben, die den Satz ergaben.

Kate: »Amos, Schatz. Ich freue mich so. Du kommst viel zu selten. Seit Stunden halte ich nach euch Ausschau. Wahrscheinlich habe ich schon zum ersten Mal aus dem Fenster gesehen, als ihr noch gar nicht losgefahren seid.«

Amos: »Hi, Mom, ich freu mich auch.«

Kate: »Und du bist also Kenzie. Herzlich willkommen! Amos sagte, du kommst aus Boston und studierst für ein Jahr in London?«

Kenzie nickte, sagte aber dann doch: »Eigentlich komme ich aus Kalifornien.«

Kate: »Kalifornien? Wie wunderbar!«

So ging es den ganzen Nachmittag. Kate war wahnsinnig nett und zuvorkommend und irgendwann, als der Tag sich allmählich neigte, kam auch Amos' Vater nach Hause.

»Geoff ist Hornist. Ein ziemlich guter sogar«, erklärte

Amos Kenzie leise, während sein Vater ins Haus polterte. »Und außerdem ist er ein Ab-und-zu-Alkoholiker. Und ein Ab-und-zu-Depressiver. Nur, damit du durchblickst. Aber im Grunde ist er schwer in Ordnung.«

Selbst im Inneren des Hauses, in dem tatsächlich überall rote Karneole verstreut herumlagen, konnte man das Meer rauschen hören.

»Komm, ich zeig dir mein altes Kinderzeitzimmer.«

Amos stand vom Esstisch auf, Geoff und Kate blieben noch sitzen und tranken Rotwein. Vorher hatten sie alle zusammen zu Abend gegessen. Kate hatte zur Feier des Tages Zitronen-Salbei-Hähnchen in Teig zubereitet und es war wirklich lecker gewesen. Geoff hatte Kenzie mit einem Augenzwinkern verraten, dass Amos als Kleinkind nichts lieber gegessen hatte als ein auf diese Art zubereitetes Hähnchen.

Geoff war ein sehr dicker, sehr schwerfälliger Mann und Kenzie konnte ihn nicht mit Amos als Sohn in Einklang bringen. Aber Amos kam wohl eher nach Kate, die schmal und hübsch war und ähnliche Augen und Hände wie ihr Sohn hatte.

Sie waren wie zwei Einheiten am Tisch gewesen. Kate und Amos, nebeneinander – ansehnlich und wohlgeraten, und auf der gegenüberliegenden Seite sie und Amos' Vater Geoff – unansehnlich und irgendwie misslungen.

Auf einer Zeichnung – Zeichnungen hingen hier überall an den Wänden, immer signiert mit einem filigranen »Katharine Sellemond« – hätte man sie beide sicherlich ausradiert, überlegte Kenzie und fühlte sich zittrig und fehl am Platz.

Ob Amos wohl oft Mädchen aus London mitbrachte, wenn er zu Besuch nach Hause kam?

Sein Zimmer im oberen Stockwerk war winzig.

»Wie alles hier«, erklärte er kopfschüttelnd und ließ seine Finger gedankenverloren über seine Kindheits- und Jugenderinnerungen gleiten, als müsse er sich vergewissern, dass alles noch da war. »Darum musste ich auch dringend nach London. Als ich die ein Meter fünfundsiebzig überschritten hatte, wusste ich, dass es Zeit war. Diese Enge hier drin macht mich jedes Mal wieder wahnsinnig.«

Sie verließen die Enge und gingen in den Garten hinaus. Amos holte dabei gleich seine Gitarre aus dem Wagen.

Ein mit Steinen gepflasterter Weg führte durch eine Art Laubengang aus verholzten, stachelig wuchernden Rosenbüschen. Hier draußen konnte man das Meer nicht nur hören, sondern auch spüren. Sie gingen um eine Ecke und ließen das klematisbewachsene Haus mit der Glasveranda, in dem Kate und Geoff zurückgeblieben waren, hinter sich.

Kenzie fröstelte.

»Komm«, sagte Amos und drehte sich zu ihr um. »Dahinten ist mein Reich. Weder Kate noch Geoff kommen her, wenigstens wenn ich da bin. Sie akzeptieren schon seit Jahren, dass dieses Stück Garten meins ist.«

Kenzie stolperte über ein paar Wurzeln, aber Amos streckte ihr keinen hilfreichen Arm entgegen, er warf ihr nur einen kurzen Blick zu und ging dann wortlos weiter.

Warum nur war sie überhaupt mitgekommen?

Was sollte sie hier?

»Da wären wir.« Amos drehte sich erneut um. Sie standen vor einem alten, heruntergekommenen Cottage, das ebenfalls völlig mit Kletterpflanzen überwuchert war.

»Meins«, sagte Amos. »Schon immer. Geoff sagt oft, ich habe es wie ein Hausbesetzer besetzt, als ich gerade laufen konnte. Eigentlich wollte er es abreißen lassen, um den Garten zu vergrößern, aber er brachte es nicht übers Herz. Geoff und Kate waren früher selbst mal Hausbesetzer, so in den Sechzigern, irgendwie fanden sie mich wohl rührend.«

»Warum hast du mich mit hierhergenommen?« Die Frage schoss jäh aus Kenzies Innerem hervor und traf sie selbst völlig unvorbereitet.

Amos schob den rostigen Riegel, der das Cottage verschloss, auf. Er klemmte und quietschte laut, als er schließlich nachgab. »Ich wollte dir das hier zeigen.«

»Aber warum?« Weswegen konnte sie nicht mit dieser Fragerei aufhören? Was sollte er sagen? Was wollte sie hören? Denn das, was sie sich zu hören wünschte, würde er niemals sagen.

»Achtung, Spinnen und Mäuse voraus. Ich hoffe, du hast keine Ungezieferphobie oder so?«, sagte er denn auch nur und tastete sich vorwärts. »Aber keine Angst, es ist trotzdem gemütlich hier.«

Das Innere des Cottages war zugleich spartanisch und chaotisch, anders konnte man es nicht nennen. Irgendjemand, vermutlich Amos, hatte die Wände geweißt, wenn auch nicht allzu gründlich, und es gab ein paar selbst gebaute Wandregale, die aus alten Obstkisten und aus aufeinandergestapelten Brettern bestanden, die auf roten Backsteinen lagen. Strom schien es keinen zu geben, aber dafür Kerzen in allen Formen und Farben. Einige Bücher und

Kassetten lagen verstreut herum und in der Mitte des Raumes stand ein niedriges, wie es aussah, selbst geschreinertes, sehr zerwühltes Bett.

Das kleine Haus schien nicht von Ungeziefer zu wimmeln, allerdings war es dämmrig und die recht niedrigen Zimmerecken lagen im Abendschatten.

An den Wänden hingen ein paar leicht wellige Plakate von *The Cure* und *Pink Floyd,* außerdem *The Castle of the Pyrenees* von René Magritte und ein altes, zerschrammtes Skateboard.

»Und?« Amos drehte sich um. »Gefällt es dir?«

Kenzie nickte, während ihr Blick an einer Stelle der Wand hängen blieb, an der eine große Zahl Fotos gepinnt war.

Amos war ihrem Blick gefolgt. »Ein paar meiner Schnappschüsse, von denen ich dir erzählt habe«, sagte er und trat neben sie. Mit einem Feuerzeug, das er aus den Tiefen seiner Jeans zog, beleuchtete er die Bilder, ansonsten machte er keine Anstalten, Licht in das dunkler werdende Dunkel zu bringen, in dem sie standen.

»Da – gähnende Menschen«, sagte er leise und tippte auf sechs Bilder, die nahe beieinanderhingen. »Das war mal ein Spleen von mir. Es sollten eigentlich tausend werden. Tausend Gähnende, aber so weit bin ich noch nicht. Diese Gähnende da ist meine Grandma mütterlichseits und dieser da mein bester Freund von hier. Das die Bäckerin von Cley next the Sea. Und – sie …«

Kenzie war sie als Erstes aufgefallen. Ein Mädchen war auch auf etlichen anderen Schnappschüssen zu sehen, die mit Gähnen nichts zu tun hatten. Einmal sah man sie einfach lachend dastehen – womöglich in ebendiesem Raum? –, einmal tanzte sie, einmal war sie im Profil geknipst worden, während sie aus einem Fenster schaute, und ein anderes Mal, wie sie auf der Straße entlanglief, mit hochgezogenen Schultern und Einkaufstüten in beiden Händen.

»Das war Elif«, sagte Amos leise, aber in seiner Stimme lag etwas, das Kenzie aufhorchen und verstehen ließ.

»Sie war mal – meine Freundin, aber das ist lange her.«

Kenzie hatte sich umgedreht.

»Ich mag eigentlich nicht drüber reden«, sagte Amos und ließ das Feuerzeug sinken und ausklicken.

Kenzie nickte schwach.

»Aber warum solltest du es nicht wissen? Sie hatte – einen Unfall auf einem – zugefrorenen See. Sie ist daran gestorben. Hinterher. Im Krankenhaus, nachdem die Ärzte sie wiederbelebt hatten. Sie – sie konnte einfach nicht mehr aufwachen. Das ist jetzt drei Jahre her.«

Amos hatte sehr schnell gesprochen und plötzlich liefen ihm Tränen über das Gesicht.

Kenzie spürte selbst, wie ihr linkes Auge sich flatternd nach oben drehte, aber in diesem Moment war es erstaunlicherweise egal. Alles ging so schnell. Plötzlich berührten sich ihre Gesichter und es war Amos, der seines gegen Kenzies presste. Sie spürte die Nässe seiner Tränen auf ihren Wangen und schmeckte das Salz darin in ihrem Mund. Eine gefühlte Ewigkeit standen sie so da. Kenzie konnte Amos' Herz schlagen fühlen, sie spürte, wie er nach und nach seine Arme um sie legte. Seine Lippen, die nach ihren tasteten, fühlten sich rau an und er drückte sie schließlich fest auf Kenzies.

Sie wurde geküsst, zum ersten Mal in ihrem Leben wurde sie geküsst. Eine unglaubliche Hitze breitete sich in ihr aus und sie fühlte, wie ihr die Beine weich wurden. Fest ineinander verschlungen sanken sie auf Amos chaotisches Bett und Kenzie spürte, wie Amos' Hände tastend unter ihr Shirt glitten. Lange, lange streichelte er sie, ihren Bauch, ihren Rippenbogen, ihre Brust, an der sich die Brustwarzen aufrichteten, bis sie es wagte, sich auch zu rühren. Sie fuhr behutsam mit ihren eigenen Händen durch Amos' zerzauste Haare und über sein Gesicht und dann, tastend, seinen Hals entlang. Und wieder begannen sie, sich zu küssen. Diesmal öffneten sich ihre Münder und Kenzie spürte Amos' Zungenspitze in ihrem Mund. Sie lag ganz still da und hatte Angst, etwas falsch zu machen.

Was wollte Amos? Wie weit würde – das hier gehen? Was sollte *sie* tun? Den Bruchteil einer Sekunde dachte sie an den Mann im Bostoner Schwimmbad. Damals hatte sie gar nichts getan, gar nichts tun müssen. Was war richtig?

Und warum war Amos so still? Hatte er nur – mit dem Küssen angefangen, weil er Trost suchte, nachdem er von seiner gestorbenen Freundin erzählt hatte? War es das?

Oder wollte er mehr? *Von ihr?*

Wieder spürte sie seine Fingerspitzen an ihrer Brust. Vor Nervosität war sie nicht mal richtig erregt, das spürte sie selbst.

Sie. Würde. Alles. Vermasseln.

Plötzlich richtete Amos sich auf.

»Kenzie?« Seine Stimme klang leicht belegt.

Sie schwieg.

»Was hast du?«

Was sollte sie nur sagen? Sie hatte alles kaputtgemacht. Alles, alles, alles. Sie war einfach eine geborene Niete.

»Bist du etwa traurig? Jetzt, in diesem Moment? Denn, ganz ehrlich, du siehst so aus.«

»Nein«, flüsterte Kenzie verzweifelt. »Ich weiß – ich weiß nur nicht, was ich …«

Amos' Gesicht, selbst irgendwo zwischen Traurigkeit und Verwirrung, wurde weich. »Oh, Kenzie«, sagte er und küsste sanft ihre Augenlider. »Oh, Mackenzie Hunt, ich wusste nicht, dass du noch nie … Ich meine …«

Immer wieder küsste er ihre Augen und irgendwann lagen sie nebeneinander, einander zugewandt, in seinem Bett, die Gesichter dicht aneinander, und Kenzie spürte Amos' warmen Atem wie Streicheln auf ihren Wangen. Es war jetzt ganz dunkel und sie war froh darüber.

Auf einmal fühlte sie, wie Amos nach ihrer Hand griff. Zuerst küsste er ihre Fingerspitzen, jede einzelne, und dann nahm er diese geküsste Hand und führte sie über seinen Bauch zu seiner Jeans. Einen Moment lang zuckte Kenzie zurück, aber nur einen Moment, dann tastete sie mit ihren Fingerspitzen nach der Stelle, zu der Amos' Hand ihre gezogen hatte.

Und dann taten sie es. Sie liebten sich. Lange und leise und etwas atemlos, und Kenzie war erstaunt darüber, wie leicht es ging und wie wunderschön es war.

Hinterher lagen sie in der Dunkelheit, hörten zusammen das Meer rauschen und Kenzie hatte das Gefühl, auf einmal jemand völlig anderes zu sein.

»Was – werden nur deine Eltern denken?«, flüsterte sie schließlich, Stunden später, und hoffte, das stimmte, was

Amos gesagt hatte: dass sie nicht plötzlich im Cottage stehen und nach ihnen sehen würden.

»Wieso?«, fragte Amos leise zurück und streichelte im Dunklen Kenzies Oberkörper.

»Ich meine, weil wir einfach so – verschwunden sind. Unser ganzes Gepäck steht noch in eurem Wohnzimmer.«

»Ich schätze, sie werden denken, dass wir anderes zu tun hatten.«

Dazu sagte Kenzie nichts, aber sie blieben die ganze Nacht, wo sie waren.

»Hab ich es nicht gesagt, heute ist der erste Tag vom Rest deines Lebens?«, flüsterte Amos ihr ins Ohr, als sie endlich einschliefen. Draußen wurde der Himmel schon silbrig.

Oder hatte sie das nur geträumt?

ZADOC,
November 2013

Noch nie war die Welt für Ivory so voll von Zadoc gewesen wie in den Wochen, die seiner Beichte vor dem *Awake* folgten. Allerdings einem unsichtbaren, imaginären Zadoc. Denn den leibhaftigen Zadoc sah sie wochenlang nicht wieder. Er war kein Schatten in seinem Garten mehr, kein herumschleichendes Tier, das ihr verstohlen und verängstigt folgte. Es war, als hätte es ihn nie gegeben. Dennoch glaubte Ivory, ihn überall zu spüren. Auf dem Schulweg, beim Einkaufen, immerzu.

»Gott sei Dank ist er weg, echt«, sagte Marcy erleichtert, als sie einmal zusammen in die Stadt gingen. Vorher hatte sie sich immer wieder prüfend umgeschaut. »Er ist wirklich nirgends zu sehen«, murmelte auch Sienna verblüfft. »Was ist passiert mit ihm? Wie hast du ihn nur endlich abgeschüttelt, Ivy?«

Ivory gab darauf keine Antwort. In ihrem Inneren aber bohrten Angst und Sorge. Ständig hatte sie das sichere Gefühl, Zadoc sei nun doch wieder in der Nähe, jäh blieb sie in diesen Momenten stehen und schaute sich nach ihm um – aber er war nie da. Es war, als gäbe es ihn nicht mehr, als habe er sich einfach in Luft aufgelöst.

Einmal versuchte sie doch, mit Sienna und Marcy über Zadoc zu sprechen, aber das Gespräch endete in einem Fiasko.

»Sei doch froh, Ivy! Endlich lässt er dich in Ruhe! Endlich bist du den Irren los!«

Wie oft hatte sie inzwischen verstohlen an seiner Haustür geklopft? Oder versucht, ins Fenster seines Zimmers zu spähen, an dem die Vorhänge zugezogen waren? Unendlich oft. Aber im Haus hatte sich nichts gerührt.

Einmal, als sie zusammen mit Ramón unterwegs zu einem Kendoturnier in der Nachbarstadt war, erreichten sie in Ramóns Wagen die Kuppe eines kleinen Hügels, etwa fünfzig Meilen von Springfield entfernt. Dort, mitten auf einem grasbewachsenen Feld, tauchte völlig unvermittelt ein alter Friedhof auf. Er war von einer bemoosten, altersschwach anmutenden Steinmauer umgeben, in deren Innerem eine Menge krumme Grabsteine herumstanden.

Ivory hielt für einen Moment die Luft an. War es das? War Zadoc – möglicherweise tatsächlich nach London gereist, um dort das Grab seines Vaters zu besuchen? Davon hatte er an jenem schrecklichen Abend vor dem *Awake* ja tatsächlich gesprochen. War das möglich? Den ganzen Tag ließ Ivory dieser Gedanke nicht los und am darauffolgenden Tag schlich sie erneut in seinen Garten, um nachzusehen.

Würde er fort sein? Oder – was viel schlimmer wäre – war er doch im Haus? Und das seit Wochen? Ununterbrochen?

Leise und mit klopfendem Herz näherte sich Ivory dem Haus. Die kleine, vertraute Wiese jenseits des Weges, der winzige Geräteschuppen, in dem der alte Rasenmäher untergebracht war, Zadocs Mangobaum – die Fenster, die ihr stumm und blind vorkamen.

Er war da. Ivory zuckte zusammen, als sie ihn durch einen winzigen Spalt in der Gardine in seinem Zimmer auf dem Bett liegen sah, mit zur Wand gedrehtem Gesicht. Um Himmels willen, lag er so seit Wochen im Bett?

Ivory spürte, dass sie zu zittern begann. Dennoch hob sie die Hand und klopfte gegen die Fensterscheibe. Zuerst zaghaft, dann heftiger.

»Zadoc?

Nichts.

»Zadoc?«

Er rührte sich, aber er drehte sich nicht um.

»Verdammt! Zadoc!«

Hatte sie tatsächlich so geschrien? Und waren es Sekunden, die daraufhin vergingen? Oder Minuten? Ivory hatte das Gefühl, dass es Ewigkeiten waren, die dahingingen, bis Zadoc sich endlich umdrehte und sie stumm ansah.

»Zadoc ...?«

Diesmal flüsterte sie.

Aber er stand nicht auf. Er sah sie nur lange an und schüttelte dann langsam den Kopf.

Ivory war wie gelähmt.

»Bitte«, formten ihre Lippen tonlos.

»Nein, es geht nicht«, war, nach endlosem Nichts, die Antwort seiner Lippen. »Geh. Ivory. Geh.«

Aber seine Mutter musste etwas mitbekommen haben. Vermutlich hatte sie Ivorys Schrei gehört, denn sie betrat plötzlich Zadocs Zimmer und zog mit einem raschen Griff den Spalt im Vorhang zu.

»Ivory, geh bitte«, sagte sie mit festem Blick und ungehaltener Stimme und versperrte Ivory den Weg, wann immer sie in den nächsten Tagen wiederkam. »Du hast es doch gehört, er möchte dich nicht mehr sehen.«

Ivory stand stumm vor Mrs Wanstall und starrte auf Zadocs geschlossene Zimmertür. Der Türrahmen, der diese Tür umgab, war seidenweiß gestrichen und enthielt eingedrechselte Zierelemente, wie bei allen anderen Türrahmen, die seine Mutter hegte und pflegte und die dem ganzen Haus ein besonderes Flair verliehen. Es war ein helles, spartanisch eingerichtetes Haus, mit weißen Bodenfliesen und ebenso weiß getünchten Wänden. Bilder hingen kaum an den Wänden, Fotografien gab es so gut wie keine.

»Ich hasse diese Türen«, hatte Zadoc als Zehnjähriger einmal gesagt, als Ivory zu einem geheim gehaltenen Besuch da war. Mrs Wanstall war beruflich unterwegs gewesen, die alte Marijana, die seit mehr als vierzig Jahren ohne gültige Einwanderungspapiere in den USA lebte, hütete solange Zadoc und das Haus.

»Warum hasst du Türen?«, fragte Ivory damals. »Man kann keine Türen hassen.«

»Doch«, flüsterte Zadoc und deutete auf seine weiße Zimmertür. »Es leben – wispernde Wesen darin!«

»Wispernde Wesen?«

Zadoc nickte.

Es war die Tür, die sich auch in einen Wasserfall verwandeln konnte, in einen dreidimensionalen Wasserfall, und die Tür, durch die brüllende Urwaldtiere brachen, mitten in der Nacht.

»Ich zeig's dir«, flüsterte Zadoc, weil er sah, dass sie ihm nicht glaubte, und gab der Tür einen leichten Stoß. Sie fiel ins Schloss.

»Da – hörst du es?«

»Zadoc, das ist Mörtel in der Wand. Rieselnder Mörtel, weil du die Tür knallst. Sonst nichts.«

»Schwörst du's?«

Sie schwor es.

Und sie schwor auch, dass sein Herz nicht stehen bleiben würde, selbst wenn er eines Abends versehentlich einschliefe und es dabei einmal versäumen würde, seine rechte Hand fest auf das Herz zu pressen.

Sie schwor im Laufe der Jahre eine Menge.

Und jetzt hatte sie sich geschworen, Zadoc nicht allein zu lassen wegen dieser schrecklichen Sache mit seinem Vater.

»Bitte geh, Ivory. Worauf wartest du?« Mrs Wanstalls Stimme klang diesmal bedrückt.

»Darf ich Sie etwas fragen, Claire?«, gab Ivory zurück.

Mrs Wanstall seufzte. »Was?«

»Es geht um Zadocs Vater. Zadoc – er hat mir erzählt, was damals passiert ist.«

** Ein Blickwechsel zwischen Ivory und Mrs Wanstall im Flur vor Zadocs weiß gestrichener Zimmertür, der unendlich erscheint, an dessen Ende Mrs Wanstall aber schließlich Ivory in die Küche winkt. Es ist das erste Mal überhaupt, dass sie Ivory von sich aus ins Haus lässt. Fest drückt sie die Tür, nachdem sie beide hindurchgegangen sind, ins Schloss.*

»Er ist eben – ernsthaft krank, Ivory«, sagte Mrs Wanstall und setzte sich an den ovalen Esstisch, der voller Kochutensilien und Zutaten aus dem Kühlschrank war. Auf dem Herd stand ein Topf mit irgendetwas, der leise vor sich hin köchelte und aus dem es köstlich roch.

Mrs Wanstalls Gesicht war sehr blass, wie eigentlich immer.

»Aber er ist doch praktisch noch ein Kleinkind gewesen«, sagte Ivory heftig. »Und sind Sie sich sicher, dass er wirklich …?« Sie schwieg hilflos. »Es kann doch auch ein Unfall gewesen sein.«

»Erinnerst du dich daran, wie er Aub Barton zugerichtet hat? Damals war er fünfzehn.«

»Das war etwas völlig anderes! Die Jungs hatten ihn vorher irgendwie – provoziert. Schrecklich provoziert«, gab Ivory aufgebracht zurück. Allerdings war der Nachmittag am Whispering Pine Creek dünnes Eis für eine Meinungsverschiedenheit. Zadoc hatte nie wirklich erklärt, was dort vorgefallen war und was ihn derartig aus der Fassung gebracht hatte, dass er zuschlug und Aubs Nasenbein brach. Bekannt war nur das Ungeheuerliche, was die fünf anderen Jungen bei der Polizei ausgesagt hatten.

Eine peinlich berührte Stille senkte sich über sie, wie sie dort saßen und sich halb ansahen und halb nicht ansahen.

»Nur Zadocs Gesundheitszustand war es …«, Mrs Wanstall suchte nervös nach Worten, »… zu verdanken«, sagte sie schließlich mit brüchiger Stimme, »dass Mr Bartons Anzeige wegen schwerer Körperverletzung keine Konsequenzen für ihn hatte.«

Ivory vergrub den schmerzenden Kopf in die Hände. Sie wusste nicht, was sie denken sollte. Alles ging durcheinander – und alles war – falsch.

»Bitte lass ihn in Ruhe, Ivory«, wiederholte Mrs Wanstall. »Er hat dich doch sogar selbst darum gebeten.«

»Aber wie soll es denn weitergehen mit ihm?«, fragte Ivory.

»Ich werde für ihn sorgen, wie ich es immer getan habe«, sagte Mrs Wanstall nach kurzem Zögern schlicht. »Ich werde ihn behüten.«

»Was soll das heißen? Sein ganzes Leben lang?«

Mrs Wanstall schaute sie nicht an. »Die Alternative wäre eine Klinik. Bestenfalls ein Wohnheim. Meinst du, das wäre besser für ihn?«

Ivory wusste das nicht. Möglicherweise schon.

Es wurde ein merkwürdiger Nachmittag. Zadoc ließ sich nicht sehen und Ivory und seine Mutter saßen zusammen in der Küche und versanken nach und nach in Schweigen. Zum ersten Mal erschien Ivory das Schweigen nicht feindselig, sondern nur traurig.

Sie dachte an den Tag zurück, vor zwei oder drei Jahren, als sie mit Marcy im Einkaufszentrum gewesen war. Sie hatten dort Joel und ein paar andere getroffen und Joel hatte sie nachher auf dem Gepäckträger seines Mountainbikes mitgenommen. Ivory hatte ihre Arme um seinen Bauch geschlungen und laut gelacht und geschrien, als er Schlangenlinien gefahren war.

An diesem Tag hatte sie nicht bemerkt, dass Zadoc ihnen gefolgt war. Normalerweise hatte sie einen Sensor dafür, aber damals war sie aus irgendeinem Grund zu abgelenkt gewesen. Erst als Nathan Romig schrie: »Wie erträgst du den Bekloppten nur, Ivy, das ist es, was keiner von uns kapiert?«, schaute sie sich um und sah, dass Zadoc im

Rinnstein hinter ihnen lag, sein eigenes Fahrrad neben sich, und sich heftig übergab. Als er ihren Blick spürte, rappelte er sich auf, während er seinen Mund mit einer Hand abwischte, fluchte, griff nach seinem Rad, stolperte und jagte schließlich davon.

Ivory hatte damals nur noch Wut und Erschöpfung gespürt, aber dann war sie ihm doch nachgegangen und hatte ihn eine Stunde später unter den Hand-in-Hand-Bäumen aufgetrieben, wo er stand, die Stirn fest gegen einen der beiden Baumstämme gepresst, mit baumelnden Armen und fest geschlossenen Augen.

Und dann sagte sie es. »Zadoc, ich mag nicht mehr!« Es war einfach aus ihr herausgebrochen, damals. »Ich kann bald nicht mehr. Verstehst du das nicht? Das fällt doch alles auch auf mich zurück.«

Schluss mit Erinnerungen, beschwor sich Ivory jetzt und stand auf. Sie war dabei, einen Entschluss zu fassen. Sie musste sich von Zadoc und seinem Leben verabschieden. Er selbst hatte es vor ihr gefordert. Wer war sie, dass sie seine Wünsche nicht respektierte? Wenn sie ihn immer noch wie ein Kind behandelte, war sie nicht besser als all die anderen.

»Ich gehe, Mrs Wanstall«, sagte sie mit wackeliger Stimme. »Sagen Sie … sagen Sie Zadoc, dass ich es akzeptiere, wenn er in Ruhe gelassen werden will. Und ich – wünsche ihm – alles Gute.«

Mrs Wanstall sah hoch, ihre Miene war …? Überrascht? Erleichtert? Es war etwas in der Art, vielleicht ein Konglomerat aus beidem, und Ivory spürte, wie sich etwas in ihr zusammenzog. Das war völlig – falsch. Etwas war falsch, das spürte sie jetzt. Nein, nicht jetzt, eigentlich schon immer. Seit sie Zadoc zum ersten Mal getroffen hatte.

Die Rhinozerosse. Der Klang des tosenden Wasserfalls in seinem Inneren. Schnatternde Affen, summende Bienen.

Etwas stimmte nicht und es war nicht Zadocs Kopf, den sie damit meinte.

»Ja, das wird sicher besser sein«, sagte Mrs Wanstall und eins ihrer Augen flackerte leicht, wie es manchmal vorkam, wenn sie nervös war. Sie stand wieder auf und machte sich an ihrem Topf zu schaffen.

»Was kochen Sie eigentlich?«, fragte Ivory und wusste selbst nicht, weshalb sie nachfragte. Warum ging sie nicht einfach davon, jetzt, da alles gesagt war? Mrs Wanstall hatte gewonnen.

»Tomatensugo mit Rosmarin und weißen Bohnen«, antwortete Mrs Wanstall automatisch.

»Ah«, sagte Ivory. Es roch gut. Keine Frage, gut kochen konnte Zadocs Mutter, wenn sie auch sonst merkwürdig war. Merkwürdig und feindselig. Und traurig. Eine ungewöhnliche, bedrückende Mischung.

Ivory riss sich los und schlüpfte in ihre Jacke.

Sollte das hier wirklich das letzte Mal sein?

Das letzte Mal in Zadocs Haus?

Es war, als ließe sie ihre Kindheit hinter sich. Die Hand-in-Hand-Bäume, das Tal der Toten, den Whispering Pine Creek, Gute-Nacht-John-Boy.

Im Vorbeigehen erhaschte sie einen Blick auf die quellenden Bohnen, die Mrs Wanstall so unermüdlich umrührte.

»Oh«, entfuhr es ihr.

»Was?«

»Die Bohnen.«

»Was ist mit ihnen?«

»Sie sehen irgendwie – gruselig aus. Wie kleine bleiche – Föten.«

Um Himmels willen, was redete sie denn da? War sie denn von allen guten Geistern verlassen? Dieser Vergleich war ihr nur in den Sinn gekommen, weil sie neulich in Biologie ähnliche Bilder gesehen hatten, in einem Kursus über die Entstehung menschlichen Lebens.

In der Tür drehte Ivory sich noch einmal um, um sich zu entschuldigen, aber sie hielt erschrocken inne, als sie Mrs Wanstalls Gesichtsausdruck sah. Ihr Gesicht wirkte wie versteinert. Es schien nur noch eine seltsam verzerrte Maske aus Verwirrung. Und Furcht.

LONDON,
England, 1990

** Zuckertage:*

Früher waren Zuckertage die Tage in Kenzies und Janis' Leben gewesen, wenn Hap sie besuchen kam. Denn obwohl er fantastisch kochen konnte und die dreidimensionale Lebensmittelpyramide der ausgewogenen Ernährung jederzeit abrufbereit im Kopf hatte (sein Lebensgefährte, zu dem er ab den Neunzigerjahren endlich stand, war nicht umsonst Ernährungswissenschaftler und die Cateringgesellschaft, die die beiden zusammen gründeten, wurde nicht zuletzt aus diesem Grund ein Millionenunternehmen), erlaubte er seinen Töchtern bei seinen Besuchen einen Mix aus Süßigkeiten, den Leetha und Insel den Rest des Jahres vehement verboten. Lakritz, Zuckerwatte, Nugat, Weingummi, Schokoküsse und Riegel waren Haps Dreingabe an seine immer seltener werdenden Besuche in der Sacramento Street.

Zuckertage waren deshalb Tage, die mit Hap kamen und gingen, mit seinen Umarmungen, Späßen, seinen Ausflügen, seinen fantastisch gesunden Mittagessen, die er summend in der Küche des Hunt-Hauses zubereitete, lustigen Erzähl- und Spieleabenden – und diesen Bergen von genehmigten Süßigkeiten.

»Nichts ist besser als Zuckertage«, pflegte Janis oft sehnsüchtig, wenn Hap nicht da war, und glücklich, wenn er da war, zu sagen.

Und jetzt waren die Zuckertage zurück.

Wenigstens für Kenzie in London.

Amos hatte sie zurückgebracht.

Nicht in Gestalt von Süßigkeiten, sondern schlicht durch sich selbst.

Es war ein strahlender, stürmischer Vormittag. Amos warf einen Stein in die Themse und legte seinen Arm um Kenzies Schulter.

»Los, lehnen wir uns am Wind an«, rief er und sie taten es. Eine Weile ging es gut, dann fielen sie ins Gras und lachten.

Kenzie hatte sich sehr verändert in dem Dreivierteljahr, das hinter ihnen lag.

»Ja, du bist nicht mehr so dürr, nicht mehr so finster, nicht mehr so schüchtern, nicht mehr so kurzhaarig, nicht mehr so kratzbürstig, nicht mehr so blass«, pflegte Amos hin und wieder zu sagen, während er ihr zulächelte.

Kenzie: »Warum hast du mich damals überhaupt angesprochen?«

Amos: »Warum hätte ich das nicht tun sollen? Du sahst so verloren aus. Und du hattest geweint.«

Kenzie: »Aber warum mochtest du mich?«

Amos: »Was ist das denn für eine Frage?«

Und sie begannen, über Janis zu reden.

Amos: »Ich fasse mal zusammen. Sie ist schöner als du. Beliebter als du. Hat blonde Haare, auf die sie jeder anspricht. Wenn sie lacht, sieht sie noch schöner als schön aus. Alles und alle fliegen ihr zu. Du hast jahrelang deswegen gelitten. Oh, meine dunkelhaarige Süße …«

Kenzie schwieg und Amos umarmte sie.

Amos: »Zeig mir ein Bild von ihr.«

Er wusste jetzt so gut wie alles von ihr. Sogar von dem Mann mit den roten Haaren aus dem Bostoner Schwimmbad hatte sie ihm eines Nachts, nachdem sie sich geliebt hatten, erzählt.

»Irgendwann finden wir ihn und dann verpasse ich ihm eine, Kenzie. Versprochen«, hatte Amos ihr ins Ohr geflüstert und sie auch in diesem Moment umarmt.

Drei Tage lief Kenzie mit ein paar Aufnahmen von Janis in der Tasche durch London. Sie nahm sie mit an die Uni zu ihren Vorlesungen, sie trug sie bei sich, wenn sie Amos nach seiner Schicht im Aquarium oder in seiner WG abholte. Beim Einkaufen, beim Shoppen, beim gemeinsamen Lernen im Park und wenn er ihr auf der Gitarre Songs vorspielte, die sie sich wünschen durfte – immer hatte sie die Bilder dabei und spürte sie wie eine Zentnerlast in ihrer Tasche.

Am dritten Tag, auf dem Mäuerchen am Alexandra Palace, wo sie sich zum ersten Mal begegnet waren, überwand sie sich endlich.

»Hier«, sagte sie leise und Amos legte sein Thunfischsandwich, an dem er gerade knabberte, zur Seite, wischte sich die Finger sorgfältig an seiner Jeans ab und nahm ihr die Bilder aus den kalten Händen. Ihre Fingerspitzen berührten sich dabei und Kenzie fühlte sich bleischwer.

»Janis«, stellte er fest.

Kenzie nickte stumm.

Da war sie.

Einmal alleine.

Einmal mit Insel.

Und einmal mit Jann Bunting in Clownssachen. Dieses Bild hatte sie erst letzte Woche geschickt. Eine Menge war passiert im letzten halben Jahr.

»Waaahhhhhh! Du hast einen Freuuuuund!«, hatte Janis begeistert geschrieben, als Kenzie sich überwunden hatte, endlich von Amos zu berichten. »Ich freuuuu mich sooo für dich!«

Wochen später war ein weiterer Brief gekommen, in dem Janis schrieb, sie wünschte, Kenzie wäre in Boston, wo sie hingehöre, denn alles sei beschissen und sie befürchte ernstlich, schwanger zu sein.

Und sie war schwanger. Das schrieb sie zwei Wochen später. Jann Bunting war zu der Zeit auf einem Clownsworkshop in Alabama und am Telefon ebenso hilflos wie sie. Schließlich nahm Insel die Sache in die Hand und Janis trieb dieses Baby-zum-falschen-Zeitpunkt in einer Abtreibungsklinik ab. Insel begleitete sie und hielt ihre Hand.

»Zuerst war ich am Boden zerstört, Kenny«, schrieb Janis in ihrer akzentuierten Schrift, die sie von Hap genetisch übernommen hatte, wie es schien – seine und ihre Schrift glichen sich in geradezu beängstigender Weise. »Aber kurz bevor es losging, machte die Ärztin noch mal eine letzte Ultraschallaufnahme, bei der ich darauf bestand, mit draufzusehen – und ich schwöre, Kenzie, es war noch ganz winzig. Eher so ein verschwommener Zellhaufen, obwohl das natürlich ein blödes Wort ist. Meine Freundin Shauna sagte allerdings, sie vermute, die Ärztin habe, um mich zu schonen, den Herzschlag des Embryos nicht angezeigt. Das hat mich dann schon noch mal nachdenklich gemacht Aber … *Life must go on,* oder? Allerdings: Jann hat geweint, als er wiederkam und alles vorbei war.«

»Okay, das ist sie also.« Amos betrachtete die Bilder eine Weile und Kenzie hatte Mühe zu atmen, während er so intensiv auf die Bilder blickte.

»Blond, hübsch, fröhlich, selbstbewusst«, sagte Amos schließlich und sah wieder auf. Kenzies Augen waren voller Tränen, hastig fuhr sie sich mit den Händen darüber.

»Und schon weinst du wieder.« Amos nahm Kenzies Handgelenke und zwang sie sanft, ihr Gesicht zu zeigen.

»Okay, Kenzie, sie ist hübsch – aber du bist es auch.«

»Nein«, flüsterte Kenzie schwach und schüttelte den Kopf. »Das stimmt nicht. Und schon gar nicht gegen sie.«

Sie sahen sich an, weil Amos seine Hand unter ihr Kinn gelegt hatte und sie nicht losließ. Kenzie spürte, wie ihr linkes Auge unter dieser Anspannung zu zucken begann, sie wand sich hastig und befreite sich so aus Amos' Griff.

Eine Weile saßen sie einfach so da, um sie herum Spaziergänger, Kinder, Hunde, die an Leinen ausgeführt wurden, und eine Handvoll der allgegenwärtigen Londontouristen. Irgendwann, in dieser Stille zwischen ihnen, hob Kenzie schließlich den Kopf. Amos schaute vor sich hin, die Stirn gerunzelt. Janis' Bilder hatte er zurück auf Kenzies Knie gelegt. Er rührte sich nicht und rührte auch sein Sandwich nicht an.

»Amos?«, flüsterte Kenzie.

Er schwieg und auf einmal war Kenzie irritiert von der Verletztheit, die sich in seinem Blick spiegelte.

»Sag doch was.«

»Oh Mann, Kenzie. Ich weiß nicht, was!« Amos seufzte

tief, aber er machte keine Anstalten, sie zu berühren, und das, obwohl er mit Umarmungen sonst nicht sparte.

»Aber …«, flüsterte Kenzie.

»Kein Aber! Du bist auch hübsch. Warum vertraust du mir so wenig? Du bist hübsch und toll und ich liebe es, mit dir zusammen zu sein! Bedeutet dir das denn gar nichts, verdammt noch mal?«

Und mit diesen Worten stand er auf und ging davon. Kenzie wollte ihm hinterherlaufen, aber sie schaffte es nicht. Sie konnte einfach nicht. Sie saß da und starrte Amos' Gestalt hinterher, die kleiner und kleiner wurde und irgendwann nicht mehr zu sehen war.

Als sie es endlich schaffte, sich aufzurappeln, war eine Menge Zeit vergangen. Sie wollte die Bilder von Janis zurück in ihre Tasche stopfen, da sah sie, dass die oberste Aufnahme, die von Janis (lachend) mit Jann Bunting (lachend), voller Tränen war. Sie waren Kenzie über das Gesicht geströmt, ohne dass sie es selbst wahrgenommen hatte. Das Foto war aufgeweicht und wellig und verunstaltet. Kenzie nahm es mit einem Aufschrei, der drei Jugendliche dazu brachte, sich irritiert nach ihr umzudrehen und anschließend in Gelächter auszubrechen, und warf es in den Mülleimer, der der kleinen Mauer am nächsten lag.

»Sorry, Janis«, flüsterte sie tonlos und steckte die anderen beiden Aufnahmen wie zum Ausgleich besonders behutsam in ihre Tasche.

Eine Woche lang meldete Amos sich nicht. Er tauchte weder in South Kensington auf noch an der Uni, noch ließ er sich in der Mensa oder im Park blicken. Kenzie fühlte das schlechte Omen. Alles war vorbei. Das war es.

»Was hast du?«, fragte sogar Eun-Mi verwundert, als sie sich in Barbaras Küche über den Weg liefen. »Du siehst aus wie ein Gespenst.«

Eun-Mi hatte jetzt ebenfalls einen Freund, einen Kumpel von Amos. Es war reiner Zufall, dass sich die Dinge so ergeben hatten, aber Eun-Mi war nun doch so etwas Ähnliches wie Kenzies Freundin. Weil sie gut Haare schneiden konnte und etwas von Kosmetik und Schminken verstand, hatte sie sich Kenzies Äußerem angenommen und ihr zu dem Haarschnitt verholfen, den sie jetzt trug und den Amos so mochte.

»Du siehst damit viel weicher aus«, hatte er einmal gesagt und ihr Gesicht und ihre längeren Haare gestreichelt.

Auch wie man sich schminkte, wusste Kenzie von Eun-Mi, die einmal behauptet hatte, sie liebe Kenzies Augen.

»Die Form, die Farbe, so wunderbar!«, hatte sie begeistert gesagt und Kenzie in einer freien Minute, die zu mehr als einer Stunde wurde, gezeigt, wie sie ihre Augen noch besser betonen konnte.

»Perlenaugen«, war Amos' Kommentar gewesen und er hatte ihre Augenlider geküsst. Da war etwas zwischen ihnen, das Kenzie sich lange nicht eingestand, diese wahnsinnige körperliche Anziehung. Wenn Amos vor ihr stand und ihre Augenlider küsste, ganz leicht bloß (einmal flüsterte er dabei: »Meinetwegen musst du dich kein bisschen schminken, Mackenzie Hunt!«), spürte sie eine Hitze am ganzen Körper, die ihr fast den Atem raubte. Sie liebten sich fast jede Nacht und Eun-Mi hatte sie eines Tages zur Gynäkologin begleitet, damit sie nicht mehr auf Kondome angewiesen waren.

»Also, was ist los bei euch?«, fragte Eun-Mi an diesem Vormittag. »Warum kommt Amos gar nicht mehr, um dich abzuholen? Habt ihr euch etwa – getrennt?«

Kenzie konnte nicht Ja und nicht Nein sagen. Sie konnte bloß zurück in ihr Zimmer wanken, die Tür hinter sich verriegeln und sich auf ihr Bett fallen lassen. Blicklos starrte sie den weißen Fisch mit den tieftraurigen Augen auf Barbaras Bild an, der in Wahrheit in dem Becken im Aquarium seine Bahnen schwamm, vor dem sie die allerersten Worte mit Amos gewechselt hatte.

Als sie schließlich völlig erschlagen einschlief, begleitete Eun-Mis Frage sie in dieses düstere Loch aus traumlosem Erschöpfungsschlaf:

Habt ihr euch etwa getrennt?

* *Zehn Sätze ohne Wenn und Aber:*

Hier bin ich wieder.

Ich musste nachdenken.

Über mich und meine Zeit mit Elif, die gestorben ist, und über dich.

Ich liebe dich, Mackenzie Hunt!

Sehr!

Du kannst mir vertrauen!

Du bist wunderschön.

Ich liebe deine Augen, deine zarte Nase und deinen weichen Mund, der zwar viel Blödsinn plappert, der mich aber küsst, wie ich noch nie geküsst wurde, verdammt!

Ich liebe – deinen ganzen Körper – alles an dir, Darling. Und es gibt mir alles, mit dir zusammen zu sein!

Zweimal verlängerte Kenzie ihre Zeit in England. Mehr ging nicht. Bei ihrem dritten Antrag auf Verlängerung des Auslandsstudiums im Studierendenbüro schüttelte die Frau, die dort saß, entschieden ihren Betonfrisurenkopf, noch ehe Kenzie nach dem entsprechenden Antragsformular fragen konnte.

»Andere wollen auch mal ins Ausland zum Studieren, Schätzchen«, sagte sie mit einem Lächeln, das freundlich war, aber dennoch keinen Widerspruch duldete.

»Das ist doch kein Weltuntergang, Darling«, sagte Amos hinterher weich, als sie nebeneinander im Park auf der Wiese saßen, und legte seinen Arm um sie. »Pass auf, in einem halben Jahr drehen wir einfach den Spieß um und ich komme zu dir nach Boston. Ich wollte schon immer mal in die Staaten. Und jetzt habe ich endlich einen Grund, dieses politisch untragbare Imperialistenland aufzumischen.«

»Oh, Kenzie, wir vermissen dich!«, schrieb Insel ein paar Tage darauf auf einer Postkarte, die die Skyline von Boston als Fotomotiv hatte. »Zwei volle Jahre, Schatz! Das war eine verdammt lange Zeit! Komm endlich nach Hause – und bring Amos, wenn dir das Herz ohne ihn bricht, einfach mit! Wir sind sowieso alle neugierig auf ihn! Insel, Oona, Janis und Jann.«

Es war 1992, im Sommer, der vor ihnen lag, würde Kenzie dreiundzwanzig werden.

»Ich liebe London, Amos«, sagte Kenzie am Tag ihrer Abreise. Ihre Stimme klang wackelig. »Es hat mich völlig verwandelt.« Sie brach in Tränen aus.

»Traurig? Oder nur etwas im Auge?«, flüsterte Amos ihr ins Ohr, drückte ihr Gesicht gegen seins und lächelte für sie beide. Er hatte den größten Teil ihres Gepäcks getragen. Es war unglaublich, sie war mit einem schlichten Koffer in London angekommen vor etwas mehr als zwei Jahren und sie reiste mit einem halben Hausstand zurück. Eun-Mi und Barbara waren ebenfalls mit nach Heathrow gekommen.

Eun-Mi trug einen zusammengefalteten Alexandra Palace, den sie gestern für Kenzie zum Abschied ergattert hatte. Er war ein eigentlich unverkäufliches Werbeprodukt aus Pappe, das Eun-Mi in einem noblen Sternehotel entdeckt hatte. Eun-Mi hatte einfach einen der Hotelangestellten so lange bezirzt, bis der so außer sich war vom Sexappeal der koreanischen Studentin, dass er ihr den Papp-Alexandra-Palace praktisch aufgedrängt hatte.

»Ich dachte mir, es ist eben das perfekte Abschiedsgeschenk für dich«, sagte Eun-Mi lachend. »Das gute, alte Ally Pally!«

Barbara, Kenzies Vermieterin, trug den weißen Fisch mit den schwermütigen Augen.

»Es gefällt mir, dass er in Amerika an einer Wand hängen wird«, sagte sie und umarmte Kenzie zum Abschied. »Leb wohl, du liebe Amerikanerin! Du bist die Erste, die vom englischen Essen komplett aufgeblüht ist! Du bist nicht mehr wiederzuerkennen, wirklich! Schön wie die Sünde!«

Amos lächelte ihr ein triumphierendes *Da-siehst-du-es!* zu und nahm sie als Letzter in den Arm.

»Darling«, sagte er.

Kenzies Augen und ihr Gesicht waren augenblicklich voller Tränen.

»Sag's noch mal«, flüsterte sie.

»Was?«

»Darling.«

»Okay. Darling.«

Sie sahen sich an und hielten sich fest an den Händen.

»So viele Tränen?«

Kenzie nickte.

»Ich liebe dich, Kenzie.«

»Ich liebe dich auch.«

»Nein, ich meine, *ich liebe dich wirklich!*«

»Ich liebe dich.«

Amos hielt sie fest und sah sie fest an.

»Sie wird noch den Flieger verpassen«, mahnte Barbara und wedelte mit dem Fisch.

»Pssst, Mrs Hawkins«, raunte Eun-Mi vorwurfsvoll.

»Ach, ich habe ja noch was für dich.« Amos ließ Kenzie behutsam los, streichelte ihr mit einem Finger über das nasse Gesicht und nahm dann seinen Rucksack vom Rücken.

»Was? Du hast mir doch schon so viel geschenkt.«

Amos lächelte. »Unser – Kind«, sagte er leise. »Oder hast du's schon vergessen?«

Und damit drückte er ihr das kleine, verrückte Kinderbild aus der biometrischen Spaßfotobox in die Hand.

SPRINGFIELD,
Kalifornien, 2010

Und wieder war es Sommer und wieder war es heiß. All die Tage, schon den ganzen Juni und Juli und August über hatte Zadoc das Gefühl, das Wetter sei eine physische Macht, die sich auf seinen Schädel presste, um ihn nach und nach – ja, was eigentlich? Er wusste es nicht genau. Vielleicht, um ihn für immer auszuschalten. Vielleicht das.

Sechzehn – nicht mehr lange und er würde sechzehn sein. Noch achtundsechzig Tage. Er fieberte diesem Tag entgegen. Dabei fühlte er sich so müde in diesem Sommer, den Ivory mit ihrer Familie in Frankreich verbrachte.

Wo war das Leben? Wo das Glück?

»Zaddy? Es ist Zeit für deine Tabletten«, rief seine Mutter bereits zum dritten Mal von irgendwoher. Oder zum vierten. Oder zum fünften. Er hatte den Überblick über ihre Rufe verloren, was kein Wunder war. Schließlich hatte er sich selbst verloren.

»Zaddy? – Hörst du denn nicht?«

Wieder neue Tabletten, mehrere Schachteln, die im Schrank in der Küche untergebracht waren, zusätzlich zu denen, die er seit dem Vorfall am Bach nehmen musste, bei dem er Aub Barton die Nase gebrochen hatte. Das lag über ein Jahr zurück, aber nun waren die Halluzinationen zurückgekehrt.

»Was ist passiert, Zadoc?«

Dr. Goodman empfing ihn wie immer in seiner anthrazitfarbenen Praxis in der Chapeltown Street. Zadocs Mutter hatte mit besorgter Miene im Wartebereich auf ihn gewartet und unruhig in einer *Cosmopolitan* geblättert. Wenigstens als Zadoc aufgerufen, aufgestanden und hinausgegangen war. Als er wiederkam, saß sie einfach nur still da, die Zeitschrift geschlossen auf den Knien, und schaute mit unergründlicher Miene aus dem Fenster.

Dr. G.: »Was ist passiert, Zadoc?«

Zadoc: »Ich weiß nicht. Ich kann schlecht schlafen. Manche Nächte schlafe ich gar nicht.«

Dr. G.: »Was geht dir dann durch den Kopf?«

Zadoc: »Nichts. Eigentlich gar nichts. Nichts. Ich sehe nur wieder diese Tiere. Und – diesen Wasserfall. Kennen Sie das Buch *Schlafes Bruder*«?

Dr. G.: »Nein, das kenne ich nicht.«

Zadoc: »Mir geht es wie diesem Elias. Er bleibt wach, bis er daran stirbt.«

Dr. G.: »Ist es das, was du fürchtest? Zu sterben?«

Zadoc: »Ich weiß es nicht. Aber diese – Tiere und das Wasser – dieser dröhnende Wasserfall an meiner Zimmertür. Das macht mich alles wahnsinnig.«

Die neuen Medikamente waren ein völlig nutzloser Versuch, Nashörner, Stampedes, Wasserfälle und das Nichts, was das Schlimmste von allem war, aus seinem Leben zu vertreiben. Ein paar Mal hatte Zadoc seinen schmerzenden Kopf, der zu voll war, einfach gegen die Zimmerwand geschlagen, bis seine Mutter gekommen war, um ihn davon abzuhalten, indem sie an seinem Arm und seiner Schulter riss und ihm schließlich ins Gesicht schlug. Hinterher hatte sie lange geweint und ihr Schluchzen war für ihn, der er in seinem Zimmer saß und lauschte, wie Schläge gewesen.

Seitdem ließ Mrs Wanstall ihn nicht mehr nach draußen. Nicht wirklich. Die Hand-in-Hand-Bäume, der Whispering Pine Creek, Gute-Nacht-John-Boy und das Tal der Toten waren unerreichbar, unter dem Mangobaum war Schluss.

Müde von Dr. Goodmans Tabletten stand Zadoc an einem Morgen dort, als etwas Seltsames geschah. Er spürte, wie er sich selbst verließ, wie er mit weichen, federnden Schritten neben sich trat. Er war sicher, ein innerliches Ploppen zu hören, als dies passierte und er sich löste. Ein Summen erfüllte seinen Kopf und er fühlte, wie er direkt ins Herz des hohen Mangobaumes schwebte, das aussah wie eine Sonne und dabei leicht pulsierte. Während er näher und näher darauf zuschoss, wurde jedes Detail des Baumes erkennbar – dunkelgrüne, schon ältere Blätter, neues, zartes Laub, noch lachsfarben, aufrechte Blütenstände, dicht beieinander, weiß die meisten, aber hin und wieder eine, die einen schmeichelnd rosafarbenen Ton hatte. Er roch den betörenden Duft der Blüten, von denen seine Mutter immer sagte, sie röchen nach Lilien und seien ein Grund, den alten Baum eines Tages doch zu fällen, da der Duft von Lilien ihr verhasst sei. In all das schoss Zadoc hinein und hatte für einen Moment das Gefühl, ins tiefste Innere des Baumes gezogen zu werden, für immer verschluckt von dem schlagenden Baumherzen. Aber dann fühlte er, wie er weiterflog, spürte weichen Wind in seinem verspannten Gesicht, öffnete, obwohl der Wind von Sekunde zu Sekunde stärker wurde, mühsam die Augen und fand sich weit über dem Haus in der Malcolm Street mitten im blauen Himmel wieder.

Stille herrschte hier oben. Zadoc sah seine Mutter, die vor dem Haus den Briefkasten öffnete, und er sah Ivory, obwohl sie weit weg auf einem anderen Kontinent Sommerferien machte. Sie lachte mit Menschen, die Zadoc nicht kannte und nie kennen würde, und ihr Mund bewegte sich, weil sie sprach, aber Zadoc konnte nichts hören.

Auch die Namenlosen seiner Kindheit waren zu sehen, verstreut in der Tiefe. Auf Rädern, Skateboards, vor der Mall, auf der Straße. Zadoc sah sie so scharf, dass seine Augen davon tränten, aber sie waren verstummt. Wie auch die Vögel, die umhersirrenden Insekten, die ihn umgaben, wie die Bäume, die sich unter ihm im Wind wiegten. Doch was die Welt an Geräuschen eingebüßt hatte, hatte sie an Struktur gewonnen. Zadoc flog durch eine von Farben und Vibration erfüllte Landschaft, flog irgendwohin, wo er hinmusste, dringend hinmusste.

»Wer bist du?«

»Das weißt du doch, Liebling.«

Aber nein, er wusste es nicht. Oder doch, halt, er wusste es doch. Aber etwas war, wie es nicht sein sollte.

Er starrte auf etwas in seinen Händen, das plötzlich da war, heftete seine tränenden Augen auf ein Wort, das da stand.

Horch!

Aber es war ja nichts zu hören.

»Zadoc?«

Er fiel rasend schnell und zentnerschwer zurück auf die Erde, in den Garten, unter den alten Mangobaum. Sein ganzer Körper brannte vor Schmerz und er hatte das Gefühl, eine Menge Knochen gebrochen zu haben. Seine Mutter beugte sich über ihn, ihr Gesicht angstverzerrt. Und sie war nicht alleine. Am Gartenzaun standen mit begierigen Mienen, wie es Zadoc vorkam, zwei Namenlose, ein jugendlicher Namenloser und eine ältere Namenlose, ihrer Alltagsbezeichnung nach: Nachbarn.

Sie starrten ihn ebenfalls an, so wie er sie.

»Geht es wieder, Zadoc? Kannst du aufstehen? Du bist ohnmächtig geworden. Eine mögliche Nebenwirkung der neuen Medikamente. Dr. Goodman hat mich davor gewarnt, dass sie deinen Kreislauf belasten könnten.«

Das Leuchten der Farben, die Stille, sein Fliegen, seine Höhe, alles war verschwunden. Die Welt war wieder altbacken und schwer wie Blei.

»Ja«, sagte er leise und stand mühsam auf. Etwas, was eben noch da gewesen war und an das er sich dringend erinnern wollte, entwich – und er konnte nichts dagegen tun.

»Warum kann ich nicht – wenigstens in den Wald gehen?«

Diese Frage stellte er, als er nach einem tiefen, traumlosen Schlaf, der alles andere als erholsam gewesen war, an diesem Abend erwachte.

»Du musst dich ausruhen, Zadoc«, sagte seine Mutter besorgt und legte ihre Hände um sein Gesicht, wie sie es früher, als er noch klein gewesen war, oft getan hatte.

»Warum verreisen wir nie?«

Diese Frage war einfach so aus ihm herausgedrängt. Normalerweise machte ihm der Gedanke ans Reisen Angst.

»Du weißt, was Dr. Goodman gesagt hat, Zaddy. Veränderungen sind nicht gut für dich. Sie regen dich auf.«

Aber Ivory war verreist.

Er stellte sie sich vor, wie sie in Paris durch die Straßen lief, den Sommer lang.

** Einige Sätze, von Zadoc Wanstall für Ivory Perlman aufgeschrieben:*

Du fehlst mir.

Weißt du noch, als wir uns beim Blutsbrüderwerden umarmt haben? Unsere Knie haben sich berührt? Deine waren warm und meine waren kalt.

Warum kommst du nicht?

Ich habe gesehen, wie du in Frankreich geredet und gelacht hast.

Ich habe gestern tausendmal laut deinen Namen gesagt.

Diese Sätze sind nur für mich.

Nicht für dich.

Du wirst sie nie zu Gesicht bekommen, was gut und schlecht ist.

Wann kommst du endlich wieder?

BOSTON,
Massachusetts, 1990

Sie war zurück. Zurück, zurück. Der Bostoner Himmel nahm es deutlich gelassener als Kenzie und zeigte sich an diesem Tag anthrazitgrau und spendete den Bostonern einen durchgehenden, biestigen grauen Nieselregen.

Insel und Janis dagegen umarmten sie, wieder und wieder.

Oona, immer noch fremd, und Jann, völlig fremd, lächelten ihr feierlich zu, Jann schüttelte ihr dazu sogar einen Moment förmlich die Hand, grinste dann und umarmte sie doch.

»Hey, altes Haus«, sagte er leutselig. »Nett, dich mal kennenzulernen.«

»Jann, rede doch nicht, als wärst du einer von den *Waltons!*«, unterbrach ihn Janis gespielt empört und stieß ihn in die Seite, ehe sie sich wieder an ihn schmiegte.

Zur Feier des Tages gab es kalte Quiche und Salat, eines von Kenzies Lieblingsessen vor zwei Jahren.

»Wie du dich verändert hast«, sagte Janis zwischendurch immer wieder leise. »Ich meine, nicht nur, dass du nicht mehr so wahnsinnig dünn und so negativ bist, du weißt, was ich meine – es ist mehr … Du bist *ganz anders.*«

Kenzie schwieg verlegen.

»Meine Schöne. Habe ich es doch gewusst«, flüsterte Insel ihr ins Ohr. »Mehr denn je eine wunderbare Mischung aus Leetha und Hap. Leetha kommt übrigens am Wochenende. Sie kann es auch kaum erwarten, dich wiederzusehen.«

Für einen Moment erinnerte sich Kenzie daran, wie Insel vor zwei Jahren versucht hatte, das, was sie vor ihrem Umzug nach Boston versprochen hatte, in die Tat umzusetzen.

Sie hatte Kenzie zum Friseur geschickt, zur Maniküre, sie hatte ihr neue Anziehsachen gekauft und mit ihr immer wieder übers Abnehmen ohne Abmagern gesprochen, sie hatte sie eines Tages sogar zu einem Ausdruckstanzkurs mitgenommen, aber Kenzie hatte sich dort schrecklich gefühlt. So schrecklich, dass in ihr der Wunsch überhandgenommen hatte, das alles hinter sich zu lassen und neu anzufangen. So war London gekommen. Und niemand, nicht mal Amos, wusste, was Kenzie sich damals geschworen hatte.

Dass sie, sollte London nicht eine Besserung bewirken, aufhören würde zu leben.

Nur mit diesem eiskalten, entschlossenen Schwur im Reisegepäck hatte sie England ansteuern können.

Und dann war Amos aufgetaucht, wie aus dem Nichts, und hatte sie – gerettet.

** Oona, Jann Bunting, Leetha und ihr neuer Adoptivsohn (!) Jonathan – wie Mackenzie Hunt sie in ihren ersten Bostoner Tagen wahrnahm:*

Oona war wie immer. Möglicherweise noch gelöster und glücklicher als vor zwei Jahren, als Kenzie Boston verlassen hatte. Lediglich ihre Haare trug sie jetzt kurz. In ihrem Nacken kräuselten sich darum eine Menge erdbeer-

farbene Löckchen, was nett aussah. Sie lebte inzwischen fest mit Insel zusammen.

Jann? Jann war wahnsinnig gut aussehend, da hatte Janis nicht übertrieben. Seine hellen, löwenmähnenartigen Locken, die im Sonnenlicht aufleuchten konnten, waren zum Luftanhalten, vor allem, wenn er sie zurückwarf. Und sein Lächeln war bezaubernd. Sowohl sein natürliches als auch sein Clownlächeln. Kenzie hätte ihn sich, rein äußerlich, gut als Model vorstellen können. Allerdings trug er nie etwas anderes als uralte, zerbeulte Jeans, hatte außerdem fast immer nackte Füße, die er höchstens ab und zu mal sockenlos in alte, abgewetzte Chucks versenkte. Oder in weiche, gerne verschiedenfarbige Espadrilles. Dazu trug er ausgeleierte Ringel-T-Shirts und ebenso ausgeleierte Sweatshirts und ein graues Sakko, das er, wie Janis Kenzie anvertraute, mal einer Vogelscheuche in Sacramento geklaut hatte, als ihn während eines Clownfestivals unter freiem Himmel ein Regenguss überraschte. Aber immer war alles an ihm frisch gewaschen und er roch nach Duschgel und einem ansprechenden Aftershave. Seine Augen waren von einem fast unnatürlichen Hellblau, standen weit auseinander und waren von langen dunklen Wimpern umrahmt. Unter den Augen und auf der Nase hatte er Sommersprossen.

Wenn Kenzie sah, wie Jann und Janis sich küssten und umarmten, wurde ihre Sehnsucht nach Amos womöglich noch größer, falls das überhaupt ging. Wenn er doch nur schon da wäre. Auch wenn er vielleicht nicht ganz so schön wie Jann war, auf seine eigene Weise war er womöglich sogar noch schöner. Kenzie lief ein Schauder über den Rü-

cken, wenn sie an seine weichen Haare, seinen tiefen Blick, sein warmes Lächeln dachte und an das Gefühl, das sich in ihr ausbreitete, wenn Amos Gitarre für sie spielte, wenn er sie umarmte und wenn sie sich liebten.

Leetha? Sie war ebenfalls verändert, sah seriöser aus (»Einfach heterosexueller«, das war Insels bedauernder Kommentar dazu), trug modische Miss-Sixteen-Jeans, figurbetonte Oberteile und Perlenohrringe. Marc hatte sie zu ihrem Boston-Besuch nicht mitgebracht, er hatte zu viel zu tun, hatte sie bedauernd gesagt, aber Kenzie hatte den Eindruck, dass sie nicht undankbar dafür war. Sie, Insel und Oona gingen sehr vorsichtig miteinander um, so als seien ihrer aller Gefühle hochexplosiv. Sie übernachtete mit ihrem Adoptivsohn tatsächlich in einem Hotel, weil das Haus mit Insel, Oona, Janis, Jann und Kenzie schon aus allen Nähten platzte und Jonathan außerdem an einer Staub- und Katzenallergie litt und in einem Hotel einfach besser untergebracht war. Er war vierzehn und Kenzie versuchte, nett zu ihm zu sein, aber er verbrachte die meiste Zeit, die er im Hause war, vor dem Fernseher, um Baseball zu schauen, während Snap wütend draußen herumtigerte und nicht begriff, warum er nicht hereindurfte.

»Ein verzogener Pickelteenager, nichts weiter«, sagte Janis achselzuckend zu Kenzie. »Und mit dem sind wir jetzt – sozusagen verwandt! Kein sehr erquicklicher Gedanke, wenn du mich fragst.«

Kenzie war erleichtert, als Leetha und Jonathan wieder zurück nach San Diego flogen.

»Komm doch mit, Schatz«, sagte Leetha ein paar Mal. »Du könntest auch an der Westküste studieren. Fehlt dir nicht die kalifornische Wärme?«

Kenzie schüttelte den Kopf.

»Marc wäre auch einverstanden – und Jonathan würde sich freuen, nicht wahr?« Sie warf ihrem Adoptivsohn einen auffordernden Blick zu.

»Klar«, murmelte der pflichtschuldig.

Aber Kenzie schüttelte wieder den Kopf. In zwei Monaten würde Amos kommen. Hierher, nach Boston. Sie spürte ihren Herzschlag bei diesem Gedanken im ganzen Körper.

In der Zwischenzeit blieben nur die Zeitverschiebung, das Telefon und die Sehnsucht.

– Hi.

– Hi, Süße.

– Was machst du gerade?

– Nichts weiter. Eigentlich habe ich nur so – vor mich hin gedacht. Und aus dem Fenster gesehen. Vorher habe ich meine Gitarre gestimmt. – Und du? Was machst du so im imperialistischen Amerika? Hast du dich schon wieder eingelebt unter den Dekadenten deines Volkes?

– Ich habe gerade einen Brief an dich geschrieben. Du fehlst mir so!

– Du fehlst mir auch, Darling. Geoff und Kate lassen dich schön grüßen. Allerdings knabbert Kate schwer daran, dass ich zu dir über den großen Teich will!

– Aber du kommst doch?

– Klar komme ich. Wie ist es denn mit deiner Familie? Alles im Lot?

– Ja, sie geben sich große Mühe! Aber irgendwie engen sie mich auch ein. Sie verstehen nicht, dass ich nicht da weitermachen kann, wo ich vor zwei Jahren aufgehört habe.

Kenzie hörte im Hintergrund ein Geräusch.

– Amos, was war denn das?

– Was meinst du?

– War da nicht eine Stimme?

– Bei mir nicht. Hier ist alles grabesstill. Mal abgesehen vom Straßenlärm, meine ich. Und nebenan gucken Ken und Nat bescheuertes Wrestling. Meinst du das? Ächzen und Stöhnen und Kampfgeschrei?

– Nein, ich weiß nicht, ich hatte das Gefühl, eine Stimme gehört zu haben. Ganz nah bei dir? Ist jemand in deinem Zimmer, Amos?

– Kenzie, hey!

Aber sie konnte nichts dagegen tun, diese – nagende Angst war immer in ihr, war ihr stummer, böser Begleiter geworden seit dem Tag, an dem sie zurück nach Boston gekommen war. Was, wenn Amos ein anderes Mädchen kennenlernte? Oder schon kennengelernt hatte? Heute? Gestern? Letzte Woche? Oder eben morgen? Oder in der Woche, die vor ihnen lag?

Konnte sie ihm vertrauen?

»Natürlich kannst du das«, hatte Amos gesagt, als sie noch gemeinsam in London waren, in einer Nacht, als sie gerade miteinander geschlafen hatten und Amos hinter ihr lag (»Löffelchen liegen«, nannte er es und lag gerne so an sie gepresst nach dem Miteinanderschlafen, wenn sie zur Ruhe kamen). Sein Herz pochte gegen Kenzies Wirbelsäule.

»Versprichst du es?«, flüsterte Kenzie in die Dunkelheit, die sie umgab.

»Ja, doch, du eifersüchtiges Schaf«, flüsterte Amos zurück und biss ihr sanft in die Schulter.

Zu Hause in Boston schrieb es Kenzie in ihren Schrank. Irgendwo musste es stehen, wie ein Mantra: *»Natürlich kannst du das.«*

»Was bedeutet das?«, erkundigte sich Janis, als sie den Satz entdeckte.

»Nichts weiter«, murmelte Kenzie nervös.

Erst letzte Nacht hatte sie durch die dünnen Wände des Hauses gehört, wie Janis und Jann miteinander schliefen. Lauschend hatte sie dagelegen. Sie hörte Jann leise stöhnen – dann quiekte Janis auf, aber nur leise, sie schien sich der nahen Schwester, die jetzt wieder Wand an Wand mit ihr lebte, bewusst zu sein. Es folgten weitere leise Quieker, dazu überdrehtes, glückliches Kichern.

Janis kicherte – dabei?

Kenzie war verwirrt und lag wie erstarrt. Sie selbst empfand das Zusammensein mit Amos immer als etwas Ernstes, nicht als Spaß. Das Zusammenschlafen mit ihm war für sie etwas Existenzielles, es war schon vorgekommen, dass sie auf dem Höhepunkt weinen musste. Nicht, weil sie unglücklich war, nein, es gab nichts Schöneres, als so nah bei Amos zu sein, sondern einfach vor Liebe und vor Staunen darüber, dass es *das hier* gab, dass da Amos war, der sie glücklich machen wollte und ihr so nah sein wollte.

Aber vielleicht war das falsch? Vielleicht war es besser zu lachen? Vielleicht mochten Männer es nicht, wenn man weinte, während sie einen liebten? Hatte Amos nicht oft genug gesagt, sie solle nicht immer so traurig sein? Sie hatten sich schließlich schon auf diese Weise kennengelernt: Sie hatte dagestanden und geweint.

Der weiße, gerahmte Fisch ihrer Londoner Vermieterin Barbara, der aufklappbare Papp-Alexandra-Palace von Eun-Mi, etliche von Amos' Londoner Schnappschüssen, sogar ein Foto, auf dem sie beide in Cley next the Sea zu sehen waren und das Amos' Mutter von ihnen geknipst hatte, alles durften Insel und Janis – und damit auch Oona und Jann sich ansehen. Kenzie verteilte die Sachen liebevoll in ihrem Zimmer, hängte den Fisch über ihr Futonbett und stellte das leicht wackelige Ally Pally wie einen Paravent davor. Nur das verrückte Babybild aus der Juxfotobox in der Londoner Duncan Road hielt sie zurück und verbarg es stattdessen zwischen ihren Büstenhaltern und Slips.

Natürlich, es war nur ein Scherz. Ein Witz, und Janis hätte bestimmt ihren Spaß damit, sie mochte solche Sachen, aber Kenzie zauderte. Irgendwie war dieses Bild etwas sehr Privates. Es war etwas, was unmittelbar mit ihr und Amos zusammenhing. Auch wenn es nur eine schlichte biometrische Schnellberechnung von Nasengrößen, Gesichtsbreiten und gemessenen Augenabständen war – die Schnittmenge daraus war nur aus den Messungen von ihnen beiden entstanden! Niemand sonst, der sich je in dieser Fotobox hatte ablichten lassen, hatte eine identische Aufnahme.

»Dein Amos sieht niedlich aus«, sagte Janis, als sie einmal alleine waren und Janis sich die Schnappschüsse an Kenzies Pinnwand ansah. »Wie alt ist er noch mal?«

»Dreiundzwanzig.«

»Oh, genau wie Jann. Aber er sieht jünger aus, findest du nicht?«

Kenzie zuckte mit den Schultern. Darüber hatte sie noch nicht nachgedacht. Aber wenn sie es jetzt betrachtete, war es immerhin Amos, der demnächst mit seinem Jurastudium fertig sein würde. Jann dagegen tingelte als bunter Clown herum. Nicht dass das etwas Schlechtes war, im Gegenteil, Kenzie mochte Jann als Clown, aber er war, wenn man es genau nahm, doch mehr ein kindlicher Spaßvogel als Amos.

»Er hat etwas Jungenhaftes. Vielleicht ist es das Europäische in ihm? Sehen etwa alle Europäer so aus, Kenny? So niedlich, verspielt? So wie dieser – wie heißt er doch gleich? – ah, dieser blonde Kindskopf – Tim aus *Tim und Struppi,* aus dieser Comicreihe, die Hap so gerne mag? Und fehlt er dir eigentlich so sehr, wie du es dir ausgemalt hast? Amos, meine ich«, sagte Janis in diesem Moment und lächelte Kenzie dabei zu.

Kenzie zögerte. Bisher hatte sie noch keinem gesagt, dass Amos kommen würde, um hier mit ihr zu leben. Für eine Weile. Für mindestens ein Jahr.

»Ja, er fehlt mir – schrecklich«, war schließlich alles, was sie hervorbrachte, und sie flog am ganzen Körper, während sie diesen Satz preisgab.

»Oh, so ernst?«, fragte Janis leise und betroffen, während ihre Blicke sich trafen. »Hey, dich hat es ja richtig – schlimm erwischt, was?« Und sie sprang auf, lief zu Kenzie hinüber und schlang ihre Arme um sie.

»Weißt du noch, dieser *eklige* Kerl aus dem Schwimmbad, mit dem du …« Sie hielt inne. »Mensch, Kenny, damals habe ich mir richtig Sorgen um dich gemacht. Nächtelang habe ich darüber nachgegrübelt, ob ich nicht mit Insel darüber sprechen müsste.«

Kenzie hob den Kopf. »Hast du etwa …?«

Janis seufzte. »Nein, schließlich hatte ich dir mein Wort gegeben. Aber leicht ist es mir nicht gefallen, das kannst du mir glauben! Jedenfalls bin ich froh, dass du jetzt Amos hast.«

IVORY,
Januar 2014

In ihrem letzten Traum, kurz vor dem Aufwachen, war jemand neben ihr hergelaufen. Dicht neben ihr her. Immer wieder stieß sie leicht, wie gehaucht, gegen die Schulter und den Oberarm dieses Jemands. Auch die Knöchel ihrer Finger berührten sich hin und wieder. Schritt, Schritt, Schritt. Irgendwann tasteten die nicht zu ihr gehörenden Finger nach ihrer Hand und schoben sich schließlich in ihre Handfläche hinein.

Ihre Hände schlossen sich warm umeinander.

Ivory schlug die Augen auf und dachte sofort an Zadoc.

In ihrem Zimmer war es, trotz der Jahreszeit, an diesem Morgen sonnig und einigermaßen warm, obwohl das Fenster die ganze Nacht offen gestanden hatte und die Gardinen sich sanft blähten. Kein Januarnebel heute, kein Regen. Ivorys Hand fühlte sich leer an. Fast vier Wochen dauerte ihr Leben-ohne-Zadoc jetzt schon. Sie hatte ihn in der Zwischenzeit nicht gesehen oder gehört und sie selbst hatte auch keinen Versuch mehr gemacht, so schwer es ihr auch gefallen war.

Es kam ihr wie gestern vor, dass sie die folgenschweren Worte in der Küche von Mrs Wanstall von sich gegeben hatte, mit wackeliger Stimme. »Sagen Sie Zadoc, dass ich es akzeptiere, wenn er in Ruhe gelassen werden will.«

Ivory spürte, wie es in ihrem Kopf pochte. Am Abend

zuvor hatten sie und ihre Familie die Verlobung ihrer älteren Schwester Hailey gefeiert und es war bereits weit nach Mitternacht gewesen, als sie endlich ins Bett gekommen war. Du lieber Himmel, wie viel Mangobowle sie getrunken hatten. Sie und ihre beiden Cousinen aus Detroit. Vage erinnerte sich Ivory daran, wie ihre Cousinen dabei angefangen hatten, über Jungen zu sprechen. Zuerst über Jungen im Allgemeinen und dann über die beiden Jungen, für die sie sich momentan interessierten. Hießen sie Kevin und Luke? Oder Marvin und Dave? Ivory konnte sich nur noch schemenhaft an das Geschwärme erinnern. »Oh, mein Gott, er ist *soo* süß!« und »Du glaubst nicht, wie gut er küssen kann, Ivy!«.

Ivory fuhr sich müde durch die zerzausten Haare. Das Pochen in ihrem Kopf wurde womöglich noch stärker. Ihr Bruder Kosh hatte recht behalten. »Nehmt den Chicks endlich die Bowle weg oder sie sind morgen völlig ballaballa!«, hatte er gerufen.

»Und wen magst *du,* Ivy?«, hatte Emmy, ohne auf Kosh zu achten, verschwörerisch geflüstert und sie dabei aus allernächster Nähe prüfend angesehen.

Ich.Mag. Zadoc, schrie alles in Ivorys bowleschwindeligem Kopf, so laut, dass sie selbst fast zusammenzuckte.

Erschrocken über diesen jähen Schrei in ihrem Inneren schwieg sie und starrte vor sich hin, bis ihre Augen brannten. Da war ihre glücklich verlobte Schwester. Dort ihre stolzen Eltern. Dazu Kosh mit seiner neuesten Flamme. Außerdem Tanten, Großeltern, Freunde der Familie. Überall Paare. Tante Phyllis und Onkel Nat, Grandma Marnie und Grandpa Luke. – Nur sie selbst war … alleine.

»Ivy? Was ist? Was hast du?« Lorna und Cailin sahen sie an. »Sag jetzt nicht, dass da keiner ist! Denn wir würden dir kein Wort glauben, echt nicht. Für *Liebe* haben wir nämlich einen Radar. Und bei dir schlägt er eindeutig aus, leugnen zwecklos!«

Sie schrien auf vor Lachen und nahmen sich zwei neue Gläser Bowle.

Ivory runzelte die Stirn und schob sich die Haare *(Herbsthaare*, wie Zadoc leise sagen würde) aus der verschwitzten Stirn. Eine Antwort gab sie nicht.

»Spielverderberin!«, hatte sich Lorna schließlich beschwert und sich stattdessen Hailey und ihren vielen Freundinnen zugewandt.

Ivory hatte sich schwer wie ein Stein gefühlt in diesem Moment. Wie es Zadoc wohl erging in der letzten Zeit? Was machte er? Womit verbrachte er seine Tage, seit ... ja, seit er Ivory fortgeschickt hatte? Seit sie seine Entscheidung akzeptiert hatte?

Der Rest des Abends ging in einer Art Gefühlsnebel unter. Ivory fühlte sich bedrückt und alleine. Vor dem Einschlafen hatte sie noch eine Weile aus dem Fenster ihres Zimmers gesehen. Ihre heiße, müde Stirn hatte sie so fest wie möglich gegen die kalte Fensterscheibe gepresst. Der Himmel war rabenschwarz und ohne Sterne und Hoffnung gewesen. Irgendwo dort hinten in dieser tiefen Düsternis lag Zadocs von hier aus unsichtbares Haus. Aber damit hatte sie nichts mehr zu schaffen. Diese Zeiten waren endgültig vorbei.

»Endgültig vorbei, Zaddy«, hatte Ivory tonlos geflüstert. Hinter ihren Augen brannten Tränen, aber sie weinte nicht. Weil es nichts genützt hätte. – Verdammt, was war nur los mit ihr? *Sie musste sich endlich zusammenreißen.*

Und die gleichen Worte gingen ihr jetzt wieder durch den schmerzenden Kopf. Sie musste sich endlich zusammenreißen. Alles war geklärt. Ihre und Zadocs gemeinsamen Jahre waren endgültig Vergangenheit. Zadoc selbst hatte es so gewollt.

Andererseits – stimmte denn das wirklich? Denn da war noch etwas, was sie da nicht so sicher sein ließ.

Die Bergaster war die erste Blume gewesen, die sie eines Morgens auf dem Gehweg vor der Einfahrt gefunden hatte. Und an den Tagen darauf war es eine Kaktusknolle gewesen und zuletzt die graugrüne Aloe-Vera-Blattspreite, die direkt vor den Steinstufen zu ihrem Elternhaus gelegen hatte.

Vielleicht waren es tatsächlich Zufälle. Wilde Astern wuchsen am Whispering Pine Hill zuhauf, die meisten im Herbst, aber an windgeschützten Orten fand man sie auch den ganzen Winter über. Vielleicht war ein verblühter entwurzelter Stängel vom Nachtwind bis unter Ivorys Fenster geweht worden. Ebenso die Kaktusknollen. Kosh war ein großer Kakteenfan und hatte immer eine Menge von ihnen an den unmöglichsten Orten herumstehen. Und da war eine abgetrennte, unscheinbare, herumliegende Stachelknolle nicht der Rede wert. Genauso verhielt es sich mit der Aloe-Vera-Blattspreite. Obwohl eigentlich tropisch, war Kalifornien ein guter Nährboden für diese überall stachelig zum Himmel strebende Pflanze.

Vorsichtshalber hatte Ivory dennoch nachgesehen. An allen drei Tagen. Mit zitternden Händen hatte sie im Glossar der *Verborgenen Sprache der Blumen* nachgesehen und sich dabei so intensiv an den Nachmittag vor zwei Jahren unter dem alten Mangobaum erinnert, an dem sie und Zadoc dieses Buch zusammen gelesen hatten, dass es fast wehtat. Ihr Finger fuhr die Spalten mit den aufgelisteten Blumen entlang, bis sie die Bergaster, den Kaktus, die Aloe fanden.

Leb wohl. Brennende Liebe. Leid.

Das konnte kein Zufall sein. Nein, sicher nicht. Das waren Zadocs – traurige – Botschaften an sie.

Kaktus – brennende Liebe.

Da stand es.

Zadoc *liebte* sie.

Es war sein erstes Geständnis dieser Art. Natürlich wusste sie, dass er sie liebte. Da waren die vielen gemeinsamen Jahre, die hinter ihnen lagen. Die vielen heimlichen Treffen an ihren Lieblingsorten, die Male, wenn sie ihn gehalten und beruhigt hatte, wenn er außer sich geriet, die Male, wenn sie sich auf ihn gelegt und seinen langsam ruhiger werdenden Herzschlag gespürt hatte.

Aber Liebe? *Brennende Liebe?*

Die er ihr gegenüber eingestand?

Nachdem er sie weggeschickt hatte?

Das war etwas anderes.

Ivory hatte die Blumenlisten überflogen. Nicht heimliche Liebe, nicht Vorliebe, nicht reine Liebe, nicht erwachende Liebe, nicht einfach Liebe, nein, er hatte brennende Liebe ausgewählt.

Wie benommen hatte sie so lange in das Glossar gestarrt, bis die Buchstaben vor ihren Augen verschwammen.

Warum tat er das? *Er* war es doch gewesen, der sich zurückgezogen hatte. Er wollte sie nicht mehr sehen, seit sie von der Sache mit seinem Vater wusste, seit er sich überwunden und ihr davon erzählt hatte. Den Abgrund seines Lebens. Den Beginn seines Leidensweges.

Denn, so war es doch, sie mussten sich letztendlich loslassen. Es gab keine andere Möglichkeit. Ivory konnte ihr Leben nicht länger mit ihm teilen. Nicht mal im Verborgenen. Zadoc hatte keine Zukunft, für ihn gab es keinen Ausweg. Was hatte Mrs Wanstall zu ihr gesagt? Wenn sie nicht da wäre, um Zadoc zu betreuen, bliebe nichts als eine Klinik für ihn.

Was hatte sie sich eigentlich versprochen? Warum nur hatte sie jahrelang versucht, aus einem *Nichts* eine Ewigkeit zu machen?

Ivory begann nun doch zu weinen. Lange lag sie in ihrem Bett und fühlte sich so leer und kraftlos wie noch nie zuvor in ihrem Leben. Sie hielt das einfach nicht mehr aus. Sie musste etwas tun, damit sie endlich darüber hinwegkam. Sie hatte keine andere Wahl.

Und so fasste Ivory einen Entschluss. Sie wischte sich die Tränen aus dem Gesicht, griff nach ihrem Handy und wählte Ramóns Nummer.

BOSTON,
Massachusetts, 1990

* *Wie es weitergeht:*
1. Ein Fund zwischen Wäsche
2. Eine Abreise zum rechten Zeitpunkt
3. Eine glückliche Ankunft

Eins: Am Tag des Fundes zwischen Kenzies Wäsche goss es in Strömen und Kenzie war nicht, wie sie es eigentlich vorgehabt hatte, in der Unibibliothek, um dort vergraben unter einem Berg Bücher für ihre Abschlussprüfung zu pauken. Snap war erkrankt und Kenzie hatte die schreckliche Aufgabe, bei ihm zu wachen, bis die Tierärztin kam, die nur einen Block weiter ihre Praxis hatte, um den dicken, herzkranken Kater von seinem Leiden zu erlösen.

»Sein letzter Weg soll nicht der in eine Tierarztpraxis sein«, hatte Insel unter Tränen gesagt, »wo er sich dort doch jedes Mal so wahnsinnig fürchtet.«

Darum kam die Ärztin für ein paar Dollar extra ins Haus. Allerdings hatte Insel im letzten Augenblick einen unverschiebbaren Termin in der Schulbehörde aufgebrummt bekommen und darum war es nun Kenzie, die bei Snap saß und ihm seine letzten Stunden versüßen sollte, sofern das überhaupt möglich war. Janis, die jetzt ebenfalls ihren Schulabschluss (und einen Fünftausenddollarscheck von Hap) in der Tasche hatte, lag oben mit einer Grippe im Bett.

»Armer, alter Kater«, sagte Kenzie ein paar Mal mitleidig, streichelte das apathische Tier und blätterte mit der anderen Hand in einem Lehrbuch zum Thema Strafrecht.

In diesem Moment hörte sie es.

»Oh, Kenny, *was ist das denn?*«

Und sie wusste merkwürdigerweise sofort, worum es ging – *was* Janis da gefunden hatte. Was, zum Teufel, trieb ihre Schwester bloß an ihrer Unterwäscheschublade?

»Was ist denn das für ein Baby?«

Kenzie überließ Snap sich selbst, schoss nach oben und stolperte über gleich mehrere Treppenstufen.

»Süß – wer ist das, Kenny? Etwa Amos als Baby?«

Janis, hustend, mit zerzausten Haaren und einem Halswickel um den Hals, aber selbst in diesem Stadium von Fiebergrippe und geschwollenen Halsmandeln noch attraktiv, wedelte mit dem Babybild und lachte.

»Das geht dich nichts an, Janis.« Kenzie versuchte, gelassen zu klingen, doch sie hatte solches Herzklopfen, dass ihre Stimme zitterte.

Sie klärte es nicht auf, obwohl Janis gekränkt war und ihr irritierte Blicke zuwarf.

»Was hast du denn? Oh, Kenzie, warum guckst du so sauer? He, ich habe bloß nach diesem rosa BH von Victoria Secret gesucht, den du neulich von Insel bekommen hast. Hat er Bügel oder keine?«

Kenzie nahm Janis das Bild aus der Hand und legte es behutsam zurück unter ihre Wäsche. Wortlos zog sie den rosa Bügel-BH, nach dem Janis gesucht hatte, an seiner rosa Schließe, die zwischen ein paar Slips hervorschaute, aus den Tiefen der Schublade und legte ihn auf ihren Schreibtisch.

»Mit Bügel! Und das nächste Mal: Frag, Janis! Geh nicht einfach an meine Sachen.«

Zwei: Nicht mehr lange und Amos würde kommen.

Nur – wohin würde er kommen?

Jann lebte derzeit mit bei Janis im Zimmer, was reichlich eng war, aber das war nicht das Schlimmste. Das Schlimmste war der Gedanke, Amos in ein Haus zu holen, in dem er Janis zwangsläufig immerzu begegnen würde. Selbst wenn sie von Jann Bunting umgeben war! Amos würde Kenzies Schwester in ihren Schlafsachen sehen, er würde mit ihr am Tisch die Mahlzeiten einnehmen, er würde zu ihrem Alltag gehören.

Kenzie wurde übel bei diesem Gedanken.

Verdammt, er sollte Janis am besten gar nicht sehen! Sollte sie nicht mit ihr vergleichen! Auch wenn er schon Bilder von ihrer Schwester gesehen und sie mit einem Schulterzucken abgetan hatte – Janis in leibhaftig war noch mal eine ganz andere Liga!

»Insel, dreh jetzt nicht durch oder so, aber Jann und ich werden nächste Woche nach Kambodscha fliegen. Und wir werden eine Weile wegbleiben. Mindestens ein Jahr, schätze ich«, sagte Janis wie nebensächlich an einem Abend, an dem ungestüme Wolken über den Himmel jagten, die rosa aufleuchteten, wenn die untergehende Sonne für einen Moment auf sie schien. Ein Abend, der für Kenzie schwindelerregend wunderbar werden würde.

»Was?«

Insel hob den Kopf. »Was willst du denn in *Kambodscha?«*

»Wir wollen die Welt sehen, Insel. Und in Kambodscha fangen wir damit an.«

»Und was ist mit deinem Studium?«

»Ich pfeife aufs Studieren.«

»Was sagen denn Janns Eltern zu diesen Plänen?«

»Du weißt, wie bescheuert Janns Eltern sind, Mom! Sie leben in Cleveland, oh Mann, sagt das nicht alles? Und Jann pfeift darauf, was sie sagen.«

»Aber wie wollt ihr das denn finanzieren?«

»Haps Scheck, Insel, schon vergessen?«

»Janis! Das Geld von Hap sollte eigentlich dein Startkapital sein.«

»Na und? Ich starte doch. Und ich nehme Jann mit an diesen Start. Was willst du denn?«

Und genauso kam es. Sie reisten tatsächlich eine Woche nach diesem großartigen Abend ab und Kenzie umarmte Janis dafür lange am Flughafen.

»Pass auf dich auf.«

»Ja. Du aber auch auf dich. Und lass den Kopf nicht hängen wegen Amos, Kenny! Wer weiß, vielleicht kommt er ja mal nach Boston? Frag ihn doch einfach.«

Drei: Und dann war er da. Exakt an dem Tag, an dem Janis und Jann Kambodscha hinter sich ließen, um eine Weile durch Thailand zu ziehen, stieg Amos am Boston Airport aus dem Flieger.

Es war ein Sonntagmorgen, an dem er kam, und es war

noch sehr früh, als Kenzie aufstand, sich zitternd anzog und alleine zum Flughafen fuhr. Wie würde es sein, ihn wiederzusehen, ihn wieder zu umarmen, sich wieder an ihn zu lehnen? Würde sich etwas verändert haben durch die Monate, in denen sie getrennt gewesen waren? Kenzie schwankte zwischen Euphorie und Beklommenheit. Erst vor ein paar Tagen hatte sie sich dazu durchgerungen, Insel und Oona mitzuteilen, dass Amos kommen würde. (»Oh, Kenzie, wie wunderbar! Wir freuen uns so für dich!«) Und dann hatte sie ihr Zimmer ausgemistet. Sie hatte sich zurückerinnert an ihre erste gemeinsame Nacht in Amos' kleinem, spartanischem Cottage in Cley next the Sea und vor ihrem inneren Auge war das Zimmer aufgetaucht, in welches sie Amos führen wollte, wenn er kam. Sie hatte den vollen, ziemlich wahllos möblierten Raum fast vollständig geleert, anschließend das alte Bett neu gestrichen und außer ihrem vollgestopften Bücherregal nur den Fisch, das Ally Pally und Amos' Schnappschüsse zurückgelassen. Statt ihres Jugendzeitschreibtisches, der noch aus Riverside stammte, hatte sie eine schwere, sehr lange, unbehandelte Holzplatte auf zwei Holzböcken an ihr Fenster gerückt, die sie bei einem Garagenverkauf für ganze zwei Dollar erstanden hatte, und somit eine gigantische, bohèmeartige Arbeitsfläche geschaffen, die Amos bestimmt gefallen würde. Wenigstens hoffte Kenzie das.

Das Ankunftsterminal des Bostoner Airports war um diese Uhrzeit glücklicherweise noch ziemlich leer. Über Amos' linker Schulter baumelte ein schwerer Rucksack, über der rechten trug er seine geliebte Gitarre.

Sie sahen sich einen Moment nur an. Kenzie fühlte, wie ihr warm wurde, wunderbar warm, aber auch etwas schwitzig warm. Sie fühlte eine dünne Schweißspur, die über ihre Wirbelsäule rieselte. Um Himmels willen, wenn sie jetzt unangenehm roch?

Immer noch sagten sie beide nichts. Aber auf Amos' Gesicht lag dieses Lächeln, das nur er lächeln konnte. Irgendwann ließ er dann den Rucksack von seiner Schulter gleiten und nahm Kenzie in den Arm. Er drückte sie fest an sich und ein bisschen fühlte es sich wie Sterben an, fand Kenzie. Die Beine wurden ihr schwer und wackelig und es war, als löse sich ihr Geist auf.

»Du«, flüsterte Amos sehr leise und seine Fingerspitzen streichelten das Innere ihres Ohrs, das an seinem Hals lag.

Es war wie ein Rausch, und hätte Kenzie davon in einem Buch gelesen, hätte sie das Gesicht verzogen, aber die Wahrheit war, sie schafften es gerade noch bis zu Insels Auto in der Tiefgarage. Dort prallten sie gegeneinander und Amos' Hände eroberten sich ihren Körper zurück.

»Wenn uns einer sieht«, flüsterte Kenzie gerade noch benommen und etwas kläglich, aber Amos gab nicht mal eine Antwort. Ihr Gesicht und ihr Hals und gleich darauf auch ihre Brüste explodierten unter seinen Küssen und Kenzie war erregt wie noch nie in ihrem Leben. Als Janis ihr damals erzählt hatte, dass sie Sex in genau diesem Auto gehabt hatte, mit ihrem allerersten Freund damals in der Garage ihres Hauses in Riverside, hatte Kenzie sich hin und wieder versucht vorzustellen, wie das funktioniert haben sollte. Schließlich war Insels Honda nur ein enges Auto und keine Limousine. Aber es funktionierte. Amos und Kenzie liebten sich so leidenschaftlich wie noch nie und dieses Gefühl schien überhaupt nicht enden zu wollen. Irgendwann schafften sie es immerhin aus dem Flughafenparkhaus auf den Highway und bis zu Kenzie nach Hause. Insel und Oona waren ausgeflogen für diesen ersten Tag von Amos bei Kenzie – das hatte Insel Kenzie ganz von selbst angeboten – und jetzt zeigte es sich, wie wunderbar dieses Arrangement war: Kenzie und Amos hatten das ganze Haus für sich alleine und noch nie hatte Kenzie es so gemocht wie an diesem Tag, an dem sie sich liebten und liebten und liebten und völlig alleine mit sich waren.

Am nächsten Morgen, als Amos erschöpft vom Jetlag noch fest schlief, sprang Kenzie aus dem Bett und wirbelte auf Zehenspitzen durch ihr neues Zimmer. Himmel, was für ein Tag! Was für ein Leben! Mit bebenden Fingern holte sie das Babybild aus ihrer Wäscheschublade und pinnte es sorgfältig an ihre Pinnwand.

»Was machst du da? Einen Frühmorgentanz?«, murmelte Amos verschlafen und lächelte ihr zu, ehe er augenblicklich wieder tief einschlief.

»Ja«, sagte sie nur und lächelte sein schlafendes, halb unter der Decke vergrabenes Gesicht an.

SPRINGFIELD,
Kalifornien, 2011

»Was guckst du da?«, erkundigte sich Ivory. Sie warf einen Blick auf den kleinen, leise laufenden Fernsehapparat, der auf einer Ablage der Küchenanrichte stand. Es war ein Sonntagmorgen und Ivory hatte die Gelegenheit genutzt, als sie das offen stehende Garagentor sah. Vor einem Monat hatten sie und Zadoc ihren sechzehnten und siebzehnten Geburtstag gefeiert, wobei – gefeiert hatte nur Ivory, was Zadoc an dem Tag gemacht hatte, das wusste sie nicht. Mrs Wanstall ließ Zadoc inzwischen nur noch aus den Augen, wenn sie auf Geschäftsreisen ging, was allerdings inzwischen auch nur noch drei- oder viermal im Jahr vorkam.

»Chuck«, sagte Zadoc und sein Blick glitt vom Fernseher zu Ivory hin und zurück zum Bildschirm. An seinen verschwommenen Augen sah Ivory, dass er wieder Tabletten bekommen hatte. Er wirkte fahrig und nicht ganz da.

»Wie geht's dir denn so?«, fragte sie vorsichtig und setzte sich auf den benachbarten Stuhl.

»Okay«, sagte Zadoc ohne einen zweiten Blick.

Ivory dachte daran, was Marcy erst gestern über Zadoc gesagt hatte. *»Wenn er nicht der Bekloppte wäre, würde er wirklich ziemlich gut aussehen, was, Ivy? Er hat fast was von einem Model. So dünn und ätherisch. Und diese großen, traurigen Augen. Und überhaupt …«*

Aber er war kein Model, sondern eben der Bekloppte,

zumindest in Marcys Augen. Selbst wenn er Marcy an den Schauspieler David Tennant erinnerte.

»An wen?«, hatte Ivory verwirrt nachgehakt.

»Dieser smarte Doctor Who, Ivy«, war Marcys ungeduldige Antwort gewesen.

Ivory dachte daran, dass sie Zadoc, wenn sie ganz normale Freude wären, vielleicht von Marcys Vergleich erzählen würde, und dann würden sie bei Tacos und Bier und Erdnüssen gemeinsam eine Folge von *Doctor Who* anschauen und über Zadocs angebliche Ähnlichkeit mit David Tennant lachen.

Aber sie waren eben keine normalen Freunde, konnten es niemals sein. Schweigend saßen sie stattdessen am Küchentisch und starrten in den Fernseher, wechselten kein Wort mehr, bis der Abspann von *Chuck* über den Bildschirm zu flimmern begann. Und in diesem Moment spürte Ivory, wie etwas sich in Zadocs Gesicht veränderte.

»Was hast du, Zadoc?«, fragte sie alarmiert.

Aber er konnte schon nicht mehr antworten. Er saß nur da, stocksteif, und starrte auf den fortlaufenden Filmabspann, als sehe er dort ein Grauen, welches ihm alleine vorbehalten war. Unmittelbar darauf begann er, am ganzen Körper zu zittern. Sein Gesicht wurde noch blasser, als es gewöhnlich war.

»Zadoc? Was ist? Sag doch etwas.« In Ivorys Stimme schwang Panik.

Zadoc antwortete mit einer Art Wimmern. Und dann schrie er plötzlich los. Schrie und sprang so heftig auf, dass sein Stuhl polternd hinter ihm zu Boden fiel. Er stolperte darüber und riss, als er versuchte, das Gleichgewicht zu halten, versehentlich ein paar Kräutertöpfe und ein schmales Regal, das voller Rezeptbücher stand, um.

»Zadoc!«

»LASS MICH! LASS MICH! LASST MICH ALLE! ICH BIN NICHT ICH! ALLES, ALLES, ALLES IST FALSCH!«

Als sie ihn anfassen wollte, schlug er nach ihr und sie wich zurück zur hinteren Küchentür, durch die sie auch hereingekommen war. Entsetzt sah sie, wie Zadoc weiter um sich schlug, dann sein eigenes Gesicht, seinen eigenen Körper malträtierte und dabei von einem Furcht einflößenden, staubtrockenen Schluchzen erfüllt war.

Sie flüsterte seinen Namen, dreimal, viermal, aber sie konnte ihn nicht erreichen. Irgendwann floh er aus der Küche und sie hörte, wie seine Zimmertür laut hinter ihm ins Schloss flog. Danach herrschte Stille.

Ivory spürte, dass auch sie am ganzen Leib zitterte. Es war schon länger her, dass sie solch einen Anfall miterlebt hatte. Als Kind hatte sie irgendwie instinktiv gewusst, was sie tun musste. Aber etwas hatte sich verändert. Zadoc hatte sich verändert. Als Kind war Zadoc in seinen Anfällen immer verzweifelt gewesen. Voller Angst. Aber dass er so wütend, so heftig, so *rasend* gewesen war, das hatte sie eigentlich nur einmal miterlebt, damals, im Keller ihres Elternhauses, am Tag als ihre Großmutter beerdigt worden war.

Was sollte sie tun? Würde er sich am Ende wieder etwas antun, wie er es damals versucht hatte, nachdem sie ihn in diese Klinik gebracht hatten?

Es gab niemanden, an den sie sich wenden konnte.

Ihre Eltern?

Ihre Freundinnen?

Fehlanzeige, Fehlanzeige, Fehlanzeige.

Es war zwecklos – das Urteil über Zadoc Wanstall stand überall schon lange fest: Er war verrückt. Er war gefährlich. Und es galt, sich von ihm fernzuhalten. Ivory war auf sich gestellt, wie eigentlich immer, wenn es um ihn ging.

Sie lief ihm nach und blieb vor seiner Zimmertür stehen, hinter der es gespenstisch still war. Sie spürte die Angst und die Furcht und die Verzweiflung und wusste nicht, ob es seine oder ihre waren.

»Zadoc? – Zadoc?«, flüsterte sie irgendwann.

Immer noch diese gespenstische Stille, die man fast mit den Fingern greifen konnte.

Ivory presste die Hände gegen die Augen. Gab es irgendetwas, das ihn zurückholen konnte? Was konnte sie tun, verdammt?

»Zadoc, hör mir zu, ja?«, begann sie schließlich und bemühte sich um eine etwas festere Stimme. »Ich sage dir, was ich alles auf eine einsame Insel mitnehmen würde. Danach bist du dran. Okay?«

Es war ein Spiel, das sie beide als kleine Kinder oft miteinander gespielt hatten, unten am Whispering Creek. Was nimmst du mit auf eine einsame Insel? Welches sind deine Lieblingsbücher, welches ist dein bester Traum, dein größter Wunsch, sind deine Lieblingstiere.

Waren es sechs Jahre oder sieben, dass sie das das letzte Mal gespielt hatten? Ivory wusste es nicht mehr.

Hinter Zadocs Zimmertür regte sich immer noch nichts.

Ivory hob ihre Stimme. »Also, ich nehme auf die einsame Insel jedenfalls mit: den Horizont – ein paar Takte Vogelgezwitscher – den Mangobaum in deinem Garten – meine Bücher – und, okay, dich.«

Die Zeit verstrich.

»Zadoc, hast du mich gehört? Hörst du mir zu?«

Die Tür öffnete sich langsam. Zadoc stand direkt dahinter. Er sah furchtbar aus. Eine dünne Blutspur lief über seine aufgeplatzte Unterlippe, er musste so lange draufgebissen haben, dass es über sein Kinn lief und nach unten tropfte.

»Zadoc?«, flüsterte Ivory und streckte die Hand aus, aber Zadoc schob sie zur Seite und wich zurück.

»Was hast du? Was passiert mit dir?«

Er antwortete nicht. »Sag noch mal, was du eben gesagt hast«, nuschelte er stattdessen mit gepresster Stimme.

»Was? Was meinst du?«

Zadoc wedelte mit der rechten Hand. »Auf eine – Insel mitnehmen«, stammelte er zusammenhangslos.

War es ihre Antwort gewesen? Dass sie *ihn* auf die einsame Insel hatte mitnehmen wollen? Aber was konnte ihm daran solch eine Angst machen? Denn Angst hatte er, sie stand in seinen Augen und überall um seinen Mund herum, der voll verschmiertem Blut war. Seine Lippe war bereits dabei, dick anzuschwellen, er sah schrecklich und Furcht einflößend zugleich aus.

Da sprach sie es aus, zum ersten Mal seit sie sich als kleine Kinder am Whispering Pine Creek getroffen hatten.

»Bist du – verrückt, Zadoc? Ist es das? Haben die – die bescheuerten Leute vielleicht doch recht?«

Er schwieg lange.

Aber dann nickte er langsam. »Ich glaube, das könnte es sein«, sagte er und schloss die Tür wieder.

BOSTON,
Massachusetts, 1992

** Steine:*

Der Karneol ist eine mikrokristalline, undurchsichtige bis schwach durchscheinende, zweifarbig rot-weiß bis orange-weiß gebänderte Varietät des Chalzedons, also ein Aggregat von feinstem, in faseriger Form vorliegendem Quarz, dessen Kristalle so winzig sind, dass die feinkristalline Struktur nur unter dem Mikroskop zu erkennen ist. Alle braunen Farbtöne bis hin zu Hellbraun, beinahe Rosa, kommen vor. Es gibt sowohl einfarbige, gestreifte wie auch gefleckte Exemplare. Am höchsten geschätzt werden Karneole, die beim Durchblicken feurig rot, beim Blick auf die Oberfläche aber schwärzlich rot erscheinen.

Kenzie besaß jetzt zehn dieser feuerroten Steine, sieben hatte ihr Amos geschenkt, einer war ein Geschenk von seiner Mutter und einen hatte sie selbst gefunden, fast genau an einer Stelle am Strand, an der Amos und sie sich eines Nachts sehr leise und im Mondschein geliebt hatten.

»Glückssteine, Kenzie«, sagte Amos hin und wieder lächelnd und genauso lächelte er auch an jenem Morgen im April, als die Dämmerung noch silbrig grau über der Stadt lag.

»Was schreibt sie denn?«

»Dass sie zurückkommen.« Kenzie lächelte Amos zu, der gerade aus dem Bad kam und splitternackt war. Im Laufen wickelte er sich ein reichlich knappes Badetuch um die Körpermitte. Aus seinen Haaren tropfte Wasser auf seine Schultern.

»Oh. Wann? Und wo sind sie gerade?«

»Am ersten Juni. Und warte, in …«, Kenzies Blick huschte über Janis' Überseepapierbrief, »… Sambia.«

»Wow, Afrika.« Amos trocknete sich mit den Fingern die Ohrgänge.

Seit Anfang des Jahres wohnten sie zusammen in einer kleinen Wohnung. Oonas Mutter war Maklerin und hatte sie ihnen besorgt. Sie befand sich mitten in der Innenstadt und Kenzie war glücklich hier. Es war ein großes Haus mit vielen Mietern, die unterschiedlicher nicht hätten sein können, aber Kenzie grüßte sie alle gewissenhaft und liebte dieses neue Leben.

»Der Dicke aus dem Erdgeschoss zieht dich ja förmlich mit den Augen aus, wenn er an uns vorübergeht«, beschwerte sich Amos manchmal und legte seinen Arm um ihre Schulter. »Warum lächelst du ihn auch immer so zuckersüß an?«

Sie lachten. »Okay, der Dicke ist keine wirkliche Konkurrenz«, sagte Amos ein anderes Mal. »Aber was ist mit diesem geschniegelten Bankheini, der ganz oben eingezogen ist? Der starrt dich auch immer so – ausgehungert an. Was ist bloß mit dieser Stadt los? Man kann dich keinen Moment aus den Augen lassen!«

Kenzie tippte mit ihrem Finger gegen Amos' Schläfe.

Er hatte ja keine Ahnung.

Davon, wie sehr sie ihn liebte. Aber wenigstens hatte sie jetzt keine wirkliche Angst mehr vor Janis. Oder ihrer Rückkehr. Oder davon, sie Amos zu zeigen.

»Warum schaust du so verklärt?«, fragte Amos, während die neue Nachbarin aus der Wohnung, die Wand an Wand mit der ihren lag, rhythmisch zu trommeln anfing, und warf sich neben Kenzie auf Insels Sofa, das diese ihnen für die neue Wohnung geschenkt hatte. Es war das alte Samtsofa mit der geschwungenen Rückenlehne und eigentlich eher buckelig und unbequem – aber wie oft hatten sie sich darauf in der Zwischenzeit schon geliebt? Kenzie hatte längst zu zählen aufgehört.

»Ich weiß nicht«, sagte Kenzie nachdenklich. »Ich glaube einfach, ich freue mich darauf, Janis wiederzusehen. – Wahnsinn, wie lange sie und Jann weg waren.«

»Fast zwei Jahre. Wie du damals«, murmelte Amos wie nebenbei und schob seinen Finger unter Kenzies T-Shirt. »Oh, was hast du denn da?« Seine Fingerspitzen wanderten zu ihren Brustspitzen und er lachte leise und sanft und sie spürte seinen warmen, verlockenden Atem im Dekolleté. »Das muss ich mir dringend mal aus der Nähe ansehen.«

Und dann war Janis wieder da.

»Huhu! Huhu! Hier sind wir!«, rief sie und sprang winkend auf und ab, während sie in der Zollschlange warten mussten, die jeden Passagier nur einzeln und nach ausführlicher Passkontrolle durch die Absperrung ziehen ließen.

»Da ist sie«, rief Insel froh und kniff Oona vor Aufregung in den Arm. »Himmel, sie ist ja kaum wiederzuerkennen.«

Es folgten lange Umarmungen.

»Janis! Jann! Herzlich willkommen zurück.«

»Wie wahnsinnig braun du bist, Janis!« Kenzie umarmte ihre jüngere Schwester staunend und sie spürten beide für einen Moment den Herzschlag der anderen. »Du siehst ja aus wie eine Indianerin.«

»Vorsicht, Rassismusgefahr! Es heißt *Native Americans*«, lachte Janis und küsste Kenzie wieder und wieder auf den Mund. »Himmel, wie ich dich vermisst habe, Kenny.«

»Das ist übrigens Amos, Janis«, sagte Kenzie hinterher und hakte sich wieder bei ihm ein. »Verrückt, ihr kennt euch ja noch gar nicht.«

»Stimmt«, lachte Janis fröhlich und umarmte auch Amos, wobei sie ein sich umarmendes Dreiergespann bildeten. »Hi, Amos.«

** Worte:*

»Natürlich kannst du das!«

Es stand immer noch in Kenzies Schrank, den sie mit in die neue Wohnung genommen hatte. Und Kenzie sah es sich hin und wieder an, um sich zu vergewissern. Aber allmählich ließ ihre Angst nach.

IVORY,
März 2014

Ramón ist gut für mich, dachte Ivory und drehte sich vom Rücken auf den Bauch. »Gänseblümchenwiese«, sagte sie dabei leise und legte ihre Wange ins warme Gras. Die trockene Erde roch nach Sommer. Tröstlich nach Sommer. Erst heute früh war ihr Mrs Wanstall über den Weg gelaufen, völlig überraschend, am Ende der Straße. Mit nervösem Blick war sie aus dem Drugstore gekommen und den Gehweg entlanggehastet. Ihr Auto stand mit laufendem Motor in der nächsten Einfahrt.

»Oh … Guten Morgen«, hatte Ivory gesagt und Herzklopfen bekommen. Immer noch war Zadoc wie vom Erdboden verschwunden, sie hatte ihn in den letzten Monaten nicht zu Gesicht bekommen und seine Mutter auch nur ein paarmal aus der Ferne gesehen. »Ist alles in Ordnung?«

Mrs Wanstall hatte sie widerwillig mit einem kurzen, ebenfalls überraschten Blick gestreift, aber weder zurückgegrüßt noch geantwortet. Eilig war sie in ihren Wagen gestiegen und davongefahren.

Ivory hatte sich in den letzten Wochen mit aller Macht zurückhalten müssen, um nicht überall nachzusehen, am Berührungspunkt ihrer beiden Gärten am Whispering Pine Creek, bei den jetzt frühlingsgrünen Hand-in-Hand-Bäumen, im stacheligen Gute-Nacht-John-Boy und im traurigen Tal der Toten. Wie oft hatte sie das Bedürfnis gehabt, ihre alten Geheimplätze aufzusuchen, nur um ihn zu sehen, nur um sicherzugehen, dass alles mit ihm in Ordnung war. Aber sie hatte es sich verboten.

Blumen hatte Ivory keine mehr gefunden. Nicht eine einzige. Hatte sie sich diesen letzten, traurigen Blumengruß vielleicht doch nur eingebildet?

Ramón, der gegen einen Baum gelehnt neben ihr saß, sah sie prüfend. an. »Woran denkst du?«, fragte er schließlich. Aus seinem dichten schwarzen Haar löste sich immer wieder eine Locke und fiel ihm in die Stirn.

»An nichts«, sagte Ivory und schloss die Augen.

»In Ordnung«, sagte Ramón. An seiner Stimme hörte sie, dass er lächelte. Sie spürte, wie er näher kam und sich neben sie ins Gras legte. Sie fühlte seine Nähe und roch sein Aftershave. Ohne die Augen zu öffnen, bettete sie ihren Kopf auf seinen warmen Oberkörper und spürte, wie sich sein Brustkorb bei jedem Atemzug dehnte und streckte. Die Luft um sie beide herum roch nach Kiefernharz.

So wie gerade jetzt lächelte Ramón schon den ganzen Tag. Lächelte und trug den verrückt gefüllten Picknickkorb, den er mitgebracht hatte und dessen Inhalt aus einem Tetrapak Rotwein, mehreren bunten Dosen Kräuterlimonade, ungewöhnlichen ecuadorianischen Knabbereien, einem wahren Riesenbeutel M&M's, jeder Menge Marshmallows und zehn roten, dicken Kerzen bestand.

»Lass uns rausfahren, ja?«, hatte Ivory ihm via SMS geschrieben, als sie am Morgen nach dem plötzlichen Zusammentreffen mit Zadocs Mutter nach Hause gekommen war. Sie hatte sich flau und leer gefühlt und sich heftig nach Gesellschaft gesehnt.

Es funktionierte. Schon lange hatte sie sich nicht so unbeschwert, so glücklich gefühlt wie heute. So *frei.*

Sie picknickten, sie wanderten herum, sie kletterten auf Felsen und irgendwann, auf der Gänseblümchenwiese, küssten sie sich.

Später entfachten sie in einer Feuergrube ein kleines Lagerfeuer und grillten Marshmallows an stacheligen Zweigen.

»Wie lange wir schon unterwegs sind«, sagte Ivory, als ein halber Mond in den lavendelfarbenen Himmel aufstieg. Sie fühlte, wie sie in diesem Moment fast glücklich sein konnte.

»Ja, ich schätze, wir sind mindestens schon in Nevada«, antwortete Ramón mit einem prüfenden Blick in die Ferne und legte seine Arme um sie.

Ivory sah ihn vorsichtig an. Die Haut in seinem Gesicht und auf seinen Armen war hellbraun, ecuadorianisch braun, und Ivory fühlte eine starke Wärme zwischen ihnen, als sie ihr Gesicht gegen seins lehnte. Ganz langsam sank sie nach hinten ins Gras und Ramón ging in dieser Bewegung behutsam mit. Sie spürte sein Gewicht auf ihrem Körper, während seine Hände unter ihr Shirt glitten.

»Ja«, flüsterte sie entschlossen, als habe er etwas gefragt.

»Ja?«, fragte er nachträglich mit einem Lächeln, das sie nicht sah, aber am ganzen Körper spürte.

»Ja«, sagte Ivory ein zweites Mal. Konnte sie? Sollte sie?

Dann sagten sie nichts mehr, weil dazu keine Zeit mehr blieb. Reden konnten sie später, nachher, morgen, ein Leben lang. Jetzt zählte der Moment, sonst nichts. Der Moment zwischen ihnen beiden, hier und jetzt. Der Moment, auf den es ankam.

Sekunden später hörte Ivory ein leises Rascheln hinter sich im Laub.

Ramón strich ihr eine Haarsträhne, die der Wind ihr ins Gesicht geweht hatte, hinters Ohr und ließ seine Fingerspitzen dann langsam und behutsam über ihre Schultern gleiten.

Wieder hörte Ivory Blätterrascheln. Waren da Schritte? War das möglich? Sie dachte an Zadoc, daran, wie er ihr immer einem Schatten gleich gefolgt war. Aber diese Zeiten waren jetzt vorbei. Endgültig.

Abgesehen davon waren sie und Ramón den halben Tag gelaufen. Sie waren weit weg von der Stadt. Es war also unmöglich. Nein, sie musste sich verhört haben.

»Was hast du?«, flüsterte Ramón dicht an ihrem Ohr. Seine Lippen waren rau und berührten kitzelnd ihren Hals.

Ivory lauschte erneut, aber da war nichts. Nichts außer Wind, Blätterrascheln und dem Ratschen vereinzelter Zikaden.

»Ich dachte nur einen Moment lang …«, sagte sie leise und beinahe widerwillig.

»Was?«

»Ach, nichts.«

Aber es war vorbei. Sie würden es nicht tun in dieser Nacht.

»Bitte, Ramón, lass mich …«, flüsterte Ivory und richtete sich auf.

»Oh Mann«, stöhnte Ramón und verbarg sein Gesicht in den Händen, während er zur Seite rollte.

»Es tut mir leid.« Ivory schaute Ramón nicht an. »Ich … ich bin einfach noch nicht so weit, verstehst du?«

** Schritte in der Nacht:*

Nein, dachte er, nein, nein, nein. Er kroch zurück, so lautlos wie möglich durch die raschelnden Blätter. Der Wald schien sich um ihn herum zu drehen. Am liebsten hätte er sich wie ein verletztes Tier irgendwohin verkrochen, um zu sterben. Stattdessen richtete er sich irgendwann auf, schwankend, ein dünner Schatten in der mondhellen Nacht. Er wollte davonlaufen, einfach nur weg von diesem schrecklichen Ort, doch seine Beine waren schwer wie Steine. Und sein Kopf aus Blei. Es war, als sei er ein Rennen gelaufen, das nicht zu gewinnen war.

BLUMEN

– Kunde: Ich brauche Ackersenf. Haben Sie das? Und außerdem Akelei, Erika, eine Gladiole – und rosa Nelken.

– Verkäufer im Blumengroßhandel: Ja, das haben wir alles vorrätig. Bis auf den Ackersenf, da muss ich leider passen.

– Kunde: Verdammt. Dann eben eine rote Nelke. Die haben Sie doch wohl?

– Verkäufer: Selbstverständlich. Soll ich es als Gesteck binden lassen, der Herr?

– Kunde: Egal. Nein. Einfach nur in Papier einwickeln.

– Verkäufer: Das macht achtzehn Dollar fünfzig.

– Kunde: Bitte.

– Verkäufer: Interessante Mischung.

Der Kunde nickte nicht und schüttelte nicht den Kopf. Der Kunde sagte nicht Ja und nicht Nein.

Stumm ging er davon. In Papier gewickelt: Statt Ackersenf *Ich bin verletzt* hatte er nun die rote Nelke, deren Bedeutung *Mein Herz bricht* war. Außerdem *Im Stich lassen, Einsamkeit, Du durchbohrst mein Herz* und *Ich werde dich niemals vergessen.*

Im Wagen seiner Mutter, den Song *Father and Son* im Hintergrund, mit einer Flasche Wodka und einem Päckchen Schlaftabletten, aß Zadoc die Blumen auf. Mit Stumpf und Stiel. Er würgte und kaute und schluckte, bis alle Blumen verschwunden und das nackte Einpackpapier zerknüllt und leer auf seinen Knien lag. *Eine interessante Mischung*, hatte der Großhändler gesagt. Ja, die Mischung eines kindlichen Mörders, der sich endlich selbst richtete. Die Mischung des Irren, des Spinners, des Alleingängers, des Versagers, des Einsamen, des Gefährlichen, *der zugesehen hatte …*

Ivory und Ramón. Ivory und Ramón. Ivory und Ramón.

Er. Hatte. Auf. Ihr. Gelegen.

Alles war kaputt. Endgültig.

Die Gladiole, *Du durchbohrst mein Herz,* schmeckte am bittersten. Dabei war sie nicht mal giftig, wie er wusste. Er kaute dennoch verbissen und fühlte den austretenden Saft des Blumenstängels, der seine Zunge pelzig und dick machte. Dazwischen warf er sich die Tabletten wie Weintrauben in den Mund. Sie schmeckten noch bitterer, aber er kaute auch sie, unerbittlich. Kaute und kaute. Er hatte in seinem Leben schon so viele Tabletten heruntergewürgt und dieser weiche, bittere, bröckelige Tablettenbrei würde der krönende Abschluss sein.

BOSTON,
Massachusetts, 1993

Weißt du noch, wie wir in London Bus gefahren sind und du mir gebeichtet hast, dass du tatsächlich noch nie oben gesessen bist?«

Kenzie nickte.

»Okay, das war der einzige Moment, an dem ich an dir, sagen wir mal, gezweifelt habe«, lachte Amos. »Wie kann man unten sitzen, wenn es auch ein Oben gibt? Selbst wenn es ein touristisches Oben ist? Und touristisch ist es auch nur, weil diese Londontouristen eben alles einnehmen mit ihren gierigen Touristengreifarmen.«

Als Kenzie mit Amos zusammenkam, saßen sie immer oben. Amos hatte recht gehabt, es hatte etwas Magisches, oben in einem Doppeldeckerbus auf dem vordersten Sitz zu sitzen und zwischen Baumwipfeln dahinzurauschen.

»Das Beste gegen Schulter- und Nackenverspannung, was es gibt«, hatte Amos ihr bei ihrem ersten gemeinsamen Oberdecktrip ins Ohr geflüstert.

»Spürst du, wie man hier oben hin und her gewiegt wird, als ritte man auf einem Kamel oder einem Elefanten? Es ist der helle Wahnsinn.«

»Oh, Amos«, sagte Kenzie bei diesen schon so lange zurückliegenden Erinnerungen glücklich und sah zu ihm hinüber. Seine Haare hatten sich im Fahrtwind eng an seinen Kopf gelegt und seine Augen behielten die Straße im Auge.

Aber seine rechte Hand lag auf ihrem Bein. Amos, der Linksfahrer, hatte es spielend geschafft, ein Rechtsfahrer zu werden. Sie waren auf dem Weg zu Janis und Jann, mit denen sie zu einem Theaterfestival wollten. Jann trat dort auf und Janis, die schon an den Vortagen dabei gewesen war, hatte Kenzie und Amos überredet, zu ihnen zu stoßen.

Sie besaßen jetzt ein Auto, einen alten dunkelgrünen VW-Käfer mit Faltdach. Geoff und Kate hatten ihnen das Geld dafür zur Hälfte geschenkt und zur anderen Hälfte geliehen.

»Eines Tages, wenn wir reich sind, geben wir es euch mit Zins und Zinseszins zurück, Mom«, hatte Amos am Telefon lachend zu seiner Mutter gesagt.

Seine Hand auf ihrem Oberschenkel fühlte sich warm und weich und vertraut an. Kenzie spürte ihr Glück.

»Amos ...?«

»Hm?«

»Wenn du ... wenn du mal eine – Tochter hättest, eines Tages – wie würdest du sie nennen?«

Amos dachte einen Moment nach. Dann lächelte er. »Claire. Ich würde sie gerne Claire nennen.«

Kenzies Bauch fühlte sich warm und gut an.

** Inneres:*

Noch wusste sie es nicht mit Sicherheit. Nicht mit absoluter Sicherheit, aber im Grunde zweifelte sie nicht.

Wann genau war es passiert? Das würde sie wohl nie herausfinden. Dafür liebten sie sich einfach zu oft.

Kenzie lächelte in sich hinein.

Ob es bei dem Mal passiert war, als sie sich an Amos' Geburtstag im letzten Monat schon so wahnsinnig früh am Morgen geliebt hatten? Es war zwischen vier und fünf gewesen, aus irgendeinem Grund waren sie plötzlich beide aufgewacht, von einem Moment zum nächsten, dabei hatten sie um Mitternacht noch auf Amos' neues Lebensjahr angestoßen und waren danach gleich eingeschlafen, hundemüde von der Uni, vom Lernen und ihren Jobs. Amos half jetzt in einer Anwaltskanzlei aus und Kenzie arbeitete für einen ihrer Professoren an der Harvard Business School.

Auf jeden Fall waren sie beide plötzlich hellwach gewesen und hatten sich angesehen.

»Schlaf mit mir«, hatte Amos geflüstert.

Irgendetwas war besonders gewesen an diesem Mal. Sie waren sehr leise und behutsam miteinander umgegangen, es war kein lauter Ton gefallen und sie hatten sich kaum bewegt. Es genügte, dass sie sich miteinander vereinigten, sich umarmt hielten und sie hatten einen gemeinsamen Höhepunkt, bei dem sie sich innig küssten und in die Augen sahen.

»Es war irgendwie besonders heute«, flüsterte Amos dann auch hinterher und hielt sie immer noch im Arm.

Kenzie nickte und fühlte ihrer beider ganze Hitze immer noch in sich. Ihr Unterleib war wie erfüllt und sie spürte eine eigenartig warme, fast heiße Strömung durch ihr Inneres fließen, eine Strömung, die Glück hieß.

War es da geschehen?

War in diesem Moment ihr zukünftiges gemeinsames Kind entstanden, das machte, dass sie ihre letzte Regel nicht bekommen hatte? Und dass ihre Brüste spannten und empfindlich auf Berührung reagierten?

Kenzie dachte an das »Babybild« aus der Londoner Fotobox und bekam für einen Moment eine Gänsehaut am ganzen Körper. Wie sie sich darauf freute, Amos endlich einzuweihen in – dieses süße Geheimnis. Warum wartete sie damit überhaupt noch?

Denn – natürlich – würden sie das Baby in ihrem Bauch, wenn es denn tatsächlich da war, bekommen! Sie war jetzt dreiundzwanzig und mit ihrem Studium so gut wie fertig. Es war der ideale Zeitpunkt. Sie könnten nach London zurückgehen und Amos hätte die Möglichkeit, dort in die Anwaltskanzlei seines Onkels einzusteigen. Kate würde selig sein, ihren Sohn wieder in erreichbarer Nähe zu haben. Und an den Wochenenden und in den Ferien würden sie nach Cley next the Sea rausfahren und mit dem Baby an den Strand gehen. Und Geoff würde es, wenn es ein bisschen größer war, auf seinen Knien reiten lassen und ihm Schlaflieder vorsingen, wie er es für Amos getan hatte, als er klein war.

»Oh, Janis», würde Kenzie zu Janis sagen können. »Erinnerst du dich an unseren ›Spermaschwur‹? Er hat funktioniert! Mein Baby jedenfalls ist auf die schönste Weise der Welt entstanden! So wie es sein soll! In Liebe gezeugt!«

Vielleicht zögerte Kenzie nur, weil sie erst absolute Sicherheit haben wollte? Gab es da nicht so ein Märchen von einer jungen Frau, die schwanger auf dem Berg saß und zusah, wie der Sonnenuntergang den endlosen Himmel über dem Meer rot färbte, während sie glücklich auf die Heimkehr ihres Liebsten wartete? Kenzie war es, als habe

Leetha vor gefühlten tausend Jahren mal so eine Geschichte erzählt. Ihr und Janis und Insel, an einem schönen Sommerabend.

Wieder schaute Kenzie Amos an.

Wie gut hatte sie es.

Ihr Liebster war schon da.

Das Festival machte Kenzie und Amos großen Spaß. Alles in allem, mit allen Ausläufern und Nebenschauplätzen, dauerte es dann doch länger als gedacht, nämlich volle drei Tage lang, von denen sie zwei Nächte in Zelten und eine wach verbrachten. Jann hatte großen Erfolg und bekam nach seinem letzten Auftritt von einem begeisterten und in Clownkreisen sehr bekannten Theateragenten eine Einladung, an einem großen New Yorker Theater sein Debüt zu geben.

»Ist das nicht der absolute Wahnsinn?«, jubelte er, als er davon erzählte, und umarmte Janis glücklich. Seine rot-weiß-schwarze Schminke verteilte sich in ihrer beider Gesichter.

»Ja, wirklich. Es ist großartig«, sagte Janis und küsste ihn genauso ungestüm zurück.

»He, was ist denn? Was hast du?« Jann wich zurück und warf ihr einen verwirrten Blick zu. Die verwischte Schminke ließ seinen Mund für einen Augenblick grotesk schief erscheinen.

»Nichts. Was soll sein?« Janis runzelte die Stirn.

Amos war unterdessen im Zelt verschwunden, um ihre Sachen zusammenzupacken, aber jetzt kam er wieder nach draußen.

Plötzlich sahen sich alle an.

»Nein, oder?«, sagte Jann, der als Erster die Sprache wiederfand.

»Jann, was soll das?« Janis' Miene sah auf einmal zornig aus. Amos war im Zelteingang erstarrt.

»Was? Was?«, flüsterte Kenzie.

Zuerst antwortete niemand, aber dann gab Amos sich einen Ruck und stand auf. »Was soll sein? Es ist nichts, Kenzie«, sagte er und seine Stimme erinnerte Kenzie zum ersten Mal an die Stimme seines dicken, traurigen Vaters in England.

»Hey, nein, ich möchte es wissen, Janis …«, polterte Jann und warf seine langen, verschwitzten Löwenhaare zurück.

»Oh, Jann!«, zischte Janis. »Nicht wieder deine Paranoia, okay?«

Paranoia? Welche Paranoia? Wovon sprach Janis da?

Kenzie fühlte sich auf einmal wie in einem Traum. Als hielte sie etwas fest, damit sie nicht –

Damit sie nicht – was?

Kenzie spürte, wie etwas in ihr fiel. Irgendwo in ihrem Innersten. Sie versuchte, an blumenübersäte Wiesen zu denken, an Regentropfen auf Blumen, an Schnurrhaare von winzigen Katzenbabys, an leuchtend rote Karneole am Strand von Cley next the Sea, aber alles verschwamm vor ihren Augen.

»Lasst uns zurückfahren«, sagte Amos schließlich in diese lastende Stille hinein. »Geht es nur mir so? Oder sehnt ihr euch auch so nach einer warmen Dusche?«

Niemand gab eine Antwort.

* *Libellen:*

Sie war wie eine Libelle gewesen, die, bevor sie erwachsen wurden, jahrelang als unansehnliche Larven unter Wasser lebten und dabei nichts taten als fressen, fressen, fressen. Hin und wieder legten sie sich, wie zur Probe, unterschiedliche Häute zu, fraßen weiter, legten die Haut wieder ab, nur um in eine neue zu schlüpfen, die ebenfalls wieder zerfiel. Irgendwann, nach endlosen Jahren dieser Häutungen, dieses Fristens, dieses Kämpfens mit sich selbst, kletterten die Larven schließlich mühsam an Land, bekamen endlich einen wirklichen Körper, verließen ihr enges Larvengefängnis, um in die Freiheit zu fliegen.

Aber dann kam ein jagender Vogel.

Und mit einem einzigen, gezielten Schnabelhieb war alles vorbei.

Stumm und wie zerschlagen fuhren sie zurück.

Wieder saß Amos hinter dem Steuer und Kenzie neben ihm auf dem Beifahrerplatz. Wieder legte Amos seine Hand auf ihr Bein. Wieder war es ein sonniger Tag und sie fuhren mit offenem Verdeck. Wieder musterte Kenzie ihren Freund von der Seite und wieder hatten sich Amos' Haare im Fahrtwind eng an seinen Kopf gelegt und seine Augen waren starr auf die Straße vor ihnen gerichtet.

»Kenzie, es tut mir leid«, sagte er irgendwann leise in die Stille hinein, die zwischen ihnen lag wie ein Abgrund. »Es war ein Ausrutscher. Es wird nicht wieder vorkommen. Versprochen.«

Kenzie verwandelte ihr Gesicht in eine Maske.

** Ein Telefonat:*

»Oh, Hap.«

»Kenzie? – Kenzie, bist du das?«

»Oh, Hap …«

»Kleine, nun sag doch etwas!«

»Kenzie? Ist etwas passiert? Mit dir? Janis? Euren Müttern?«

»Oh, Dad! Er – er hat gesagt: Wie kann man unten sitzen, wenn es auch ein Oben gibt.«

Kenzie hatte nicht gewusst, dass weinen einen solchen körperlichen Schmerz verursachen konnte. Und sie hatte angenommen, Amos habe tatsächlich von Sitzplätzen in Doppeldeckerbussen gesprochen, als er diesen Satz sagte. Wie hatte sie sich nur so irren können?

Amos versuchte, es zu erklären. Aber Kenzie konnte nichts hören. Insel kam, um zu helfen. Sie saß da und zog mit den Fingerspitzen die Falten auf ihrer Stirn nach. Kenzie lächelte einen Abend lang und ließ den Wein, den Insel mitgebracht hatte, in ihrem Glas kreisen, ohne ihn anzurühren.

»Janis, das ist unverzeihlich!«, sagte, nein, schrie Insel unterdessen aufgebracht ihre leibliche Tochter an und fuchtelte mit den Armen in der Luft herum. »Janis, wie konntet ihr nur? Wie konntest *du*? Oh, Janis, um Himmels willen! Warum habt ihr das nur getan?«

Janis saß in sich zusammengesunken da und gab keine Antwort. Amos nahm den Faden auf, schwor Dinge und redete stundenlang. Irgendwann schlief er, als alle gegangen waren, in ihrem gemeinsamen Bett ein, er lag in seiner

Boxershorts bäuchlings auf der Futonmatratze. Als Kenzie vorüberging, griff er nach ihrer Hand und sie ließ es zu, dass er sie einen Moment hielt, dabei schaute sie auf die Mulde am Ende seines Rückens. Wie oft hatte sie sie gestreichelt? Er liebte es, dort berührt zu werden. Ob Janis auch …?

Als er nach England flog, kam *sie* ein weiteres Mal, diesmal ohne Insel. Sie saß mit blassem Gesicht und angezogenen Beinen auf Insels altem Samtsofa mit der geschwungenen Rückenlehne. »Es tut mir alles so leid, Kenzie«, sagte sie leise in die Leere, die zwischen ihnen war, hinein.

Jann Bunting, der Clown, wurde mit keiner Silbe erwähnt. Er meldete sich auch nicht. Er kam nie wieder.

Kenzie sammelte alle zehn roten Karneole ein und brachte sie ans Meer. Nicht nach Cley next the Sea natürlich, sondern an den Strand von Boston. Den Steinen war es vermutlich egal, wo sie unterkamen. Behutsam legte Kenzie sie in den körnigen Sand hinein wie in ein Nest und sah sie noch lange an, ehe sie ihnen den Rücken kehrte und davonging.

Mit einem scharf riechenden Beizmittel entfernte sie einen Tag später »Natürlich kannst du das!« aus ihrem Schrank.

Ansonsten versuchte sie, auf sich achtzugeben.

ZADOC,
März 2014

Zadoc?«

»Zadoc?«

»Zadoc?«

Stimmengewirr. Und Gestalten, die durch den Nebel in seinem Kopf wehten wie Rauchgestalten, die kamen und gingen, auftauchten, sich wieder auflösten.

Zadoc versuchte, die Augen zu öffnen, aber es gelang ihm nicht. Er blinzelte lediglich schwerfällig und war gefangen in diesem grauen Brei, der auf ihm lag wie eine Bleidecke.

Bleibrei. Tagelang beherrschte dieses Wort seinen Kopf. Was immer er zu denken versuchte, Bleibrei mischte sich dazwischen.

Was war geschehen? Wo war er? Warum konnte er nichts erkennen? Hielt man ihn mit Gewalt in dieser Benommenheit? Oder versuchte nicht hin und wieder jemand, ihn aufzuwecken?

(»Zadoc?« »Zadoc?« »Zadoc?«)

Klatschende Hände hatten sein Gesicht malträtiert. Oder nicht?

Bleibrei. Bleibrei. Bleibrei.

Sein ganzer Geist und alles, was er denken wollte, war davon erfüllt. Immer wieder dieses eine Wort. Bleibrei. Es haftete an ihm wie Kleister. Er hörte es sich stundenlang murmeln, einmal schrie es jemand laut heraus – in einem nicht enden wollenden Stakkato. War er das? Um Gottes willen, war er das etwa?

Jemand beugte sich über ihn. Schemenhaft. Eine Frau, er kannte sie irgendwoher. Wer war sie? Was wollte sie in den zähen grauen Nebeln seines Kopfes?

Bleibrei. Bleibrei. Bleibrei.

»Zadoc?«

Er zuckte zusammen und horchte auf.

Diese Stimme. Diese Stimme – jenseits des – Bleibreis. War das etwa – *ihre Stimme?* Ivorys Stimme?

Er versuchte mit aller Gewalt, zu sehen, sich aufzurichten, sich verständlich zu machen, aber es funktionierte nicht.

Dieses endlose BleibreiBleibreiBleibrei in seinem Kopf lähmte ihn.

Vielleicht war er ja auch dabei zu sterben.

Dann wäre wenigstens endlich alles vorbei.

»Zadoc?«

*
»Sag das mit den Sternen«, flüsterte jemand schläfrig.

»Was meinst du, mein Schatz?«

»Das mit den Sternen, die nicht runterfallen.«

Jemand lächelte. »Die Sterne fallen niemals runter. Sie stehen dort, um dich zu beschützen.«

BOSTON,
Massachusetts, 1995

Oh, Kenzie! Kannst du kommen? Du glaubst nicht, was passiert ist!«

Janis' Stimme klang aufgeregt.

»Um Himmels willen! Was ist denn?«

Kenzie, die zu Hause war und über ihrer Dissertation saß, richtete sich erschrocken auf.

»Er kann jetzt laufen! Heute ist er das erste Mal gelaufen. Dr. Troy, sein Kinderarzt, sagt, er ist *so* weit für sein Alter! Oh, Kenzie, komm doch vorbei, ja?«

Kenzies Arme fingen an, so heftig zu zittern, dass sie den schnurlosen Telefonhörer kaum noch halten konnte. »Ja, natürlich, Janis. Ich komme – mal vorbei.«

»Oh, prima, gleich heute Nachmittag, ja? Amos ist auch nicht da. Er ist auf einer Fortbildung an der Westküste. Ich habe ihn nicht erreicht. Er weiß noch gar nichts von diesen wundervollen Neuigkeiten! Und der Kleine ist so wahnsinnig süß, Kenny!«

Amos war nicht da? Umso besser. Kenzie hatte nicht das Bedürfnis, ihn zu sehen. Sie schaute aus dem Fenster. Sie hatte die Wohnung behalten, nachdem Amos gegangen war. Es war noch die gleiche Aussicht wie früher. Manchmal, nachdem sie sich geliebt hatten, hatten sie zusammen aus diesem Fenster geschaut. Der Donutladen, das kleine Brathähnchenlokal, das Sonnenstudio, dazu und drumherum die eng stehenden, irisch anmutenden Häuser, der Himmel darüber – das alles hatte damals ihnen zusammen gehört.

Und plötzlich wusste Kenzie, dass sie auf der Stelle losfahren musste, um Janis und den Kleinen zu sehen. Sie hatte ihn bisher erst einmal gesehen, gleich nach seiner Geburt, als Janis noch krank und schwach von der zu frühen Geburt war. Damals hatte Insel sie überredet, ihre Schwester zu besuchen.

»Ich weiß, dass es schwer für dich ist, Kenzie«, hatte sie ihr ins Ohr geflüstert. »Aber du musst die Geister verscheuchen. Es nützt ja nichts.«

»Es ist schon in Ordnung, Insel«, hatte Kenzie ruhig geantwortet und sich Janis' winziges Baby ein paar Tage später angeschaut. Allerdings hatten ihre Hände, die sie tief und Halt suchend in den Taschen ihrer Jacke vergraben hatte, wie verrückt gezittert. Ja, es war klein, irgendwie kantig, aber mit einem vollendeten, perfekten, wenn auch winzigen Gesichtchen.

»Janis will ihn Zachary nennen«, sagte Insel und drückte Kenzies Hand. »Ist es zu glauben? Jetzt bin ich eine Großmutter. Und Leetha natürlich auch.«

Kenzie hatte gelächelt. »Niedlich«, hatte sie geantwortet und weiter in den Inkubator geschaut. Ihre rechte Hand in der Tasche zitterte.

Zu früh geboren.

Geboren.

Janis' Sohn.

Und Amos' Sohn.

Sogar geheiratet hatten sie.

Amos und Janis Sellemond.

Mr und Mrs Amos Sellemond.

In der Nacht, die diesem Tag vorangegangen war, hatte Kenzie sich so oft übergeben, dass sie nach dem zwanzigsten Gang zur Toilette zu zählen aufgehört hatte und am Morgen, nach tiefer Ohnmacht, verwirrt in einer Pfütze Erbrochenem neben der Kloschüssel aufgewacht war.

Janis und Amos wohnten mittlerweile in einem Vorort von Boston. Sie hatten sich ein graues Holzhaus mit einer großen Glasveranda gekauft, fast ganz hinter einer Gruppe mächtiger, alter Eichen versteckt. Kenzie war schon etliche Male daran vorbeigefahren, hatte es aber noch nie betreten.

»Oh, Kenny«, sagte Janis jetzt, als sie die Tür öffnete, kaum dass Kenzie aus dem Wagen stieg. Auf ihrer Hüfte saß der kleine Zachary. Kenzie sah ihn an, während sie auf Janis zuging. Er war nicht mehr winzig und kantig. Stattdessen hatte er jetzt weiche Löckchen, hellgrüne, intelligente Augen und runde rote Bäckchen. Er schenkte Kenzie ein zartes, zurückhaltendes Lächeln und versteckte sein Gesicht dann rasch wieder hinter Janis' langen Haaren.

Janis' Augen waren auf einmal voller Tränen.

»Dass du gekommen bist – das bedeutet mir so viel, Kenny!«

Sie umarmten sich und es war fast wie damals, als Janis von ihrer Weltreise zurückgekommen war. Damals hatten sie sich zu dritt mit Amos umarmt und dieses Mal war es stattdessen Amos' Sohn Zachary, den sie mit umarmten.

Kenzie fühlte, wie etwas von ihr abfiel. Vielleicht waren

das die Geister, von denen Insel gesprochen hatte. Plötzlich war alles auszuhalten.

Von Zachary ging etwas aus, das sie nicht beschreiben konnte. Etwas Heilendes, etwas Gutes und Beruhigendes.

Sie gab sich einen Ruck und betrat das Haus. Es roch nach Amos, das war das Erste, was ihr auffiel. Für einen Augenblick schloss sie die Augen und fühlte ihn fast körperlich. Seine starken Arme, seine weiche, makellose Haut, den Druck seiner festen Lippen, wenn er sie geküsst hatte.

Amos. Amos. Amos.

»Einen Moment, bitte.« Sie gab etwas wie ein verlegenes Lachen von sich. »Eindeutig zu viel Kaffee auf der Fahrt. Ich muss dringend mal pinkeln.«

Suchend sah sie sich um.

Pinkeln – Schwesternsprache, die auf einmal wieder da war, wie von selbst.

Janis deutete auf eine Tür. »Pinkelkabuff«, sagte sie in ebendieser Schwesternsprache und lächelte ein Schwesternlächeln.

»Danke.«

Kenzie verschloss die Tür hinter sich und lehnte sich von innen dagegen. *Alles war gut. Alles war gut. Amos war Tausende von Meilen entfernt auf einem Kongress. Die Luft im Haus konnte nicht wirklich nach ihm riechen. Sie bildete sich das ein. So war es. So musste es sein.*

Erschöpft lehnte sie den Kopf an die harte Holztür. Dann betätigte sie pflichtschuldig die Toilettenspülung und sprenkelte sich die Fingerspitzen mit Wasser. Hinterher konnte sie die Tür wieder öffnen und Zachary bei seinen ersten Schritten bestaunen, den Duft seiner feinen Babyhaut riechen, Janis' grünen Energietee aus afrikanischen Bechern trinken, sogar Bilder von Zacharys Taufe ansehen, eine neue Flut gestammelter Entschuldigungen abwehren und – in Amos Haus sein, ohne daran zu zerbrechen.

Sie
war
jetzt
sechsundzwanzig.

Ihr Leben lag noch vor ihr. In irgendeiner Weise.

* *Gesprächsfetzen:*

(aus Janis Sellemonds Mund): Ich weiß bis heute nicht, wie das geschehen konnte, Kenny! – Jann? Er ging noch an … diesem blöden Abend. Wir haben uns nie wiedergesehen. Amos und ich wollten das alles nicht. – Es passierte uns einfach. Amos hat tausendmal geschworen, dass er dich wirklich geliebt hat, Kenzie. Alles hat ihm so leidgetan. – Das waren keine leeren Worte! – Aber wir waren einfach, auch wenn das vielleicht bescheuert klingt, füreinander bestimmt! – Dabei war es nicht mal Liebe auf den ersten Blick. Er war mir natürlich sympathisch, als du uns einander vorgestellt hast, damals am Flughafen, als Jann und ich aus Sambia zurückkamen. Aber mehr war da nicht. Wirklich nicht.

(aus Mackenzie Hunts Mund): Mir geht es gut. Ich arbeite an meiner Dissertation. – Ja, er ist niedlich, sehr niedlich. – Ob er Insel ähnelt? Ich weiß nicht, ein bisschen vielleicht,

ja. – Einen neuen Freund? Ja, klar. Du kennst ihn nicht, aber … Amos kennt ihn. Er wohnte schon damals im selben Haus wie wir, er leitet eine Bank und hat sein Appartement ganz oben unter dem Dach. – Liebe? Ich … ich weiß nicht. Er ist jedenfalls sehr lustig und auch in San Francisco geboren. Ein gutes Omen? Könnte sein.

ZADOC,
März 2014

Er lebte. So viel stand fest. Der Bleibrei war gewichen, zäh und langsam, und er war schließlich wieder aufgetaucht, obwohl er sich mit aller Kraft dagegen gewehrt hatte. Aber sie hatten ihn zurückgezwungen, warum auch immer, in dieses Bullshit-Leben.

Wie eine Flut fiel ihm in diesen ersten, bleischweren Tagen alles wieder ein. Der Tag, als er sinnlos durch den Wald gehastet war, immer in Panik, die Spur der Vorausgehenden zu verlieren. Der Moment, als er sie dann endlich gefunden hatte, auf der Blumenwiese. Und dann das, was er in der Dämmerung gesehen hatte bei dem, was sie da Schreckliches miteinander taten – und dann sein Tod, der ihn im Auto seiner Mutter eingeholt und ausgelöscht hatte, gnädig ausgelöscht hatte.

Seitdem stolperte er durch die Tage und Nächte wie ein Blinder. Alles schien ausgelöscht. Er schwamm in einer Art Strom, aber er empfand nichts. Nur eine Sache existierte noch, während sie ihn triezten, schikanierten, untersuchten, unterwarfen und quälten. Nur eine Sache.

Die Sache mit Ivory.

Immer und immer wieder spukte sie durch seine Seele, so intensiv, dass es fast nicht auszuhalten war. Dann schloss er die Augen, um nicht weiterzudenken. Es war alles kaputt zwischen ihnen. Er hatte es kaputtgemacht.

Dabei konnte er diesem schrägen Typ aus Ecuador, der ihm Ivory gestohlen hatte, nicht einmal etwas vorwerfen. Nicht wirklich.

Er selbst hatte sich vor ihr zurückgezogen. So war es. Er hatte sie weggeschickt, über Monate. Er war es, der gehandelt hatte.

Weil.

Er.

Gefährlich.

War.

Und.

Nicht.

Gut.

Für.

Sie.

Er hatte in der William-Gammetto-Privatklinik, in die seine Mutter ihn hatte bringen lassen, ein eigenes Zimmer zugeteilt bekommen, in dem er sich selbst um fast alles kümmern musste. Vorher hatte er in einer anderen Klinik gelegen, wo sie ihm den Magen ausgepumpt hatten und er einige weitere Wochen auf der geschlossenen psychiatrischen Abteilung verbracht hatte. Erinnern konnte er sich daran nicht.

Sein neues Klinikzimmer war praktisch leer gewesen. Lediglich ein in die Wand eingebauter, offen stehender Kleiderschrank fiel ins Auge.

Werkzeug, eine Futonmatratze, Bettwäsche, alles bekam er nur auf Nachfrage. Die erste Nacht musste er, in Ermangelung eines fertigen Bettes, tatsächlich mit Decken, die er sich in einem Raum, der sich Kommunikationszentrum nannte, holen konnte, auf dem Fußboden zubringen.

»Du bist ja nicht aus Zucker«, sagte einer der Pfleger, der am ersten Abend nach ihm sah, und zwinkerte ihm freundlich zu. »Morgen kannst du dann loslegen und dir etwas aufbauen.«

»Wie geht es dir heute, Zadoc?« Die Tür klappte und Mona stand vor ihm.

Genau das hatte sie ihn gefragt, als sie das erste Mal zu dieser Tür hereingekommen war, an dem Tag, an dem er noch nicht einmal einen Stuhl im Zimmer gehabt hatte.

»Wie geht es dir heute, Zadoc?«

Wie lange das jetzt her war, wusste Zadoc nicht genau. Er hatte in seinem kahlen Zimmer auf seinem Bettzeug gesessen und hatte einen flüchtigen und uninteressierten Blick auf die Besucherin in der Tür geworfen, bevor er innerlich erstarrt war. Der Anblick dieser Frau hatte ihn aus irgendeinem Grund gefesselt, festgehalten und atemlos gemacht. Und gleich darauf hatte er auch gewusst, warum das so war, obwohl sein Gedächtnis ihn sonst so oft im Stich ließ. Die Frau, die dort stand, hatte unverkennbar Ähnlichkeit mit Mrs Jones, der Mutter von Ivorys Freundin Sienna, von der er vor einigen Jahren immer wieder geträumt hatte. Merkwürdige, verabscheuungswürdige Träume.

Die Frau vor ihm war natürlich *nicht* Sienna Jones' Mutter gewesen. Sie war einfach eine dünne blonde Frau mit belanglosen hellen Augen und einem ebenso belanglosen, schmalen Gesicht. Ihr Mund lächelte und ihr Name lautete, dem Namensschild an ihrer Bluse nach, Mona Hensel.

Aber sie erinnerte ihn an Mrs Jones. Ganz eindeutig.

»Hi, ich bin Mona – und Ergotherapeutin in der William-Gammetto-Klinik«, hatte sie sich vorgestellt und war näher gekommen, während er instinktiv zurückgewichen war.

Von da an an hatte ihn Mona Hensel jeden Tag besucht, immer zur gleichen Zeit am Morgen nach dem Frühstück, und so auch heute. Inzwischen sah Zadocs Zimmer nicht mehr ganz so spartanisch aus. Er hatte einen groben Holztisch, den er mithilfe der Fachkräfte selbst hatte zimmern müssen, und dazu gab es zwei Stühle. Mona setzte sich auf den Stuhl, der etwas näher am Fenster stand, und wie jedes Mal, wenn sie im Raum war, fühlte Zadoc sich beklommen, weil da diese Ähnlichkeit mit Siennas Mutter war.

Warum verstörte ihn der Gedanke an Mrs Jones nur so? Und warum ging es ihm mit der Ergotherapeutin dieser Klink ebenso? Zadoc schwieg und starrte an Mona vorbei aus dem Fenster. Er hatte festgestellt, dass er Probleme mit dem Atmen bekam, wenn er die Ergotherapeutin zu intensiv ansah.

Dabei drang sie im Grunde niemals in ihn. Stattdessen saß sie einfach eine Weile bei ihm und erzählte dies und das. Über die politischen Zustände in Syrien, die nächsten Präsidentschaftswahlen in Amerika, die Serie *Downtown Abbey*, die sie mochte, obwohl sie sie im Grunde für dummes Zeug hielt, aber trotzdem nicht davon lassen konnte, außerdem das Sanitärgeschäft ihres Mannes, das in finanziellen Schwierigkeiten war, seit es die neue Mall in Springfield gab, die auch einen großen Baumarkt beherbergte.

Zadoc schwieg zu allem verbissen, aber irgendwann hatte er angefangen, sich auf ihre Besuche zu freuen. Irgendwie. Und je öfter sie da war, desto weniger erzählte sie von dem verdammten Kaff, in dem er hatte aufwachsen müssen, sondern schwieg mit ihm zusammen. Und genau das tat sie heute auch, mit ihm schweigen.

Der ganze Raum roch nach einem blumigen Parfum. Die Sonne schien von draußen auf den Mangobaum, der auf dem Fensterbrett in einem blauen Übertopf stand.

»Die werden sehr hoch«, hatte einer der Pfleger gesagt, ein bärenstarker Koloss von Mann, als er den kleinen Baum hereingebracht hatte. »Manche bis zu fünfundvierzig Meter hoch.«

Zadoc hatte nicht geantwortet. Seine Mutter musste ihm den kleinen Baum gebracht haben. Nahm sie an, er vermisste den großen in ihrem Garten?

»Hat ein Mädchen abgegeben«, hatte der Pfleger erklärt, als er schon fast in der Tür war. »Eine Hübsche. Sie wollte aber nicht ihren Namen sagen.«

Zadoc hielt den Atem an.

Ivory?

Wer sonst?

Natürlich Ivory. Es konnte nur sie sein, die den Baum gebracht hatte.

Er hatte den Baum jetzt eine Woche.

»Die wachsen verdammt schnell, wenn man sie gut behandelt«, sagte der Pfleger. »Jedes Jahr ein Meter oder so. Glaube ich wenigstens.«

Ivory Ivory Ivory Ivory Ivory Ivory Ivory Ivory …

Zadocs Gedanken sprangen von ihr, ohne dass er es verhindern konnte, zu Ramón Santos über.

Die beiden im Wald. Auf dem weichen Waldboden. Ramón, der auf Ivory lag. Ivory, die Ramón mit ihren Armen festhielt.

Festhielt.

Festhielt.

Wer legte sich auf ihn? Wer hielt ihn fest? Würde ihn jemals wieder jemand festhalten?

Seine Mutter hatte er weggeschickt, jedes Mal wenn sie ihn besuchen wollte. Er konnte ihre verzweifelte Miene nicht ertragen.

Ein bunter Schatten erregte Zadocs Aufmerksamkeit. Es war Mona Hensels bunte Halskette, die sich im Licht der Sonne spiegelte. Zadoc sah hin. Sah die Kette, die aus bunten Perlen bestand, und das Sonnenlicht, das Lichtreflexe hierhin und dorthin warf.

Zadoc schloss die Augen, weil dieser Anblick in ihm nachvibrierte auf eine Weise, die sich gut und schrecklich zur gleichen Zeit anfühlte. Dann öffnete er sie wieder und sein Blick hing diesmal in den hellen Haaren der Therapeutin.

** Sag das mit den Sternen, Mama!*

Das mit den Sternen, die nicht runterfallen.

Und plötzlich, warum auch immer, musste er weinen, weinen, weinen.

Es war, als breche etwas in ihm auf. Und er brauchte jemanden, der ihn festhielt. Und das tat – sie.

Mona Hensel. Der er plötzlich vertraute. Nur wegen des Lichts in ihren Haaren. Und einem Satz, der ihm einfach so in den Kopf gesprungen war.

BOSTON,
Massachusetts, 1998

Zuerst dachte Janis, Zac mache einen Spaß.

»Wo steckst du, Schatz?«, rief sie und blickte sich suchend im Garten um. Der Wind zauste ihre Haare und ließ ihren Pferdeschwanz flattern. Wieso war es auf einmal so kühl? Als sie mit Zac hinausgegangen war, war es ihr schrecklich warm vorgekommen. Womöglich war der Kleine viel zu dünn angezogen?

»Nun komm schon raus, Schatz. Du hast gewonnen – ich finde dich nicht!«

In einer Stunde würde Amos nach Hause kommen, es war sein zweiunddreißigster Geburtstag und er hatte versprochen, rechtzeitig zum Abendbrot da zu sein. Später wollten auch Insel und Oona noch auf einen Sprung vorbeikommen. Und ein paar ihrer Freunde. Die beiden Shaunas und einige von Amos' Kanzleikollegen. Ob Kenzie vorbeischauen würde? Wahrscheinlich eher nicht. Dabei hatte sie Amos in der Zwischenzeit ein paar Mal getroffen und alles war gut gegangen.

** Erstes Zusammentreffen von Kenzie Hunt und Amos Sellemond nach der Nacht, in der Amos Kenzies Hand zum letzten Mal gehalten hatte:*

»Oh – Kenzie?«

Amos hatte betreten in der Tür des Wohnzimmers ge-

standen, wo sie mit Zac und der Holzeisenbahn spielte. Dabei war Kenzie sich sicher gewesen, Janis hätte ihm Bescheid gesagt, dass sie an diesem Nachmittag zu Besuch kommen würde.

»Amos.« Sie schaute von dort, wo sie saß, zu ihm hoch. Neben ihr hockte Zachary und spielte mit seiner Holzeisenbahn. Bis eben hatten sie zusammen gespielt.

Langsam kam Amos näher.

»Kenzie, ich …«, begann er zögernd, während sie beide nicht einander, sondern den Kleinen ansahen, und setzte sich mit einem kleinen Sicherheitsabstand zu ihnen.

»Sag nichts mehr über – früher, Amos, bitte«, bat Kenzie leise.

»Aber …«

Kenzie schüttelte den Kopf, ohne hochzusehen. »Es ist alles gesagt. Mehr würde auch nichts bringen. Ich habe mich damit – sagen wir mal – abgefunden.«

Sie tauschten nun doch einen Blick.

»Du siehst richtig gut aus«, sagte Amos schließlich und – lächelte schwach. »So, als ginge es dir gut?«

Seine Worte tasteten sich vorsichtig an sie heran und seine Augen blickten für einen Moment tief in ihre, während sie beide Janis' Stimme ausblendeten, die im oberen Stockwerk telefonierte.

»Daddy, Daddy, Daddy!«, sagte Zachary da und krabbelte auf Amos' Schoß.

Kenzie nickte. »Klar, es geht mir gut, Amos. Alles ist in Ordnung, wirklich.«

»Zac? – Zachary?«, rief Janis laut.

Aber er kam nirgends hervor, hinter keinem Busch, keinem Strauch, keiner der drei alten Eichen, die am Giebel des Hauses standen. Janis spürte, wie ihr Herz schneller schlug und schließlich stolperte. »Zachary? Zachary! Nun reicht es aber!«

Da, er kam lachend hinter dem Rhododendron hervorgekrabbelt. *Guckuck, Mama! Hier bin ich.*

Aber nein, da war niemand. Nirgends ihr Kind in seiner kurzen grünen Spielhose und dem hellgrün geringelten Shirt. Da waren nur Schatten, die durch den Garten glitten. Licht und Schatten, Licht und Schatten. Die Sonne schien strahlend vom Himmel und verschwand nur hin und wieder hinter ein paar dräuenden Wolken. Mehr war da nicht, wenn man den Wind und die Möwen, die das nahe Meer mit sich brachte, nicht mitzählte.

»Zac?«, flüsterte Janis.

Der Abend …

Amos, der fröhlich heimkam, weil sie ihn vorher nicht hatte erreichen können. Die wie Insekten einfallenden Leute. Die Polizei in drei Streifenwagen. Insel und Oona mit erschrockenen Gesichtern. Die besorgten Nachbarn. Schwankender Boden. Eisige Kälte. Stimmengewirr. Schweiß auf dem Rücken. Blaulicht. Taschenlampen. Atemnot. Irgendwann ein nicht enden wollender Schrei.

In der Nacht wankte Janis ins Bad, ein Notarzt hatte vor Stunden ein Beruhigungsmittel gespritzt, weil sie so geschrien hatte, das wusste sie noch (»Sie wird jetzt eine Weile ruhig sein und schlafen, Mr Sellemond«, sagte der weiß angezogene Mann leise zu Amos), aber es hatte nicht lange gewirkt. Nein, etwas in ihr sperrte sich gegen die erzwungene, künstliche, wahnwitzige Ruhe, die man ihr verordnet hatte, ohne sie zu fragen. Irgendwo dort draußen in der Nacht war Zachary, war ihr kleiner Junge, irgendwo …

Wie sollte sie da im Bett liegen können – und schlafen?

Janis starrte in den Spiegel. Ihr Gesicht war bleich und wächsern wie das einer Toten. Ihre Beine zitterten so, dass sie nur stehen konnte, indem sie sich am Rand des Waschbeckens festkrallte.

»Amos«, flüsterte sie, als er nur Sekunden später hinter sie trat, um sie an sich zu ziehen. Sie fuhr herum. »Warum bist du nicht draußen und suchst ihn? Warum stehst du hier herum? Warum findest du ihn nicht? Warum nicht, Amos? Warum nicht? Warum nicht?«

Sie sah wie aus weiter Ferne, wie ihre Fäuste gegen Amos' Brustkorb prallten, wie sie ihn immer wieder schlug und wie sie schrie und wie Erbrochenes aus ihrem Mund schoss und alles, was um sie war, bekleckerte, es wollte gar nicht mehr aufhören, dieses grässliche Würgen, bis schließlich nur noch dünner Gallesaft aus ihrem Mund getröpfelt kam.

»Bring ihn wieder, bring ihn wieder, bring ihn wieder«, flüsterte sie dazwischen wie ein Mantra.

»Oh, Janis«, sagte Amos verzweifelt und nahm sie nun doch in den Arm, jetzt, nachdem kein bisschen Kraft mehr in ihr übrig war.

»Wo ist er? Woisterwoisterwoisterwoisterwoisterwoister?«

Janis' Stimme konnte diesen Satz nicht mehr loslassen, bis nur noch ein heiseres Krächzen davon übrig war.

Kenzie, Insel und Oona waren ebenfalls da und saßen still und stumm im Wohnzimmer, wo ihnen zwei Polizeibeamte und das stille Telefon Gesellschaft leisteten.

»Bei der Polizei glaubt man an die – Möglichkeit einer Entführung«, sagte Amos leise zu Janis, als er sie, in eine warme Decke eingehüllt, schließlich zu den anderen führte. Janis hatte wieder zu schreien angefangen, als Amos versucht hatte, sie zurück ins Bett zu bringen. »Sie sind dabei, eine Fangschaltung zu legen.«

»Entführung?«, hauchte Janis und stand wie erstarrt mitten im Raum.

Eine Entführung? Ein Perverser? Ein Kinderschänder? Ein Irrer? Einer, der mit ihrem kleinen Jungen, der so bezaubernd lächelte und so gut roch, dass ihr davon der Atem stocken konnte vor Liebe – nein, sie konnte nicht weiterdenken. Es war zu schlimm, zu schlimm, zu schlimm, zu schlimm, zu schlimm.

Amos nickte. »Womöglich rufen sie an und verlangen Lösegeld.«

Durch Janis ging bei diesen Worten ein Ruck und sie öffnete für einen Moment weit die geschwollenen Augen.

Lösegeld? Es ging womöglich nur um so etwas Banales wie Lösegeld?

Sie begann zu lachen, zumindest klang es wie Lachen, obwohl ihr die Tränen dabei in einem nicht enden wollenden Strom über das Gesicht liefen.

»Löööseggeld?« Janis knickten, während sie zu sprechen versuchte, die Beine weg. »Dann wird ihm also nichts passieren? NICHTS PASSIEREN, Amos? Ist es so? WIRD IHM NICHTS PASSIEREN?«

Kenzie fing Janis auf, weil Amos beide Hände vor sein Gesicht geschlagen hatte, und umarmte sie fest.

»Oh, Janis«, flüsterte sie und ihre Tränen mischten sich mit denen ihrer jüngeren Schwester. »Bestimmt, bestimmt, bestimmt wird wieder alles gut. Ich ... ich fühle das einfach, Janis!«

Auch Oona und Amos, der sich wieder gefangen hatte, umarmten Janis und so standen sie zu dritt zusammen wie ein starkes Wehr.

Leetha und Marc kamen am Ende dieser schrecklichen Woche und blieben einen ganzen Monat lang. Kate und Geoff Sellemonds Anrufe aus Cley next the Sea waren allgegenwärtig. »Wo steckt er nur?«, weinte Amos' Mutter in der Leitung. »Wo kann er sein?«

Die Polizei suchte akribisch, durchforschte die Nachbarschaft, befragte die Familie, befragte Zacharys Kindergärtnerinnen und besuchte die Familien jedes einzelnen anderen Kindergartenkindes ebenso wie Amos' Kollegen. Sie stattete Kenzie einen langen Besuch in ihrer riesigen Altbauwohnung ab, in die sie gerade umgezogen war, seit sie in Harvard die Professur angeboten bekommen hatte, sie sah sich gründlich bei Insel und Oona um und sogar bei Oonas Mutter, einer in Boston sehr angesehenen Immobilienmaklerin.

»Sie haben auch ein paar kalifornische Kollegen zu Hap und seinem Mann nach L. A. geschickt«, teilte Insel Amos und Kenzie flüsternd mit. »Hap hat mich heute früh angerufen deswegen. Er hat während des Telefonats geweint.«

Janis sprach seit Wochen kein Wort. Sie war so dünn geworden, dass ihr Gesicht ganz eingefallen aussah.

»Danke, dass du so oft kommst«, sagte Amos zu Kenzie und umarmte sie unbeholfen. Auch er sah schlecht aus und seine Bewegungen waren müde und fahrig. Einmal streichelte Kenzie mit den Fingerspitzen seinen Handrücken, einen Moment bloß, dann zog sie die Hand wieder zurück, als habe sie sich verbrannt. Sie war noch immer mit dem Umzug beschäftigt, die Amoswohnung, wie sie sie insgeheim immer noch genannt hatte, hatte sie nur noch einen Monat gemietet.

Das, was sie mitmachte, ließ sie bis an ihre Grenzen gehen und darüber hinaus. Sie hatte das Gefühl, sich für diese Sache zu zerreißen, immerzu fuhr sie hin und her, ein Albtraum, in dem sie nicht weniger gefangen war als ihre jüngere Schwester.

Ein Albtraum, der seinen Anfang genommen hatte und bei dem der Himmel wusste, ob es ein Ende geben würde.

Eines Morgens, ein Dreivierteljahr später, entdeckte Kenzie bei einem ihrer monatlichen Großeinkäufe im *Safeway* das lächelnde Konterfei von Zachary auf einer ganzen Steige von Tetrapaks, die frische Milch enthielten.

Gesucht wird Zachary Sellemond stand unter der hundertfachen Fotografie. Der Turm aus Tetraverpackungen war wie ein groteskes Kaleidoskop aus Zacharys vergnügtem Gesicht. *Zachary ist vier Jahre alt und trug bei seinem Verschwinden …*

Kenzie kannte diese Suchanzeige natürlich bereits, aber es war ein schrecklicher Schock, ihr hier, mitten im Supermarkt, so plötzlich und unverhofft ausgesetzt zu sein.

»Ein armer, kleiner Fratz, was?«, sagte eine hagere, ältere Frau, die sich zwei der Milchpackungen aus dem Regal zog und in ihren Einkaufswagen stellte. »Ich weiß ja nicht, wie es Ihnen geht, wenn Sie solche Suchmeldungen lesen, aber ich bekomme immer eine schreckliche Gänsehaut.«

Die Alte schob den Ärmel ihres Parkas hoch. »Da, sehen Sie? Aber, was soll ich sagen, ich bin eben vorbelastet. Vor zehn Jahren haben sie meinen kleinen Großneffen tot aus dem Hudson River gezogen. Was vorher mit ihm angestellt worden war, war schon gar nicht mehr auszumachen, aber dass ihm jemand die Augen herausgeschnitten hatte, das konnten die Ärzte noch deutlich erkennen.«

Die Frau winkte ab, als Kenzie etwas – Tröstliches? – sagen wollte, und schlurfte mit bitterer steinerner Miene davon.

Kenzie stand einen Moment wie erstarrt, dann ließ sie ihren Einkaufswagen mitten im Laden stehen und floh ins Freie. Es hatte sie von einer Sekunde zur anderen das Gefühl übermannt, nicht mehr atmen zu können.

IVORY,
April 2014

Sie ließen sie nicht zu ihm. An sieben grauen Regentagen hintereinander, nachdem sie die Nachricht erhalten hatte, dass Zadoc in eine neue Klinik verlegt worden war, fuhr Ivory über den Highway in Richtung Oakdale. Aber sie durfte ihn nicht sehen. Sieben graue Regentage lang sagten sie ihr, dass er noch nicht so weit wäre. Dass es nicht gut für ihn sei.

Am Abend des achten Tages, gerade als sie nach einem weiteren erfolglosen Versuch erschöpft zu Hause ankam, stand Ramón vor ihrer Tür.

»Komm, Ivy«, sagte er leise und nahm ihre Hand. »Nun mach dich doch nicht völlig verrückt! Du bist nicht schuld an der Sache, hörst du?«

Schweigend, das Gesicht voller Tränen, stand sie mit hängenden Schultern vor ihm. Sie konnte an nichts anderes denken, seit Wochen schon.

Was, wenn Zadoc nun doch im Wald gewesen war an diesem Abend? Wenn er sie tatsächlich beobachtet hatte? Und wenn er gesehen hatte, wie sie sich von Ramón hatte umarmen lassen? Oder, was noch schlimmer war, dass sie es gewesen war, die Ramón umarmt hatte?

»Halt! Wer ist da an der Tür? Ivory, mit wem sprichst du denn da?«, rief Mrs Perlman in diesem Moment aus dem Inneren des Hauses und eilte ebenfalls an die Tür. »Ach, du bist es nur, Ramón«, sagte sie dann mit einem erleichterten Seufzer und nickte zu seinem Vorschlag, Ivory für ein paar Stunden auszuführen, damit sie auf andere Gedanken käme.

Ivory schwieg dazu. Was glaubte ihre Mutter? Dass Zadoc aus der Klinik entfloh, um sie – ja, um was zu tun?

Schweigend gingen sie zu Ramón nach Hause, wo er eine DVD in den Fernseher einlegte, die sie still miteinander schauten. Dazu knabberten sie stumm Oreo-Kekse. Irgendwann, Ivory bekam nicht einmal richtig mit, welchen Film sie da eigentlich sahen, legte Ramón seinen Arm um ihre Schulter und flüsterte: »Willst du darüber reden?«

Ivory schüttelte ihren Kopf, der voll war von Bildern von Zadoc, dem kleinen und dem großen, seinem toten Vater im Garten, Zadoc, im Wagen seiner Mutter, um ihn herum zerissene Blumenstängel. Zadoc, der endgültig hatte gehen wollen.

Und dann geschah es, nach und nach. Zuerst wanderten nur Ramóns Hände über ihren Körper und sie nahm es kaum wirklich wahr. Aber irgendwann sprach ihr Körper auf diese Liebkosungen an, und als Ramón sich auf sie legte, war es ein fast vertrautes Gefühl – ein warmer, weicher, unruhiger Körper so dicht an ihren gepresst. (Oh, Zadoc, flüsterte Ivory stumm in ihrem Inneren.)

»Okay?«, flüsterte Ramón im selben Moment in ihr Ohr und seine Stimme klang rau, aber fürsorglich. Wusste er, dass es ihr erstes Mal sein würde?

Sie nickte und dann ging alles sehr schnell. Ramón bewegte sich immer schneller, im gleichen Rhythmus, in dem auch sein Atem schneller wurde, und irgendwann siegte seine Lust über seine Rücksichtnahme und Ivory spürte für einen Augenblick einen jähen, stechenden Schmerz. Sie schloss die Augen und hielt den Atem an, bis es vorbeiging – und sah vor ihrem inneren Auge Zadoc vor sich, Zadoc immer nur Zadoc.

»He, Ivy, alles gut?«, fragte Ramón hinterher und sah sie aus allernächster Nähe prüfend an. Auf seiner Stirn glänzte eine dünne Schweißschicht.

Ivory konnte nicht Ja und nicht Nein sagen, nicht nicken und nicht den Kopf schütteln. Sie dachte nur an ihren ehemaligen Blutsbruder, klein und dünn und mit zerstrubbelten Haaren und verwirrter Miene, der sich letzten Monat das Leben hatte nehmen wollen.

Ihretwegen womöglich.

** »Die Sterne fallen niemals runter«, flüsterte Zadoc in diesem Moment in das Dunkel seines kargen Klinikzimmers zu sich selbst. »Die Sterne fallen niemals runter, oder?»*

Der Pfleger, der Ivory am nächsten Tag am Eingang der Station abfing, schlug vor, sie solle am besten nach Hause gehen und es in den nächsten Tagen nicht noch einmal versuchen.

»Sie können im Moment sowieso nichts für Zadoc Wanstall tun«, sagte er bedauernd. Es war der Mann, dem sie den Mangobaum für Zadoc mitgegeben hatte, vor Wochen schon. »Wir kümmern uns gut hier um ihn, das müssen Sie uns glauben.«

Er eilte davon und ließ Ivory rat- und regungslos im Flur stehen. Gerade als sie sich unschlüssig zum Gehen wandte, öffnete sich die Tür des Schwesternzimmers, die nur angelehnt gewesen war. Heraus kam eine blonde Frau, die Ivory irgendwie an die Mutter ihrer Schulfreundin Sienna erinnerte.

»Ich bin Mona Hensel, eine von Zadocs Therapeutinnen«, stellte sie sich vor. »Sind Sie vielleicht … Ivory?« Sie trat näher, während Ivory nickte.

»Sie lassen mich niemals zu ihm«, sagte sie bedrückt. »Was passiert denn hier mit Zadoc? Wie geht es ihm?«

Die Therapeutin seufzte und murmelte etwas von Schweigepflicht, aber ihre Miene war unschlüssig. Sie strich sich die hellen Haare aus der Stirn und seufzte ein zweites Mal.

»Bitte, schicken Sie mich nicht weg«, sagte Ivory schnell. Um Himmels willen, wie sollte sie dieser Frau klarmachen, wie nah sie Zadoc stand? »Ich bin in den letzten Tagen dauernd weggeschickt worden«, fügte sie leiser hinzu. »Dabei will ich doch nur nach ihm sehen. Wissen, ob es ihm einigermaßen gut geht. Wir sind Freunde. Gute Freunde, verstehen Sie?«

Die Therapeutin nickte nicht und schüttelte nicht den Kopf. *»Ivory«*, sagte sie leise. »Zadoc ruft deinen Namen im Schlaf. Immer wieder. Fast jede Nacht.«

Ivory schluckte.

Mona Hensel fuhr sich mit der Hand über das Gesicht, das müde und besorgt wirkte. »Ich habe ihn natürlich danach gefragt, aber er hat mir keine Antwort gegeben. Er sah nur sehr erschrocken aus.«

Ivory spürte, wie ein neuer Schwall Traurigkeit und Mutlosigkeit in ihr Inneres kroch und sich dort einnistete.

Sie schwieg und schaute für einen Moment an Mona Hensel vorbei aus dem Fenster des Klinikflurs hinaus in graues Regenlicht. Wie dünne Tränenspuren rollten Regentropfen die Scheiben hinab. Ivory wandte den Blick wieder ab.

»Ich habe bei nächster Gelegenheit seine Mutter nach einer ›Ivory‹ gefragt«, fuhr die Therapeutin fort. Noch immer war ihre Stimme leise und es klang, als würde sie nach jedem Satz ein Fragezeichen machen. »Auch von ihr habe ich keine wirkliche Antwort bekommen. Nichts, außer der ausdrücklichen Order …« Mona Hensel biss sich auf die Lippen und unterbrach sich.

»Wie dem auch sei«, sagte sie dann hastig, als wolle sie plötzlich rasch zu einem Ende dieses Gesprächs kommen. »Mrs Wanstall hat für eine Ivory Perlman ein ausdrückliches Besuchsverbot verhängt. Und außerdem plant sie, ihren Sohn baldmöglichst verlegen zu lassen. Die Rede ist von einer Privatklinik in einem anderen Bundesstaat.«

Eine andere Klinik. Ivory zuckte zusammen, als hätte die Frau sie geschlagen. War es jetzt so weit? Würde Zadoc endgültig nicht mehr nach Hause zurückkommen? Von jetzt an in psychiatrischen Kliniken untergebracht werden, für immer aus ihrem Leben verschwinden, so wie seine Mutter es ihr prophezeit hatte?

Sie spürte ihr Handy in der Hosentasche summen. Sie zog es hervor und warf einen zerstreuten Blick darauf. Die Nachricht war, wie erwartet, von Ramón. *Alles klar bei dir? Love you, R.*

Nein, nichts war klar. Gar nichts. Überhaupt nichts.

Ivory steckte das Telefon wieder ein. »Mrs Hensel?«

»Ja?« Die Therapeutin presste den Stapel Krankenakten, den sie schon die ganze Zeit wie einen Schutzschild in den Händen hielt, vor ihre Brust.

»Ich verstehe das alles nicht. Ich meine, ich *glaube* einfach nicht, dass Zadoc wirklich verrückt ist. Ich habe das nie geglaubt. Sehen Sie, er kann *ganz normal sein*. Man kann sich völlig normal mit ihm unterhalten, Sachen mit ihm unternehmen. Er ist klug! Viel klüger, als alle denken.« In ihrem Kopf türmte sich alles, was sie über Zadoc wusste. Sollte sie es wagen, dieser fremden Frau von der Sache mit seinem verstorbenen Vater zu erzählen? Auch wenn Mrs Wanstall behauptete, dass Zadoc seinen Vater während eines Anfalls getötet hatte, konnte es genauso gut anders gewesen sein. Wer wusste schon, was damals eigentlich vorgefallen war. Vielleicht war der Unfall auch die Ursache für Zadocs Probleme gewesen? Und was immer der vierjährige Zadoc getan hatte, *er war, verdammt noch mal, nicht verantwortlich gewesen.*

Es war ein merkwürdiger Gedanke, dass von dieser Sache mit dem Tod seines Vaters ausgerechnet die Therapeuten nichts ahnten, die doch solch eine Information dringend benötigten, um Zadoc richtig helfen zu können.

Andererseits – sie war einfach nicht die Richtige, um darüber zu sprechen. Dann hätte sie jedes Vertrauen von Zadoc verspielt. Wobei – welche Rolle spielte das noch?

»Nein, wirklich verrückt ist er wohl nicht«, sagte Mrs Hensel in diesem Moment langsam und zögernd. Und trotz dieser unerwartet hoffnungsvollen Worte, für die Ivory sie im ersten Moment gerne umarmt hätte, sprach ihr Gesichtsausdruck eine andere Sprache. Graues Regenlicht sickerte träge zum Fenster der breiten Klinikflure hinein und machte alles noch schlimmer. »Trotzdem ist er eben auch nicht gesund. Ganz ehrlich, Ivory, niemand weiß bisher genau, was ihm wirklich fehlt. Aber dass ihm etwas fehlt, das ist sicher.«

Ja, etwas fehlte. Etwas fehlte Zadoc, solange Ivory zurückdenken konnte. Etwas Ungreifbares.

Traurig nickte sie der freundlichen Therapeutin zu und verließ einmal mehr die Klinik, in der sie unerwünscht war.

Ivory beschloss, nicht sofort nach Hause zu fahren. Was sollte sie dort? In ihrem Elternhaus hatte sie das unbestimmte Gefühl, nach und nach zu ersticken. Langsam und unschlüssig lief sie durch den Regen über den Klinikparkplatz und stieg schließlich in ihren kleinen Wagen, einen Kia, den vor ihr schon ihre Schwester gefahren hatte.

In ihrem Kopf hämmerte es. *Vorbei. Es war vorbei.* Zadoc sollte in eine andere Einrichtung kommen. In einem anderen Bundesstaat. Mrs Wanstall war nicht nur wohlhabend, nein, sie war sogar regelrecht reich. Sie konnte ihren Sohn sonst wo unterbringen. Ein anderer Junge aus der Nachbarschaft, der eine seltene Knochenkrankheit hatte, lebte seit mehreren Jahren in Florida, weil seine Eltern dort eine ideale Klinik für ihn gefunden hatten. Was, wenn Mrs Wanstall ebenfalls einen Ort wie Florida wählen würde? Oder eine andere, entsetzlich weit entfernte Region?

Vorher hatte sich Ivory nur müde und verwirrt gefühlt,

jetzt spürte sie, wie eine große Verzweiflung sie überkam. Langsam fuhr sie von dem großen Klinikparkplatz hinunter und bog wenig später auf den nahen Highway ein, der für diese Uhrzeit erstaunlich stark befahren war. Die Scheibenwischer liefen auf höchster Stufe, der Regen war noch stärker geworden.

Warum fühlte sie nur diese Dinge? Sie musste Zadoc loslassen. Immer wieder kam sie zu diesem Punkt zurück. Andererseits ...

Ivory umfasste das Steuer plötzlich fester und starrte mit gerunzelter Stirn durch die regennasse Windschutzscheibe nach draußen. Was war da eben gewesen, das ihr diesen Stich versetzt hatte? Irgendetwas hatte ihre Aufmerksamkeit gefesselt, für den Bruchteil einer Sekunde bloß, aber es hatte sie verwirrt, hatte sie an Zadocs Mutter denken lassen.

Ihr prüfender Blick erhaschte die Ausläufer einer Textilfabrik, eines leicht schäbigen McDonald's-Drive-through, eines mächtigen Bürokomplexes. Außerdem rollten eine Menge Trucks auf der äußeren Spur entlang.

Es hatte mit einem der Trucks zu tun beziehungsweise mit etwas, was auf einem Anhänger gestanden hatte, da war Ivory sich plötzlich sicher. Nur, was war es gewesen und warum hatte sie so ein merkwürdiges Gefühl beschlichen?

Ivory drosselte die Geschwindigkeit und wechselte die Spur. Dabei fuhr sie sich mit der linken Hand über ihr kaltes Gesicht, das sich unangenehm trocken anfühlte. Sie fühlte sich beinahe krank. Vielleicht wurde sie ja krank, wer wusste das schon. Sie sehnte sich nach einem warmen

Bad, aber nicht danach, ihrer Mutter oder ihrem Vater über den Weg zu laufen. Und dann war da ja auch noch Ramón. Den ganzen Tag hatte sie sich schon verboten, daran zu denken, was gestern passiert war. Aus irgendeinem Grund hatte sie Angst vor der nächsten Begegnung mit ihm.

Die Trucks auf der Nebenspur kamen ins Stocken, weil eine blinkende Baustelle weiter vorne am Straßenrand ihnen den Weg verengte. Ivory starrte nach draußen. *UPS, noch mal UPS, The Heartbeat of America Chevy Trucks, LED Denis IWLONEX, Jocky, General Motors, Dodge Cars & Trucks, Molly's Diner* und da – *Cool & Wanstall Logistics!* Das war es gewesen. Verdammt, nur der Nachname – welch banale Lösung.

Ivory verzog ärgerlich das Gesicht und beschleunigte ihr Tempo wieder. Aber dennoch …

Ivory verließ bei der nächsten sich bietenden Gelegenheit den Highway und hielt am Straßenrand. Mit bebenden Fingern zog sie erneut ihr Handy aus der Tasche. Ramón hatte ihr eine weitere Nachricht geschickt: *Ivory, wo bist du? Love U, R*. Rasch drückte sie sie weg und öffnete die Suchmaschine. Ihre Finger tippten es ganz von selbst ein.

Gabe Wanstall.

Eine Menge Treffer. Ivorys Augen flogen über den kleinen Bildschirm, sie scrollte die kurzen Infotexte behutsam weiter und weiter. *Wanstall's Kent & Beyond, John Wanstall, geboren 1540. Nein, nein, nein. Samson Wanstall, Augustine Wanstall, Thomas Wanstall Aldington 1666 …* 1666? Nein.

Ivory ergänzte den Namen von Zadocs Vater mit dem Zusatz »London«. Und dem Zusatz »Unfall«. Und, nach kurzem Zaudern, auch mit dem vernichtenden Zusatz »Tod«.

Keine Treffer. Keine Treffer. Keine Treffer.

Keine Treffer? Wie konnte das sein? Es *musste* etwas über Gabe Wanstall geben. Irgendetwas. Eine Zeitungsnotiz, jemand, der etwas getwittert hatte, nein, das konnte in diesem Fall noch nicht sein, aber etwas wie ein Nachruf – vielleicht?

Ivorys Finger flogen jetzt über den Touchscreen. Wie war es mit *Claire Wanstall?* Vielleicht stieß sie über sie auf den Vater.

Sie fand diverse Claire Wanstalls, drei davon in London. Zwei Claires mit dem gleichen Nachnamen bei Twitter. Eine in New York. Und da war noch ein Eintrag, den sie übersehen hatte in ihrer Aufregung: *Claire Wanstall; Börsenmaklerin, San Francisco, CA.*

Ivory klickte auf den Link und fixierte ihr Handy mit gebanntem Blick.

»Verzeihung, etwas ist schiefgegangen: Seite kann leider nicht gefunden werden. Versuchen Sie es später noch einmal!«

Frustriert wechselte Ivory wieder zurück zur Suche. Ihre Blicke flogen über das Display und fanden einen weiteren Link. Es war ein Zeitungsartikel über die Harvest Bank Group, eine Bank, die ihren Hauptsitz in New York City hatte. In dem Artikel schien es um komplizierte Verschiebungen an der Börse zu gehen. Claire Wanstalls Name fiel mehrmals, doch Ivory verstand kein Wort. Wozu auch? Sie wusste doch, dass Zadocs Mutter Börsenmaklerin war. Was wollte sie mit dieser Suche eigentlich bezwecken?

Benommen lehnte sie sich zurück, umklammerte das Handy mit kalter Hand und dachte nach. Nach einer Weile beschloss sie, doch nach Hause zu fahren. Sie fuhr einen Umweg um das ganze Viertel herum. Jetzt Zadocs Haus zu sehen, hätte sie einfach nicht durchgestanden.

Aus der Zeit gefallen:

»Ich will …«

Das Kind brachte das Ende des Satzes nicht heraus. Ein Schluchzen überkam es und spülte alle Worte weg.

Es war kalt. Aber es hatte eine Decke. Dennoch fror es. Seine Augen hatten sich an das Dämmerlicht gewöhnt und es sah, dass seine Kleider auf dem Stuhl ordentlich gefaltet waren, während es selbst wie ein Knäuel am Boden lag.

Die Decke kratzte.

»Die Decke kratzt …«

Niemand war da. Er war allein.

Das Kind begann zu weinen. Es weinte sehr lange.

»Schscht, alles ist gut …«

Unruhige Arme, die umarmten, zitternde Finger, die streichelten.

»Schscht…«

Immer wieder.

Das Kind schlief und wachte auf und schlief wieder und wachte auf.

Seine Zunge fühlte sich an wie …? Wie Winnie Puh? Ja, wie Winnie Puh. Pelzig und plüschig und dick.

»Schluck deine Erdbeermilch. Alles ist gut –«

IVORY,
April 2014

Ivory kannte niemanden in England. Während sie ins Haus ging, überschlug sie ihre Möglichkeiten. Facebook? Warum nicht? Sie würde es probieren. Sieben ihrer Freundinnen hatten Kontakte in London. Ivory schrieb sie an und erklärte, so gut es ging, ihr Anliegen. Nicht mal eine Stunde später antwortete ihr bereits eine gut gelaunte und hellwache Megan Smith (nach ihrem Profilbild eine lachende junge Frau mit Locken und Leopardensonnenbrille), die schrieb, sie sei genau die Richtige für diese Mission, denn ihr Großvater, bei dem sie lebe, wäre Leichenbestatter und arbeite auf dem *Highgate Cemetery,* dem Friedhof, auf dem einst Leute wie Karl Marx und jüngst auch der russische Geheimagent Alexander Litwinenko begraben lägen. *Ich kriege das raus,* schrieb sie weiter. *Das dürfte kein allzu großes Problem sein. Alle Toten von London werden registriert, ehe man sie eingräbt. Die Londoner sind da sehr genau. Sie wollen keine Unbekannten in ihrer angelsächsischen Erde verscharren. Du schreibst, es sei eilig? Ich melde mich so schnell wie möglich.*

Und das tat sie. Ivory, die den ganzen Nachmittag ihr Zimmer nicht verließ, starrte, als es draußen gerade dunkel wurde, wobei der Regen nicht nachgelassen hatte, immer noch auf den Bildschirm ihres Laptops.

Sorry, Ivory, aber in ganz London gab es in den 1990er-Jahren keinen einzigen Gabe Wanstall, der hier beerdigt wurde.

Es verging eine weitere Stunde, in der Ivory nichts tat, als dazusitzen und diesen Satz anzusehen. Dann erreichte sie eine weitere Nachricht. *Hey, und auch in den Geburtenlisten der 1960er-Jahre steht kein G.W. – Vielleicht jagst du ja ein Phantom?* Ein augenzwinkerndes Smiley war Megan Smiths Abschiedsgruß. Das Chatfenster schloss sich.

Nachdem Ivory das gelesen hatte, kroch sie angezogen unter ihre Bettdecke und rollte sich dort wie ein krankes Tier zusammen.

Morgen, morgen, morgen.

Morgen *musste* sie noch einmal mit Claire Wanstall sprechen. Und wenn es das letzte Mal war.

SANTA MONICA,
Kalifornien, 2014

(einen Tag, bevor Megan Smith schreiben wird, dass kein Gabe Wanstall in London begraben liegt)*

Es waren fast zweihundert Trauergäste gekommen, um Hap Swindells zu gedenken. Das Anwesen, das er und sein Lebenspartner Ryan seit über zehn Jahren gemeinsam besessen hatten, befand sich in einer Straße, von der Kenzie annahm, dass sie ohne ein weiteres Hindernis direkt bis zum Meer führen würde. Es lag hinter einer Hügelkuppe und war inmitten der sanft geschwungenen Landschaft ein wunderschöner Anblick, eine Nobelvilla der Extraklasse, die Insel gut gefallen hätte, zumindest auf den zweiten Blick.

Hap und Ryan hatten sich alle Mühe gegeben, dem riesigen, verschachtelten Haus eine persönliche Note zu verleihen, denn obwohl es in seiner Grundfarbe schlicht und weiß gehalten war, fanden Janis und Kenzie, die sich am Flughafen getroffen hatten und sich nun gemeinsam umsahen, viele bunte, verspielte Details, die an Insels extravagante Wohnprinzipien erinnerten. Ein lebensgroßes hölzernes Kamel in bunten Farben stand mitten im Salon, ein aus unendlich vielen, unterschiedlich gelben Mosaiksteinchen gebildeter Tiger mit weit aufgerissenem Maul war schillernder Wandschmuck, eine blutrote Samtchaiselongue in der geräumigen Küche erinnerte an Insels altes Buckelsofa, ein smaragdgrün angepinselter, abgesägter Baumriese stand mitten im riesigen Esszimmer.

Im Garten, der fast ein Park war, gab es einen mediterran angelegten Poolbereich, von blühenden Orangen- und Pfirsichbäumen gesäumt, dazu verfügte er noch über eine noble Außenküche und einen wundervoll angelegten Freisitz.

Zum ersten Mal in ihrem Leben begegnete Kenzie Haps Mutter Rose Swindell, die ja de facto ihre Großmutter war und die ihr und Janis mit einem nervösen Lächeln für einen Moment die Hand reichte. »Mein Gatte ist leider im vergangenen Jahr verstorben«, sagte sie hastig und eilte dann rasch weiter zum Büffet, dessen Attraktion mehrere Platten mit »Fünf-Gewürze-Hähnchen« war, eines von Haps Lieblingsgerichten, die Kenzie mit einem traurigen Stich an ihre Kindheit erinnerten.

Ryan, der überall zur gleichen Zeit zu sein schien, sah aus wie sein eigener Geist. Auch ihn sahen die Schwestern an diesem Tag zum ersten Mal von Angesicht zu Angesicht. Hap war vor einer Woche bei einem Autounfall ums Leben gekommen.

»Er war sofort tot. Wenigstens musste er nicht lange leiden«, flüsterte Ryan und nahm zuerst Janis, dann Kenzie vorsichtig in den Arm. »Er hat euch beide sehr geliebt, müsst ihr wissen.«

Janis gab einen freudlosen Ton von sich. »Zum letzten Mal zu Besuch kam er, als ich elf oder zwölf war.«

Ryan nickte. »Ich weiß, aber er wollte alles wiedergutmachen. Er musste mit sich selbst ins Reine kommen. Phasenweise hatte er schwere Depressionen, müsst ihr wissen. Er hatte ja keine Ahnung, dass er so früh gehen würde. Er wurde doch nur achtundsechzig.« Haps Ehemann stiegen die Tränen in die Augen. Kenzie drückte ihm für einen Moment tröstend den Arm, sie wusste selbst nicht, warum sie das tat.

Er hob den Kopf. »Kenzie, nicht wahr?«

Sie nickte.

»Du siehst ihm so ähnlich.« Ryan lächelte wehmütig. »Die Augen und die Linie deiner Wangenknochen. Wunderschön. Es macht mich gleichzeitig froh und traurig, dich anzusehen. Ich kenne natürlich Kinderbilder von euch …«

Janis war weitergegangen, ihr Gesicht so versteinert wie immer. Kenzie beeilte sich, sie einzuholen.

»Ich wünschte wirklich, wir wären nicht gekommen«, sagte Janis leise. »Was sollen wir hier, kannst du mir das mal erklären? *Totenfeier! Leichenschmaus!* Und ganz ehrlich, ich kann mich an Hap so gut wie nicht erinnern. Du etwa?«

Ihr Handy begann zu summen und Janis zog es aus der Jackentasche. »Amos? Ja, die Beerdigung ist *zum Glück* vorbei. Es war schrecklich. Wahnsinnig viele Leute. Ja, Kenzie ist auch hier. Wir haben uns am Flughafen getroffen.«

Sie schwieg einen Moment.

Kenzie war weitergegangen, blieb jetzt aber doch stehen und drehte sich um.

»Ja, ich erinnere mich an ihn. Wahnsinnig gut«, sagte sie so leise, dass nur sie selbst es hörte. »Er war schließlich der *erste* Mann, der mich verlassen hat.«

* *Janis' Leben:*

Heute hielten die Leute, denen sie begegneten, Janis wieder für die ältere der beiden Schwestern. Sie war so dünn und zerbrechlich, dass sie jedes Jahr deshalb zur Kur fahren musste. Zacharys buntes, verwaistes Kinderzimmer hatte sie erst vor fünf Jahren, an seinem fünfzehnten Geburtstag, eigenhändig ausgeräumt und restlos alles, was darin gewesen war, einer Wohltätigkeitsorganisation gestiftet. Dabei hatte sie laut geweint und alle Dinge ohne Erbarmen und ohne innezuhalten in Plastiksäcke geschleudert.

Nur ein einziges gerahmtes Foto, das in ihrem Schlafzimmer auf dem Bettkasten stand, erinnerte noch an ihren kleinen verschwundenen Sohn. Jedes Jahr an seinem Geburtstag pflanzte sie eine neue, winzige Rosenpflanze in den Garten und umringte so den alten, kleinen Sandkasten, der längst von Gras und Moos und Gestrüpp überwuchert war, mit einem Wall aus kleinen, traurigen Blumen, die sie den Rest des Jahres nicht ansah und niemals goss oder pflegte. Trotzdem gingen die Rosen zu keinem Zeitpunkt wirklich ein, wenn sie auch nicht prächtig blühten und gediehen. Sie lebten auf ihre Weise und in ihrem Tempo und nach ihrem Gutdünken.

Nachdem Leetha in San Diego tatsächlich noch einmal ein Baby bekommen hatte, war in Janis nach und nach die Hoffnung aufgekeimt, auch noch einmal schwanger zu werden, aber es war niemals passiert.

Die Schwestern sahen sich selten. Kenzie war höchstens ein- oder zweimal im Jahr in Boston und auch dann blieb sie fast nie über Nacht.

»Endlich vorbei«, sagte Janis, als sich eine stille, nebelige Abenddämmerung über das Anwesen legte. »Wann geht dein Flieger noch mal? Ich wünschte, du könntest mit nach Boston kommen. Du warst schon so lange nicht mehr da. Insel vermisst dich. Dabei ist es von New York doch nur ein Katzensprung mit dem Flieger.«

»Ich muss leider für drei Tage nach Chicago.«

»Du bist ein Workaholic, Kenny, schlimm. Warum schuftest du so viel?« Janis' Stimme klang ungeduldig und hart.

Als die Schwestern sich kurz darauf von Ryan und den noch verbliebenen Gästen verabschiedeten, hielt Ryan Janis plötzlich am Arm fest und flüsterte ihr etwas zu.

»Kommst du, Janis?«, rief Kenzie unwillig und schlüpfte in ihre Jacke. Sie griff nach ihrer Reisetasche.

Janis winkte ihr zu. »Gleich! Warte, Ryan will mir noch etwas …«

Mehr konnte Kenzie nicht verstehen, denn Janis folgte Haps Witwer bereits ins Innere des Hauses. Aber als das Taxi kam und Kenzie in seinem Inneren noch weitere fünf Minuten abgewartet hatte, gab sie es achselzuckend auf.

»Zum Flughafen, bitte«, sagte sie und fuhr alleine davon. »Aber bitte nicht zur Abflughalle, sondern zum Parkplatz am Terminal 4.« Im Grunde genommen passte es ihr ganz gut, dass Janis kurzfristig von Ryan aufgehalten worden war und nun nicht im selben Taxi saß wie sie. Sie musste gar nicht für drei Tage nach Chicago. Stattdessen erwartete sie nur ein halbtägiges Meeting in L. A. – wobei selbst dieser eine Tag für Kenzie schon fast zu viel war. Sie sehnte sich danach, endlich wieder nach Hause zu kommen.

IVORY,
April 2014

Irgendwann hatte Ivory es nicht mehr ausgehalten, so still und tatenlos auf ihrem Bett. »Was ist nur mit dir los, Ivory?«, hatte ihre Mutter mit ihrer zänkischen Stimme gefragt, als sie gegen zehn bei ihr ins Zimmer geschaut hatte. »Kosh hat mir erzählt, dass du schon wieder in dieser Klinik warst. Wie konntest du nur?«

Ivory hatte keine Antwort gegeben. Stattdessen hatte sie abgewartet, bis ihre Mutter endlich nach unten verschwunden war, und hatte sich aus dem Haus geschlichen, hinüber in die Malcolm Street. Es war ein plötzlicher Entschluss gewesen und es war ihr egal, wie spät es war. Sie hatte gewusst, dass sie nicht länger würde warten können. Keinesfalls bis morgen früh. Sie würde Mrs Wanstall jetzt zur Rede stellen, sie musste wissen, warum sie Zadoc endgültig wegsperren wollte.

Regen empfing sie, als sie die Haustür leise hinter sich zuzog. Graue Nebelschleier schwebten wie bleiche, dünne Gespensterfinger durch den nächtlichen Vorgarten. Drum herum nasse, schwere Luft. Der Wipfel des Mangobaums schaute über das Haus wie ein zweites Dach. Alle Fenster waren dunkel. Und niemand öffnete auf Ivorys Klingeln die Tür. War Mrs Wanstall bei Zadoc in der Klinik? Aber so spät am Abend? Konnte das denn sein?

Ivory spähte voller Unruhe durch ein Fenster. Diele, Dunkelheit, geschlossene Türen, Stille.

»Es ist das unpersönlichste Haus, das ich je betreten habe«, hatte sie einmal zu Marcy und Sienna gesagt, als sie über das Innere von Häusern gesprochen hatten.

»Inwiefern?«, hatte Marcy, die demnächst in Michigan Innenarchitektur studieren würde, interessiert zurückgefragt. Ivory hatte mit den Schultern gezuckt. »Irgendwie leer, ohne persönliche Note«, war ihre vage Antwort gewesen.

Im ersten Stock stand ein Fenster einen Spalt weit offen. Ivory überlegte nicht lange. Nachdem sie sich prüfend umgesehen hatte, kletterte sie auf den kleinen Zaun der Holzveranda und von dort über einen Vorsprung am Giebel des alten Holzhauses auf die hohe Feuertreppe, die mal vor Jahren aus der untersten Abstützung geglitten war und die Ivory schon mehrfach erklommen hatte in ihrem Leben. Das letzte Mal, dass sie diesen Weg genommen hatte, lag schon Jahre zurück, aber dennoch kannten ihre Füße jeden Tritt.

Das Haus blieb gespenstig still. Zögernd setzte Ivory einen Fuß vor den anderen, während sie langsam die weißen Steinstufen nach unten schlich. Sie wagte nicht, das Licht einzuschalten, aber erstaunlicherweise fand sie sich auch so zurecht. Gleich am Fuß der Treppe befand sich Zadocs Zimmer. Ivory legte eine zitternde Hand auf die Türklinke und betrat den Raum. Er sah aufgeräumt und unberührt aus, dennoch fühlte Ivory einen Stich. Zadocs Reich. Sein Bett, sein Regal, sein Kleiderschrank, sein Schreibtisch und seine Bücher. Alles penibel aufgeräumt und gerade gerückt.

Auf einer halbhohen Kommode stand das gerahmte Bild, das Zadoc auf den Knien seines Vaters zeigte. Lachend saß er da, ein Dreikäsehoch mit wuscheligen Haaren und fröhlicher Miene. Nichts ließ darauf schließen, was einmal aus ihm werden würde. Damals war er ein glückliches Kind gewesen, so viel stand fest.

Hatte sie hier Antworten erwartet? Nein, natürlich nicht. In Gedanken ging sie Zadocs Kindheit durch, zumindest die Teile seiner Kindheit, an denen sie Anteil genommen hatte.

Und dann führten sie ihre Schritte von ganz alleine zu dem einzigen Raum im ganzen Haus, den sie noch nie von innen gesehen hatte – Mrs Wanstalls Büro.

BOSTON,
Massachusetts, Janis und Amos

Janis war ratlos, nachdem sie Haps angefangenen Brief an sie gelesen hatte, und das blieb auch so, als sie nach Boston zurückkehrte und Amos das Schreiben hinhielt.

»Ich begreife es einfach nicht«, sagte sie zu ihm, als er sie vom Flughafen abgeholt hatte. Sie hielt das Blatt in der Hand, das Haps Lebensgefährte Ryan ihr nach dem Begräbnis überreicht hatte. Er hatte es unter Haps Unterlagen gefunden und es war auf einen Tag im März datiert, knapp zwei Wochen vor seinem überraschenden Tod. »Warum diese Geheimnistuerei? Warum hat mein Vater mir diesen halb fertigen Brief hinterlassen?«

»Er hatte wohl vor, ihn zu beenden«, sagte Amos und deutete auf das bereits frankierte Briefkuvert, auf dem in Haps akribischer Handschrift Janis' vollständiger Name und ihre Anschrift geschrieben standen. »Vermutlich ist er nicht mehr dazu gekommen.«

»Meine schöne, schöne Tochter«, hatte Hap geschrieben. Janis wusste nicht, wie viele Male sie das nun schon gelesen hatte. »So oft schon habe ich mir vorgenommen, dir zu schreiben oder mich bei dir zu melden, um es dann doch wieder zu verschieben. Heute allerdings bleibt mir keine andere Wahl und ich hoffe es so sehr, die richtigen Worte zu finden. Viel ist geschehen in all den Jahren, in denen wir uns nicht mehr gesehen haben. Mein Weggehen, dazu mein völlig indiskutables komplettes Verschwinden aus eurem Leben, schließlich mein Neubeginn in Kalifornien mit Ryan, meinem wunderbaren Ehemann! Dann, ein paar Jahre später, das Entsetzliche: das Verschwinden von Zachary, deinem kleinen Sohn, den ich leider nie persönlich kennengelernt habe.«

Beim ersten Mal Lesen hatte Janis an dieser Stelle aufgeschluchzt, wie immer, wenn unvermittelt von Zachary die Rede war.

»Aber, Janis«, schrieb Hap weiter, »manchmal geschehen einfach Dinge, die unverzeihlich sind, Dinge, die besser nicht geschähen, die aber doch passieren, vielleicht, weil man sie nicht verhindern kann. Oder nicht verhindern will? Manchmal macht man sich schuldig, mein Mädchen, auch wenn man es im Grunde gar nicht möchte.«

Zwei Fotografien waren dem Brief beigelegt. Zwei Schwestern, die unterschiedlicher nicht sein könnten. Auf dem ersten Bild ein kleines Mädchen mit einem Lichtkranz aus hellen Haaren um den Kopf, dazu einem strahlenden Lächeln und leuchtenden Augen. Das andere Mädchen auf der anderen Aufnahme? Ungünstig getroffen und an einem schlimmen Tag aufgenommen. War das nicht der Tag gewesen, als sie Kenzie aus der Augenklinik nach Hause geholt hatten? Ihr linkes Auge war auf der Aufnahme, wie so oft in diesen Jahren, jedenfalls fest verklebt und sie sah traurig und erschöpft aus. Ihr Gesicht wirkte irgendwie dreieckig. *Herzförmig* hatte Insel es hin und wieder liebevoll genannt. Die Haare waren strähnig und fast zu viele für ein derart kleines Gesicht.

»Kenzie hat sehr gelitten damals, Janis«, schrieb Hap.

»Sie hat mich immer wieder angerufen und mir von dem berichtet, was du getan hast. Was du und Amos getan hattet. Irgendwann rief sie seltener an. Aber sie war entsetzlich verzweifelt. Sie litt, Janis. Sie litt Höllenqualen. Ich dachte damals, sie würde sterben vor Kummer. Oder in ihrer Not etwas Furchtbares tun. Doch dann, ein paar Jahre später, wurde es besser. Wider Erwarten fing sie sich. Allerdings machte ich mir so meine Gedanken, was ihr wieder Lebensmut gegeben haben könnte. Es hat mich nie losgelassen. Und schließlich, es ist nun schon einige Zeit her, erhielt ich, nach all den Jahren, wieder einen Anruf von ihr. Aus heiterem Himmel. Sie sagte nicht viel, aber das, was sie sagte, erschreckte mich über alle Maßen. Ich war mir nicht gleich sicher, was ihre Worte zu bedeuten hatten, bin es auch jetzt noch nicht, wo ich dir diese Zeilen schreibe, aber dennoch komme ich nicht umhin …«

An dieser Stelle brach der Brief ab.

»Was soll sie ihm gesagt haben, das ihn so erschreckt hat? Warum hat er nicht weitergeschrieben?« Janis hob den Kopf und schaute Amos an. »Verstehst du auch nur ein Wort?«

Amos schüttelte den Kopf. Er schwieg lange und las den Brief wieder und wieder.

Auch Janis las ihn ein weiteres Mal. Und jedes Mal wenn sie an die eine Stelle kam, blieb ihr Blick hängen. *»Ich dachte damals, sie würde sterben vor Kummer. Oder in ihrer Not etwas Furchtbares tun.«*

IVORY

Ivory weinte still in sich hinein. Das war doch nicht möglich! Sie starrte auf das, was sie da entdeckt hatte, im Schein der einzigen Lampe, die das nachtdunkle Büro von Mrs Wanstall beleuchtete. Das Papier knisterte und die Worte darauf verschwammen vor ihren Augen.

Ein Affe, der schrie.

Das Summen einer Biene.

Das Schnauben eines Rhinozeros.

Das Brausen eines Wasserfalls.

Sie hob die Hand und strich über das graue Rhinozeros, das sein Maul weit aufgerissen hatte, während seine Augen freundlich dabei blinzelten. Von ihm ging keine Gefahr aus, obwohl es, daran gab es für Ivory keinen Zweifel mehr, das Rhinozeros aus Zadocs Albträumen war. Sein linker Vorderhuf berührte einen roten, abgeschabten Farbklecks.

Es war ein Kinderbuch, nichts anderes, ein zerfleddertes Pappbilderbuch, das man Dreijährigen in die Hand drückt. Auf dem Titelblatt stand in roten Lettern »Horch« und im Inneren des Buches waren alphabetisch sortierte Dinge abgebildet. Ein Affe, eine Biene, ein Clown, ein Delfin, ein Elefant, ein Flugzeug. Alle diese Tiere und Gegenstände hatten vermutlich irgendwann mal ein typisches Geräusch ihrer Spezies von sich gegeben, als die Batterie noch funktioniert hatte. Affengeschrei, summende Bienen, rauschende Wasserfälle … eben bis hin zu dem stampfenden, schnaubenden Rhinozeros.

Horch!

Wie oft hatte Zadoc das mit weit aufgerissenen Augen geflüstert und Ivory hatte nicht gewusst, was er meinte. Jetzt ahnte sie es, obwohl der gesamte Umfang dessen, was sie entdeckt hatte, einfach zu gewaltig war, als dass sie ihn fassen konnte. Ihre Hände zitterten und sie spürte, wie sie schwankte.

Als Erstes hatte sie das schwarze Notizbuch gefunden. Es hatte in einem grauen Pappkarton mit der Aufschrift »Steuern« gelegen, den Mrs Wanstall weit hinten in ihrem Büroschrank verborgen hatte. Das, was Ivory in der kurzen Zeit in diesem Buch gelesen hatte, hastig und mit immer größerem Entsetzen, das hatte alles verändert.

Und es war erst der Anfang gewesen. Es gab noch so viel mehr. Viel, viel mehr, als sie überhaupt fassen konnte.

Starr vor Entsetzen war sie durch die Einträge geflogen. Zwei Schwestern, Kenzie und Janis, die denselben Mann liebten. Dazu ein Kind. Zachary, das mit drei Jahren entführt worden war.

Zachary. Zac. Zadoc.

In Ivorys Kopf begann es zu arbeiten, während sie plötzlich merkte, dass das Zittern auch auf ihren ganzen Körper übergriff. Was sollte sie nur tun?

Zadoc! Sie musste zu Zadoc!

Doch mittlerweile musste es weit nach Mitternacht sein. Wie sollte sie bloß in die verdammte Klinik hineinkommen, wenn man sie schon tagsüber nicht zu Zadoc ließ?

Aber sie musste, diesmal gab es keine andere Möglichkeit.

Ivory fühlte ein Kribbeln in ihrem Hinterkopf. Ihre Nerven waren bis zum Zerreißen gespannt, seit sie den Raum betreten hatte – diesen Raum, in den sie so lachhaft leicht gekommen war. Und dann hörte sie ein Klicken an der nahen Haustür und gleich darauf Schritte auf dem weißen Steinboden, die sich rasch der offen stehenden Tür näherten.

War es der Schock, dass sie nicht einmal reagieren konnte? Sie hatte plötzlich keine Kraft mehr, sich zur Tür zu drehen. Sie wusste auch so, wer da gekommen war. Mrs Wanstall war zurück. Ausgerechnet jetzt. Was würde nun passieren? Es gab keine Möglichkeit zur Flucht. Und auch keine Chance, wenigstens in Deckung zu gehen – irgendwo.

»Ivory ...«, sagte Zadocs Mutter leise, dann schwieg sie wieder und blieb irgendwo unsichtbar hinter ihrem Rücken stehen. Ivory spürte, wie die eisige Realität des Entdecktwordenseins sie nach und nach einholte und ihr eine Art Impuls gab, sich nun doch, wie in Zeitlupe, umzudrehen. Im nächsten Moment sah sie stumm zu, wie Mrs Wanstall ins Zimmer hineinkam, Schritt für Schritt, und schließlich eine kleine Reisetasche abstellte. Wo war sie gewesen?

»Mrs Wanstall«, sagte Ivory endlich leise, ohne sich aufzurichten.

Zadocs Mutter schüttelte den Kopf, während ihr Blick durch den Raum hastete, als taste er blitzschnell alles ab, was darin verborgen war. Am Ende seines Weges blieb er an dem hellen Holzschrank mit dem offenen Pappkarton darin stehen, vor dem Ivory zusammengekauert saß, und gleich darauf breitete sich auf Mrs Wanstalls Gesicht eine Leere aus, wie es Ivory noch nie gesehen hatte.

»Was ... was haben Sie getan?«, flüsterte Ivory.

Sie bekam keine Antwort. Mrs Wanstall stand regungslos im Zimmer, die Schultern hingen herab und diese gespenstische Leere in ihrem Gesicht machte Ivory mehr Angst als alles andere.

Ganz vorsichtig stand Ivory auf. Ihre Beine gaben fast unter ihr nach. Sie machte einen Schritt in Richtung Tür, dann noch einen. Doch um hinauszugelangen, musste sie an Mrs Wanstall vorbei.

»Ivy? – Du wirst doch Ivy genannt, nicht wahr?« Die Stimme von Zadocs Mutter klang monoton und hohl.

Ivory nickte. Alles in ihr schrie danach, aus diesem Zimmer zu kommen, weg von *ihr*. »Bitte lassen Sie mich durch«, flüsterte sie. »Bitte, ich sollte jetzt – nach Hause gehen.«

Mrs Wanstall rührte sich nicht. »Ich habe das alles so nicht gewollt, das musst du mir glauben.« Ihr Gesicht sah elend und grau aus. Ihr rechtes Auge zuckte. Sie bückte sich und hob ein kleines, zerknittertes Stück Papier vom Boden auf, das, Ivory erinnerte sich, beim ersten Aufschlagen aus dem schwarzen Notizbuch gefallen war. Sie hatte es nicht weiter beachtet.

»Da bist du ja, mein Schatz«, flüsterte Mrs Wanstall. Ein merkwürdiger Ausdruck glitt über ihr Gesicht. Sie verwandelte sich, bekam von einem Augenblick zum nächsten einen völlig fremden Blick, zärtlich und, wie Ivory fand, komplett wahnsinnig.

»Meins«, flüsterte sie.

»Bitte lassen Sie mich durch«, sagte Ivory noch einmal und versuchte, sich ihre Angst nicht anmerken zu lassen. »Mrs Wanstall? Ich muss zu Zadoc. Ich muss ihm sagen, dass er … dass er es nicht war.« Sie holte tief Atem und sprach es dann aus. »Er muss wissen, dass er seinen Vater nicht getötet hat.«

Sie sah Zadocs Mutter an, diesmal sah sie sie richtig an. Mrs Wanstalls Gesicht wurde schneeweiß und plötzlich war ihr Haaransatz vor Schweißperlen übersät. »Aber das geht nicht, Ivory«, sagte sie, als ob das selbstverständlich wäre. »Verstehst du denn nicht? Wenn du ihm das sagst, werde ich ihn verlieren. Dann werde ich ihn verlieren, so wie ich immer alles verloren habe.«

BOSTON,
Massachusetts, Janis und Amos

»Kenzie«, sagte Amos irgendwann so leise, dass Janis es mehr von seinen Lippen ablas, als dass sie es tatsächlich hörte.

»Du meinst …?« Janis wagte es nicht weiterzusprechen.

Lange gab Amos keine Antwort. Er rührte sich nicht einmal.

»Ich weiß es nicht«, war alles, was er schließlich flüsterte. Seine Hände baumelten kraftlos zwischen seinen Schenkeln und er schaute Janis nicht an.

Wieder brach die Stille über ihnen ein.

»Aber … aber das ist unmöglich«, sagte Janis schließlich scharf. »Völlig unmöglich. Sie war doch bei uns, als es passierte. Als er verschwand. Sie wich doch tagelang kaum von meiner Seite. Sie … sie versuchte doch, mir zu *helfen.*«

Wie lange hatten sie nicht mehr über diesen Tag, diesen Abend, diese Nacht gesprochen? Die erste Nacht ohne Zachary? Janis wusste es nicht. Es musste über ein Jahr her sein, dass sie seinen Namen überhaupt ausgesprochen hatte.

Zachary, Zac, Zaccy. Ihr kleiner Schatz. Ihr Ein und Alles.

Amos nickte. »Du hast recht, sie war da«, sagte er und fing an zu weinen, so unvermittelt, dass Janis zusammenfuhr.

Plötzlich barst etwas in ihr. »Du meinst, sie war da – bei uns? Wartete mit uns – hielt mich im Arm – weinte mit mir – während sie ...?«

Sie sprach nicht weiter.

Nein, das konnte nicht sein.

Oder doch?

Konnte es doch sein?

Konnte es sein, dass ihre Schwester Kenzie ihren kleinen Sohn Zachary – getötet hatte, um sich für den Verrat zu rächen, den sie, Janis, begangen hatte? Dafür, dass sie ihrer Schwester Kenzie einst Amos, ihre große Liebe, weggenommen hatte?

Meinte Hap das?

War es das gewesen, was ihn über alle Maßen erschreckt hatte?

»Nein. Neinneinnein«, flüsterte Janis und floh aus dem Zimmer. Sie hatte das Gefühl, nie mehr Luft holen zu können. Vor der Tür ihres Schlafzimmers brach sie zusammen. Amos, der ihr gefolgt war, spürte zum zweiten Mal in seinem Leben, wie die Liebe in ihm nachließ. Entsetzt über sich selbst eilte er Janis zu Hilfe.

Es sollte noch eine ganze Stunde dauern, bis sie sich abermals den Brief vornahmen, und jetzt erst entdeckte Amos etwas auf der Rückseite von Kenzies Foto, etwas, das sie vorher übersehen hatten. Es war ein Name, in dünner Bleistiftschrift offenbar von Hap dorthin gekritzelt ...

IVORY

** Zwei Bewegungen, die geschehen, und zwei Sätze, die fallen:*

1. Mrs Wanstall ließ sich plötzlich wie aus dem Nichts nach vorne und zur Erde fallen und schlug dabei mit der Stirn hart gegen die Ecke der gläsernen Arbeitsplatte ihres Bürotisches. »Ich wünschte, es wäre endlich alles, alles vorbei«, hauchte sie dabei leise, während Blut und Tränen in Strömen über ihr Gesicht liefen.

2. Ivory ging erschrocken in die Hocke und schlang instinktiv die Arme um Zadocs verletzte Mutter. »Reden Sie, Mrs Wanstall, bitte – reden Sie mit mir!«, sagte sie ebenso leise.

Wie viel Zeit verging, wusste Ivory nicht. Eine ganze Weile saßen sie einfach so da und Ivory, die dem Schluchzen von Mrs Wanstall lauschte, musste für einen Augenblick an ihre eigene Mutter denken, der sie seit Jahren nicht mehr so nah gewesen war wie in diesem Moment Mrs Wanstall. Wen hatte sie eigentlich je auf diese Weise in den Armen gehalten? Oder wer sie? Als kleines Mädchen hatte sie in den Armen ihrer alten irischen Großmutter gelegen und sich geborgen und behütet gefühlt. Später hatte sie nur noch in Zadocs Armen Zuflucht gefunden. Und er in ihren. Dann hatte sie Ramón umarmt, aber das war etwas anderes gewesen. Von Ramón hatte sie sich umarmen lassen, um endlich wie die anderen – um endlich normal zu sein. Es hatte nicht im Ansatz funktioniert.

Niemals hätte sie sich auch nur im Traum vorstellen können, eines Tages ausgerechnet Zadocs Mutter in den Armen zu halten. Und doch tat sie es heute – umarmte die Frau, die Zadoc jahrelang wie eine – Kerkermeisterin gehalten und Ivory immer wieder des Hauses verwiesen hatte. Ein eigenartiges Gefühl beschlich sie und mit einem Mal kam es ihr vor, als ob ihr all das gar nicht selbst passiere.

Und dann redete Mrs Wanstall. Zuvor hatte Ivory ihre Kopfwunde versorgt, so gut das unter den gegebenen Umständen möglich war. Benommen sah sie hinterher zu, wie Mrs Wanstall sich plötzlich stöhnend nach vorne beugte und nach diesem zerknickten, alten Pappgebilde griff, das irgendein prächtiges Gebäude darstellte, das Ivory vage bekannt vorkam. Auch das war in einem Winkel des hellen Büroschranks gewesen, aber sie hatte ihm keine Bedeutung beigemessen, nachdem sie die anderen Dinge gefunden hatte. Jetzt hielt es Zadocs Mutter in den Händen und betrachtete es mit regloser Miene.

»Ally Pally«, sagte sie leise und schob es wieder von sich.

Behutsam griff sie nach dem zerfledderten Pappbilderbuch. Ivory hatte es gefunden, nachdem sie in dem schwarzen Notizbuch gelesen hatte, vielleicht nicht die ganze schreckliche Geschichte, aber genug Bruchstücke, um zu verstehen, was Mrs Wanstall getan hatte.

»Er liebte dieses Buch. Es machte ihm wirklich Spaß, meinem kleinen Spatz«, flüsterte Mrs Wanstall heiser. »Ich hatte es extra für ihn besorgt und gab es ihm – für die ersten Tage, als ich ihn allein lassen musste. Und dann während der langen Fahrt. Es waren immerhin über viertausend Kilometer, die wir hinter uns bringen mussten. Und er drückte wieder und wieder lauschend diese Geräuschknöpfe.«

»Sie haben ihn … einfach genommen?« Ivory spürte, wie ihre Stimme vor Entsetzen brach. »Und dann allein gelassen? Wie alt war er da?«

Sie wusste, eigentlich hätte sie längst nicht mehr hier sein dürfen, sie musste Hilfe holen, ihre Eltern, die Polizei vielleicht, sie allein konnte das nicht mehr bewältigen, was ihr an Wahnsinn entgegenschlug, aber irgendetwas hielt sie davon ab. Sie blieb in diesem kleinen Zimmer, das nach Mrs Wanstalls Angst roch und in dem die Relikte der Vergangenheit überall verstreut auf dem Holzfußboden herumlagen. Das schwarze Notizbuch neben einem unkenntlich gemachten Vermisstenplakat; ein altes Bild mit einem weißen Fisch neben dem kleinen zerknitterten Papier, das Mrs Wanstall vorhin an sich genommen hatte und jetzt in ihrer Faust barg.

Zadocs Mutter hob den Kopf. Tränen liefen über ihr fahles Gesicht. »Ich wollte das alles nicht«, flüsterte sie. »Es waren nur die ersten Tage, die schuld waren, das musst du mir glauben. Ich hatte ihm ein Mittel gegeben, damit er schlief. Er trank es mit Erdbeermilch, die mochte er sehr. Aber er weinte. Und ein paar Mal musste er sich heftig übergeben. Aber was sind schon ein paar Tage? Danach war doch alles gut. Dann hatte er ja mich. Wir gingen auf die große Reise, verstehst du? Wir fuhren ja … nach Hause.«

BOSTON,
Massachusetts, Janis und Amos

Amos hatte Janis keine Erklärung gegeben, nachdem er den dahingekritzelten Bleistiftnamen auf der Rückseite des Fotos entdeckt hatte. Claire Wanstall – das war ein Name, der Janis überhaupt nichts sagte. Aber ihm schon. Wenn er sich nicht irrte. Er stand in gebeugter Haltung auf dem verstaubten Spitzspeicherboden, Schweiß auf der Stirn und seine Finger suchten so fieberhaft, wie er sich fühlte.

Janis stand mit hängenden Armen neben ihm und sah ihm zu. »Amos, ganz ehrlich, du machst mir Angst. Was suchst du hier oben?«

Aber er gab keine Antwort.

»Das sind deine Sachen aus der Zeit mit – Elif, oder?«

Janis beugte sich nun ebenfalls vor und nahm behutsam eines der alten Fotos in die Hand. Darauf war seine erste große Liebe zu sehen, Elif, die vor vielen, vielen Jahren in einem zugefrorenen Flussbett eingebrochen und ertrunken war.

»Sie war so fürchterlich jung, das arme Ding«, flüsterte Janis und legte das Bild wieder zurück. Amos wusste, dass der Tod in ihrer Gefühlswelt ein kaum zu ertragendes Maß an Grauen angenommen hatte, seit Zachary verschwunden war. Er schien überall zu lauern und Janis fürchtete ihn ununterbrochen. Immer wieder versank sie in dem Gefühl, selbst seit Jahren tot und begraben zu sein.

Sie träumte von Würmern und Maden, die ihren Körper auffraßen, sie ertrank, sie stürzte ins Bodenlose, sie wurde von Messern zerstückelt, ihre Gliedmaßen trieben in Einzelteilen im Meer umher, jemand sägte ihrem toten, schlaffen Körper den Kopf ab. Das erzählte sie Amos, wenn sie im Schlaf geschrien hatte und er sie wach rüttelte. Er ahnte, was in ihr vorging: Ihr geschah alles, was sie in Gedanken von Zachary fernzuhalten versuchte. Ihn durfte niemand auf diese oder ähnliche Weise getötet haben.

»Da«, sagte Amos in diesem Moment leise.

»Was hast du gesagt?« Janis schreckte auf.

»Sieh doch.« Amos hielt ihr zwei kleine, halb verblichene Fotografien entgegen.

»Was ist das?«

Amos schwieg.

»Oh. Das ist Kenzie. Und du.« Janis schaute die Bilder an. »Das ist doch verrückt.«

Das eine Bild zeigte Janis' ältere Schwester, die dicht neben Amos saß und angestrengt lächelte. Ihre Lippen waren fest aufeinandergepresst, aber die Mundwinkel waren angespannt und bemüht einen Hauch angehoben.

Das andere Bild?

»Wer soll das sein, Amos? Seid ihr das etwa auch?«

Amos nickte, ohne sie anzusehen, während Janis den Blick wieder auf die Fotografie heftete. »Verrückt«, sagte sie dann leise. »Das sollt ihr sein, wenn ihr – alt seid, stimmt's?«

Amos nickte wieder. »Es war ein Juxpassbildautomat«, erklärte er und seine Stimme klang angespannt, wie so oft, wenn er an seine Zeit mit Kenzie zurückdachte.

Verdammt, er hatte sich selbst so gehasst dafür, dass ihm

das mit Janis passiert war. Er hatte doch gewusst, wie groß Kenzies Angst in dieser Angelegenheit gewesen war.

Er hatte sich gesperrt, so gesperrt gegen dieses erste Verliebtsein in Janis Hunt, als sie sich damals am Flughafen zum ersten Mal gesehen hatten. Er hatte sich nicht verlieben wollen! Keinesfalls! Er hatte es sich wieder und wieder verboten. Aber dann, während dieses verflixten Theaterfestivals, war es doch passiert. Er hatte mit ihr geschlafen, in einer enervierenden Blitzaktion zwischen zwei dicht aufeinanderfolgenden Veranstaltungen, obwohl sie beide wussten, dass es furchtbar war, was sie da taten. Amos hatte es, als es vorbei war, als eine einmalige Sache, eine Art Experiment, abgeschrieben und sich geschworen, die Sache mit Kenzie in Ordnung zu bringen. Er war sich so sicher gewesen.

Und es war eben nicht Janis' Schönheit gewesen – jedenfalls nicht nur.

Es war etwas anderes. Es war viel mehr als das. Janis war sein Schicksal, seine allergrößte Liebe. So einfach und gleichzeitig schrecklich war das.

Amos seufzte tief auf und drehte die Fotografien vorsichtig in Janis' Fingern um.

Auf der Rückseite der beiden leicht knittrigen Pappbilder war ein Stempeldruck. *Smilebox WANSTALL Inc. Duncan Road, London* stand dort. Es war nicht mehr und weniger als das: der Name der Firma, die diese Smileboxen in London betrieb. Über all die Jahre war sie ihm aus irgendeinem Grund im Gedächtnis geblieben, vielleicht, weil Kenzie die Bilder so geliebt und immer wieder hervorgeholt hatte.

»*Wanstall?*«, flüsterte Janis in diesem Moment.

Amos nickte. »Hap hat diesen Namen nicht zufällig auf Kenzies Bild geschrieben. Und was den Vornamen Claire betrifft ...«

Janis sah ihn voller Angst an. »Ja?«

»Kenzie fragte mich mal, welchen Namen ich meiner ersten Tochter wohl geben würde, wenn ich mal eine hätte.«

»Und deine Antwort war Claire?« Janis' Stimme klang ausdruckslos.

Amos nickte. »Ja, ich sagte wohl, das sei mein Favorit.«

»Claire ... Wanstall«, wiederholte Janis schließlich in diese Stille hinein, die sich zwischen ihnen ausgebreitet hatte.

Amos dachte unterdessen an das dritte Bild der Smileboxbilderserie – das, welches er Kenzie damals gegeben hatte.

IVORY

Ivory wusste noch immer nicht, was sie tun sollte. Noch nie in ihrem Leben hatte sie sich so hilflos gefühlt. Das Blut sickerte weiter aus der Wunde an Mrs Wanstalls Stirn. Es bahnte sich in Rinnsalen kleine, schnörkelige Wege durch ihr bleiches Gesicht und verlieh ihrer Erscheinung etwas Groteskes, Trauriges und gleichzeitig Furchteinflößendes.

Sie waren nicht länger im Büro. Irgendwann war Mrs Wanstall aufgestanden und hatte all die Sachen, die um Ivory herum verstreut lagen, in eine graue Pappschachtel gelegt, bevor sie damit ins Wohnzimmer gegangen war. Dort kniete sie sich vor den Kamin, dessen Glastür sie jetzt öffnete. Ihre Bewegungen waren zielgerichtet und selbstverständlich, als ob sie einer alltäglichen Verrichtung nachging, aber nichts hier war mehr alltäglich. Alles war außerhalb jeder Vorstellungskraft.

War Ivory deswegen Zadocs Mutter wie in Trance gefolgt, statt ins Freie zu stürzen und auf der Stelle zu Zadoc in die Klinik zu fahren? Sie wusste es nicht. Aber noch kannte sie ja nicht die ganze Geschichte, hatte lediglich die Puzzlestücke, die sich in ihrem Kopf nicht zu einem Ganzen fügen wollten.

Sie dachte an die Tagebucheinträge im schwarzen Notizbuch. An den kleinen Jungen namens Zachary.

Sie brauchte Klarheit, musste verstehen. Denn wenn sie

selbst nicht begriff, wie sollte sie das Zadoc mit seinem zerbrechlichen Verstand zumuten? Vielleicht musste sie doch zuerst zur Polizei gehen. Oder was war mit dieser Therapeutin, dieser Mona …?

Ivory fühlte, wie alles über ihr zusammenschlug, all die Verantwortung, die sie mit einem Mal hatte.

Mrs Wanstall saß immer noch vor dem Kamin. War ihr überhaupt klar, dass Ivory hinter ihr stand? Das Feuerzeug in ihren Händen bebte zwischen den Fingern ihrer rechten Hand. Als Erstes riss sie die verschrammte und angestaubte Abbildung des Londoner Alexandra Palace in Stücke und schob sie in die Ofenklappe.

Das zerknickte Gebilde, auf dessen Fuß in schwungvollen Buchstaben *Welcome to London's Hilton Hotel!* stand, ging in kleine graue, sich träge schlängelnde Flammen auf und erklärte den Sinn des Kaminfeuers.

Dann zerrte Mrs Wanstall das alte fleckige Geräuschebilderbuch aus dem Karton und übergab es den Flammen. Die schmelzenden Plastikknöpfe und die verkohlenden Batterien des alten Kinderbuches, die irgendwo in seinem Inneren verborgen waren, begannen, beißend zu stinken. Das Rhinozeros, der lachende Clown, der Bienenschwarm, sie alle verschwanden auf Nimmerwiedersehen. Mrs Wanstall starrte in die roten und bläulichen Flammen, als sei sie von ihnen hypnotisiert. Schwerer, beißender Qualm begann, sich im Zimmer auszubreiten.

Und noch immer hatte Ivory das Gefühl, dass sie wie gelähmt war, als wäre sie Zeugin eines schrecklichen Verkehrsunfalls, bei dem alle Insassen ihr Leben verloren hatten. Genau wie Zadoc sein Leben verloren hatte.

Sie sah mit an, wie Zadocs Mutter nun auch das Bild eines großen weißen Fisches verbrannte. Der Fisch hatte runde, hervorquellende Augen und einen traurigen, leicht infantilen Blick. Mrs Wanstall streichelte ihn vage mit den Fingerspitzen ihrer rechten Hand, ehe sie ihn ebenfalls den lodernden Flammen übergab. Die linke hatte sie zur Faust geballt.

Trotz der Hitze, die nach und nach das Zimmer einnahm, fror Ivory am ganzen Leib.

Oh, Zadoc, dachte sie.

Mrs Wanstall verbrannte unterdessen mit erstarrter Miene das zusammengerollte Vermisstenplakat. Das Gesicht darauf war nicht zu erkennen, weil das Foto mit wütenden Kulistrichen unkenntlich gemacht geworden war, aber Ivory hatte bereits vorher den dazugehörigen Text gelesen.

Schließlich griff Mrs Wanstall nach dem kleinen schwarzen Buch, das ihr vor vielen, vielen Jahren wohl als eine Art Tagebuch gedient hatte. Es begann mit den Worten »*Heute habe ich meine Schwester zum ersten Mal in ihrem schrecklichen, wunderschönen, abscheulichen Haus besucht. Als sie die Tür öffnete, saß Zac auf ihrer Hüfte und lächelte mich an. Da wusste ich plötzlich, was zu tun war. Ich musste nur den richtigen Moment abwarten.*« Auf dessen Einband hatte jemand – Mrs Wanstall? – »Heute ist der erste Tag vom Rest meines Lebens!« gekritzelt.

Und in dem Moment, als Mrs Wanstall also nach diesem Notizbuch griff, spürte Ivory endlich, wie die Erstarrung, diese merkwürdige Lähmung, von ihr abfiel und sie wieder zu Verstand kam. Nein! Das würde sie nicht zulassen.

Mrs Wanstall durfte das Buch nicht verbrennen. Sie würde es – mitnehmen. Zadoc würde es brauchen, die Polizei würde es brauchen, Ivory musste es um jeden Preis retten.

Aber Mrs Wanstall strich nur einmal über den ledernen Einband, bevor sie das Notizbuch wieder zur Seite legte. Stattdessen griff sie wieder in die graue Pappschachtel und holte eine alte Fotografie hervor, die Ivory vorher gar nicht bemerkt hatte. Ein gequältes Schluchzen entrang sich Mrs Wanstalls Inneren.

Aus den Augenwinkeln sah Ivory auf dem knittrigen Foto zwei lachende Gesichter, nahe beieinander. Eins von ihnen war unverkennbar Zadocs Mutter in glücklicheren Tagen.

Schon im nächsten Moment fraß das Feuer an ihr und dem jungen Mann an ihrer Seite, der bis eben nicht minder unbeschwert gelächelt hatte. Die Beschichtung des Bildes blähte sich in den Kaminflammen für den Bruchteil einer Sekunde auf schaurige Weise auf und das lächelnde Antlitz des Mannes an Mrs Wanstalls Seite platzte auf wie eine Eiterbeule. Zischend verschmorte es binnen Sekunden zu nichts.

»Er …«, flüsterte Mrs Wanstall und es klang fast zusammenhanglos, aber das war es nicht. Das Gesicht gehörte zu dem Mann auf der gerahmten Fotografie in Zadocs Zimmer, der den kleinen, lachenden Zadoc auf seinen Knien balancierte. Seine fröhlichen Augen glichen Zadocs. Nur dass Zadocs Augen niemals fröhlich, sondern traurig und verwirrt waren.

Zadoc hatte ihn nicht getötet.

Zadoc ist nicht schuld.

Auch das war etwas, was Ivory aus dem Tagebuch erfahren hatte.

Was hatte diese Frau Zadoc nur angetan? Sie hatte ihm sein Leben geraubt, ihn eingesperrt, ihn mit Medikamenten verwirrt, ihm grausame Lügen erzählt und ihm sein ganzes Leben lang schreckliche Angst gemacht.

Alles, aber auch alles, basierte auf einem Berg aus Lügen.

Hatte Ivory die Frage nach dem Warum laut gestellt? Oder hatte sie sie nur gedacht? Sie wusste es nicht, bis sich Mrs Wanstalls verzerrtes Gesicht ihr zuwandte. Wortfetzen kamen aus ihrem Mund, vom Prasseln und Tosen des Feuers halb verdeckt.

»Ich … keine Wahl«, hörte sie Mrs Wanstall sagen. »Er durfte doch … nicht … weiterfragen. Ich musste ihn … hindern, dass er sich anderen anvertraute. Als er älter wurde …« Plötzlich kauerte Mrs Wanstall sich nieder und presste die rechte Hand vors Gesicht. Ihre Stimme wurde schrill. »Ich hab das ja nicht gewollt. Ich dachte doch, sie würden es sofort begreifen. Ich dachte, sie finden uns gleich. Aber niemand hat uns gefunden. Niemand hat mich aufgehalten.« Der Schweiß auf Mrs Wanstalls Gesicht vermischte sich mit dem bereits getrockneten Blut. Sie keuchte gequält auf, als habe sie selbst schreckliche Schmerzen. »Niemand, hörst du?«, wiederholte sie und ihre Stimme überschlug sich. »Dabei … dabei habe ich es mir von Anfang an gewünscht. Dass. Mich. Irgendjemand. Aufhält. Dass – ER – es begreift und kommt! Und mich sieht, mich wieder – sieht.«

Ivory spürte, dass der Wahnsinn von Zadocs Mutter den

Raum füllte, genauso wie die Hitze, die vom Kamin aufstieg.

»Mein Daddy und ich«, hatte Zadoc als Kind gesagt, als er das Bild mit zu den Hand-in-Hand-Bäumen gebracht hatte, damit Ivory es ansehen konnte, und es gestreichelt.

Sie musste es wissen. Für Zadoc. »Ist er – ist er wirklich tot?«, stieß sie hervor. »Ich meine – Zadocs Vater?«

Mrs Wanstall schwieg. Ihre Augen huschten durch das Zimmer, die Finger ihrer linken Hand waren noch immer zur Faust geballt.

Schwerfällig stand sie auf und schloss die Kaminklappe. Das Feuer dahinter brauste auf und rußte binnen Sekunden die Innenseite der Glasscheibe zu. Sie hob das Notizbuch auf und genauso schwerfällig, als sei sie kaum noch zu einer Bewegung fähig, verließ sie den stickigen, luftleeren Raum. Ivory fühlte sich wie der kleinere, unbedeutendere Teil eines Magnets, der, ob er wollte oder nicht, mitgezogen wurde. Was verband sie bloß mit Mrs Wanstall, die ihr doch, solange sie zurückdenken konnte, nur Ablehnung und Misstrauen entgegengebracht hatte?

Hintereinander betraten sie Zadocs Zimmer, wo sich Mrs Wanstall auf sein Bett legte und wie ein Fötus zusammenrollte. Ivory konnte ihren Atem hören. Und da wusste sie plötzlich,was es war, was sie da verband: Liebe.

Die Liebe zu Zadoc, um die sie beide kämpften. Und die sie gleichzeitig zusammenschweißte.

»Nein, Zadocs Vater – lebt«, flüsterte Mrs Wanstall in diesem Moment. »Selbstverständlich *lebt er.* Ihm geht es gut. Er war schließlich der Sieger. Ich der Verlierer. *Ich* bin die Tote.« Sie hob den Kopf. »Siehst du das nicht, Ivory

Perlman, hübsches Mädchen, das gekommen ist, um mir das Einzige zu nehmen, was mir geblieben ist?«

Mrs Wanstall hob die linke Faust vors Gesicht, öffnete sie und begann zu weinen.

BOSTON,
Massachusetts, 1993

An dem Tag, an dem Amos ging, zwei Wochen nach dem Theaterfestival, zu dem sie mit ihrem alten dunkelgrünen VW-Käfer gefahren waren, sah Kenzie ihm lange nach. Zuerst hatte sie seinen schweren Schritten auf dem Flur gelauscht, dann dem Klackern der Aufzugtüren, die sich öffneten und wieder schlossen, nachdem Amos über die Schwelle getreten war. Auch dem obligatorischen Seufzen des sich in Bewegung setzenden Aufzugs hatte Kenzie mit angehaltenem Atem gelauscht.

Wie gewöhnlich und alltäglich alles klang.

* *Worte, die gesprochen worden waren:*

Kenzie: Es ist vorbei, nicht wahr?

Amos: Ich wollte nicht, dass es so kommt, Kenzie, das schwöre ich.

Kenzie: Gehst du jetzt zu ihr?

Amos: Nein, ich fliege nach England. Ich brauche Abstand, von allem.

Kenzie: Aber dann wirst du zu ihr zurückkehren?

Amos: Ich weiß noch nicht, was werden wird, Kenny.

Kenzie: Da ist noch etwas, das du wissen solltest.

Amos: Was?

Kenzie: Also, ich …

Aber dann schwieg sie doch. Und als Amos unten aus

dem Haus trat, sah sie ihm so lange hinterher, bis ihre Augen überliefen und sie nichts mehr erkennen konnte.

Aber wenigstens trug sie sein Baby unter dem Herzen. Ein wirklicher, kleiner Mensch. Sie war erst am Tag zuvor bei ihrer Gynäkologin gewesen, die ihr am Bildschirm des Ultraschallgeräts das Bild gezeigt hatte. Es hatte gezappelt und Kenzie hatte mit eigenen Augen gesehen, wie die kleinen Beinchen strampelten. Es hatte mit seinen winzigen Ärmchen gefuchtelt.

»Schauen Sie doch«, hatte die Ärztin gesagt und Kenzie angelächelt. »Es ist wie ein Wunder, nicht wahr? Ein kleiner, perfekter Mensch. Wie aus dem Nichts.«

Kenzie kaufte sich das Buch *Ein Kind entsteht* und las jeden Tag darin. Gab es für sie und Amos vielleicht doch noch eine Chance? Vielleicht – wenn er von ihrer Schwangerschaft erfuhr? Oder wenn das Baby endlich geboren war? Es war jetzt schon über zehn Zentimeter groß, nicht mehr lange und sie würde es in sich spüren können. »Um die zwanzigste Woche herum ist es bei den meisten Erstgebärenden so weit«, hatte die Ärztin gesagt und ihr eine Ultraschallaufnahme des daumenlutschenden Babys in die Hand gedrückt. Etwa zur gleichen Zeit würde man auch erkennen können, ob es ein Junge oder ein Mädchen war.

Ein paar Wochen später rief Inni an und sagte Kenzie, dass Amos zurück nach Boston gekommen war. Zurück zu Janis. Und in dieser schlimmen, schrecklichen schlaflosen Nacht passierte es.

* *Zwei Sätze, gesprochen in einem Krankenhaus in Boston:*

»Mein Name ist – Mackenzie Hunt. Ich habe mein – Baby verloren.«

Wahnsinnig vor Einsamkeit hatte sie in dieser Nacht in ihrem Bett gekauert und an nichts anderes als an Amos und Janis denken können, die jetzt, nachdem Amos zurückgekehrt war, zusammen waren. Er und sie. Sie sah die beiden sich umarmen, lachen, sich küssen. »Da bist du, da bist du, da bist du!«, würde Janis sagen und in Amos' Umarmung versinken.

Kenzies Augen starrten trocken ins Dunkle und brannten dabei wie Feuer. Nein, nicht mal mehr weinen konnte sie. Nur erstarren, während die Bilder in ihrem Kopf sie folterten. Und irgendwann in dieser schrecklichen Nacht geschah es. Plötzlich war da … dieser Schmerz. Ein beißender, brennender, böser Schmerz – mitten in ihrem zusammengekauerten Rücken. Er überfiel sie ohne Vorwarnung und brachte sie innerhalb von Sekunden auf die Beine. Sie schrie leise auf und presste eine Hand vor den Mund. Was passierte da? Was geschah mit ihr? *In* ihr?

Sie taumelte ins Bad. Ihre Beine zitterten und sie presste die Oberschenkel zusammen. Sie schaffte es gerade noch rechtzeitig bis zur Toilette, bevor sie sich übergeben musste. Alles in ihr war in Aufruhr. Sie hatte das Gefühl, sich völlig aufzulösen, sie war ein einziges würgendes Nichts, ein Nichts aus Tränen, Erbrochenem, Schleim, Speichel – und Blut.

Das Blut, das plötzlich unaufhaltsam zwischen ihren Beinen hervorrann. Kenzie schrie und presste eine Hand auf den Bauch.

Um es festzuhalten. Festzuhalten. Festzuhalten …

Aber der Brechreiz ließ nicht nach, sondern wurde im Gegenteil immer noch stärker und schüttelte sie schließlich so stark, dass nichts, nichts, nichts in ihrem Körper bleiben konnte, was dort nicht hingehörte. Ihr eigener Körper tat ihr das an! Das war sie selbst, die da ihr Baby verstieß! Denn in einem einzigen, heißen Schwall Blut brach sich das winzige Baby seinen Weg, verließ viel zu früh Kenzies verzweifelten, von Krämpfen und bösen Bildern gepeinigten Körper.

Sie sackte in die Knie, dort auf dem kalten Badezimmerfußboden, der voller Blut war, und nahm es auf.

Es war winzig. So wahnsinnig winzig. Und es rührte sich nicht. Sie sah die kleinen Ärmchen. Die zarten Fingerchen. Sie sah, dass es tot war.

Und in diesem Moment hörte auch Mackenzie Hunt auf zu existieren.

SPRINGFIELD,
Kalifornien, April 2014

Das vom Alter brüchige Papier in Kenzies linker Faust raschelte, als sie es abermals zwischen ihren Fingern verbarg. Sie würde es niemals loslassen. Niemals. Stattdessen griff sie nach dem schwarzen Notizbuch.

Heute ist der erste Tag vom Rest deines Lebens.

Sie war nicht länger Claire Wanstall. Sie war wieder Kenzie.

»Hilf mir, Ivory«, flüsterte sie und streckte ihre Hand mit dem schwarzen Notizbuch Ivory entgegen. »Und … hilf vor allem – Zadoc. Sein wirklicher Name lautet Zachary Sellemont. Er ist der Sohn meiner Schwester Janis. – Lies das. Lies – alles. Und hilf ihm.«

Helles Licht und das Begreifen von Worten:
Die Sterne fallen niemals runter …
Die Sterne fallen niemals runter, Schatz …

***

Er hatte aufgehört, die Medikamente zu nehmen. Merkten sie es wirklich nicht oder ließen sie ihn gewähren? Mona sah ihn, oft prüfend an, das spürte er. Aber sie nahm hin, dass er nicht reden wollte. Nicht mit ihr und auch mit keinem anderen. Dabei war Zadocs Kopf so voll wie noch nie.

Die Sterne fallen niemals runter …

Er würde herausfinden, wer diesen Satz gesagt hatte. Der Satz war voller Liebe. Ein helles Gesicht, fröhliche Augen, weiche Hände. Irgendwie gehörte alles zusammen. Ein voller Kopf war besser als ein leerer Kopf.

Zadoc lehnte seine Stirn gegen die kalte Fensterscheibe. Es war Nacht, eine Nacht mit Sternen und irgendetwas trieb ihn seit Tagen an.

Es hatte mit diesem Sternensatz zu tun, der ihn nicht mehr losließ. *Die Sterne fallen niemals runter, Schatz.*

Schatz? Dieser Zusatz war ihm erst vor Kurzem in den Sinn gekommen. Gehörte er dazu? Und warum gaben ihm diese fünf Worte – eine Art Lebensmut? Oder Überlebenswillen?

Wieder starrte er nach draußen. Die Nacht war rabenschwarz. Sein Blick nahm den Himmel ein. Konnte er die Sterne da oben zählen? Eins, zwei, drei, vier, fünf, sechs … Dann ein ganzes Knäuel Sterne. Sieben, acht, neun, zehn, elf – hatte er diesen schon? Ja? Nein? Wie wahnsinnig weit oben sie waren. Und teilweise waren sie längst tot und erloschen, aber dennoch leuchteten sie in der Nacht.

Zadoc spürte Ruhe in sich. Je voller sein Kopf wurde, desto ruhiger wurde sein Innenleben. Wie war das möglich? Die Sterne fielen nicht. Und er hatte überlebt. Bis jetzt hatte er – trotz allem –

Überlebt. Seine Gedanken wanderten zu Ivory. Mittlerweile tat es nicht mehr so weh, an sie zu denken. Ihre braun-in-braunen Haare, ihre warmen Augen mit den langen, dichten Wimpern, der Duft ihrer Haut, den er unter tausend anderen herausgefunden hätte. Er dachte an ihre weichen Fingerspitzen, an ihr Lachen und an das Gefühl, wie es gewesen war, wenn sie sich als Kind sorgfältig auf ihn gelegt hatte, um ihn zu beruhigen. Ihre spitzen Knie, ihre Rippen und ihr Atem in seinem Gesicht, weich, warm, lieblich und beruhigend. Sie konnte so sanft und besorgt »Oh, Zadoc …« sagen.

»Hey, auf mich wirkst du echt nicht sehr crazy …«, hatte heute ein Mädchen namens Lorna gesagt, die ebenfalls seit einer Weile in der William-Gammetto-Klinik lebte. Okay, Lorna war selbst verrückt, sie hörte Stimmen, die in anderen Sprachen auf sie einredeten, aber sie war eben auch ein Fachmann auf dem Gebiet der Spinnerei. »Ich finde dich nicht spinnert, nur scheißetraurig und irgendwie blockiert.« Lorna hatte ihn zu diesen Worten in die Wange gekniffen und gegrinst.

Angenommen, sie hatte – obwohl sie selbst verrückt war – recht? Angenommen, er war nicht völlig bekloppt? Kein Spinner? Kein Idiot? Kein Schwachkopf? Kein Forrest Gump?

Was war er dann?

»Deine Medikamente, Zadoc«, sagten Sam oder Odil oder Doreen oder wer eben gerade Austeildienst hatte, und brachten ihm seinen obligatorischen Medikamentenbecher. »Danke«, sagte er und nahm das kleine beige Plastikgefäß, wie er es immer getan hatte. Aber er schluckte keine einzige Tablette mehr. Er schob sie unter die Zunge oder in die Backentasche und schaffte es, einen kräftigen Schluck Wasser hinterherzuspülen, während er die Tablette mit der Zunge festhielt.

»Alles okay, Zac?«, fragten Sam oder Odil oder Doreen hinterher.

»Okay«, sagte Zadoc und wartete, bis sie draußen waren, damit er das Zeug endlich in der Toilette seiner winzigen Nasszelle entsorgen konnte.

Am Anfang war es die Hölle gewesen. Man gewöhnte sich wahnsinnig rasch an dieses Zeug. Es nicht zu nehmen, bedeutete:

Angst, fahrige Hände, Zittern, unscharfes Sehen, was auch die Hölle war, Probleme mit der Räumlichkeit, Schwitzen, Frieren.

Aber er hatte alles geschafft. Sein Kopf war voll, aber frei.

»Was ist mit deinen Halluzinationen«?, hatte Dr. McDade vor ein paar Tagen gefragt. »Das Rhinozeros? Der Wasserfall?«

Er hatte mit den Achseln gezuckt, was nicht Ja und nicht Nein hieß.

Dabei waren sie noch da, hin und wieder, wie ein Echo aus vergangenen Zeiten, aber er floh nicht mehr vor dem Brüllen, Stampfen und Rauschen. Er geriet nicht mehr so schnell in Panik. Er hielt es jetzt aus. Ohne die Medikamente ging es erstaunlicherweise besser als mit.

Zadoc schloss die Augen und spürte dieser neuen Ruhe nach, die in seinem Körper herrschte.

»Insel«, sagte er plötzlich laut und ein Ruck ging durch seinen Körper. Er öffnete die Augen. »Eine Insel. – Insel …«

Was würdest du auf eine einsame Insel mitnehmen?, hatte Ivory vor ein paar Jahren gefragt. Er erinnerte sich noch ganz genau, es war an jenem Tag gewesen, als sie zusammen in der Küche *Chuck* gesehen hatten, diese Fernsehserie mit Zachary Levi in der Hauptrolle. Damals hatte er einen Anfall gehabt und war durchgedreht und Ivory hatte versucht, ihn irgendwie zu beruhigen.

Was würdest du mitnehmen auf eine Insel?

Auf eine Insel …

Blonde Haare, lachende Augen. – Komm, mein Schatz, komm zu … Minnie … komm zu Inni.

Grandma Inni. Ja, das war es. Grandma Inni … Und noch jemand …

***

Fünf Stunden Flugzeit, um von Massachusetts nach Kalifornien zu kommen.

Sie hatten Claire Wanstall gefunden, über die *Grand Central First,* die Bank, bei der Kenzie arbeitete. *Angeblich* arbeitete, denn in der Bank selbst wollte man ihnen telefonisch keine Auskunft geben, obwohl Janis betonte, dass es sich um einen familiären Notfall handelte. Aber dann hatten sie über das Internet Erfolg gehabt.

Das alles erklärte Janis Insel, zu der sie in aller Hast gefahren waren. Insel war blass und flog am ganzen Körper. Oona stand sprachlos dabei, während Janis weinend nach der Hand ihrer Mutter griff.

»Ich habe den Namen gegoogelt.« Janis' Stimme klang schrill, fast überschlug sie sich. »*Claire* Wanstall! Er taucht mehrfach im Zusammenhang mit Kenzies Bank auf. Eine

Claire Wanstall hat für die *Grand Central First* mehrere wichtige – Deals eingefädelt. Ich glaube, es sind exakt die Geschäfte, von denen Kenzie mal sprach, als wir miteinander telefonierten …«

Insels Gesicht sah todtraurig aus. »Aber habt ihr denn überhaupt versucht, sie in ihrem Apartment in New York zu erreichen?«

Amos nickte, während er am Computer online für den Flug eincheckte. Seine Finger flogen zitternd über die flache Tastatur. »Dort geht keiner ans Telefon. Und ihr Handy ist ausgeschaltet.«

»Claire Wanstall ist Börsenmaklerin von Beruf und lebt in Springfield, einer Kleinstadt südlich von San Francisco«, beharrte Janis.

»Wo Kenzie geboren ist …« Insel schlang ihre Arme fest um sich selbst. »Aber trotzdem. Das alles muss ein großes Missverständnis sein, Janis, Amos! Hört doch bloß! Das sind Hirngespinste, Zufälle. Ihr steigert euch da – in etwas hinein. Was immer Hap in diesem Brief sagen wollte, ihr urteilt vielleicht vorschnell. Bitte!«

»Mom! Sie hat – vielleicht mein Kind getötet.«

Janis begann zu weinen.

Amos schwieg, die Hände vor den geschlossenen Augen, während der Drucker ihre Flugtickets ausdruckte.

***

»Die Sterne fallen niemals runter«, sagte Zadoc mit wackeliger Stimme. Er räusperte sich nervös, er und das Mädchen Lorna, das hin und wieder Stimmen hörte, waren alleine im Aufenthaltsraum der Station. »Sagt dir das etwas, Lorna? Ich meine, hast du diesen Satz schon mal irgendwo gehört?«

Lorna starrte ihn an. »Hm, bei uns war es nur immer der Mond, du Chillybilly …«

»Wie meinst du das?«

»Meine Mommy sagte es früher zu mir, wenn ich mich nachts gefürchtet habe. Dann sagte sie immer: Schscht, Zuckerschnütchen, der Mond fällt niemals runter.«

Zadoc stand ganz still.

»Es ist eine Art Floskel, verstehst du?« Lorna lächelte ihr entrücktes Verrücktenlächeln, aber richtig verrückt wirkte sie in diesem Moment auch nicht.

Zadoc starrte stumm vor sich hin. Irgendwann nickte er leicht, während ihn ein Schauder durchlief. »Mom«, flüsterte er leise. Mehr nicht.

***

Das Flugzeug hatte Verspätung und am Horizont zeigte sich schon ein erster heller Streifen, als sie in San Francisco landeten. Janis war weiß im Gesicht und Amos hatte während der letzten sechs Stunden kaum ein Wort gesprochen. Was würde sie erwarten – in dieser kleinen Stadt an der Westküste, in der sie noch niemals gewesen waren? Nebeneinander stiegen sie in den Leihwagen, den Amos am Flughafen hastig gemietet hatte. Als sie die Lichter von San Francisco hinter sich gelassen hatten und der Highway zu einem dunklen Band quer durch die Hügel wurde, begannen sie, über Kenzie zu sprechen.

Amos' Hand lag angespannt auf Janis' Bein, während der Fahrtwind, der durch das halb offene Fenster drang, seine Haare eng an seinen Kopf legte.

***

Ivory wusste nicht genau, wie sie aus dem Haus gekommen war, in dem überall der beißende Rauch des Kaminfeuers zu hängen schien. Sämtliche Türen hatten offen gestanden. Das sonst so verschlossene Gebäude wirkte verletzt und aus den Fugen gerissen.

Das Notizbuch, das Mrs Wanstall ihr gegeben hatte, hielt sie noch immer fest an sich gepresst. Draußen dämmerte es bereits.

Wie konnte das sein? Wie lange war sie dort drin mit Mrs Wanstall gewesen, deren Name gar nicht Wanstall lautete, sondern Mackenzie Sowieso? Ivorys Herz schlug ihr bis zum Hals, als sie am Gartentor stehen blieb und nervös ihr Handy aus der Jeanstasche zerrte. Sieben entgangene Anrufe. Viermal Ramón, zweimal ihre Mutter, einmal Marcy. Egal, egal, egal, um die musste sie sich später kümmern. Mit zitternden Fingern rief sie die Kontakte auf. Die Nummer der William-Gammetto-Klinik hatte sie gespeichert.

»Hallo? Station P1, bitte. Ja, ich warte.« Es knackte in der Leitung, dann meldete sich eine Stimme.

»Ivory Perlman hier. Guten – Guten Morgen. Ist Mona … ist Mona Hensel schon im Haus? Es handelt sich um Zadoc Wanstall. Ich muss ihn sprechen. Es ist ein Notfall.« Sie horchte auf die Stimme am anderen Ende. »Wie bitte? Was sagen Sie da? Was soll das heißen, *er ist weg?«*

Es hieß, was es hieß. Er war weg. Man hatte schon versucht, seine Mutter zu informieren, aber gegen alle Gewohnheiten war ihr Mobiltelefon abgestellt. Keiner konnte sich aus der Sache einen Reim machen. Noch nie war Mrs Wanstall nicht erreichbar gewesen. Und noch nie war ein Patient aus der William-Gammetto-Klinik entwichen.

Dieses Wort benutzten sie. Entwichen.

Eine Mitpatientin hatte in der Nacht noch mit ihm gesprochen. Lorna Miller. Schwere Schizophrenie. Nicht sehr zuverlässig also. Aber sie hatte zwei Dinge zu Protokoll gegeben: 1. »Er sagt, Sterne fallen nicht runter.« 2. »Hey, er sprang einfach so aus dem Fenster, im zweiten Stock! Wie in einem verdammten Actionfilm. Aber er zerschmetterte kein bisschen. Nein, dieser Chillybilly lief einfach so davon.«

Ivory spürte, wie alles um sie herum ins Wanken geriet, als sie den Anruf beendete. Wo, um alles in der Welt, steckte Zadoc in diesem Moment? Und in welcher Verfassung war er? Vielleicht hatte er mitbekommen, dass er verlegt werden sollte, und versuchte, dem nun zu entgehen?

Die Klinik ließ ihn suchen. So viel hatte man Ivory gesagt. Aber mehr hatte sie nicht erfahren. Stand er stark unter Medikamenten? War er vielleicht völlig desorientiert und lief jede Sekunde Gefahr, unter ein Auto zu kommen? Tausend weitere Ängste schossen Ivory durch den Kopf und sie spürte Tränen über ihr Gesicht strömen.

Ihre Gedanken glitten zurück zu Mrs Wanstall in Zadocs Zimmer. Was sollte sie jetzt tun? Immerhin hatte Zadocs

Mutter Ivory in der vergangenen Nacht ihre ganze wahnsinnige Geschichte anvertraut. Und sie musste begriffen haben, dass ab jetzt nichts mehr so sein würde wie bisher.

»Oh, Zadoc …«, flüsterte Ivory. Was, wenn ihm etwas zustieß? Er war doch völlig hilflos. Und sie hatte ihm nie wirklich gesagt, dass sie ihn … ja, dass sie ihn *liebte*. Mehr als alles andere. Egal, ob er verrückt war oder nicht.

Und – er war es nicht gewesen. Er hatte seinen Vater nicht getötet. Er war es nicht! Er war es nicht! *Sein Vater – lebte. Es gab ihn. Er war nicht tot. Und Zadoc war kein Mörder.*

***

Und dann war er da.

Er war da.

Zadoc.

Im Garten, nahe der Gartenpforte.

Wie aus dem Nichts stand er vor ihr. Außer Atem und sehr blass, aber mit lebendigen Augen. Und er sah sie verwundert an. Er war nach Hause gekommen. Aber er traf hier nicht seine Mutter – sondern sie, Ivory.

Sein Blick flog hin und her und kehrte dann zu ihr zurück.

»Autostopp«, murmelte er schließlich, ohne sich zu rühren. Nur sein Brustkorb hob und senkte sich hastig.

»Zadoc«, flüsterte Ivory heiser und fühlte sich plötzlich so schwach wie noch nie in ihrem Leben. »Zadoc. Oh, Zadoc.«

Sie umarmten sich wie Ertrinkende. Was sollte sie ihm

sagen? Was? Ihr Kopf war zum Bersten voll und gleichzeitig vollkommen leer.

»Du bist nicht krank«, war schließlich alles, was sie hervorbrachte. Wieder suchte sie nach Worten. »Und du hast niemals jemanden getötet.« Sie umklammerte das Notizbuch, das sie in der Hand hielt. »Es steht alles hier drin. Die Wahrheit. Niemals, hörst du?«

»Meine Mom«, sagte Zadoc leise. »Sie ist nicht meine Mutter. Ich erinnere mich jetzt. Ich hatte mal … eine andere Mutter.«

Ivory nickte und weinte und presste ihr Gesicht fest gegen Zadocs. »Ich weiß«, hauchte sie. »Ich weiß es. Seit letzter Nacht.«

»Ich weiß es auch seit letzter Nacht«, sagte Zadoc. »Lorna … Lorna hat es mir gesagt beziehungsweise, nein, ich glaube, ich habe es mir selbst gesagt, irgendwie. Es fiel mir einfach wieder ein. Wegen der Sterne, die niemals runterfallen.«

Stille breitete sich aus.

»Dein Vater …« Ivory spürte, wie ihre Stimme brach.

»Was ist mit meinem Vater?«, flüsterte Zadoc voller Angst.

Ivory umarmte ihn fest. »Deine Mutter sagt, er lebt.«

»Er lebt?«

»Sie sagt es jedenfalls. Du hast ihn nicht getötet.«

»Wer … wer ist er? Und wo ist Mom?«

Zadocs wackeliger Blick umfasste das Haus, den Garten, den abgestellten Wagen davor, dann die Straße.

»Ivory!«, rief es in diesem Moment schrill von irgendwoher. Ivory fuhr herum. Es war ihre Mutter, die hastig und aufgebracht die Straße entlangkam. »Was tust du hier? Du bist die ganze Nacht nicht nach Hause gekommen. Wir haben dich überall gesucht. Und jetzt bist du wieder hier mit – *ihm*. Was soll das, Ivy? Ich dachte, er wäre jetzt endgültig in einer Anstalt. Warum bist du so dreckig im Gesicht? Hat *er* dir etwas ... *getan?*« Sie warf Zadoc einen angsterfüllten Blick zu.

Ivory fuhr herum. »Oh, Mom, sei still! Hörst du? Sei endlich mal still! Du weißt ja nicht, was du redest! Ich bin kein Kind mehr, verstehst du? – Zadoc und ich, wir ...«

... haben jetzt wirklich Wichtigeres zu tun. Das wollte Ivory sagen. Aber dann sagte sie etwas völlig anderes. Es rutschte ihr einfach heraus, ehe sie etwas dagegen tun konnte.

»Mom! Zadoc und ich, wir lieben uns! Schon immer. Und er ist nicht *gefährlich,* verdammt noch mal.«

***

Im Schatten des alten, knorrigen Mangobaumes erzählte Ivory Zadoc schließlich, was sie erfahren hatte. Ihre Mutter war nach Ivorys Liebesgeständnis in Bezug auf Zadoc weinend davongeeilt, um mit Mr Perlman zu sprechen.

Ivory und Zadoc hielten sich an den Händen.

Ihre Hände hatten schon immer zusammengehört. Ein eigenartiges Gefühl durchfuhr Zadoc, während er Ivorys warme Hand in der seinen spürte. Sie waren in den hinteren Garten zurückgewichen. Ins Haus hatte er nicht gehen wollen.

»Zachary Sellemond«, wiederholte er schließlich Ivorys Worte vorsichtig und es war, als habe der Name einen elektrischen Nachhall, der ihn traf wie ein Stromschlag. »Ja. Zachary, Zaccy – der Name sagt mir etwas.«

Er erinnerte sich daran, dass ihm der Name während der letzten Jahre ein paar Mal begegnet war, und jedes Mal war er in Panik ausgebrochen. Der neue Junge, der eines Tages in die Schule gekommen war. Sein Name hatte Zachary gelautet. Und auch der Hauptdarsteller aus der Fernsehserie *Chuck* trug diesen Vornamen.

»Manchmal war ich verdammt nah an der Wahrheit«, flüsterte Zadoc heiser. »Und jedes Mal hat *sie* es geschafft, alles wieder zu verwischen.«

Der alte Mangobaum raschelte.

»Sie wollte dich nicht verlieren.«

Ivorys Stimme war leise und sie umarmte Zadoc vorsichtig, aber er saß immer noch wie erstarrt an ihrer Seite.

»Sie … hat mich meiner Mutter – geraubt?«

Ivory nickte.

»Sie hat mich einfach aus dem Garten meiner Eltern – gelockt und mitgenommen?«

Ivory nickte. Immer wieder nickte sie, auf Zadocs drängende Fragen. Auf die Frage, ob ihn seine Mutter tatsächlich als Kleinkind mit einem Mix aus Erdbeermilch und Betäubungsmittel tagelang bewusstlos in einem abgedunkelten Raum versteckt gehalten hatte. Auf die Frage, ob sie ihn später wirklich für psychisch krank hatte erklären lassen. Auf die Frage, ob sie ihm aus diesem Grund jahrelang mutwillig schwere Medikamente eingeflößt hatte, um seinen Geist zu verwirren.

Sie nickte, stumm und verzweifelt.

Nur auf Zadocs letzte Frage, die drängendste, antwortete Ivory direkt.

»Du hast deinen Vater nicht getötet«, sagte sie leise. »Claire hat dir das nur eingeredet. Sie wollte wohl, dass du vergisst, was passiert war. Und dass du keine Fragen stellst. Das war es, glaube ich.« Ivory sah so aus, als würde ihr jedes Wort Schmerzen bereiten. »Außerdem wollte *sie* deinen Vater vergessen. Für sie war er gestorben. Vielleicht war das für sie von allem am wichtigsten.« Am wichtigsten? Das war am wichtigsten gewesen?

Plötzlich brach etwas in Zadoc und er schrie und flüsterte abwechselnd, wie lange, das wusste er nicht. Irgendwann verstummte er und sank in sich zusammen. Schwer atmend blieb er mit geschlossenen Augen liegen. Erschöpfung hatte sich auf ihn herabgesenkt wie unsichtbarer, aber undurchdringlicher Nebel.

»Ich weiß nicht weiter, Ivory«, flüsterte er schließlich verzweifelt. Tränen sickerten aus seinen geschlossenen Augen und verfingen sich in seinen Wimpern. »Ich glaube, ich will ganz einfach nicht mehr.«

»Nein, Zadoc, sag das nicht«, flüsterte Ivory und dann legte sie sich auf ihn und hielt ihn fest, ganz fest, so wie sie es früher immer getan hatte. Ihr flacher Atem so dicht vor seinem eigenen Gesicht. Ihr hämmerndes Herz auf seinem. Ihr Bauch, ihre Beine, ihre weichen Knie.

Irgendwann öffnete er die Augen, ihre Blicke fanden sich und etwas Ewiges und Unaussprechliches lag darin.

***

»Ich muss zu ihr, Ivory«, sagte Zadoc nach einer gefühlten Ewigkeit und Ivory spürte, wie er unter ihr schon wieder erstarrt war.

»Bist du dir sicher?«

»Nein«, hauchte Zadoc und sah für einen Moment wieder aus wie der siebenjährige Junge, der er mal gewesen war. »Ja.« Hilfe suchend klammerte er sich an seine Kinderzeitfreundin und wie in Zeitlupe erhoben sie sich.

»Du musst das nicht tun«, flüsterte Ivory.

»Kommst du mit?«, fragte Zadoc.

Ivory sah, wie seine Augen flackerten. Sie schob ihre Hand in seine und zusammen betraten sie das stille Haus.

***

Sie lag da, wie Ivory sie verlassen hatte, zusammengekrümmt auf Zadocs Bett. Aber etwas war anders. Eine Menge Tablettenschachteln lagen verstreut auf dem Boden, dazu ein umgeschüttetes Glas mit einer Flüssigkeit, die bereits versickert und angetrocknet war.

»Mom«, flüsterte Zadoc erschrocken. »Oh, Mom.« Er kniete sich neben sie, aber er berührte sie nicht.

Sie konnte nicht sprechen. Sie konnte nicht aufstehen. Aber sie weinte. Und ihre Lippen formten ein Wort. Immer wieder.

»Was sagt sie da die ganze Zeit?« Zadoc spürte, dass er wieder zitterte.

Ivory war an seiner Seite. Sie hatte bereits den Notruf gewählt. »Ich glaube, sie versucht, *Liebe* zu sagen. Stimmt das, Mrs Wanstall?«

Mühsam öffnete sich ihr Mund. Zuerst verstand er nur seinen Namen. »Zadoc, Zadoc, Zadoc.« Es klang wie ein todtrauriges Mantra. Dann schaffte sie neun Worte, exakt in dem Moment, als es unten an der Tür klingelte.

Es. Tut. Mir. Leid. Wenn. Du. Wüsstest. Wie. Sehr.

Dann verlor sie das Bewusstsein.

Die linke Hand, die sie bis jetzt zur Faust geballt hatte, öffnete sich. Zwei kleine Stücke zerknitterten, brüchigen Papiers fielen heraus.

Es war ein zerrissenes Babybild, das in den Neunzigerjahren mit einem Juxpassbildautomaten in London gemacht worden war.

ZADOC

Sie mussten sie in ein künstliches Koma versetzen, aber sie wird überleben, sagen die Ärzte«, flüsterte der Mann, der sich Amos nannte und dessen Foto jahrelang bei Zadoc auf dem Nachttisch gestanden hatte. Seine hellen Augen flackerten, aber in seiner Stimme schwang Erleichterung. Es war schon nach Mittag und sie waren in der Klinik, in die Claire Wanstall eingeliefert worden war. Der Rettungswagen war kurz nach Amos und Janis in dem Haus in der Malcolm Street eingetroffen.

Janis. So hieß *sie*. Ihr Gesicht war fahl und seltsam verzerrt, die hellen Haare, die ihn an seine Therapeutin Mona erinnerten, waren unordentlich strähnig hochgesteckt. Sie schwieg schon seit Stunden, aber ihr Blick hing unverwandt an ihm.

In der ganzen Aufregung hatten sie sich alle berührt, mehrfach. Es war einfach passiert in dem engen Raum, als die Sanitäter mit der Trage hereingekommen waren. Jedes Mal war Zadoc zusammengezuckt. Seine Zähne schlugen aufeinander vor Panik. Als Janis' Arm einmal sekundenlang seinen berührte, floh er ins Freie.

** Ein einzelnes geflüstertes Wort, gesprochen in jenen chaotischen Minuten in Zadocs Zimmer, kurz nachdem Janis und Amos ins Haus gekommen waren.*

»Zachary?«

Niemand antwortete.

Eine Krankenhausseelsorgerin brachte Tee, Milch und Zucker in den kleinen, neonbeleuchteten Besucherraum und setzte sich zu ihnen. »Sie sind alle Familienangehörige?«, fragte sie behutsam.

Zadoc betrachtete sein verformtes Gesicht in der Rückseite eines Löffels und schwieg.

Amos hob den Kopf. »Sie ist meine Schwägerin. Die Schwester meiner Frau«, sagte er leise.

Zadocs Ellenbogen bohrten sich in die kalte Tischplatte. »Sie ist meine Mutter«, sagte er dabei tonlos.

Janis fing bei diesen Worten an zu weinen, während die Krankenhausangestellte sich Notizen auf ihr Klemmbrett machte.

** Neun Sätze von Janis Sellemond an die schlafende Kenzie Hunt, Stunden später, in einem dunklen Krankenhauszimmer:*

Ich hasse dich, Kenzie.

Wie konntest du das tun?

Ich traue mich nicht mal, ihn anzusprechen.

Dabei ist er mein kleiner Junge.

Wie konntest du zulassen, dass ich jahrelang dachte, er sei tot?

Ist er überhaupt noch Zachary?

Wen oder was hast du aus ihm gemacht?

Ich weiß, dass ich dir Amos nicht hätte wegnehmen dürfen …

Oh, Kenzie.

EPILOG

Zachary Sellemond«, sagte Zadoc leise und lauschte dem Klang des Namens.

Ivory nickte. Zadoc war dünn und blass, aber so lebendig wie noch nie. Er war offiziell aus der Klinik entlassen worden und machte laut seiner neuen Therapeutin Fortschritte, die sie angesichts seiner Geschichte kaum für möglich gehalten hätte.

(»Ich fasse mal zusammen, der Irre war also gar nicht irre, sondern nur seine Mom war irre und hat ihn einfach verrückt gemacht, damit das nicht rauskommt?«, hatte Sienna Ivory eines Nachmittags verwirrt gefragt.)

Zadoc und Ivory lagen zusammen im Garten hinter dem Haus in der Malcolm Street.

»Erinnerst du dich, wie ich damals zusammenklappte, als dieser neue Schüler an die Schule kam? Mr Burk stellte ihn uns in der Aula vor. Es war der Tag, an dem ich Homeschoolingschüler wurde. Der Arzt sagte damals zu meiner Mutter, dass er befürchte, ich würde an schwerer Schizophrenie leiden.«

Ivory hielt Zadocs Hand. Das Gras war in diesem Jahr überhaupt noch nicht gemäht worden. Zadoc und Ivory hatten schon als Kinder das leise Geräusch gemocht, unter dem die Gräser und Butterblumen hinsanken, wenn man sich auf sie fallen ließ.

»Dabei war es nur, weil der Junge – Zachary Jewell hieß.«

Zadoc schauderte bei der Erinnerung an die Gefühle, die das Auftauchen dieses Jungen in ihm ausgelöst hatte, und Ivory legte ihm sanft die Hand auf die Schulter.

»Und dann, als ich diese Fernsehserie *Chuck* sah – Ivory, *Zachary* Levi spielte einfach bloß die Hauptrolle. Verrückt, dass ich den Namen noch im Kopf hatte, obwohl alles andere weg war.«

Ivory trug an diesem Nachmittag ein schmales Kleid, der unruhige Wind pumpte immer wieder Luft in die kurzen Ärmel, die aus dünnem, durchsichtigem Stoff waren. Ihre Arme schimmerten hell im Licht der Sonne und hin und wieder bekam sie durch diese jähen Windstöße eine Gänsehaut. Zadoc wünschte sich, ihre nackten Arme zu berühren. Und wenn es nur mit den Fingerspitzen war. Und nur für einen kurzen Moment. Aber er traute sich nicht.

Immer wieder hörte er in seinem Inneren den Satz, den Ivory an dem Morgen, als alles passiert war, so gereizt zu ihrer Mutter gesagt hatte. *Zadoc und ich, wir lieben uns. Schon immer.*

Aber wie war das gemeint gewesen? Welche Art Liebe war das, von der sie da gesprochen hatte? Kinderliebe? Blutsbrüderliebe? Oder …?

Immerhin war sie seit Tagen für ihn da, ließ ihn nicht alleine mit diesem neuen Chaos in seinem Leben, aber tat sie das einfach nur, weil sie sich um ihn sorgte, so, wie sie es immer getan hatte? Und was war mit der Sache mit Ramón?

Zadoc traute sich nicht nachzufragen, aber er konnte das Bild vor seinem inneren Auge einfach nicht loswerden, das Bild von dem Moment im Wald, als Ivory und Ramón sich so intensiv umarmt hatten. Was war weiter geschehen an diesem Abend? Was war passiert, nachdem er sich aus dem Staub gemacht hatte, weil er den Anblick keine Sekunde länger hatte ertragen können? Zadoc schloss für einen Moment die Augen und schob sich ein Stück zur Seite. Manchmal hielt er die Nähe zu Ivory einfach nicht aus. Verdammt, er war kein Kind mehr. Warum nur war er nicht in der Lage, Mitleid von Liebe zu unterscheiden?

»Was hast du?«, fragte Ivory, ausgestattet mit tausend Antennen.

Zadoc gab keine Antwort. Was hätte er auch sagen sollen? Der alte Mangobaum seufzte, wie er es oft tat an windigen Tagen. Zadoc sah an ihm hinauf und ließ seinen Blick dann weiterwandern. Schließlich konnte er nicht immerzu Ivory anstarren.

»Da. *Sie* steht am Fenster und schaut hinaus«, murmelte er dann plötzlich nervös. »Immerzu starrt sie mich an.«

»Warum sprichst du nicht mal mit ihnen?«, fragte Ivory leise.

»Sie sind mir so fremd«, sagte Zadoc. »Obwohl … ihre hellen Haare, ihre Stimme. Ich erschrecke immer, wenn sie etwas sagt. Sie war die Frau aus meinen eigenartigen Träumen, aber sie strahlt irgendwie Kälte aus, oder? Und ihr ständiges Weinen. Das halte ich nicht aus.«

Ivorys Blick suchte den seinen und nickte.

** Drei Gespräche, geführt in der nächsten Woche, die Mackenzie Hunt noch im Koma liegen sollte, bevor sie aufwachte:*

** »Hi …«*

Zadoc fuhr herum. Er hatte eigentlich Ruhe tanken wollen, weil Ivory an diesem Vormittag ausnahmsweise keine Zeit hatte, aber sie war ihm, wie es schien, gefolgt. Andererseits, vielleicht war sie ja ebenfalls in Sachen Alleinsein herumgestromert und ihr Zusammentreffen war wirklich reiner Zufall? Die beiden so dicht beieinanderstehenden Bäume waren immerhin ein Blickfang an diesem leichten Abhang und ihre beiden Wipfel schon vom Haus aus unübersehbar.

»Hi«, sagte er ebenso leise. Seine Stimme klang gepresst.

Die Sterne fallen nicht runter, mein Schatz.

Wie sollte er sie nur dazu bekommen, es noch einmal zu sagen? Er musste es einfach noch einmal hören. Warum auch immer. Vielleicht um sich abzusichern, dass sie es wirklich war?

Er hatte im Sonnenschein gestanden. In einem Sandkasten. Mit kleinen Spielfiguren, deren Füße er in den warmen Sand eingegraben hatte.

»Du bist so groß geworden«, sagte sie in diesem Moment leise. Der Klang ihrer Stimme war traurig und staunend zugleich.

Ja, das war er. Laut letzter Messung, und die war noch nicht lange her – in der William-Gammetto-Klinik hatten sie ihn von Kopf bis Fuß auf Inneres und Äußeres gescannt –, war er einen Meter und zweiundneunzig Zentimeter groß. Sie war viel kleiner als er. Sie war auch ein gutes Stück kleiner als seine – Mutter. Sie war klein und wahnsinnig dünn und zerbrechlich und hatte ein trauriges, müdes, resigniertes Gesicht.

Sie standen sich gegenüber.

Und dann? Dann umarmten sie sich. Sehr vorsichtig zwar, aber es war dennoch eine Umarmung. Eine Art Umarmung.

Keine Worte.

Ihr Kopf war an seiner Brust vergraben.

Lange rührten sie sich nicht.

Und plötzlich konnte er es aussprechen.

»Weißt du noch, dieser Sternensatz, den du früher zu mir gesagt hast, wenn ich Angst hatte oder so?«

»Ja. Den weiß ich noch. Natürlich weiß ich den noch. Die Sterne fallen niemals runter, Zaccy … Schatz … Zadoc …«

Sie standen ganz still da, aneinandergepresst, und Janis lauschte Zadocs Herzschlag.

»Du lebst«, sagte sie schließlich leise. »Mein Gott, du lebst.«

** Was Ramón Ivory fragte. Und was sie antwortete:*

»Warum – er, Ivy? Warum nicht wir zwei? Ich würde dir so gerne Ecuador zeigen. Meine Heimat. Meine Familie dort. Alles.«

»Oh, Ramón! Ich mag dich wirklich wahnsinnig gerne. Und ich fände es absolut spannend, mit dir durch Ecuador zu reisen. Aber du fragst nach Zadoc? Er ist wie ein Labyrinth, in das ich mich verirrt habe, verstehst du? Ich liebe ihn! Ich liebe ihn schon schrecklich lange.«

** Zwei Nächte lang redeten Amos und Zadoc.*

Über American Football, über den amerikanischen Präsidenten, über Eissorten, Lieblingsfarben, Europa, Lon-

don, Gelegenheitsjobs, die Computerbranche, Albträume, das Brüllen von Rhinozerossen, das Rauschen von Wasserfällen, den Mangobaum, das Tal des Todes ... und über Kenzie und Janis.

Am Morgen, der der zweiten dieser beiden Nächte folgte, gaben sich Amos und Zadoc vorsichtig die Hand.

»Wir beide haben verdammt viel versäumt«, sagte Amos und Tränen liefen über sein Gesicht.

Zadoc nickte und sein Kopf schwirrte.

»Ich bin froh, dass meine Mutter nicht gestorben ist«, sagte er leise. »Trotz allem bin ich froh darüber.«

»Was tust du da?«, fragte Ivory verwundert, als sie zwei Wochen später die Pforte öffnete und zu Zadoc in den Garten trat.

Zadoc fuhr herum. »Ich habe dich gar nicht kommen hören.«

Ivory sah auf das, was Zadoc in den erdigen Händen hielt. Er hob eine Spur verlegen die Schultern. »Ich war heute bei meiner Mutter, also bei ... Kenzie. Zuerst wollte sie mich nicht sehen, aber irgendwann war sie dann doch einverstanden.«

»Und wie war es? Schlimm? Oder okay?« Ivory machte ein besorgtes Gesicht.

Zadoc zuckte mit den Schultern. »Sie spricht kaum. Aber sie bat mich um etwas, gerade als ich wieder gehen wollte. Amos wartete unten auf mich ...«

»Sie bat dich um etwas?«

Zadoc nickte. »Sie bat mich, dieses – verrückte Babybild wieder zu kitten. Sie hatte es in ihrem Nachttisch in der

Klinik. Wie es aussieht, hatte Amos dafür gesorgt, dass sie es wiederbekam – nach ihrem Selbstmordversuch.«

Er schluckte und räusperte sich. »Also hab ich's geklebt. Aber dann wollte sie es doch nicht wiederhaben, rührte es nicht mal an. Und darum vergrabe ich es jetzt hier unter – unserem Baum, verstehst du? Zusammen mit dem«, er griff in seine Tasche und zog das kleine schwarze Notizbuch hervor, »zusammen mit dem hier.«

Ivory schaute zu, wie Zadoc die Sache zu Ende brachte. Wie dünn und ernst und blass er immer noch war. So schrecklich viele Jahre Einsamkeit und Ausgestoßensein lagen schuldos hinter ihm. Ivory biss sich auf die Lippen vor Traurigkeit, als sie daran dachte. *Forrest Gump, Schwachkopf, Idiot!*

»Amos und Janis haben mich gefragt, ob ich mit ihnen nach Boston gehe, Ivory«, sagte er schließlich.

»Und wirst du es tun?«

Zadoc schwieg lange. »Irgendwo muss ich ja hin. Und weg aus Springfield ist mit Sicherheit ein guter Anfang, oder?« Er hielt eine Spur gequält inne. »Ich weiß aber nicht, ob ich das alles schaffe, denn ...«

»Klar schaffst du das«, unterbrach ihn Ivory heftig. »Warum solltest du es nicht schaffen, verdammt? Zadoc, du kannst alles schaffen. Alles.«

Sie sahen sich an.

»Herbsthaare«, sagte Zadoc leise.

»Exverrückter«, sagte Ivory ebenso leise.

Zadoc lächelte. »Das ist das Verrückteste an der Sache.«

»Was?«

»Dass ich nicht verrückt bin.«

»Unser Baum …«

Ivorys Gesichtsausdruck hatte sich verändert. »Was meinst du?«

Zadoc ließ die Gartenschaufel fallen, mit der er gerade Kenzies Babybild aus der Londoner Spaßbox und das schwarze Tagebuch beerdigt hatte.

»Das hast du eben gesagt.«

»Was?«

»*Unser* Baum.« Ivory wies auf den leise seufzenden Baum über ihren Köpfen.

Ihre Blicke hingen ineinander und Zadoc versuchte zum tausendsten Mal, die Frage zu stellen, die er nicht herausbrachte. Liebe? Mitleid? Kinderfreundschaft? Blutsbrüderschaft? Oder was auch immer?

Aber er brauchte nicht mehr fragen. Ivory nahm seine Hand und zog ihn ins Haus hinein. Durch die Terrassentür, durch die stille Diele, in sein altes Zimmer mit den wispernden Wesen in den weißen Türrahmen, die doch nur rieselnder Mörtel waren.

»Was willst du hier drin?«, fragte Zadoc nervös und sah sich um. »Das Haus ist doch voller Misterinnerungen, Ivory.«

»Frag jetzt nichts«, flüsterte Ivory und schloss die Zimmertür. Das Haus wirkte nicht böse, fand sie. Es wirkte eher verletzt und brauchte Gutes, das geschah.

Und dann legte Ivory sich auf Zadocs Körper, wie sie es früher so oft getan hatte. Gesicht an Gesicht. Herz auf Herz. Bauch auf Bauch.

Wie immer spürte er ihre spitzen Knie und ihren warmen Atem.

»Nimmst du mich mit nach Boston, Zadoc?«, flüsterte Ivory, während sie ihn auf eine Weise umarmte, die jede weitere Frage überflüssig machte.

Zadoc nickte.

Verdammt, alles würde gut werden.

Zum ersten Mal konnte er daran glauben. Es gab eine Chance für ihn. Für ihn und Ivory. Und die anderen, die in die Sache verwickelt waren. Janis und Amos. Und ja, auch für Kenzie.

Das Leben war kein langer, ruhiger Fluss. Aber es war das Einzige, was man hatte.

Heute ist der erste Tag vom Rest deines Lebens.

Irgendwer hatte das mal gesagt.

Zadoc umarmte Ivory und hielt sie fest in seinen Armen.

DANKSAGUNG

Mein Dank gilt **Cornelie Unger-Leistner** für den Sternensatz und eine riesige Freundschaft.

Und **Elena Gastring** für unendlich viele Sonntage, Lachen, Liebe,Bücherrücken und ihr unverdient großes Vertrauen. Außerdem **Anja Wissel** für viele fröhliche Fjordpferdetage mit Luft und Weite und dem Gefühl von Freiheit, das man manchmal so dringend braucht.

Dann an **Cathrin Hoefke** für wirklich immer, wenn Not am Mann war, und weil wir uns so unverhofft nach so vielen Jahren wiedergetroffen haben.

Weiterer Dank geht an **Julia Ruttke** für Gesungenes am Telefon. Außerdem an **Ulrike Fröhlich** für ihr großes Herz und ihre unendliche Geduld mit allem, was mich immer wieder bewegt.

Ein riesiges Dankeschön auch an **Yasmin Leibenath** für ihre Unterstützung und ihre Freundschaft.

Julie und Ingo Fischer – danke fürs »Bullerbüwohnen«!

Tom Frey, dir auch. Immer wieder. Und sowieso. Das ganze vertrackte Leben … dazu der leidige Computer … das (verflixte) Internet … der alte Hund … Danke für alles, was du tust!

Und – **Malin Frey** – dir natürlich auch. Dafür, dass du immer liest und bei allem gedanklich dabei bist! (Und dafür, dass tunesische Tische mitunter einfach plötzlich sprechen können – und fortan zur Familie gehören und nicht mehr wegzudenken sind … Es ist mir immer wieder ein Vergnügen!)

Klara, Linnea und Samuel Frey, schön, dass ihr die kleinen und besten Freys der Welt seid!

Christian Williams, danke für die »Knock-knock's« aus Connecticut.